Über das Buch:
»Ernsthafte Dinge muss man manchmal mit Leichtigkeit behandeln.«
Noëlle Châtelet

Mit Esprit und Leichtigkeit erzählt Noëlle Châtelet die Geschichten von drei Frauen. In »Die Dame in Blau« verweigert sich die Karrierefrau Mireille plötzlich dem Diktat von Effizienz und Jugendlichkeit und erkennt den Reiz der Gelassenheit. Marthe, die Hauptfigur von »Die Klatschmohnfrau«, dachte schon alles hinter sich zu haben, als sie im Alter zum ersten Mal die Leidenschaft einer großen Liebe erfährt. Und schließlich Mathilde, »Das Sonnenblumenmädchen«, sie erlebt während eines südlichen Sommers die aufregenden Geheimnisse der ersten Liebe.

Die Autorin:
Noëlle Châtelet ist Dozentin für Kommunikationswissenschaften in Paris. Sie hat Romane, Erzählungen und Essays veröffentlicht. 1987 erhielt sie den Prix Goncourt de la Nouvelle, für »Die Dame in Blau« den Prix Anne de Noailles der Académie Française.

Weitere Titel bei k & w:
»Die Dame in Blau«, Roman, 1997; KiWi 531, 1999. »Die Klatschmohnfrau«, Roman, 1999; KiWi 615, 2001. »Das Sonnenblumenmädchen«, Roman, 2000; KiWi 646, 2001.

Noëlle Châtelet

Die Dame in Blau
Die Klatschmohnfrau
Das Sonnenblumenmädchen

Drei Romane

Aus dem Französischen
von Uli Wittmann

Kiepenheuer & Witsch

1. Auflage 2002

Titel der Originalausgaben:
La dame en bleu
© 1996 by Editions Stock
Aus dem Französischen von Uli Wittmann
© 1997, 2001 by Verlag Kiepenheuer & Witsch, Köln
La Femme coquelicot
© 1997 by Editions Stock
Aus dem Französischen von Uli Wittmann
© 1999, 2001 by Verlag Kiepenheuer & Witsch, Köln
La petite aux tournesols
© 1999 by Editions Stock
Aus dem Französischen von Uli Wittmann
© 2000, 2001 by Verlag Kiepenheuer & Witsch, Köln
Alle Rechte vorbehalten. Kein Teil des Werkes
darf in irgendeiner Form (durch Fotografie, Mikrofilm
oder ein anderes Verfahren) ohne schriftliche
Genehmigung des Verlages reproduziert oder unter
Verwendung elektronischer Systeme verarbeitet,
vervielfältigt oder verbreitet werden.
Umschlaggestaltung: Barbara Thoben, Köln
Umschlagmotive oben: photonica/Minori Kawana
                    unten: Andrea Hipler
Gesetzt aus der Walbaum Standard, Berthold
Satz: Kalle Giese, Overath
Druck und Bindearbeiten: Clausen & Bosse, Leck
ISBN 3-462-03104-X

INHALT

Die Dame in Blau 7

Die Klatschmohnfrau 123

Das Sonnenblumenmädchen 263

Die Dame in Blau

Mireille geht durch die Stadt. Sie lässt sich von der Strömung tragen, vom unaufhörlichen Menschenstrom. Nichts treibt sie zur Eile an, nichts zwingt sie, den Rhythmus einzuhalten, doch sie tut es. Das ist so. Das war schon immer so.

Weiter vorn auf dem breiten Boulevard gerät der Strom ins Stocken. Irgendetwas behindert seinen Fluss. Man kommt nicht mehr von der Stelle. Die naturgegebene Ordnung, der Rhythmus sind in Gefahr. Einen Umweg oder ein anderes Tempo, weil irgendetwas den Weg versperrt, den Strom behindert, niemand hat das um diese Zeit gern.

Jetzt erreicht auch Mireille dieses Irgendetwas. Überraschung: eine alte Dame.

Ist etwa dieses winzige Wesen an der Verzögerung schuld?

Mireille lässt sich überholen. Die Leute gehen an ihr vorbei, werfen einen wütenden Blick auf die Schrittverderberin, dann gehen sie schneller, fest entschlossen, sich dem Strom wieder anzuschließen, aufzuholen, das Tempo, den allgemeinen Schwung wieder zu finden, als hätten sie sich abgesprochen, als verfolgten sie dasselbe Ziel.

Mireille zögert. Verlangsamt den Schritt. Zu behaupten, der Gedanke sei ihr gekommen, wäre übertrieben. Eher ein Impuls. Ein Impuls drängt sie plötzlich, sich dem Gang der unerschütterlichen alten Dame anzupassen, die neben ihr geht und bedächtig ein Bein vor das andere setzt, sehr gewissenhaft, schön im Takt, mit wohl bemessenem Druck des Fußes auf den Gehweg und sanftem Wiegen des Körpers, den Kopf ein wenig geneigt, als lausche sie dem gleichmäßigen Rascheln ihres dunkelblauen Kleids aus Seidenkrepp, wenn es die hellen Baumwollstrümpfe streift. Das weiße Haar, das im Nacken unter dem ebenfalls blauen Hut zu einem Knoten geflochten ist, die zu der kleinen Handtasche aus geflochtenem Leder passenden Netzhandschuhe, alles ist sorgsam bedacht, damit es ein eleganter Spaziergang wird.

Die alte Dame in Blau geht gemessenen Schritts, von einer gewissen Würde erfüllt, ohne die Hektik rings um sie her zu beachten. Sie schlendert betont, wenn auch ohne Aggressivität, während die anderen rennen.

Mireille hat sich nach und nach dem Gang der alten Dame angepasst. Sie hat den Schritt gewechselt, ihr eigenes Wiegen gesucht. Jeder ihrer Schritte wird zu einem neuen Genuss. Die Langsamkeit verleiht ihnen einen ungewohnten Reiz.

Lange geht Mireille so in den Fußstapfen der ungewöhnlichen Spaziergängerin. Sie genießt diese Verlangsamung, macht sie sich zu Eigen.

Doch dann kommt Mireille an die Ecke ihrer Straße. Sie muss sich von der alten Dame trennen. Sie hält inne, zögert noch einmal. Hat ihre heimliche Weggefährtin dieses Zögern bemerkt? Auf jeden Fall wendet sie jetzt den Kopf.

Der kurze, kaum wahrnehmbare Blick, den sie Mireille zuwirft, gleicht einem Lächeln, und das Lächeln einer Zustimmung. Zustimmung wozu?

Mireille erwidert spontan das Lächeln. Auch sie stimmt zu. Doch wozu?

Dann holt sie tief Luft und biegt um die Ecke. Das war es.

Mireille geht bedächtig, schön im Takt, mit wohl bemessenem Druck des Fußes auf den Gehweg und sanftem Wiegen des Körpers, den Kopf ein wenig geneigt, als lausche sie.

Mireille wacht gemächlich auf, lange nach dem Klingeln um sieben Uhr, an das sie sich nur undeutlich erinnert. Sie gönnt sich eine zweite Kanne dampfenden Tees, was sie im Allgemeinen nur sonntags tut, um sich dem zu widmen, was sie selbst ihre »Waschungen« nennt, eine besondere Übung, die darin besteht, Ordnung in ihre Gedanken zu bringen, ihr Gewissen zu reinigen.

Heute muss natürlich als Erstes die Begegnung des Vortags abgestaubt werden. Sie verdient beim geistigen Hausputz besondere Aufmerksamkeit.

Vielleicht sollte sich Mireille Gedanken darüber machen, wie und warum sich etwas geändert hat, seit sie »ja« zu einer alten Dame in Blau gesagt hat.

Doch seltsamerweise hat Mireille keine rechte Lust, über dieses »Ja« lange nachzudenken, als könne sie sich damit begnügen, es verspürt zu haben, als gehöre es schon zu den Dingen, die keiner Diskussion bedürfen und zu einer Selbstverständlichkeit werden.

Nein, wirklich, in diesem Augenblick kreisen ihre Gedanken eher um ihre Tochter Delphine. Es ist Dienstag, der Tag, an dem sie immer im

Restaurant »Chez Pierre« in der Rue de Vaugirard zu Abend essen.

Delphine, die vor kurzem ihren einundzwanzigsten Geburtstag gefeiert hat, hat seit mehreren Monaten eine eigene Wohnung, ein winziges Apartment, das sie dem Entgegenkommen ihres Vaters verdankt und in dem die Verehrer jeden Tag zahlreicher werden.

Das wöchentliche Abendessen am Dienstag bietet die Gelegenheit, die Vor- und Nachteile dieser raschen männlichen Zunahme abzuwägen, und Mireilles hausfrauliche Tugenden sind nicht überflüssig, vor allem, weil sie diese mehr wie eine große Schwester und nicht als Mutter einsetzt, eher mit geheimem Einverständnis als mit Zurechtweisung, denn seit Mireille nach ihrer Scheidung ihre Unabhängigkeit wieder gefunden hat und nun ebenso überfordert ist wie ihre Tochter, weiß sie selbst, wie schwierig es ist, in puncto Männer zwischen Vernunft und Unvernunft zu entscheiden.

Heute Morgen spürt Mireille jedoch, dass sie mehr tun und über das geheime Einverständnis hinausgehen könnte. Ein ganz neues Gefühl sagt ihr, dass es vielleicht gut wäre, Delphine von etwas weiter her, aus größerem Abstand zu unterstützen, sie gewissermaßen aus anderer Sicht zu sehen. Als Mutter? – Nein, noch besser: darüber hinaus. Dieses »darüber hinaus« hat keinen Namen – noch nicht jedenfalls –, aber so muss sie Delphine in Zukunft unbedingt beraten, davon ist sie überzeugt.

Während Mireille diese ungewöhnlichen Gedanken durch den Kopf gehen, sucht sie ohne Eile in ihrem Kleiderschrank nach etwas Passendem zum Anziehen. Der größte Teil ihrer Garderobe ist rot, eine Farbe, die ihr kohlschwarzes, schulterlanges Haar zur Geltung bringt, das seit langem männliche Bewunderung und weiblichen Neid hervorruft. Mireilles Kleider und Kostüme sind zumeist kurz und tailliert, die Hosen eher hauteng: die leicht aufreizende Kleidung einer zweiundfünfzigjährigen Frau, die weiß, dass sie hübsch ist, und es gern in Erinnerung bringt.

Unschlüssig betrachtet Mireille dieses breite Spektrum zur Schau gestellter Weiblichkeit. Heute möchte sie sich etwas dezenter, etwas unauffälliger kleiden, um in die Stadt zu gehen. Und da entdeckt sie zum Glück, unter einer Schutzhülle aus Leinen, ein perlgraues Kostüm, das, auch wenn der Plisseerock ein wenig altmodisch wirkt, ihren Vorstellungen entspricht. Aus welcher Zeit mag dieses Kleidungsstück, das übrigens aus vorzüglichem Stoff gearbeitet ist, wohl stammen? Das kann sie beim besten Willen nicht sagen, aber es passt, es passt wie angegossen ...

Als Mireille, die nicht auf die Uhr geschaut hat, das Haus verlässt, ist es bereits nach elf. Ihre Straße hat sich verändert: Der Großteil der Heerscharen ist schon zur Arbeit gegangen. Das Pflaster gehört jetzt den Hausfrauen, den kleinen Kindern und vor allem denen, die man früher die alten Leute nannte und die man heute mit einem Begriff bezeichnet, der ebenso gut aus der Paläontologie wie aus der Geologie stammen könnte: das mittlere und späte Seniorenalter.

Heute Morgen erkennt Mireille die Straße, die sie seit Jahren entlanggeht, kaum wieder. Gewöhnlich hastet sie in solchem Tempo über den Bürgersteig, dass die Passanten rings um sie herum wie Hobelspäne von ihr abfallen. Gewöhnlich ist ihr Schritt so hektisch, dass die Schaufenster an ihr vorbeirasen wie Fetzen einer Landschaft, die man aus einem schnell fahrenden Zug zu sehen bekommt. Mireille nimmt die Straße ein, erobert sie, zwingt sie, sich zu unterwerfen. Sie hämmert ihre hohen, spitzen Absätze in die Asphaltdecke und stürmt dem Dringlichen entgegen, dem Eiligen, der Eile.

Gewöhnlich, ja, aber das war gestern. Heute ist alles anders. Übrigens, hat es nicht auf der Straße begonnen?

Wenn Mireille heute die alten Leute sieht, die Menschen, die viel Zeit haben, dann nur, weil sie deren Gang angenommen hat, einen Gang, dessen Rhythmus ihr bis in die Seele gedrungen ist, der Gang einer Dame in Blau.

Das Gesicht, das ihr die Straße bietet, entspricht dem Tempo ihrer neuen Gangart. Dieses Bild offenbart sich nur, wenn man es sich gemächlich aneignet, mit einer Langsamkeit, die alles verwandelt, die Form der Häuser, den Geruch der Auslagen, den Lärm der Stimmen.

Diese Gelassenheit nimmt ihr graues Kostüm in sich auf.

Schade, dass die Arbeit in der Agentur Mireille erwartet. Sie wäre gern noch eine Weile in dieser vertrauten Umgebung herumgebummelt, die sich ihr im Schneckentempo erschließt.

Aus der Ferne sieht sie, dass ihr Bus kommt. Soll sie rennen, um ihn zu erwischen? Etwas in ihr bereitet sich schon darauf vor. Doch dann begnügt sie sich damit, dem Fahrer ein kleines Zeichen zu geben, ein Zeichen, das eher Gleichgültigkeit, nicht etwa Aufforderung ausdrückt: Man rennt nicht, wenn die Augen noch über die Trägheit staunen und das Ohr vom Pianissimo entzückt ist.

In der Agentur herrscht Hochbetrieb. Es ist kurz vor zwölf. Das Klappern der Computertasten hört plötzlich auf. Die Stimmen am Telefon halten inne. Irene, Colette, Jean-Pierre und Martine sind vor Verblüffung wie versteinert.

Mireille schlängelt sich mit kleinen, wohl bemessenen Schritten zwischen den Tischen hindurch zu ihrem Schreibtisch und bedenkt jeden mit einem unschuldigen Lächeln. Sie zieht ihre Kostümjacke aus und hängt sie über die Rückenlehne ihres Stuhls.

Colette, ihre Vertraute, ihre Freundin, stürzt auf sie zu:

»Was ist los, Mireille?«, fragt sie eher besorgt als neugierig.

»Nichts ... gar nichts«, entgegnet Mireille treuherzig.

»Du bist doch wohl nicht ... krank oder so was?«

»Aber nein. Mir geht es gut. Sehr gut sogar.«

Mireille blickt zu Colette auf, die sich auf die Lippen beißt und deren Gesicht von Sorge gezeichnet ist.

»Jedenfalls ... ich bin da, wenn du mich brauchst ...«

»Ja ... danke, Colette, aber ich schwör dir, dass ...«

Mireille sieht gerührt zu, wie sich ihre Freundin entfernt. Sie muss ihr mal sagen, dass ihre Jeans ein bisschen zu eng sind.

Ein kleiner rosa Zettel fällt auf ihren Schreibtisch. Die Nachricht von Jean-Pierre. Jeden Tag empfängt er sie so, mit einer rosa Huldigung aus ein paar schmeichelnden Zeilen.

Kaum hat sich Mireille hingesetzt, da klingelt ihr Telefon. Es ist der Produzent von einem der Filme, für den sie die Pressearbeit macht. Der Produzent ist erfreut. Begeistert kommentiert er einen Artikel aus der Morgenzeitung und beglückwünscht Mireille, als habe sie ihn geschrieben, was übrigens nicht ganz unzutreffend ist – sie hat dem Redakteur, der es sehr eilig hatte, ein paar wunderschöne Bemerkungen diktiert –, aber auch nicht ganz stimmt, denn sie selbst findet den Film eher albern. Die Besucherzahlen steigen? Schön. Das freut auch Mireille. Die Bilanz der Offensive wird gezogen: ein Interview des Filmregisseurs in den Acht-Uhr-Nachrichten im Fernsehen, das Foto der Hauptdarstellerin auf der Titelseite von *Paris Match*. Mireille hat gute Arbeit geleistet, das ist wahr. Und dennoch ist ihre Begeisterung mit einem Schlag verflogen, als sie den Hörer aufgelegt hat.

Heftiger Widerwille steigt in ihr auf, tiefer Überdruss.

Während sie mechanisch die Botschaft von Jean-Pierre auseinander faltet, der sie vermutlich aus den Augenwinkeln beobachtet, denkt sie an ihren Beruf, dem sie sich mit solcher Hingabe widmet, an ihren Elan, wenn sie eine Sache verteidigt, gleich, ob diese es nun verdient oder nicht, an ihren unermüdlichen Eifer, wenn es darum geht, strenge Kritiker zu überzeugen – immer unter Einsatz ihres ganzen Charmes und manchmal auch mit schmeichelnden Worten.

»Presseattaché« . . . die Doppeldeutigkeit des Wortes kommt ihr plötzlich zu Bewusstsein. Sie hatte immer geglaubt, Attaché habe etwas mit sich attachieren, mit Anhänglichkeit zu tun, mit gefühlsmäßiger Bindung und wahrer Neigung, doch nun stellt sie fest, dass sie vor allem gefesselt ist, angekettet wie ein Hund, aus freien Stücken eine Gefangene der Presse, und zugleich ausgepresst wie eine Zitrone, wenn nicht gar erpresst, und dazu noch der ständige Druck, die ewige Eile, die Dringlichkeit des jeweiligen Moments, durch die die Gegenwart schon Vergangenheit ist und immer zu spät kommt.

So fasst Mireille, umgeben von klingelnden Telefonen und flatternden Zeitungsseiten, die Arbeit von fünfzehn Jahren zusammen, die sie bisher trotz aller Anspannung ertragen hat, ohne sich je aufzulehnen. Inzwischen hat sie den kleinen rosa Zettel auseinander gefaltet, das unveränderliche Zeichen männlicher Beständigkeit.

Sie liest: »Meine Großmutter hat ein ähnliches graues Kostüm wie du getragen. Es steht dir ausgezeichnet ... Ach so, fast hätte ich noch etwas vergessen: Ich habe immer eine Schwäche für meine Großmutter gehabt ... Ich wünsch dir einen schönen Tag! Dein dir ergebener Jean-Pierre.«

Mireille liest den Satz mehrmals, nicht etwa, weil sie sich sonderlich für Jean-Pierres Liebeserklärungen interessierte – er kann sie, so sympathisch er auch ist, schon lange nicht mehr überraschen –, sondern wegen eines Wortes, eines Wortes, das sie zum ersten Mal in ihrem Leben auf sich bezogen sieht: »Großmutter« ... Bis vor kurzem hätte es sie ohne Zweifel gekränkt, verletzt, hätte wie ein Peitschenhieb in ihren Ohren geklungen. Doch heute genießt sie dieses Wort, als würde dadurch etwas wahr, als definiere es das Undefinierbare, das Unaussprechliche eines Wunsches auf der Suche nach einer Formulierung. Das Wort sagt ihr zu. Es gefällt ihr. Es passt genau, wie das graue Kostüm, das in der Leinenhülle hing. Ist sie diesem Wort nicht schon seit dem heutigen Morgen, seit dem Augenblick, als sie an Delphine gedacht hat, auf der Spur? Jetzt hat sie es, dank Jean-Pierre, dem braven Jean-Pierre. Dieses »über die Mutter hinaus« ... Warum ist sie nicht sofort darauf gekommen? Es steckt doch alles in diesem Wort. »Großmutter«, die Mutter, die größer ist als eine Mutter, größer in allem, Weisheit, Zärtlichkeit ... Mireille wendet den Kopf dem Urheber der Botschaft zu, dem unschuldigen Propheten. An Jean-Pierres Gesicht, das feuerrot geworden ist, lässt sich ermessen, wie nachhaltig das Lächeln ist, das Mireille ihrem ergebenen Diener schenkt ...

Schon wieder das Telefon. Es ist der Leiter der Agentur, der Mireille bittet, in sein Büro im Nebenraum zu kommen. Ein wahrer Könner im Umgang mit Menschen, dieser Bernard, der Leiter, ein Mann mit fröhlichem Gemüt, der mit seinem Optimismus, seiner Schmeichelei alles und noch mehr bei seinen Mitarbeitern erreicht.

Er bemerkt nicht Mireilles ungewöhnliche Aufmachung. Ihre Verspätung dagegen ist ihm nicht entgangen. Es käme ihm nicht in den Sinn, seine Mitarbeiter zu überwachen, aber immerhin. Und schließlich ist Mireille die Seele der Agentur.

»Ich hoffe, es gibt nichts, was Sie nicht ruhig schlafen lässt, Mireille?«, fragt er und schiebt die

Brille auf die Stirnglatze. Mireille bewundert nebenbei den subtilen Gebrauch der Verneinung. »Nichts, mein lieber Bernard. Wissen Sie, in Zukunft will ich mir ... wie soll ich's sagen ... mehr Zeit lassen. Ja, das ist es: mehr Zeit lassen.«

Ihr Ton ist nicht aggressiv und auch nicht unverschämt. Er ist herablassend. Das ist noch schlimmer. In Wirklichkeit wundert sie sich selbst darüber, dass sie sich mit solcher Selbstsicherheit, solchem Hochmut ausdrückt, wie jemand, der schon so viel erlebt hat, dass er die Gegenwart nur noch mit einer gewissen Gleichgültigkeit betrachten kann.

»Im Übrigen«, fährt sie ruhig fort, »habe ich vor, morgen nicht in die Agentur zu kommen. Ich komme am Donnerstag, nachmittags ... oder vielleicht am Freitag ... mal sehen.«

Mit diesen Worten gleitet Mireille aus Bernards Büro und schließt leise die Tür, denn ebenso wenig, wie man hinter einem Bus herrennt, knallt man bei seinem Chef die Tür zu, auch wenn man den angenehmen, unwiderruflichen Eindruck hat, ihm ziemlich überlegen zu sein.

Mireille steht im Badezimmer vor dem Glasregal voller Flakons und Töpfchen, dem ganzen Arsenal Falten bannender Cremes, und betrachtet sich nachdenklich im Spiegel.

Die tägliche Inspektion, die dem Strammstehen vor der Jugend folgt, findet heute Morgen nicht statt, auch nicht der Gruß an die Flagge der Schönheit. Der brave Soldat, der in ihr steckt und immer gesteckt hat, hat plötzlich Lust zu desertieren.

Diesmal betrachtet sie sich nicht mehr mit der Absicht, auf Hochglanz gebracht und mit schwarz getuschten und gebürsteten Wimpern zum Appell anzutreten, sondern aus einem anderen Grund, der ihr jedoch noch nicht ganz bewusst ist. Wenn sich Mireille heute Morgen ganz besonders für die kleinen schicksalhaften Zeichen, die verdächtigen Stempel der Zeit interessiert, dann mit anderen Augen als zuvor. Diesmal tut sie es mit gewissem Genuss, einem Genuss besonderer Art. Diesmal bereitet es ihr keine Sorgen, im Gegenteil, es beruhigt sie.

Sie erforscht weniger das Gegenwärtige als das Künftige. Mit einem großen Satz über das Heute springt Mireille munter in das Morgen. Sie sucht sich dort, wo sie noch nicht ist, aber zwangsläufig sein wird. Sie übt sich im Vorwegnehmen, im Vorgreifen, und noch dazu voller Eifer.

Denn das, was sie in Wirklichkeit so nachdenklich vor dem Badezimmerspiegel unter die Lupe nimmt, ist die Zukunft, eine Zukunft, die sie sich insgeheim voller Neugier und Ungeduld herbeiwünscht ...

Anschließend ändert sich das Aussehen des Raums. Die Flakons und Töpfchen werden in den Schrank geräumt. Nur der Puder und eine Flasche Kölnisch Wasser finden Gnade und bleiben auf dem Regal. Anschließend bemüht sich Mireille, ihr dichtes Haar zu bezwingen. Sie rollt es ein, dreht es im Nacken zu einem Knoten zusammen, steckt es mit Haarnadeln fest. Und dann greift sie, von ihrer Garderobe enttäuscht, wieder auf das graue Kostüm zurück, das sie schon seit mehreren Tagen mit einer weißen oder schwarzen Bluse trägt, und dazu flache Schuhe ...

Auch Delphine fand, dass ihrer Mutter das graue Kostüm eigentlich gut stand, obwohl sie sich zunächst ein wenig überrascht zeigte, als sie sich mit Mireille im Restaurant traf. Ein recht anregender Abend übrigens, in dessen Verlauf Mireille ihrer Tochter mit einer geschickten Mischung aus Bestimmtheit und Nachsicht Ratschläge erteilt hatte, die ganz einfach auf dem gesunden Menschenverstand beruhten, was Delphine anscheinend noch stärker verblüfft hatte als das graue Kostüm. Nach dem Essen fragte das Mädchen mit derselben besorgten Miene wie Colette im Büro, ob alles in Ordnung sei, und Mireille antwortete ihr mit derselben unschuldigen Miene, aber ja doch.

Mireille ist nicht in die Agentur zurückgekehrt. Mireille hat auch nicht auf die immer ängstlicheren Nachrichten reagiert, die ihr Colette auf dem Anrufbeantworter hinterließ, und auch nicht auf all die anderen Anrufe, zumeist von Männern, unter denen sich besonders Jacques durch seine Hartnäckigkeit auszeichnete, Jacques, der anerkannte Liebhaber, dem sie den Beinamen »der Fatale« gegeben hat, sowohl auf Grund seiner Neigung für die Philosophie als auch wegen seiner unverbesserlichen Art, immer im falschen Augenblick aufzutauchen, als bemühte er sich unentwegt, wie das Schicksal, wie die Fatalität über sie hereinzubrechen; ein Fehler, der allerdings weitgehend durch die bemerkenswerte Bereitschaft aufgewogen wurde, sich an jedem Ort und in jeder Lage den Vergnügungen des Eros zu widmen.

Doch im Augenblick hat Mireille etwas Besseres vor, als diesem Druck der Freundschaft und der Liebe nachzugeben.

Seit sie im neuen Rhythmus ihrer Gedanken und ihrer Schritte schlendert, stets bemüht, das geruhsame Tempo zu halten, mit sanftem Wiegen des Körpers, schön im Takt, mit wohl bemessenem Druck des Fußes, seit sie keinen Zwang, keine Pflichten mehr kennt, entdeckt sie in ihrem eigenen Viertel wahre Wunder. Sie hat dort entzückende Hinterhöfe, unglaubliche Häuser aufgespürt.

Gestern ist sie bei ihrem Bummel in der Nähe ihres Hauses auf einen winzigen Park gestoßen, von dessen Existenz sie bisher nichts gewusst hatte.

Diesen Park will sie jetzt erkunden. Die kleine eiserne Pforte am Eingang quietscht beim Öffnen und beim Schließen. Dieses Quietschen erinnert sie an die Gittertür, die in dem Haus am Meer, wo sie ihre Kindheit verbracht hatte, den Garten von der Düne trennte.

Der Park gleicht einer naiven Zeichnung. Eine einzige Bank unter einem einzigen Baum. Ein Sandkasten, um den drei Stühle stehen. Ein Rechteck aus saftig grünem Gras, das wie ein Teppich auf dem graurosa Kies liegt. Im Sandkasten sitzt ein kleines Mädchen in einem kelchartigen weißen Kleid, einem Krokus gleich, und spielt mit Bauklötzen neben einer ziemlich dicken älteren Frau, die in eine Zeitschrift vertieft ist. Ein ernster alter Herr, die Hände auf der Strickweste gefaltet, scheint in die Betrachtung des Krokus versunken zu sein, während eine etwa gleichaltrige Dame mit einem rötlichen Kater spricht, den sie an der Leine hält; das Tier hat sich vor ihren Füßen zusammengerollt.

Das Quietschen der Pforte hat diese unwandelbare Szene nicht gestört.

Unauffällig setzt sich Mireille auf das freie Ende der Bank.

Nun sieht auch sie dem Spiel des Krokuskindes im weißen Kleid zu und wie im Sand die Klötze sorgfältig ineinander gefügt werden.

Der rötliche Kater ist eingeschlafen, doch die Dame fährt mit ihrer Litanei fort. Sie erzählt Geschichten über frischen Fisch und warme Milch, ein Wiegenlied für Katzen.

Die Seiten der Zeitschrift werden umgeblättert. Die Stunden verstreichen.

Man braucht sich nur noch in die Kulisse des Parks einzufügen, mit ihm zu verschmelzen, seinen Platz zu finden, ohne zu stören, sich der Trägheit zu überlassen, dem wohltuenden Gefühl der Leere, um nacheinander zu rötlichem Kater, umgeblätterter Seite, Bauklotz, hellgelbem Sand, Knopf der Strickweste, zitterndem rosa Fett am Arm der dicken Frau zu werden.

Mit einem Lächeln im Herzen, dem Lächeln einer Dame in Blau, macht Mireille mühelos den ersten Schritt ins Nichtstun.

Ohne es zu merken, hat sich Mireille nach und nach angewöhnt, ihre Wohnung anders zu benutzen. Sie lebt immer mehr in der Küche. Das Wohnzimmer, dessen Eleganz und guter Geschmack sie mit Unbehagen erfüllt, meidet sie nun ganz. Selbst die Hängematte aus Bahia, in der sie sich behaglich schaukelte, um Musik zu hören, kommt ihr etwas lächerlich vor. Im Übrigen betritt sie das Wohnzimmer nur noch, um die Grünpflanzen vor der großen Balkontür zum Hof zu gießen, auf Zehenspitzen gehend, als sei sie bei jemand anderem, oder um den Anrufbeantworter abzuhören, den sie nicht abzustellen gewagt hat, weil Delphine für drei Monate zu ihrem Vater nach Madrid gefahren ist.

Wenn Mireille von ihren Spaziergängen zurückkommt, legt sie ihre Handtasche oben auf den Kühlschrank und stellt ihre Schuhe in einer Plastiktüte in das unterste Fach des Gemüseregals, und dann sitzt sie stundenlang in Morgenrock und Pantoffeln am Küchentisch, auf dem sich Papiere, Terminkalender, Hefte, Bücher, die sie gerade liest, und eine ganze Sammlung von Bleistiften häufen, die sie in einem Bierkrug aufbewahrt.

Sie liest gern im Duft der Gemüsesuppe oder in der feuchten Wärme eines Hammelragouts, das auf kleiner Flamme schmort und dessen dampfender Wohlgeruch sich zwischen den Buchseiten festsetzt.

Wenn das Telefon klingelt, öffnet sie die Tür zum Wohnzimmer und bemüht sich, außer wenn es Delphine ist, den Namen des Störenfrieds in einem kleinen Heft zu notieren, ohne jedoch wirklich auf die Nachricht zu achten.

Manchmal setzt sie sich hinter die Cretonnegardine an der Fensterecke auf den Hocker und beobachtet die Straße zwei Stockwerke tiefer.

Das regelmäßige Leben der Anwohner, das sie nun allmählich kennt, fasziniert sie. Da sind zum einen Schulbeginn und Schulschluss, wenn die schrillen Schwalbenschreie der Kinder die Luft durchdringen, und dann der Zeitpunkt, wenn die Rollläden von Geschäften oder Garagen mit brutalem, aggressivem Quietschen herauf- oder herabgelassen werden, und gegen Ende des Tages das Hupkonzert, wie ein Aufschrei, eine düstere Klage von Menschen, deren Geduld zu Ende ist.

All dieses Treiben unter ihr erfüllt Mireille mit einer Mischung aus Belustigung und Mitleid. Die Stirn an die Scheibe gedrückt, genießt sie oft das Glück, dort zu sein, wo sie ist, während der tickende Wecker in der Küche nur noch die Aufgabe hat zu ticken.

Eines Tages, als sie, auf die Balustrade des Fensters gelehnt, zusieht, wie die Kinder aus der Schule kommen, und angesichts all dieser kleinen gierigen, mit Schokolade oder Marmelade verschmierten Gesichter in Rührung gerät, bemerkt sie im Haus gegenüber, im gleichen Stockwerk, die Silhouette eines Mannes, der anscheinend dasselbe Schauspiel verfolgt. Überrascht über die ernste Miene des Gesichts, blickt sie aufmerksamer hin und erkennt den alten Mann aus dem Park. Diese Entdeckung geht ihr, sie weiß nicht, warum, zu Herzen. Es ist allerdings das erste Mal seit Wochen, dass sie etwas mit jemandem teilt und noch dazu etwas Besonderes, nämlich den Augenblick, wenn die Kinder nachmittags ihren Kuchen essen, was niemanden interessiert außer die Kinder selbst, jene Belohnung, die die Zeit an etwas Süßem hängen lässt, ein völlig belangloser Augenblick, zumindest, was den Lauf der Welt angeht.

Auch der ernste alte Herr hat Mireille gesehen. Hat er sie erkannt? Vermutlich, denn er hebt ganz langsam die Hand, als wolle er diesen Moment verlängern, ihm etwas Feierliches verleihen, dann verschwindet er.

An jenem Abend geht Mireille äußerst beschwingt zu Bett. Von nun an ist sie nicht mehr die Einzige, die sich an der Nutzlosigkeit erfreut. Auf der anderen Straßenseite, an einem Fenster, das dem ihren gleicht, betrachtet jemand mit ebensolcher Ruhe das Schauspiel der Welt: ein anderer Zeuge, ein anderer Mensch, der wie sie nur Statist ist.

Sie sieht wieder den Park vor sich, der ihr die erste Lektion im Nichtstun und zugleich in wohliger Bescheidenheit erteilt hat, diesen Park, der ebenso gut mit ihrer wie auch ohne ihre Anwesenheit existiert, denn ob sie auf der Parkbank sitzt oder nicht, ändert nichts am Weiß des Krokuskindes noch am Grün des Rasenstücks auf dem graurosa Kies.

Mireille sagt sich, dass die Dame mit dem rötlichen Kater, der ernste alte Herr und jetzt auch sie Menschen vom selben Schlag sind. Alle drei sind sie ersetzlich. Mireille ist ersetzlich ... Das Wort erheitert sie: Es widerspricht genau dem, was Colette ihr am Telefon gesagt hat, als Mireille im Büro anrief, um anzukünden, dass sie nicht wiederkäme. Entmutigt von der Dickköpfigkeit ihrer Freundin, hat Colette, als ihr nichts anderes mehr einfiel, fast schreiend zu ihr gesagt: »Aber hör mal, Mireille, du musst wiederkommen! Du weißt doch genau, dass du für die Agentur unersetzlich bist!«

Vor dem Schlafengehen, umgeben vom Duft des Eisenkrauttees, den Mireille gleich mit einem guten Löffel Akazienhonig im Bett trinken wird, während sie noch Radio hört, muss sie gerührt an Colette denken, ihre beste Freundin, die dort zurückgeblieben ist, dort auf der anderen Seite eines Grabens, den Mireille so mühelos überquert hat, dass man es kaum als Verdienst betrachten kann. Sie muss ihr unbedingt schreiben ...

Hier ist die Nacht schwerelos. Hier gleitet man mit sanftem Wiegen des Körpers in den Schlaf.

Es war fatal. Wieder einmal ist Jacques im ungünstigsten Augenblick hereingeplatzt, zwischen Schulschluss und Hupkonzert, genau zu dem Zeitpunkt, da in der Küche die abendliche Suppe das Fenster allmählich mit einem leichten duftenden Beschlag überzieht, in dem äußerst heiklen Moment, da Mireille sich bemüht, die Halme eines besonders zarten Grases, das man anscheinend nur in Südamerika, bei den Indianern, findet, in ein Schulheft abzuzeichnen.

Das aufdringliche Klingeln zu ungelegener Stunde lässt keinen Zweifel zu: Es ist tatsächlich Jacques, der treuherzig und zu allem bereit mit einer Flasche Champagner in der Hand auf dem Treppenabsatz steht, fest entschlossen hereinzukommen, das sieht man, trotz des nicht sehr freundlichen Blicks jener, der der Champagner zugedacht ist.

»Man kann nicht gerade behaupten, dass du dich aufs Telefon stürzt!«, sagt Jacques und stößt mit einem Ruck die Wohnzimmertür auf. Dann ein leichtes Zögern: Das Halbdunkel des Raums, dessen Läden geschlossen sind, und vor allem der muffige Geruch überraschen vermutlich den munteren Eindringling. »Was ist denn mit dir los?«, fragt er, während er die Deckenlampe anknipst und die Dame des Hauses aufmerksam mustert.

Diesmal gerät Jacques ins Schwanken. Sein philosophisch geschulter Scharfsinn und seine Fähigkeit, rasch Zusammenhänge zu erkennen, bewirken wohl, dass ihm alles auf einen Schlag bewusst wird: der Morgenrock, die Pantoffeln, die Baumwollstrümpfe, der straffe Knoten und vor allem etwas Undefinierbares an Mireille, das besagt, dass sie eigentlich gar nicht mehr Mireille ist.

Mireille seufzt, geht völlig gelassen und, wegen der Hausschuhe, ein wenig schlurfend durch den Raum, öffnet die Läden, lässt das Fenster einen Spalt offen und knipst die Deckenlampe aus, ehe sie sich mit bewusst verstimmter Miene auf das Sofa setzt.

Wortlos lässt sich Jacques in den Ledersessel fallen, dem Sofa gegenüber. Er klammert sich geradezu an die Flasche Champagner.

Beide sehen sich eine ganze Weile an: er, der verstehen will, und sie, die nichts sagen will.

Der Duft der Gemüsesuppe durchzieht das Schweigen. Mireille kann sich gut vorstellen, dass es für Jacques nicht so einfach ist, daher sagt sie sehr liebenswürdig, sehr wohlwollend, mit jenem Hauch von Herablassung, den sie sich angewöhnt hat: »Frag mich bitte nicht, ob ich krank bin oder so was Ähnliches, ja?«

Jacques stellt die Flasche Champagner auf den niedrigen Tisch aus lackiertem Holz und steht wortlos auf, um zwei Sektgläser zu holen.

Er will offensichtlich nichts falsch machen, versucht, sich wieder zu fassen, sich von seiner besten Seite zu zeigen. Der Korken macht ein seltsames Geräusch, röchelt, statt zu knallen.

Mireille betrachtet erst die goldgelbe Flüssigkeit, die in den Kristallgläsern perlt, dann Jacques, der unter ihren Liebhabern immerhin an erster Stelle gestanden hat, Jacques mit dem sympathischen und plötzlich so betretenen Gesicht eines großen Jungen, der, wie sie genau weiß, am liebsten halt schreien, in Lachen ausbrechen und Mireille aufs Sofa legen würde, um ein für alle Mal diesem bösen Spiel ein Ende zu machen.

»Wie geht es dir denn, mein lieber Jacques?«, fragt sie, erstaunlich weich gestimmt vom ersten Schluck des kühlen Champagners, der ihr bewusst macht, dass sie schon seit langem keinen Alkohol mehr getrunken hat.

Ermutigt durch diese besitzergreifende Anrede, setzt sich Jacques neben Mireille aufs Sofa.

»Du fehlst mir«, erwidert er und legt ihr demonstrativ die Hand auf die aneinander gepressten Knie. Mireille betrachtet ihre Pantoffeln, ihre

35

Baumwollstrümpfe. Sie kann ihm ja schlecht sagen, dass er ihr nicht fehlt.

»Na, nun lass mal nicht den Kopf hängen«, sagt sie aufrichtig betrübt. Sie zieht Jacques an sich. Er legt den Kopf auf ihren Morgenrock aus Pyrenäenwolle und lässt sich mit einer Fügsamkeit das Haar streicheln, die Mireille kaum überrascht. Sie trinkt noch einen Schluck Champagner, ohne mit dem Streicheln aufzuhören. Was denkt er wohl, der arme Jacques, er, der so daran gewöhnt ist, sie begehrenswert und voller Begehren zu erleben? Ihr selbst dagegen fällt es schwer, sich all diese Tollheiten vorzustellen, die sie auf diesem Sofa und in der Hängematte aus Bahia vollbracht haben.

Die Bilder ihrer erotischen Heldentaten, die ihr vor Augen treten, nehmen in ihrer Vorstellung plötzlich die verblichene bräunliche Färbung alter Fotografien aus einem heimlich angelegten Album an. Sie verlieren sich schon in der Erinnerung an die denkwürdigen Taten eines ausschweifenden Lebens. War das sie, waren das sie gewesen?

Ist Mireille etwa melancholisch? Gewiss nicht. Dass es all diese Liebestollheiten gegeben hat, gefällt ihr – sie ist sogar ein wenig stolz darauf –, doch der Gedanke, dass sie nun vorbei sind, endlich vorbei, gefällt ihr noch besser. Aber auch das kann sie Jacques nicht sagen.

Während Mireille die Finger durch den dichten Haarschopf ihres einstigen Liebhabers gleiten lässt, dessen Kopf auf ihren Knien ruht, schließt sie voller Erleichterung darüber, dass sie ihn weder begehrt noch sich von ihm angezogen fühlt, die Augen, als genüge diese zärtliche Geste, um sie zu befriedigen. Jacques dagegen ist besiegt, das spürt sie, die ungeheure, unbesiegbare Macht all dieser unvorhersehbaren Zärtlichkeit zwang ihn auf die Schulter.

Schließlich unterbricht Mireille selbst diese Szene trauten Glücks, die bestimmt nicht Eingang in die Annalen libertinistischer Schriften finden wird: »Meine Suppe!«, ruft sie. Und schon entschlüpft sie Jacques, nimmt seinen Kopf wie einen Ball und legt ihn unsanft auf den rauen Stoff des Sofas. Salome dürfte mit Johannes dem Täufer ähnlich umgegangen sein, das ist ihr durchaus klar, doch eine Suppe, die anbrennt, gehört zu den dringenden Fällen ...

Mireille räumt die Zeichnungen von den Gräsern und die Buntstifte weg und dreht das Rührsieb. »Du kannst den Champagner austrinken, hörst du?«, ruft sie Jacques zu, der vermutlich seinen Kopf und seine fünf Sinne wieder gefunden hat, denn er steht da, an die Küchentür gelehnt, und betrachtet Mireille stumm.

Sie wendet sich ihm zu. »Willst du einen Teller

Suppe?«, fragt sie ihn ein wenig widerstrebend, denn um diese Uhrzeit, zu der sie sonst immer erschöpft aus der Agentur zurückgekehrt ist und sich auf ein mondänes Diner vorbereitet hat, bei dem es hieß, brillant zu sein und zu gefallen, gibt es für sie nichts Schöneres, als allein, möglichst im Schlafrock, ihre Suppe zu essen und im Zeitlupentempo die lehrreiche Folge der vollkommen nutzlosen und dennoch sehr ereignisreichen Begebenheiten eines ganzen Tags der Leere im Geist an sich vorüberziehen zu lassen.

Jacques' Gesicht spricht für sich: Er ist erschüttert.

»Nein, danke«, erwidert er, und Mireille, die eigentlich gar nicht mehr Mireille ist, aber dennoch nichts von ihrem Scharfsinn verloren hat, hört aus dem »Danke« heraus, was man heraushören muss: »Wenn das alles ist, was du mir anzubieten hast, mein armes Herz, dann lassen wir's, sei mir nicht böse, aber trotzdem könntest du mir mal erklären, was mit dir los ist. Du machst mir richtig Sorgen. Und welche Rolle hast du mir bei alldem zugedacht?«

Sie passiert weiter ihr Gemüse. Das Rührsieb knirscht. Alles knirscht.

Da entschließt sich Mireille: Sie geht auf Jacques zu, ganz nah an ihn heran, berührt ihn fast. Vielleicht glaubt er sogar, sie wolle ihn küssen …

»Siehst du dieses graue Haar neben meinem Ohr?«

Jacques entgegnet nichts, starr vor Staunen, fast erschrocken.

»Weißt du«, fährt Mireille fort, »es gefällt mir, ich liebe es. Das ist alles, Jacques!«

Als Jacques fort ist, schließt Mireille wieder die Fensterläden im Wohnzimmer und spült die beiden Sektgläser. Sie deckt den Tisch, um ihre Suppe zu essen. Die Suppe ist nicht so gut wie gestern, sie schmeckt ein wenig angebrannt.

Inzwischen beherrscht Mireille auch die Kunst, sich unsichtbar zu machen. Es ist sogar zu ihrer Lieblingsbeschäftigung geworden. Dank der grauen Farbe des Kostüms, die ihr erlaubt, in den Hauswänden zu verschwinden, mit dem Bürgersteig zu verschmelzen, dank des eigentümlichen Gangs, den sie sich angewöhnt hat, Schritt für Schritt, mit wohl bemessenem Druck des Fußes auf den Gehweg und sanftem Wiegen des Körpers, kann sie es sich leisten, sich in aller Ruhe unter ihre Mitmenschen zu mischen, so als wäre sie durchsichtig.

Manchmal streifen sie die Leute. Dann atmet sie verstohlen deren Geruch ein, der je nach Tageszeit, je nachdem, ob sie besorgt oder entspannt sind, unterschiedlich ist. Sie horcht auch auf das, was sie sagen, und dringt durch winzige Lücken in die innersten Sphären anderer Leben ein. Versteckt in einer Toreinfahrt, so wie man sich ins Gras setzt, um das Sirren Tausender kleiner verborgener Wesen zu spüren, die es vibrieren lassen, spitzt sie manchmal die Ohren, sucht mit den Augen ihre Umgebung ab und wird zur unsichtbaren Zeugin zahlloser Abenteuer, die ihr bisher entgangen sind. All diese Begebenheiten, diese unbedeutenden kleinen Geschichten entzücken sie. Sie werden zum täglichen Brot, zur anregenden Musik ihres Daseins. Abends kann sie stundenlang über das, was sie gesehen oder gehört hat, nachsinnen und Dinge hinzudichten. Die hier und dort aufgeschnappten Wortfetzen und Eindrücke verwandeln sich in Melodien.

Mit dem, was sie zum Beispiel gestern Abend gehört hat, könnte sie eine Oper schreiben.

Sie war mit ihrem Korb voller Gemüse auf dem Weg nach Hause, ohne sich von den Hauswänden abzuheben, als ein nicht eben diskretes junges Paar neben ihr stehen blieb. Die beiden stritten sich gerade.

Er, ein stämmiger Kerl, schwitzend vor Wut, sagte immer wieder: »Das hättest du nicht tun sollen! Das hättest du nie tun sollen!«

Sie, ein schmächtiges Geschöpf mit der Opfermiene, die manche Frauen aufsetzen, wenn sie daran denken, dass sie Frauen sind, stöhnte: »Aber es ging doch nicht anders, Michel! Ich hatte keine andere Wahl!«

Die beiden standen sich auf dem Bürgersteig gegenüber. Mireille lehnte zwischen ihnen an der Wand. Sie hätte die beiden berühren können. Sie hätte die Hand auf den dicken, feuchten Arm des Mannes legen können, um ihn zu beruhigen, oder auf die knochige Schulter der Frau, um ihr beizustehen.

Mireille erinnert sich an die furchtbare Stille, und wie lange diese gedauert hat. Nicht zu übersehen und dennoch unsichtbar für die beiden, stand sie mit zugeschnürter Kehle da und wartete darauf, dass die Auseinandersetzung ein Ende fände.

Mireille sah, wie sich die flache Brust der Frau von einem wogenden Seufzer hob, der in die herzzerreißenden Worte mündete:»Aber Michel, das war doch für dich! Das hab ich doch für dich getan!«

Mireille war so angespannt, dass sie nur mit Mühe einen Schrei unterdrücken konnte. Nach einer weiteren Stille hob Michel seinen dicken Arm, als wolle er die Frau schlagen, doch wider Erwarten drückte er sie heftig an sich.

Mireille erinnert sich noch an den leidenschaftlichen, obszönen Kuss aus solcher Nähe, dass sie das seltsame saugende Geräusch zweier sich vereinender Münder hörte. Dann entfernten sich der Mann und die Frau eng umschlungen, taumelnd, als seien sie betrunken. Mireille dagegen musste mit weichen Knien ihren Gemüsekorb abstellen und suchte an der Wand nach Halt ...

Während Mireille an diese Begegnung zurückdenkt, die ihr genügend Material bietet, um unzählige Deutungsversuche anzustellen, da ihr der eigentliche Schlüssel zu dem Drama fehlt, nämlich »das, was diese Frau bloß getan haben mochte und nicht hätte tun sollen«, stellt sie sich die Frage, ob nicht insgeheim das alles für sie bestimmt war, wie zur Belohnung für ihr besonderes Talent, da zu sein, ohne da zu sein, ein Talent, das ihr auch ungeahnte Sinnesfreuden bereitet. Sehen, ohne gesehen zu werden ... ist das nicht ein ausgesprochener Genuss? Beherrscht sie nicht die Straße und die Stadt unvergleichlich besser, seit sie sich damit begnügt, deren Treiben mit geradezu seliger Unauffälligkeit zuzusehen?

Das trifft übrigens vor allem auf ihr eigenes Viertel zu, das sie im Griff zu haben glaubte, weil sie dort bisher voller Eroberungsdrang aufgetreten war. Hübsch, exzentrisch und äußerst redselig mit Nachbarn und Kaufleuten, hatte sie ihr Viertel zu ihrem persönlichen Besitz gemacht, allerdings nur um den Preis ständiger Anstrengungen, die, wie sie plötzlich merkt, ermüdender waren, als sie gedacht hatte.

Jetzt, da sie nach nichts mehr strebt, jetzt, da sie sich wie ein Schatten stumm unter denselben Nachbarn bewegt, die sie nicht ansehen, ist sie so frei, dass sie sich unbesiegbar fühlt. Die Geschäftsleute rufen ihr nichts mehr zu, wenn sie an deren Läden vorbeigeht. Kurz gesagt, sie führt ihr eigenes Leben, inkognito und wunderbar beschaulich.

Eben hat sie allerdings ihr Gemüsehändler eine ganze Weile aufmerksam gemustert, als er ihr das Wechselgeld herausgab. Sie hat gemerkt, dass er im Begriff war, ihr zu sagen, sie habe große Ähnlichkeit mit ... oder sie zu fragen, ob sie nicht zufällig verwandt sei mit einer gewissen ... Doch Mireille hat sich in Luft aufgelöst und den Gemüsehändler mit offenem Mund und derart fassungslos stehen lassen, dass sie jetzt noch darüber lacht, während sie die Möhren am Fenster schält, für den Fall, dass der ernste alte Herr an seinem Fenster auftauchen sollte.

Denn seit dem Nachmittag, an dem sie gemeinsam zugesehen haben, wie die Kinder ihren Kuchen aßen, hält sie nach ihm Ausschau. Sie würde sich gern wieder gemeinsam mit ihm dem Beobachten widmen, ins Nichtstun versenken, wie im Park vor dem Sandkasten. Sie würde gern von dem ernsten alten Herrn lernen, mit welchen Augen er die Welt betrachtet.

Mireille schält die letzte Möhre. Hinter dem Fenster auf der gegenüberliegenden Seite hat sich nichts geregt, aber das Licht ist angegangen.

Er ist da. Es ist ein gutes Zeichen, findet sie, dass das Licht angegangen ist, und noch dazu in diesem Augenblick.

Das Telefon klingelt. Unwillig nimmt Mireille das kleine Notizheft und öffnet die Tür zum Wohnzimmer. Es ist Jacques. Das hatte sie geahnt.

Sie schreibt »Jacques« in das Heft und schließt die Tür, hinter der sich eine Stimme bemüht, sie von etwas zu überzeugen.

Als Mireille in die Küche zurückkehrt, lacht sie glucksend wie ein kleines Mädchen. Keine Spur von Bosheit ist in diesem Lachen eines entzückten Kindes. Sie lacht, weil ihr gerade klar geworden ist, dass Jacques einen Nebenbuhler hat: einen ernsten alten Herrn, der das Leben zu betrachten weiß, einfach, weil er alt ist.

Mireille beugt sich zum Spiegel vor. Das graue Haar über ihrem Ohr ist gewachsen. Man muss allerdings dazu sagen, dass sie es verhätschelt. Sie redet mit ihm, umschmeichelt es, so wie sie auch die Grünpflanzen im Wohnzimmer umschmeichelt und sich bemüht, sie in diesem endgültig aufgegebenen Raum der Wohnung am Leben zu erhalten.

Auch wenn inzwischen weitere graue Haare hinzugekommen sind, nicht nur an den Schläfen, sondern auch mitten im schwarzen Haupthaar, das in Zukunft auf die gewohnte Tönung verzichten muss, bringt sie diesem grauen Haar besondere Zärtlichkeit entgegen.

Zärtlichkeit empfindet sie im Übrigen mehr als genug. Für alle Anzeichen des Welkens in ihrem Gesicht und an ihrem Körper: jene winzigen Fältelungen der Haut, die sie morgens entdeckt, mit den Fingerspitzen streichelt und mit dem Blick ermutigt. Für all die kleinen braunen Flecken, die wie Schattenblumen verstreut sind, die erstaunlichen Stickereien der Zeit auf dem hellen Stoff des Fleisches, die sie abends zählt, nachdem sie ihre Suppe gegessen und beide Hände flach auf den Küchentisch gelegt hat.

Mireille lächelt dem Spiegel zu, der ihr so trefflich die Geschichte erzählt, die sie hören will. Sie lächelt der Zukunft zu, die schon da ist.

Ihr Haar hat die neue Zurückhaltung schnell begriffen. Mit der Fügsamkeit eines Hundes, der dem Halsband seines Herrn den Kopf entgegenstreckt, rollt es sich jetzt schon von selbst unter den Haarnadeln zu einem Knoten im Nacken zusammen.

Heute ist die schwarze Bluse dran.

Mireille nimmt ihre Tasche vom Kühlschrank und die Schuhe aus dem Gemüseregal. Sie ist sehr zufrieden mit den Netzhandschuhen, die sie im obersten Fach des Kleiderschranks im Schlafzimmer aufgestöbert hat. Sie nimmt sich vor, nicht mehr ohne Handschuhe aus dem Haus zu gehen. Sie hätte nichts dagegen, einen Hut zu kaufen, der zu dem grauen Kostüm passt. Und außerdem hat sie in einem Kurzwarenladen, in dem Strümpfe, Unterkleidung und Dekorationsstoffe angeboten werden, ein dunkelblaues Kleid aus Seidenkrepp entdeckt, das ihr bereits zu gehören scheint.

Der Briefkasten ist fast leer. Ein Brief immerhin. Mireille erkennt Colettes Handschrift.

Diesen Brief wird sie lesen. All die anderen stapeln sich im Wohnzimmer neben dem Anrufbeantworter, für alle Fälle ...

Die kleine eiserne Pforte gewährt ihr ein Quietschen und die Düne und das Meer. Auf den Stühlen im Park sitzen nur zwei kleine Mädchen mit ihren Schultaschen.

Der Sand im Sandkasten ist geharkt.

Mireille lässt sich auf der Bankmitte nieder, den Mädchen gegenüber, die sich merkwürdig schweigsam anstarren. Die beiden sitzen regungslos, mit gesenkten Köpfen da, als litten sie unter dem Schock einer furchtbaren Nachricht, als habe sie etwas erschüttert, am Boden zerstört.

Mireille mischt sich schon wieder ein, dringt mitten hinein in dieses Schweigen, dieses für so junge Mädchen viel zu erdrückende Schweigen. Sie nimmt sich ihren Teil davon, als könne sie allein durch ihre Anwesenheit, ohne den Grund zu kennen, ohne den Grund zu verstehen, dessen Last verringern. Die mit Abziehbildern übersäten Schultaschen passen nicht zu der rätselhaften Qual, die diese beiden Köpfe mit den noch kindlichen Locken auf ihre zarten weißen Hälse sinken lässt.

Quietschen der eisernen Pforte. Es kommt jemand: eine ältere Frau mit einem Tier an der Leine. Mireille erkennt die Dame mit dem rötlichen Kater.

Immer noch ohne ein Wort zu sagen, stehen die beiden Mädchen auf und schütteln sich heftig,

fast gewaltsam, als wollten sie sich eine unge-
rechte, unverdiente Bürde von der Seele wälzen,
stürmen dann auf den Ausgang zu und springen
mit wildem Geschrei über das eiserne Gitter.

Das erinnert Mireille ein wenig an Kriegsbe-
richte über Soldaten, die schreiend aus dem
Schützengraben springen und mit Todesverach-
tung direkt auf das feindliche Feuer zurennen.

Plötzlich überkommt sie ein unwiderstehliches
Mitgefühl, erst mit den kleinen Mädchen und
dann mit den Menschen allgemein, zumindest
mit jenen, die immer etwas zwingt zu kämpfen.
Denn Mireille kämpft nicht mehr, für nichts und
niemanden, und erst recht nicht für sich selbst.
Mireille hat die Waffen abgelegt, alle Waffen, hat
sie genau in dem Augenblick abgelegt, als sie den
Sturmschritt aufgegeben und den Rhythmus
gewechselt hat, mit wohl bemessenem Druck und
sanftem Wiegen den Fuß bedächtig auf den Gehweg setzte ... Dieses Wiegen regelt ihr Leben. Es
ist der einzige Maßstab, den sie gelten lässt, denn
sie stellt keine Ansprüche, verabscheut die Gewalt, kurz gesagt, sie ist natürlich. Dieses heimliche Metronom begleitet sie beim Müßiggang,
der ihre Tage und Nächte erfüllt.

Der Anblick dieser wutentbrannten kleinen
Mädchen, die so wild sind wie ihr Geschrei und
trotz ihres stummen Schmerzes – oder vielleicht

deswegen – vom Wunsch besessen, zu siegen, zu gewinnen, erinnert Mireille an ihre eigene, mit vielen Hindernissen gepflasterte Geschichte. Von ihrer heutigen Warte aus, hier auf dieser Bank, wo kein Zwang sie mehr erreichen kann, tun sie ihr Leid.

Währenddessen hat die Dame mit dem rötlichen Kater das Tier auf die rechteckige grüne Rasenfläche gesetzt. Niesend beschnuppert es jeden Grashalm. Mit ausgeprägtem Sinn für Katzenpsychologie kommentiert die Dame die Eindrücke des Tiers. Manchmal richtet der Kater dankbar seine großen gelben Augen auf seine Herrin.

Zwischen diesen beiden gibt es keinen Krieg, kein Hindernis, nur eine Leine, die sie sich jedoch auf so harmonische Weise teilen, dass man sich fragt, wer denn wen festhält. Ein Band der Liebe zwischen einem Tierhals und einer alten Frauenhand, das weder den Hals noch die Hand verletzt, das vollkommene Bindeglied sozusagen zwischen zwei friedlichen, waffenlosen Wesen.

Die Dame hat sich auf die Bank gesetzt. Der rötliche Kater rollt sich mit noch von der Wohltat des grünen Teppichs zitternder Nase vor ihren Füßen zusammen. Die beiden wärmen sich in der Sonne. Vier vor Seligkeit geschlossene Augen.

Mireille nimmt mit Genuss diese warme, wohlige Ruhe in sich auf. Durch halb geschlossene Augen verfolgt sie die irisierenden regelmäßigen Streifen des geharkten gelben Sands, die Mireille in die Vergangenheit zurückversetzen, an den Tisch im elterlichen Esszimmer, wenn es Kartoffelpüree gab und sie mit der Gabel Furchen in den Brei zog, ehe eine Sintflut von dunkler Bratensoße alles vollspritzte, obwohl mitten in dieser unbefleckten Landschaft ein Trichter für die Soße ausgehoben war. Jedes Mal war Mireille fassungslos. Jedes Mal entschuldigte sich ihre Mutter. Doch dank des unvergleichlichen Geschmacks der köstlichen Mischung und der Aussicht, auf einem sauberen Teller alles von vorn zu beginnen und erneut dieselbe Landschaft, dieselben tadellosen Furchen in den hellen Brei zu zeichnen, renkte sich dann alles wieder ein ...

Mireille schreckt auf: Der rötliche Kater ist auf ihren Schoß gesprungen.

»Carotte scheint Sie wohl zu mögen.«

Die alte Frau hat das im selben singenden Tonfall gesagt, in dem sie auch mit dem Tier spricht. Der Kater dreht sich mehrmals im Kreis, als wolle er sich ein Nest im Polster des Schoßes graben, dann rollt er sich zusammen und legt den Kopf auf Mireilles Bauch.

»Das kommt auch von Ihrem Rock. Wolle mag er am liebsten.« Mireille legt die Hände auf das warme Pelzknäuel. Die kleinen braunen Flecken, die von der Zeit gestickten Schattenblumen, machen sich auf Carottes fahlrotem Fell ausgesprochen gut. Mireille zählt wieder die Flecken. Die singende Stimme beginnt ihr leierndes Lied. Mireille hört zu. Sie stellt auch ab und zu eine Frage, wenn die Melodie stockt.

Sie erfährt dabei, dass die Dame mit dem rötlichen Kater in diesem Viertel wohnt. Sie ist hier geboren. Sie hat hier geheiratet. Sie wird hier sterben. Nachdem Fernand sie vor sechs Jahren allein gelassen hat, »schon sechs Jahre, Carotte, kannst du dir das vorstellen?«, hat sie beschlossen, ihre Wohnung aufzugeben, die zu groß und zu leer geworden war, und ist mit ihren kostbarsten Möbeln ins Altersheim »Bon Repos« gezogen. Dort fühlt sie sich nicht so allein. Aber das hindert sie nicht daran, zur Abwechslung hin und wieder in den Park zu gehen. Das ist der Park für Carotte. Oder eigentlich ist es der Park für sie beide, »nicht wahr, Carotte?« »Carotte« ist allerdings ein komischer Name für einen Kater – sie selbst hätte ihn lieber nach einem Kaiser benannt: Cäsar oder Nero – aber die Tochter von der Leiterin des »Bon Repos«, die kleine Emilie, hat ihn nun mal so getauft, verstehen Sie ...

Im »Bon Repos«, o ja, da lebt's sich sehr gut. Der Garten ist hübsch hergerichtet. In diesem Jahr sind die Begonien wunderschön. Man muss schon sagen, Lucien – Lucien ist der Gärtner –, Lucien hat sich selbst übertroffen. Und Madame Choiseul – Madame Choiseul ist die Leiterin –, Madame Choiseul ist sehr nett. An jedem letzten Donnerstag im Monat gibt's nachmittags ein Konzert und dabei warmen Kakao und Kuchen mit Schlagsahne. Um nichts in der Welt würden Carotte und sie das Konzert zur Kaffeezeit verpassen: »Nicht wahr, Carotte?« Die ernste Musik, das ist schon was. Vor allem Chopin. Ja, ja, Chopin mögen sie am liebsten.

»Madame Choiseul? Die ist morgens zu erreichen. Sie können sich einen Termin geben lassen. Ist es für jemanden aus Ihrer Familie? Jedenfalls brauchen Sie nur anzurufen. Wenn Sie wollen, kann ich Ihnen mein Zimmer zeigen. Es liegt zum Garten hinaus, genau da, wo Lucien die Begonien gepflanzt hat. Alle wollen sie ins ›Bon Repos‹.«

Mireille spürt die feuchte Schnauze auf ihrem Bauch, die singende Stimme im Ohr. Luciens Begonien, die kleine Emilie und der Chopin-Kakao mit Kuchen und Schlagsahne geben ein weiches Kopfkissen ab.

Auf der Bank im Park träumen ein Kater und zwei Frauen vom »Bon Repos«.

Eine dieser Frauen ist eine alte Frau.

Schwer zu sagen, wer von den dreien am lautesten schnurrt.

Der Zwieback knirscht, scheint zu widerstehen und zergeht dann plötzlich, als verleugne er sich selbst, unter dem sanften Druck der feuchten Lippen.

Dieser innige Begrüßungskuss entspricht genau dem Maß an Anstrengung, das Mireille bereit ist, für ihr Dasein aufzubringen. Sie liebt das Knirschen und die friedliche Entsagung des Zwiebacks. Beim Brot muss man beißen, einen Widerstand überwinden.

Sie will nicht mehr in Brot beißen. Sie will überhaupt nicht mehr beißen. Knabbern ist für sie die neue Art, die Dinge, das Leben zu genießen, ohne Aufwand, ohne Leistungsdruck.

Und außerdem hat der mit Butter bestrichene morgendliche Zwieback einen weiteren Vorteil. Er besitzt die Fähigkeit, ihre Phantasie schweifen zu lassen, ihre Träumereien anzuregen. Denn morgens tyrannisiert sich Mireille nicht mehr, widmet sich nicht mehr, mit den Putzlappen des Gewissens bewaffnet, ihren geistigen Waschungen. Sie unternimmt im Geist Streifzüge, flaniert mit einer besonderen Vorliebe für die Kindheit, die immer öfter in so bezaubernden Bildern vor ihr auftaucht, dass sie diese gerührt und hingerissen unermüdlich auskostet.

Eingehüllt in eine Fülle von Schultertüchern, Wollsachen und Plumeaus, denn sie friert jetzt leicht, sitzt sie im Bett, das Frühstückstablett auf den Knien, und durchstreift die Pfade der Erinnerung. In dieser Wärme schießen die Erinnerungen im Humus der Vergangenheit wie Pilze hervor, die sich mühelos sammeln lassen.

Der Zwieback knirscht. Er wird zum rieselnden Sand der Zeit, die beim dampfenden Tee im Duft von Honig und Marmelade verrinnt.

Heute hat Mireille drei noch ungeöffnete Briefe von Colette mit auf das Tablett gelegt. Das ist sie der Freundin wirklich schuldig.

Wenn man die Briefe aufmerksam liest, in der Reihenfolge ihres Eintreffens, vermitteln sie eine klare Vorstellung von der Verwirrung der Schreiberin. Colette wirkt nach anfänglichen inständigen Bitten entrüstet und schließlich bekümmert. Ihre Verwirrung ist aufrichtig. Die Freundin leidet sichtlich darunter, dass sie nicht versteht, was vor sich geht. Aber würde sie es verstehen? Könnte sie etwas begreifen, was Mireille sich selbst nicht erklären kann? Wie lassen sich das sanfte Wiegen, der neue Rhythmus erklären?

Mireille steht auf, schlüpft in ihre Pantoffeln

und den Morgenrock und bringt nachdenklich das Tablett mit den drei Briefen in die Küche.

Es ist elf Uhr, die Sonne steht schon hoch am Himmel. Die Grünpflanzen im Wohnzimmer haben genauso ein Recht auf ihre Dosis Sonne, wie Colette ein Recht auf eine Antwort hat, sagt sich Mireille, während sie die Fensterläden zum Hof öffnet. Mireille steht vor dem Sekretär, der von einer dünnen, in der Sonne glänzenden Staubschicht bedeckt ist, und denkt nach. Links oben, im letzten Regal, liegt wie immer das Fotoalbum. Das Album gehört Delphine. Sie hat es an ihrem dreizehnten Geburtstag begonnen. Mireille erinnert sich daran, weil jener Tag mit einem Drama geendet hat. Zum ersten Mal in ihrer bisher ungetrübten Kindheit hatte Delphine zusehen müssen, wie sich ihre Eltern heftig stritten. Das erste Mal, dass der Vater die Mutter betrog. Das erste Mal, dass die Mutter eifersüchtig war. Delphine hatte sich mit dem Album, kaum dass es ausgepackt war, in ihr Zimmer eingeschlossen. Die Fotos aus der Kindheit hatte Delphine wohl später in der Hoffnung in das Buch geklebt, das Unglück abzuwenden und die Bilder eines Glücks für immer festzuhalten, das plötzlich bedroht war.

Mireille blättert in dem Album, in dem eine kleine lächelnde Delphine auf die andere folgt.

Das Album endet mit dem Lächeln des dreizehnten Geburtstags. Danach nichts mehr. Kein Bild. Mireille will das Album gerade schließen, als ihr Blick auf die letzte Seite fällt: Dort klebt eine einzelne Aufnahme wie ein Schlussstrich unter dieser unvollständigen Geschichte. Es ist ein Foto von Delphines Großmutter, das wenige Monate vor ihrem Tod aufgenommen worden ist. Mireilles Mutter. Sie trägt … Ja, tatsächlich, sie trägt das graue Kostüm …

Mireille streicht nachdenklich mit dem Finger über den Staub des Sekretärs.

»Sie haben Glück ... Es sind gerade zwei Zimmer gleichzeitig frei geworden. Beide können ab nächster Woche bezogen werden. Das eine ist möbliert, falls Sie das interessiert. Wissen Sie, bei den Senioren in unserm Heim kann sich die Situation von einem Tag auf den anderen ändern.«

Madame Choiseul sagt das nicht ironisch. Ihre Worte drücken deutlich Sympathie, aber auch den praktischen Sinn einer Frau aus, die mit der Verwaltung beauftragt ist und Wert darauf legt, dass alles reibungslos vonstatten geht. Mireille lächelt verständnisvoll. Sie hört sich die Erklärungen der Leiterin des »Bon Repos« geduldig an und stimmt allem zu. Madame Choiseul holt ein Formular hervor: »Es handelt sich also um ...?«

Obwohl Mireille auf diese Frage vorbereitet war, ist sie einen Augenblick verwirrt. Sie senkt den Blick. Mit den Händen, die noch in Handschuhen stecken, zieht sie die Falten des grauen Rocks glatt. Wieder sieht sie das Foto ihrer Mutter in Delphines Album vor sich.

»Es ist ... für meine Mutter ...«, antwortet sie schließlich.

Dennoch sieht sie in dieser vorsätzlichen Lüge keinen eigentlichen Betrug, als sei an dem Erfundenen etwas Wahres, vielleicht einfach aufgrund des Kostüms, des grauen Kostüms.

Als Mireille wenig später – nachdem alle Verwaltungsprobleme gelöst sind und man ihr als Tochter ausnahmsweise sogar das Recht einräumt, das Zimmer bis zur Ankunft der Mutter ein paar Stunden in der Woche für sich selbst in Anspruch zu nehmen – Madame Choiseuls Büro verlässt, findet sie ihre fröhliche Ausgeglichenheit wieder und beschließt, als Erstes in den Garten zu gehen, um zu sehen, ob Luciens Begonien wirklich so wunderschön sind, wie die Dame mit dem rötlichen Kater behauptet hat. Sie sind es tatsächlich.

Von dem stilvollen alten Haus geht eine friedliche Atmosphäre aus. Mireille macht einen Rundgang durch den Garten und bewundert die sauberen, kiesbedeckten Wege und die schnurgerade aufgereihten Stühle vor einem Rasenstück, das mit dem Lineal gezogen zu sein scheint. Im hinteren Teil, in der Nähe einer Veranda, deren gläserne Schiebetüren weit geöffnet sind, um die Sonne hereinzulassen, stehen im Halbkreis unter einer Kastanie ein paar Korbliegestühle. Mireille sucht sich im Geist ihren Sessel aus, weil sie das »Bon Repos« mit dem angenehmen Gefühl verlässt, dort erwartet zu werden, und zwar nicht erst, seit Madame Choiseul Mireilles Namen, den plötzlich aus der Kindheit ausgegrabenen Mädchennamen, in das Register eingetragen hat, sondern schon seit langem, seit jeher.

Vor dem Eingang steht ein kleines blondes Mädchen, lutscht Lakritz und sieht den vorbeifahrenden Autos zu. Das Kind, das nur die kleine Emilie sein kann, wartet auch auf sie ...

Das ist der rechte Augenblick, um das dunkelblaue Kleid aus Seidenkrepp zu kaufen, das ihr sozusagen bereits gehört ...

»Wie für Sie geschaffen!« Die Ladeninhaberin legt ihr den Gürtel um die Hüften.

»Ein äußerst günstiger Kauf ... Seidenkrepp von dieser Qualität findet man heutzutage nicht mehr. Sie brauchen es nur ein wenig kürzen zu lassen, damit es modischer wirkt, und ...«

»Die Länge ist genau richtig. Es braucht nichts geändert zu werden. Ich behalte es übrigens an!«

Die Entschlossenheit der Käuferin erstaunt die Frau offensichtlich, doch Mireille macht sich schon lange keine Gedanken mehr über das Erstaunen anderer, sondern widmet sich nur noch der Aufgabe, ihren Neigungen zu folgen, und zwar ohne jene Gewissensbisse, die sie früher bei jeder Entscheidung des täglichen Lebens gequält hatten. Was Mireille von Mireille im Spiegel sieht, ist überzeugend. Das ist genau das Kleid, das sie haben wollte. Das ist so eindeutig, dass sie sich selbst zulächelt und dabei den Kopf ein wenig neigt, als wolle sie schon das gleichmäßige Rascheln des Seidenkrepps genießen, wenn er die hellen Baumwollstrümpfe streift.

Während Mireille durch die tosende Stadt nach Hause geht, unscheinbarer denn je, lauscht sie ihrem eigenen Geräusch. Endlich ist das Rascheln da, das kaum wahrnehmbare Knistern des Stoffes, wenn er etwas streift. Nach all den Kettenhemden, Rüstungen und Schlachtbannern, nach der jahrelangen Kostümierung als verführerische Kriegerin verleiht ihr die duftige Leichtheit des dunkelblauen Seidenkrepps etwas Schwebendes.

So kommt sie nach Hause. Kurz bevor sie in den Torweg huscht, blickt sie am gegenüberliegenden Haus hinauf. Er ist auf seinem Posten, steht am Fenster. Mireille bereut ihren Kauf nicht.

Er auch nicht, denn er hebt die Hand, ehe er im Dunkel verschwindet.

Aus dem Schlafzimmer hat sie zwei Kopfkissen mitgebracht, ein Schultertuch und das geblümte Plumeau. Sie hat das kalte Sofa des Wohnzimmers in ein Bett verwandelt, die Lampe auf dem Sekretär eingeschaltet. Sie hat das Notizheft mit der langen Liste der Anrufe und einen Bleistift in der Hand, ist bereit. Es ist der Tag des Muts. Der Abend der Zugeständnisse.

Und schon setzt die lange Folge der Monologe eines zugleich vertrauten und abstrakten Stimmentheaters ein. Der Anrufbeantworter spult die Nachrichten ab, als wären es Vorwürfe, denn ein Anrufbeantworter will, dass man antwortet, und sie hat nicht geantwortet. Da sind sie also auf der Bittstellermaschine, machen Vorschläge, sind schließlich verwundert, toben, stellen Vermutungen an, sorgen sich, sind in Weißglut gebracht von der Bewährungsprobe des Schweigens, das Mireille ihnen seit Wochen aufzwingt.

Sie hört zu, hört zu wie bei den Nachrichten im Radio, auch wenn es ganz spezielle Nachrichten sind, die sie selbst betreffen, ihr nahe gehen, sehr nahe – oder ihr nahe gehen sollten.

Jede Stimme bringt Bruchstücke an die Oberfläche, Schichten ihrer selbst, die ihr eine

Anstrengung abverlangen. Es ist, als sei ihr Gedächtnis in tausend Stücke zersprungen, in Splitter mit unangenehm scharfen Kanten. Die Gesichter, die sich mit den Stimmen aufdrängen, lassen sie nach Luft ringend atemlos in die Erinnerung stürzen und halten ihr vor Augen, was sie gewesen ist, und auch, was sie nicht mehr ist. Die Anzahl der Wochen spielt keine Rolle. Sie ist nicht entscheidend. Die Welt, aus der diese Stimmen kommen, ist einfach anders beschaffen, zwar vernehmbar, aber nicht annehmbar. Sie gehört nicht der Vergangenheit an oder einer anderen Zeit. Sie ist ein Anderswo, ein Anderssein.

Und auch dabei ist alles eine Frage des Tempos, des Rhythmus. Im gebieterischen Ton all dieser Stimmen liegt so viel Überspanntheit, so viel Forderndes. Kann ein Ohr, in dem noch das Rascheln des Seidenkrepps nachklingt, den Rhythmus, die Intensität einer solchen Energie ertragen? Diese Stimmen sind alle so entschlossen, so ungestüm, dass es Mireille verblüfft. Alle sprechen davon, dass etwas zu tun sei, sprechen von Vorhaben, die »unverzüglich«, »um jeden Preis« ausgeführt werden müssen. Dieses Zwanghafte, diese Besessenheit sind verwirrend. Was würden wohl diese Stimmen sagen, wenn sie wüssten, dass Mireille nun, da der Wunsch nach dem dunkelblauen Kleid aus Seidenkrepp erfüllt ist, im Augenblick keine anderen Pläne mehr hat, als eine Linsensuppe mit Ochsenschwanz zu kochen, und dass ihr ganzes Programm für die nächsten Tage darin besteht, sich mit dem Zimmer fünfundzwanzig im »Bon Repos« vertraut zu machen, dem möblierten Zimmer mit Ausblick auf die von Lucien gepflanzten Begonien? Dieses Zimmer fünfundzwanzig ist übrigens ein Luxus, den Mireille sich leistet, denn sie fühlt sich in ihrer eigenen Wohnung äußerst wohl, ein Luxus, der ihr von Zeit zu Zeit erlauben wird, die unerschöpflichen Freuden des Nichtstuns mit anderen Menschen zu teilen, frei schwebend wie in einer Luftblase, am Rand der Welt, fern von allem Trubel.

Die Botschaften enthalten eine lange Reihe von Vorschlägen, Vergnügungen aller Art: ein Mittagessen mit Gisèle »ganz unter Frauen«, ein Ausverkaufsbummel mit Corinne, eine Verabredung im *Max-Linder* zu einer Filmpremiere in der Acht-Uhr-Vorstellung, »heute Abend, unbedingt« mit Philippe, die Keramikausstellung in der Rue Bonaparte mit Charles, der soundsovielte Hochzeitstag der Burniers, das kleine Tête-à-tête »in allen Ehren« mit Marc, ein weiterer Ausverkaufsbummel, aber diesmal mit Geneviève, und mit Paul die neue Inszenierung – man muss sie »unbedingt« gesehen haben – eines

Stücks von einem Autor, dessen Namen sie nicht behalten hat. »Unbedingt«, ein Wort, das sie hasst und dennoch selbst so oft benutzt hat, der Ausdruck des Befehls schlechthin, das Wort des Strammstehens, des Gewehr-über-Gebrülls, das auf wer weiß welch höheren, verbindlichen Befehl zurückgeht. Mehrere »Was machst du in diesem Sommer, Chérie?«, die Wochenenden am Meer zu Himmelfahrt, im Gebirge zu Pfingsten oder umgekehrt. Zahllose Einladungen, die Mireille aus Gewohnheit, Reflex oder einfach, um den Rhythmus einzuhalten, sicher nicht abzulehnen gewagt hätte (wenn sie überhaupt auf den Gedanken gekommen wäre), und jetzt erschöpft sie allein die Vorstellung, dass sie zwangsläufig eingewilligt hätte, noch nachträglich.

Fröstelnd zieht sie das Schultertuch enger um sich, lässt sich tiefer in die Kissen sinken. Doch sie muss zugeben, dass Jacques sie mitten in diesem Gedränge beträchtlich verwirrt hat, Jacques, dessen Stimme sich von Nachricht zu Nachricht verändert. An ihm kann sie die Entfernung zwischen sich und sich ablesen. Und doch gelingt es ihm nicht, ihr Herz zu erweichen. Sein Flehen, seine Drohungen lassen sie erstaunlich kalt. Sie findet an Jacques ebenso wenig Geschmack wie an dem Champagner, mit dem er sich eines Abends Zugang verschafft hatte. Nicht mehr prickelnd.

Das ist bedauerlich für ihn und ein bisschen ungerecht natürlich, zugegeben, aber Jacques' Stimme auf dem Anrufbeantworter verbindet sich für Mireille mit dem leicht angebrannten Geschmack, der ihr eine Suppe verdorben hat. Jacques selbst hat für sie – fatalerweise – etwas Angebranntes. Ungenießbares. Liegt es daran, dass er der Eifrigste und Begabteste unter ihren Liebhabern war? Wie dem auch sei, der Überdruss, den sie jetzt beim Klang seiner Stimme empfindet, ist ungeheuer groß und nicht zu leugnen.

Nach achtzehn Anrufen des Liebhabers, die zum Glück von einigen unterhaltsameren Vorschlägen unterbrochen sind, beschließt Mireille, Jacques einen Brief zu schreiben, der seinem unablässigen Ansturm endgültig die Munition entziehen soll, ohne seine männliche Ehre zu verletzen – der sie nichts anhaben will –, einen Brief, der jenem ähnelt, den sie der trauernden Freundin Colette geschickt hat, die im Anderswo und Anderssein Trübsal bläst. Den anderen gedenkt sie einen Standardbrief zu schreiben, in dem sie ihnen mitteilt, dass sie für lange Zeit auf Reisen geht, denn es scheint ihr wenig wünschenswert, diese Anrufbeantworter-Sitzungen mehrfach zu wiederholen, die, wie sie feststellt, zwangsläufig jenes noch empfindliche klangliche Gleichgewicht beeinträchtigen, das auf dem Rascheln

des Seidenkrepps beruht, wenn er Baumwollstrümpfe streift ...

Wankend vor Müdigkeit verlässt Mireille mit
dem Plumeau und den Kopfkissen unter dem
Arm das Wohnzimmer. All diese ungestümen
Aufforderungen, die sie letztlich mit mehr Wider-
willen als Befriedigung erfüllen, weil sie heute
darin nichts als Zwang und Abhängigkeit sieht,
haben sie ziemlich erschöpft. Sie braucht die
Ruhe ihres Schlafzimmers, in dem es immer
nach einer Mischung aus Kölnisch Wasser und
Eisenkraut duftet, braucht auch Musik, die ihre
von den schrillen Klängen strapazierten Ohren
besänftigt. Sie hat Glück: Im Radio gibt es ein
Nocturne von Chopin, sodass sie sich nur noch
dem tröstlichen Gedanken zu überlassen
braucht, diese Musik vielleicht bald in Gesellschaft der Dame mit dem rötlichen Kater im »Bon
Repos« zu hören und dabei einen in Kakao
getunkten Keks oder Zwieback auf der Zunge zer-
gehen zu lassen.

In dieser Nacht besucht die Dame in Blau sie
schon wieder. Es ist immer der gleiche Traum.
Die Dame in Blau und Mireille trippeln mitten in
einer Menschenmenge nebeneinander her, doch
vor allem plaudern sie. Sie unterhalten sich in
solch vertrautem, innigem Ton, dass die eine den
Satz beendet, den die andere begonnen hat. Ihre

Herzen schlagen im gleichen Takt. Manchmal sind ihre Gesichter nicht mehr voneinander zu unterscheiden, vertauschen sich, ebenso wie die Worte, die sie mühelos wechseln.

Sie erzählen vom sanften Wiegen, vom neuen Rhythmus. Manchmal geben sich die beiden auch die Hand, und bei der Berührung ihrer Netzhandschuhe entsteht wie bei dem morgendlichen Zwieback ein angenehmes Geräusch, ein Knirschen wie von Sand, der zwischen den Handflächen gerieben wird und die Zeit Korn für Korn verrinnen lässt.

Von diesem Knirschen wird Mireille im Allgemeinen wach. Dann steht sie auf und setzt sich auf den Nachttopf. Sie zieht diesen Augenblick gern in die Länge, schließt, während der Urin geräuschvoll auf den Emailleboden trifft, die Augen, um den Schlaf zu retten, ihn in den lauen Dämpfen warm zu halten, und legt sich, halb schlafend schon, voller Zufriedenheit wieder ins Bett, voller Zufriedenheit über ihren Nachttopf, der seit kurzem zu einem vertrauten Begleiter ihrer Nächte geworden ist und den sie, wie sie sich vorwirft, erst so spät wieder entdeckt hat, nachdem sie ihn schon so früh kennen gelernt hatte, denn auch er trägt zum sinnlichen Vergnügen bei, sich nicht mehr wie früher Gewalt anzutun, wenn sie aus dem Schlaf hochfuhr und sich an den Möbeln stieß, um ins Badezimmer zu gelangen, wo sie, nun endgültig wach, dem kommenden Tag mit Schrecken entgegensah – die bevorstehende Offensive, die Acht-Uhr-Nachrichten mit dem Filmregisseur, die Titelseite von *Paris Match* für die Hauptdarstellerin und die Besucherzahlen, vor allem die Besucherzahlen – das sicherste Mittel, nicht wieder einzuschlafen.

Aber heute, o Wunder, flößt ihr der kommende Tag keine Angst mehr ein ...

Im »Bon Repos« macht sich Mireille mit den Freuden der Mittagsruhe vertraut. An einem oder zwei Nachmittagen in der Woche liegt sie in ihrem Korbliegestuhl oder auf dem Zimmer fünfundzwanzig in die Tagesdecke gehüllt und schläft, begleitet vom Piepsen der Vögel, die in der Kastanie eine Versammlung abhalten, mit gefalteten Händen und einem offenen Buch auf den Knien ein. Diese völlig neue Mühelosigkeit, sich dem Schlaf zu überlassen, begeistert sie, denn in all den Schlachten, die sie geschlagen hat, hat sie sich das Recht auf Schlaf, wie sie sich noch gut erinnert, immer erst nach harten Kämpfen erzwungen. Im Allgemeinen erforderte es viele Tricks und Listen, ehe die Nacht nach langem Widerstand die Waffen streckte und Mireille beim ersten Schimmer des Morgengrauens erschöpft Ruhe fand. Heute werden ihr die Seligkeiten des Schlafs geschenkt, ohne dass sie kämpfen muss, und das nicht nur abends, sondern zu jeder Tageszeit, sie braucht sich nur nach ihm zu sehnen.

Sobald Mireille die Augen schließt, gleiten ihre Gedanken – weil kein störendes Bild sie mehr hindert –, von der Last der allgemeinen Hektik befreit, ganz natürlich einem immateriellen Schwerpunkt entgegen, wo sie mit dem Körper verschmelzen. Eine organische Trägheit bemächtigt sich aller Dinge, ob Leben oder Materie, und der Schlaf verschlingt sie in einem zähen Strom warmer Melasse. Ein leichter Fersenhieb, und schwupp, schon taucht sie aus dem Strom auf, schlägt munter ohne die geringste Angst die Augen wieder auf.

»Beim nächsten Konzert kommt eine Harfenspielerin.«

Mireille öffnet die Lider ... Der um den Hals der Dame gerollte rötliche Kater gleicht einem breiten Pelzkragen.

»Carotte und ich haben eine Vorliebe für Harfe.«

Mireille richtet sich erfreut in ihrem Liegestuhl halb auf, denn die Litanei beginnt: Zunächst geht es um die Harfe, dann um etwas anderes und schließlich um noch etwas anderes. Die Litanei erfordert, ebenso wie der Schlaf, keine Anstrengung. Man braucht sich nur von den wie Perlen aufgereihten Sätzen tragen zu lassen.

Die Dame mit dem rötlichen Kater versteht es, kunstvoll Gemeinplätze zu gebrauchen. Nichts von dem, was sie bemerkt, ist von Bedeutung. Manch einer würde vielleicht gelangweilt, wenn nicht gar mit Unmut auf ihr Gerede reagieren.

Mireille dagegen gewinnt diesen Worten, wenn sie deren unübertreffliche Belanglosigkeit entdeckt, ein behagliches Gefühl der Fülle ab. Man spürt genau, dass die Dame mit dem rötlichen Kater nicht die Absicht hat, mit ihren Worten etwas zu erreichen. Die Zustimmung des anderen ist nicht erforderlich. Sie erzählt, um zu erzählen, aus Vergnügen an den Worten, die sich aneinander reihen oder besser gesagt, die Masche für Masche miteinander verbunden werden. Ein Substantiv rechts, ein Verb links. Beim Stricken der Sätze fehlt nur das Klappern der Nadeln. Dieses erholsame Plaudern fasziniert Mireille, die sich bewusst ist, dass sie sich, was die Worte angeht, noch bedauerlichen Ernstes verdächtig macht. Die Dame mit dem rötlichen Kater weiß nicht, dass sie Mireille die fürstlichste Form der Sprache lehrt: jene, die darin besteht, Nichtssagendes zu sagen. Mireille übt sich jeden Tag ein wenig mehr darin. Inzwischen lässt auch sie sich dann und wann zu einer Litanei verleiten, der die Dame mit dem rötlichen Kater mit abwesender Miene, doch mit dem Wohlwollen eines Menschen zuhört, der die Bedeutungslosigkeit des Redens kennt.

Und bei der Beschäftigung mit der Kunst der Litanei hat Mireille übrigens rein zufällig das Geheimnis des Schwafelns entdeckt.

Im Unterschied zur Litanei, die eine Aufzählung voraussetzt, ermöglicht ihr das Schwafeln, immer wieder auf denselben Gedanken zurückzukommen, wobei es besonders unterhaltsam ist, wenn es ihr gelingt, diesen stets mit denselben Worten auszudrücken. Das erweist sich als sehr erholsam. Seit Mireille dieses kleine Geistestraining erfolgreich praktiziert, entwickelt sie auch die Kunst des Sinnspruchs, der ihr auf die Dauer erlaubt, von den eigenen Worten Abstand zu nehmen, was den doppelten Vorteil hat, keine Energie zu vergeuden und sich immer ein offenes Ohr zu bewahren.

Schwafeln kann man auch mit sich selbst, und Mireille verzichtet nicht darauf, während sie ihre Gräser zeichnet oder hinter der Cretonnegardine aus ihrem Küchenfenster auf die Straße blickt . . .

Kurz gesagt, die Dame mit dem rötlichen Kater hat zwei Reihen über die Harfe, zwei über die Begonien und fünf über die kleine Emilie gestrickt, »die so gut in der Schule in der Rue Blanche zurechtkommt, der besten Grundschule im Viertel.« Die Strickerei geht mit Erziehung und Berufungskrise bei den Grundschullehrern schnell voran. Mireille bewundert wieder einmal, mit welcher Kunstfertigkeit ihre Gefährtin Nichtssagendes äußert. Mireille lernt.

»Kommt Ihre Frau Mama bald?«, fragt die Dame mit dem rötlichen Kater, um eine Pause einzulegen, denn die Litanei bedarf ab und zu einer formalen Frage, die die Sache wieder in Gang bringt und erlaubt, Atem zu holen. Mireille nutzt die Gelegenheit, um sich ihrerseits in die Strickerei zu stürzen, etwas Selbstgestricktes aus fiktiver Wolle in erfundenen Farben. Ja, ja, ihre Mutter komme, aber erst später ... Sie halte ihr gewissermaßen den Platz warm ... Madame Choiseul habe nichts dagegen, solange die Finanzen stimmten ... Wenn man seine Mutter liebe, müsse man sich doch vergewissern, dass das Haus, das man für ihren Lebensabend ausgesucht hat, anständig und gemütlich ist, eines erfüllten, beispielhaften Lebens würdig ... Ja, ja, ihre Mutter sei noch auf Reisen ... Sie werde sich im Zimmer fünfundzwanzig sicher wohl fühlen, es sei so hübsch eingerichtet, ganz zu schweigen von der geschmackvollen Wahl der Gardinen, der Vorhänge und der Tagesdecke, in die sie sich so gern beim Mittagsschlaf einhülle, während durch das offene Fenster das Piepsen der Vögel dringt ...

Die Dame mit dem rötlichen Kater nickt, hört aber nicht mehr zu. Sie lässt die Augen nicht von der Leine des Tiers, das wohlig die Flanken am Bein des Korbsessels reibt. Mireille redet vor sich hin, ohne sich darüber Gedanken zu machen, was sie sagt, eingelullt von ihrem eigenen Geplapper, das niemanden interessiert, nicht einmal sie selbst. Auch das ist erholsam.

Manchmal kommt die kleine Emilie, um mit Mireille zu plaudern. Das ist etwas ganz anderes als mit der Dame mit dem rötlichen Kater. Der Scharfsinn des Kindes zwingt Mireille zur Wachsamkeit. Für das Mädchen haben die Worte Gewicht, um nicht zu sagen Übergewicht. Die kleine Emilie erwartet eine direkte, klare Antwort, was nicht immer einfach ist, vor allem, wenn sie Mireille nach ihrem Alter fragt oder so etwas. Anfangs hat sich Mireille mit ein paar Scherzen aus der Affäre ziehen können, doch das war das Kind bald leid. Wenn Mireille jetzt eine Frage stört, tut sie so, als hätte sie nichts gehört. Die kleine Emilie hat sich schließlich mit dieser Altersschwäche abgefunden, die im »Bon Repos« respektiert wird, aber man spürt deutlich, dass die Sache sie nicht überzeugt. Abgesehen davon ist sie ein reizendes Kind, für das sich Mireille weit mehr interessiert als für ihre eigene Tochter, als diese im selben Alter war. Sie zeichnen gemeinsam die Gräser der südamerikanischen Indianer und fragen sich gegenseitig die Erdkundelektionen ab, die in der ersten Klasse der Schule in der Rue Blanche, der besten

Grundschule im Viertel, durchgenommen werden.

Mireille wendet den Kopf. Rings um sie herum, unter der Kastanie voller Gezwitscher, macht sich niemand ernsthaft Gedanken, weder über das, was man sich erzählt, noch über das, was vor sich geht, selbst wenn eine Krankenschwester im weißen Kittel, mit Medikamenten und guten Ratschlägen gewappnet, mit geradezu ungebührlichem Tatendrang den Lauf der Dinge durcheinander bringt.

Auch die älteren Heimbewohner, die Mireille immer mehr als Familienangehörige betrachtet, verstehen es auf ihre Art, da zu sein, ohne wirklich da zu sein. Sie nehmen Anteil, aber aus der Ferne, als nähmen sie die Dinge durch eine Wattewand wahr, die alle Bewegungen und Geräusche dämpft. Trotz der Mühsal des Alters, die Mireille selbst noch nicht kennt, auch wenn sie weiß, dass diese irgendwann beginnt, liegt auf den ernsten, verbrauchten Gesichtern überwiegend Gelassenheit. Sie sind von einem Seelenfrieden geprägt, der Ruhe eines bereitwilligen Wartens, wobei der Tod, mehr Freund denn Feind, statt zu erschrecken Tröstung bringt.

Manchmal versenkt sich Mireille in die Betrachtung eines Gesichts oder einer Hand. Sie entziffert darin die Qualen eines ganzen kämp-

ferischen Lebens. Sie errät darin tausend alte
Narben von Hieben, Stichen und sogar Dolch-
stößen. Doch die Wunden haben sich geschlossen. Sie bluten nicht mehr. Die Haut hat den
schillernden, leuchtenden Schimmer mancher
alter Pergamente.

Die Menschen im »Bon Repos« lassen die Wunden der Vergangenheit in Ruhe vernarben.

Natürlich besitzt Mireilles Vergangenheit noch
nicht die Patina von Pergament. Ihr früheres
Leben ist noch viel zu nah, um sich diesen Glanz
verdient zu haben, aber dennoch handelt es sich
um etwas Verflossenes. Es gehört der Vergangenheit an, dessen ist sie sich sicher, so sicher, dass
auch sie die Gegenwart als Geschenk empfindet,
als eine Gunst, die Gunst stiller Besinnung.

Für Mireille ist die Langsamkeit künftig ein Teil ihrer selbst. Das trifft auf ihren Gang zu – der kleine Schritt dient ihr weiterhin als Maßeinheit –, aber auch auf ihre Gesten, als käme ihr das Gewicht der Dinge zu Bewusstsein. Der Arm, den sie ausstreckt, hat ein Gewicht, das Bein, das sie beugt, hat ein Gewicht. Alles hat ein Gewicht. Das macht die Sache übrigens durchaus nicht unangenehm. Es ist eine andere Art, mit dem Wiegbaren zu leben. Die Schultern, auf denen das Leben gern seine Bürde an Fragen und Sorgen ablegt, haben sich von selbst leicht gebeugt, um diese Last besser entgegenzunehmen, eine Last, die im Übrigen durch die Leere ihres Daseins ungemein verringert worden ist.

Daher genießt Mireille die wohl bemessene Langsamkeit ihrer Bewegungen und die Dichte, die dadurch entsteht. Mireille findet sogar, dass diese Langsamkeit ihren Handlungen, die auf ein Mindestmaß begrenzt sind, Rechtmäßigkeit verleiht. Sie sagt sich zum Beispiel, dass die Zeit, die sie für das Passieren des Gemüses aufbringt, Möhre nach weißer Rübe, Porree nach Kartoffel, durch den unvergleichlichen Geschmack und die sämige Konsistenz ihrer Suppen gerechtfertigt wird. Und wenn Luciens Begonien immer prachtvoller werden, dann auch deshalb, so sagt sie sich, weil sie, auf die Fensterbank des Zimmers fünfundzwanzig gelehnt, stundenlang zusieht, wie die Blumen wachsen und gedeihen. Wenn sie auf diese Weise, die Zeit in die Länge ziehend, daran teilnimmt, wie die Begonien prächtig erblühen, muss sie unwillkürlich an ihre Tochter Delphine denken, die in solchem Trubel aufgewachsen, so schnell in die Höhe geschossen ist, dass Mireille sich jetzt fragt, wo und wann sie überhaupt an Delphines Wachstum teilgenommen hat. Hat sie jemals innegehalten, um ihr eigenes Kind wachsen zu sehen? Dazu hätte sie selbst eine Pause einlegen oder wenigstens ihr eigenes Tempo bremsen und den Kopf zur Seite wenden müssen, auf die Gefahr hin, ihren sicheren Vorsprung zu verlieren und zusehen zu müssen, wie ihr Erfolg im Beruf, in der Liebe und auch sonst überall verblasste.

Für Mireille gibt es nicht nur Langsamkeit und Dichte, sondern auch, wie schon gesagt, das erfüllende Gefühl, kein Begehren, kein Bedürfnis mehr zu spüren, die Glückseligkeit, von nichts und niemandem mehr verwirrt zu werden – nicht einmal von sich selbst, wenn sie zum Beispiel im Bett die Hand abwesend über ihren Bauch oder ihre friedlich schlummernden Brüste gleiten lässt – und die unübertreffliche Empfindung, einen Körper zu haben, der sich selbst genügt und dem weder Großtaten noch Spitzenleistungen abverlangt werden. Ihre Nacktheit löst keine verwirrende Vorstellung aus. Mireille begnügt sich damit, sich so zu betrachten, wie sie eine Anatomietafel in einem medizinischen Werk begutachtet hätte. Zum ersten Mal in ihrem Leben hat sie endlich die Muße, sich objektiv zu betrachten, die Anordnung des Fleisches am Skelett, den Mechanismus eines Gelenks oder den Ansatz eines Muskels zu bewundern und sich mit dem Gedanken anzufreunden, dass sich all das vor ihren Augen verwandeln, verbrauchen wird.

Von sich selbst verlangt sie jetzt nicht mehr, als sich so, wie sie ist, beim Leben zuzuschauen. Vor dem Spiegel im Badezimmer, wenn sie den Knoten im Nacken feststeckt, stellt sie sich keine Fragen mehr, wird nicht mehr ungeduldig. Sie verfolgt nicht mehr, wie die grauen Haare allmählich zahlreicher werden. Man möchte meinen, sie betrachtete sich anders, ohne sich wirklich zu sehen, oder aber das, was sie sähe, gefiele ihr einfach sehr gut. Und wenn Lucien eine neue Begonie pflanzt, so ist ihr das wichtiger als eine neue Falte am Hals oder am Mundwinkel. Sie zählt nicht mehr die braunen Blumen auf ihrem Handrücken. Mireille verlernt, sich um ihr Aussehen zu kümmern. Das ist ihre neuste Errungenschaft, ihre neue Freiheit.

Wer hätte sich vorstellen können, dass sie es eines Tages genießen würde, nicht mehr unweigerlich von den Männern scharf gemustert zu werden, deren Urteil, wie ihr auf einmal klar wird, sie in den schönsten Jahren ihres Lebens mit Sorge erfüllt hat? Den Männern und ihren Blicken begegnet sie jetzt völlig ungefährdet. Sie gleiten an ihr ab wie die Liebkosung einer leichten, wohltuenden Brise. Die Männer und ihre Blicke fordern nichts, sie wollen weder erobern noch erobert werden. Kurz gesagt, sie lassen sie in Ruhe. Sie lassen sie endlich leben.

Doch das bedeutet nicht, dass sie dem Reigen der Verführung, der rings um sie weiterhin in vollem Gange ist, gleichgültig gegenübersteht. Es kommt vor, dass sie lange auf der Bank einer Allee sitzen bleibt, um die endlosen Duelle zu bewundern, die sich die anderen mit Blicken liefern.

Die Ausdauer der Männer erregt ihre Bewunderung. Die Raffinesse der Frauen verblüfft sie. Sie denkt an all die Energie, die sie selbst bei diesem Spiel aufgewendet hat. Und natürlich bringt sie wieder all ihre Zärtlichkeit und ihr Mitgefühl den ganz jungen Mädchen entgegen, wenn sie zusieht, wie diese die Freuden der Koketterie entdecken, ohne zu ahnen, auf welche Zwänge sie sich einlassen.

Endlich die Sorge los zu sein, was sie anziehen soll, wenn sie einen Spaziergang im Park oder anderswo macht, steht jetzt auf der langen Liste der Dinge, die ihr keinen Kummer mehr bereiten können. Mireille verbringt nun nicht mehr bange Stunden unentschlossen vor dem offenen Kleiderschrank, um sich kurz darauf beim Verlassen des Hauses zu fragen, ob die Burniers sie nicht etwa schon bei einem früheren Abendessen in diesem roten Ensemble gesehen haben oder ob Gisèle nicht auf den dummen Gedanken gekommen sein könnte, die gleiche Jacke im selben Geschäft heimlich im Ausverkauf zu kaufen. Ganz zu schweigen von den Liebhabern, von den ungeheuren Ansprüchen der Liebhaber, von Jacques, mein Gott, Jacques, den sie jedes Mal mit irgendeinem modischen Kinkerlitzchen oder einem neuen Spitzenteil überraschen musste, die, wie er sagte, nötig waren, damit seine erotische Inspiration auf Touren kam!

Kurz gesagt, wenn es draußen kälter wird, zieht sie das graue Kostüm und ihre dicken Nylonstrümpfe an, und wenn es wärmer wird, das Kleid aus dunkelblauem Seidenkrepp und dazu ihre Baumwollstrümpfe.

Durch diese nicht zu eng sitzenden Kleider, die sich im Gegensatz zu ihrer früheren Garderobe nicht mehr nach jedem zu reichlichen Essen in Folterwerkzeuge verwandeln, lernt sie auch die Vorzüge der Bequemlichkeit kennen, einer Bequemlichkeit, die im Wesentlichen auf einer gepflegten und sogar durchaus eleganten Nachlässigkeit beruht, mit Hut und passenden Netzhandschuhen.

Mireille macht sich nun keine Sorgen mehr über ihr Gewicht und auch nicht über die Beschaffenheit ihrer Haut. Übrigens hat sie ihre Waage Delphine gegeben, bevor diese nach Spanien gefahren ist. Die leichte Erschlaffung, die sich ihrer Muskeln und ihres Fleisches bemächtigt hat, findet sie überaus angenehm.

Sie erwartet von ihrem Körper nichts anderes, als dass er einwandfrei arbeitet, eine Erwartung, die er übrigens besser denn je erfüllt, seit sie sich keine Gewalt mehr antut.

Ihre neue Errungenschaft, ihre neue Freiheit.

Wenn ihr die Natur den Gefallen eines objektiven, sichtbaren Zeichens des Alterns erweist, so nimmt sie dies dankbar hin. Der Kauf ihrer ersten Brille im vergangenen Monat hat sie mit ebensolcher Rührung erfüllt wie der Anblick ihrer ersten Seidenstrümpfe an ihrem fünfzehnten Geburtstag. Und seither benutzt sie begeistert diese Brille, setzt sie aus reiner Freude über deren Vorhandensein bei jeder Gelegenheit auf und ab.

Seit ein paar Tagen hat sie den Eindruck, schlechter zu hören. Sie lässt sich oft von ihren wenigen Gesprächspartnern etwas wiederholen, vor allem im »Bon Repos«, wo es zur Höflichkeit, zum guten Ton, ja sogar zum Protokoll gehört, das Ohr ein wenig vorzustrecken, denn sich etwas wiederholen zu lassen ist zugleich ein Zeichen des besonderen Interesses, das man jemandem entgegenbringt. Auch Mireille eignet sich also die durchaus anmutige Gewohnheit an, sich vorzubeugen und den Kopf dem Mund des Sprechers schräg zu nähern, eine Haltung, die darüber hinaus eine gewisse Zuvorkommenheit zum Ausdruck bringt. Und auch ihren eigenen Worten, die durch die Einsamkeit ihrer Wohnung etwas Feierliches, Ehrwürdiges bekommen, räumt sie, wie sie gemerkt hat, endlich den Platz ein, der ihnen zusteht.

Denn das Schwafeln ist nicht jeder Situation angemessen. Manchmal ist es nötig, andere Worte zu finden, etwas ganz Neues hervorzubringen.

Laut mit sich selbst zu sprechen, die Kunst der Rede weiterzuentwickeln und alle existierenden rhetorischen Figuren zu benutzen beschäftigt sie ungemein. So stellt sie immer noch Mutmaßungen über das Rätsel von Michel an, dem Mann mit dem dicken feuchten Arm, und dessen magerer Frau. Was mochte diese Frau bloß getan haben, das sie nicht hätte tun sollen, und noch dazu für ihn? Nach diversen Deutungen entschied sich Mireille schließlich für zwei mögliche, gleich schwere Vergehen: Entweder hatte sich die Frau das Haar kurz schneiden lassen, oder sie hatte ihr Kind nicht behalten wollen, auch wenn die obszöne Gewalt, die in dem Kuss zum Ausdruck kam, hinter alldem ein finsteres Sexualverbrechen vermuten ließ ...

Wenn man so, allein, laut mit sich selbst spricht, bekommen die Worte ein anderes Gewicht, eine andere Dichte, vor allem in der Küche, die Mireille nun zugleich als Wohn-, Arbeits- und Esszimmer sowie als Wachtturm dient.

Vom Turm aus – das heißt aus der Fensterecke – intensiviert sie weiterhin ihre Beobachtungen. Sie hat dabei inzwischen mehr über die Menschheit erfahren als in zweiundfünfzig Jahren turbulenter, hitziger Manöver. Seit sie sich aus dem Getümmel zurückgezogen hat, kann sie endlich die Kämpfer deutlich erkennen, wenn sie sich ins Gewühl stürzen, und natürlich hat sie wieder Mitleid mit ihnen.

Wenn der ernste alte Herr am Fenster gegenüber auftaucht, ist das Glück vollkommen. Wortlos nehmen sie am selben Schauspiel teil, und immer sind sie sich wortlos einig. Ihr stummer gemeinsamer Blick wird ebenso zu einem Ritual wie die einsamen Worte, die Mireille beim Putzen der grünen Bohnen oder beim Bügeln ihrer Bluse zu sich sagt ...

Als sie eines Sonntags vorhatte wegzugehen und noch kurz einen Blick aus dem Fenster zum Himmel warf, um sich zu vergewissern, dass kein Regen drohte, wollte es der Zufall, dass sie auf dem gegenüberliegenden Bürgersteig Jacques und Colette entdeckte, die regungslos auf ihr Haus starrten.

Sie kann nicht vergessen, wie ihr das Herz vor Schreck fast stehen blieb. Die beiden verfolgten sie! Gemeinsam! Bis vor ihre Tür! Dabei hatte sie doch beiden einen Brief geschrieben, in dem sie im Namen der Liebe beziehungsweise der Freundschaft ihre Unabhängigkeit gefordert, wenn auch weder an die Liebe noch an die Freundschaft ein Zugeständnis gemacht hatte. Dennoch hatte sie den Eindruck, deutlich und überzeugend genug nur eine einzige Forderung gestellt zu haben: für eine »gewisse Zeit«, wie sie gesagt hatte (insgeheim mit der Absicht, diesen Zeitraum endlos auszudehnen), gelassen darauf zu verzichten, die alten Beziehungen aufrechtzuerhalten.

Wie konnten sie es sich dann erlauben, unter ihrem Fenster ein Komplott zu schmieden? Was zettelten sie nur mit ängstlicher, verbissener Miene gegen sie an? Vermutlich hatten Jacques und Colette sie gesehen, bevor sie mit einem Satz zurückgewichen war, denn als sie sich vorsichtig der Cretonnegardine näherte, stellte sie fest, dass die beiden sich nicht rührten, streng und unerschütterlich wie zwei Wachposten.

Warum hatten sie nicht versucht, an ihrer Wohnungstür zu schellen? Mireille hat keine Ahnung. Diese unausstehliche Schnüffelei, auf die sie sich eingelassen hatten, zog sich eine halbe Stunde hin, eine endlose Zeit, in der Mireille wie gehetzt ihre Bluse, die sie gerade für den Spaziergang im Park frisch gebügelt hatte, vor Angst durchschwitzte. Unfähig, sich zu rühren, den Blick fest auf diese lästigen Besucher geheftet, in denen sie nur mit Mühe den Liebhaber und die Freundin wieder erkannte, wäre Mireille vielleicht schwach geworden, wenn nicht plötzlich der ernste alte Herr, ihr aufmerksamer Mitwisser, wie durch ein Wunder am Fenster gegenüber aufgetaucht wäre. In wenigen Sekunden hatte er die Situation erkannt. Und dann tat er etwas ganz Einfaches, etwas so Einfaches, dass Mireille, wenn sie daran zurückdenkt, es als geradezu genial empfindet. Er öffnete geräuschvoll das

Fenster, direkt über Colette und Jacques, die überrascht die Köpfe hoben, und begnügte sich damit, mit erbarmungslosem Blick, der alle Wesen und Dinge zu durchdringen vermochte, die beiden Eindringlinge zu durchbohren, bis diese mit reichlich betretener Miene den Rückzug antraten, Jacques, entmutigt, als Erster.

Mireille verließ ihr Cretonneversteck. Sie fand es normal, ganz einfach normal, dass der ernste alte Herr sie mit einer Handbewegung aufforderte, die Straße zu überqueren.

Von der gegenüberliegenden Straßenseite gesehen ist die Straße nicht mehr ganz dieselbe. Eine andere Kulisse schmückt das Schauspiel, das sich jeden Tag dort abspielt. Diese ungewohnte Perspektive, dieser neue Blickwinkel, in dem plötzlich die Dinge erscheinen, erheitert Mireille. Und auch, dass sie ihre eigene Küche mit den Cretonnegardinen sehen kann. Sich Seite an Seite mit dem ernsten alten Herrn zu befinden ruft ein noch intensiveres Gefühl hervor, als ihm gegenüberzustehen. Es ist eine andere Form der Gemeinsamkeit.

Sie stellen sich vor das Fenster, so wie man zu einer besonderen Vorstellung ins Theater geht. Noch immer haben sie eine Vorliebe für den Schulschluss. Sie mögen dieselben Kinder. Dieselben Eltern erfüllen sie mit Rührung oder Abneigung, als käme hier beim Schulschluss in einer Umarmung oder einer Ohrfeige jede Ungerechtigkeit zum Ausdruck.

Zu zweit zu sein ändert nichts an der Gewohnheit zu schweigen. Der ernste alte Herr sagt übrigens fast nie etwas. Sehen genügt ihm. Seine Augen, nur seine Augen drücken anschließend aus, was sie gesehen haben.

So wie Mireille bei der Dame mit dem rötlichen Kater die Litanei erlernt, den unbeschränk-
ten, folgenlosen Gebrauch der Worte, lässt sie sich
von dem ernsten alten Herrn ins Schweigen ein-
weihen. Nachdem sie zu Hause beim Abzeichnen
eines neuen Grases oder beim Passieren des Kar-
toffelpürees lange laut mit sich gesprochen hat,
überquert sie manchmal die Straße, nur um in
den Genuss des Schweigens zu kommen.

Bei dem ernsten alten Herrn herrscht eine viel
sagende Unordnung, als hätten die Gegenstände, die so ziemlich überall und an den unpassendsten Stellen herumliegen, die Aufgabe,
durch ihre Fülle das Fehlen der Worte zum Ausdruck zu bringen und auszugleichen. Dieser
Kontrast ist Mireille, deren Wohnung (die sich
in Wirklichkeit auf Küche und Schlafzimmer
beschränkt) gewissenhaft aufgeräumt ist, nicht
unangenehm. Denn Mireille geht beim Aufräu-
men methodisch vor. Sie schützt jedes Ding
durch ein anderes, und sei es nur vor Staub, den
sie übrigens liegen lässt, als wäre er der Hüter
der Zeit. Manchmal bringt sie etwas in Unordnung, um das Vergnügen zu haben, wieder Ordnung zu schaffen. Alles, was sie von draußen
mitbringt, bewahrt sie auf. Jede Papier- oder
Plastiktüte wird wieder verwendet, entweder
um alle möglichen Dinge einzuwickeln oder

um andere Papier- oder Plastiktüten darin auf-
zubewahren.

Wenn sie einen Spaziergang macht oder im
»Bon Repos« einen Mittagsschlaf hält, erfüllt sie
der Gedanke, dass jedes Ding an seinem Platz
ist, mit großer Genugtuung. Im Zimmer fünfundzwanzig, über den Begonien, geht sie genauso vor.

Bei dem ernsten alten Herrn gibt es auch geruhsame Augenblicke, in denen er unablässig rätselhafte Konstruktionen aus Holz und Pappe
bastelt und sie ein Buch liest oder träumt und ihr
dabei der Geruch des Leims zu Kopf steigt, des-
selben nach Mandeln duftenden weißen Leims,
an dem sie heimlich hinter ihrem hochgeklapp-
ten Pult gerochen hatte, während die Lehrerin
das Datum oben rechts auf die Wandtafel schrieb,
als habe so jeder Schultag Mireilles feierlich mar-
kiert werden müssen.

Träumen ... Ein eher hochtrabendes Wort übrigens, um diese Augenblicke zu bezeichnen, in
denen Mireille im Sessel sitzt, beide Hände auf
den Rock gelegt, die Augen auf einen imaginären
Punkt im Raum gerichtet, und ganz damit beschäftigt ist, an nichts zu denken, so wie sie es vor
einiger Zeit, auch damals schon in Gegenwart
des ernsten alten Herrn, im Park gelernt hat. An
nichts zu denken und zu vermeiden, dass dieses

Nichts seinerseits zu etwas wird, ist eine anspruchsvolle geistige Akrobatik, die Mireille weder mit Spiritualität noch mit Mystik verbindet. Es ist ein Zustand höchster Sinnlichkeit, bei dem nur der Körper in Bewegung ist, ohne die geringste Bewegung, eine Art, sich am Dahinfließen der Zeit zu beteiligen und selbst zu einem lebendigen, gefügigen Teil ihres Ablaufs zu werden.

Wenn Mireille aus dem Nichts auftaucht, hat sie das befriedigende Gefühl, sich den geruhsamen Luxus des Unvermeidbaren geleistet zu haben. Sie kann sich nicht entsinnen, dass Jacques ihr selbst in seinen besten Zeiten an diesem Punkt des Schwebens, wenn sich Leben und Tod vereinigen, jemals ein so köstliches Gefühl der Erfüllung gegeben hätte.

Der ernste alte Herr scheint sich damit auszukennen, denn in diesen Momenten blickt er von seiner Bastelarbeit auf und sieht Mireille leicht errötend an.

Manchmal stellt der ernste alte Herr, wenn es Zeit für die Nachrichten ist, das Radio an, doch anscheinend nicht so sehr, um zuzuhören, sondern um Kontakt zu halten, um grundsätzlich die Anstrengung zu machen, weiterhin an allem teilzunehmen, wenn auch ohne Überzeugung. Die Nachrichten, ähnlich wie der Anrufbeantworter, zwingen Mireille sowieso zu übermäßiger

Konzentration. Sie werden in einer Sprache über-
mittelt, einer viel zu alten Sprache, die Mireille in
einem Land gesprochen hat, aus dem sie schon
vor so langer Zeit weggegangen ist, dass ihr Syn-
tax und Vokabular inzwischen Mühe machen.

Wenn er das Radio ausmacht und sie wieder
von Stille umgeben sind, seufzen der ernste alte
Herr und Mireille erleichtert auf. Und auch dann
überkommt sie erneut ein Gefühl der Dankbarkeit den anderen gegenüber, all den anderen,
die noch im Getümmel sind und mit gleichem
Mut und gleicher Hartnäckigkeit weiterkämpfen,
ohne Mireilles Zustimmung zu verlangen.

Selbst wenn sie an ihre beiden Verfolger denkt,
Jacques und Colette, die der ernste alte Herr zu
Recht in die Flucht geschlagen hat, ist sie gerührt.
Vor allem wegen Colette, der sie schließlich von
sich aus ein Treffen gewährt.

Sie denkt nicht gern an diese Begegnung im
Park zurück, bei der Colette auf der Bank vor
Machtlosigkeit geweint hat. Die Geschichte von
der Dame in Blau hat die Freundin, die in noch
engeren Jeans steckte als sonst und in beküm-
mernswert aggressiver Laune war, nicht sonderlich erschüttert. Colette ist als Erste gegangen.
Mireille hat noch das heftige, endgültige Knallen
der eisernen Pforte in den Ohren. Und dann sagt
sie sich, sie hätte Colette das nicht vorschlagen

sollen. Ihr nicht vorschlagen sollen, es ihr nachzumachen ...

Mireille bleibt nie sehr lange bei dem ernsten alten Herrn. Sie kommt mit derselben Einstellung zu ihm, mit der sie auch in den Park oder ins »Bon Repos« geht: ohne dringenden Anlass, allein aus Muße, denn ihr einziges Begehren ist das Nichtstun, nur das lenkt ihre Schritte von einem Ort zum anderen, ohne Druck und ohne Zwang. Doch was sie an diesen Besuchen bei dem schweigsamen Gefährten am meisten schätzt, ist der Umstand, einfach an der Seite eines Mannes zu sein, ohne etwas geben oder nehmen zu müssen, aus dem einfachen Grund, weil es nicht viel zu geben oder zu nehmen gibt. Denn auf diesem »nicht viel« beruht das auf keinen Vorteil bedachte gemeinsame Erleben der Stille und des Schauspiels der Welt, eine Gemeinsamkeit, die keines Beweises bedarf. Diesmal leistet sich Mireille den Luxus, mit einem Mann zu verkehren, ohne seine Männlichkeit einem Test zu unterziehen. Was für eine Freiheit – endlich, nach so vielen Jahren, in denen der Geschlechterunterschied, obwohl offenkundig genug, mit geradezu akrobatischen Leistungen und Schwüren bewiesen werden musste!

Wenn Mireille mit kleinen Schritten im Haus gegenüber ebenso ruhig wie in ihrem eigenen die Treppe hinaufsteigt – ohne jenes anstrengende Herzklopfen vor jedem Rendezvous, das zwar Hoffnungen erweckt, aber auch Ängste und dunkle Vorahnungen auslöst, ohne die ermüdende Demonstration von Koketterie und die verschwenderische Fülle von Parfum und Flitterkram –, zweifelt sie so wenig an ihrer Weiblichkeit, dass sie es nicht für nötig erachtet oder erachtet hat, diese unter Beweis zu stellen. Daher ist Mireille überzeugt, dass der ernste alte Herr von allen Männern ihres Lebens weitaus am zufriedenstellendsten ist und sein wird.

Der Rhythmus der Anrufe hat sich tatsächlich verlangsamt.

Der Standardbrief hat seine Wirkung getan.

Jacques, von einem Blick erdolcht, hat also aufgegeben. Colette, milder gestimmt, hat sich in einem kurzen Brief entschuldigt; nicht dafür, was sie gesagt hat, sondern in welchem Ton sie es gesagt hat. Sie kündigt weitere Briefe an, hinterlässt aber keine Nachrichten mehr auf dem Anrufbeantworter.

Dank Delphines heller Stimme, die eines Morgens das Halbdunkel des Wohnzimmers erschüttert, um der Mutter mitzuteilen, dass sie aus Spanien zurück ist, begreift Mireille, dass mehr als drei Monate vergangen sind. Drei Monate?

Mireille lässt ihr Buch über die Vogelkunde auf die Knie sinken, ein informatives Werk, das ihr erlaubt, all diese gefiederten Kumpane, die über ihr in der Kastanie piepsen, endlich beim Namen nennen zu können.

Die Tochter will gleich kommen, kann es nicht abwarten, wie sie betont hat, die Mutter zu sehen. Delphine hat sich, ohne Erstaunen zu äußern, die Adresse des »Bon Repos« aufgeschrieben, vielleicht hat sie geglaubt, es sei ein Gasthof.

Für Delphine sind drei Monate natürlich eine lange Zeit. Für Mireille dagegen handelt es sich dabei nur um eine einfache Abfolge von Tagen. Drei Monate, drei Tage, drei Jahre, was ist das schon für ein Unterschied.

Die Zeit hat dem neuen Rhythmus nicht widerstanden. Der große und der kleine Zeiger sind in gegenseitigem Einvernehmen einer anderen Zeitrechnung gewichen: dem gleichmäßigen Rascheln des Seidenkrepps, wenn er die Baumwoll- oder Nylonstrümpfe streift, je nachdem, wie kalt es draußen ist.

»Haben Sie Carotte nicht gesehen?«

Mireille richtet sich auf: Die Dame mit dem rötlichen Kater schwenkt fassungslos das leere Halsband hin und her.

»Nein, tut mir Leid ...«

Ohne ihren rötlichen Kater wirkt die Dame mit dem rötlichen Kater gebrechlich.

»Vielleicht ... die kleine Emilie?«, legt Mireille nahe.

Hat die Dame mit dem rötlichen Kater ohne den rötlichen Kater ihre Worte gehört? Sie hat sich schon ein paar Schritte entfernt. Zum ersten Mal bemerkt Mireille, dass sie hinkt.

Mireille wendet sich wieder ihrer Lektüre zu. Was sie über den Kuckuck erfährt, gefällt ihr überhaupt nicht. Sie bereut es, sich so oft für den buko-

lischen Ruf der Kuckucksmutter interessiert zu
haben, die, wie sie aus dem Buch erfährt, unfähig
ist, ein Nest zu bauen, und ihre Eier von den
Weibchen anderer Arten ausbrüten lässt, nachdem sie deren Sprösslinge aus dem Nest geworfen hat.

Auch wenn sich Mireille über nichts mehr auf-
regt, da sich Gefühlsaufwallungen schlecht mit
der Ausübung des Nichtstuns vereinbaren lassen,
erlaubt sie sich gelegentlich noch einen Stim-
mungsumschwung, besonders bei unvermeidlichen Gewalttaten, wie zum Beispiel jenen in
der Natur. Kurz gesagt, die Kuckucksmutter ver-
stimmt sie.

»Mama?«

Aufgrund des Kuckucks denkt sie übrigens wieder an Michel, den Mann mit dem dicken feuchten Arm, und dessen Mitleid erregende Gefährtin. Jetzt ist sie sicher, dass das Vergehen der Frau
darin bestanden hat, das Kind geopfert, aus dem
Nest geworfen zu haben ...

»Mama?«

Delphine ist da, steht vor der Liege. Sie sagt
»Mama?«, als stelle sie sich eine Frage, als habe
sie Zweifel.

Mutter und Tochter fallen sich in die Arme,
geben sich einen Kuss. Echte, wunderbare Zärtlichkeit, und für Mireille, die seit Monaten

niemanden mehr im Arm gehalten hat, die Freude einer warmen, wohlriechenden Liebkosung. Delphine setzt sich auf den Rand der Liege. Sie schauen sich an.

Mireille findet, dass ihre Tochter glänzend aussieht, prachtvoll.

Delphines Blick drückt zwar eine gewisse Verwirrung aus, dieselbe, die Colette und Jacques zu der ebenso betrüblichen wie törichten Frage »Was ist denn mit dir los?« veranlasst hatte. Aber anders als an dem Abend, als Delphine ihre Mutter zum ersten Mal in dem grauen Kostüm gesehen hat, ist sie nun taktvoll genug, auf diese Frage zu verzichten (nicht so sehr wegen des grauen Kostüms übrigens, sondern eher vor Staunen über so viel gesunden Menschenverstand). Mireille ist darüber sehr erfreut, auch wenn sie von ihrer Tochter nichts anderes erwartet hatte, schließlich ist sie ihr Kind, um nicht zu sagen, ein Teil ihrer selbst.

»Gefällt's dir hier, Mama?«, fragt Delphine nüchtern.

»Ja, sehr gut.«

Mireille ergreift die Hand des jungen Mädchens. Auf der einen Hand: Schattenblumen, kostbare Stickereien der Zeit; auf der anderen: kein Zeichen, keine Spur, die nackte, makellose Schönheit der Jugend. Auf den Liegen um sie

herum wiegen sich alte Köpfe. Es ist Mittagsruhe.

»Hast du vor, lange zu bleiben?«

»Wie bitte?«

»Hast du vor, lange hier zu bleiben, Mama?«,
wiederholt Delphine ganz ruhig.

»Ja ... vermutlich ...«

»Du weißt es noch nicht, stimmt's?«, folgert
Delphine mit entwaffnendem Lächeln.

Anstelle einer Antwort streichelt Mireille die
Hand ihrer Tochter. Delphine blickt sich um und
sagt: »Die Begonien sind herrlich!«

»Nicht wahr? Lucien kümmert sich darum.
Lucien ist der Gärtner. Es freut mich, dass sie auch
dir gefallen! Mein Zimmer liegt genau darüber.
Das ist praktisch, um sie wachsen zu sehen!«

»Und du, mein Schatz? Erzähl mir, wie's in Spanien war.«

Über eine Stunde erzählt die Tochter, und
die Mutter hört zu, hört zu wie noch nie zuvor,
aus einer ungewohnten Perspektive, von einem
neuen Standpunkt auf dem Globus der Zärtlichkeit.

Zum Schluss lachen sie so laut über Delphines
Vater, dass in der Ferne eine Krankenpflegerin
den Zeigefinger auf die Lippen legt und auf die
schlafenden alten Leute zeigt. Die beiden senken
die Stimme.

»Und du, Mama, erzählst du mir alles?«, flüstert Delphine mit gespielter Ungezwungenheit.

Mireille denkt an die Dame in Blau, an das gegenseitige Lächeln. Lässt sich das erzählen?

»Ich erzähl's dir ...«, verspricht sie dennoch und fügt dann unvermittelt hinzu: »Magst du Gemüsesuppe?«

»Schrecklich gern!«, erwidert Delphine ohne das geringste Zögern.

Das hatte sie auch von Kaugummi, Salmiakpastillen und Pommes frites gesagt – vor noch gar nicht so langer Zeit. Oder vor sehr langer Zeit, vor drei Jahren, vor dreizehn Jahren, was ist das schon für ein Unterschied?

Eine herrliche Vorstellung. Mireille malt sich schon den gemütlichen Abend in der Küche aus, mit Fensterscheiben, die vom Porreedunst beschlagen sind: sie selbst als friedliche, beruhigende Vertraute. Delphine voller Eroberungsdrang, für die Zeitspanne, in der sie ihren Teller Suppe leert, in sicherer Verschanzung, ehe sie sich wieder dem Sturmangriff, dem Sperrfeuer der Heere von Liebhabern stellt ...

Die Vögel in der Kastanie sind außer Rand und Band. Einer von ihnen hackt mit schnarrendem Geräusch fieberhaft auf den Baumstamm ein.

»Siehst du, das da ist ein Kleiber«, erklärt Mireille. »Seine Besonderheit ist, dass er beim

Picken den Stamm mit dem Kopf nach unten hinablaufen kann.«

»Interessierst du dich für Vögel?«, fragt Delphine und bemerkt das Buch, das ihre Mutter auf dem Schoß liegen hat.

»Für Vögel ... Für alles, für nichts ... eigentlich habe ich ...«

Mireille bleibt nicht die Zeit, den Satz zu beenden: Die Dame mit dem rötlichen Kater ist mit Carotte im Arm aufgetaucht. Sie humpelt nicht mehr.

»Sie hatten Recht. Ich habe ihn bei der kleinen Emilie gefunden.«

Mireille stellt ihre Tochter vor. Die Dame mit dem rötlichen Kater strickt sogleich ziemlich grob nach dem Rechts-rechts-Muster eine ganze Reihe über die heutige Jugend, ein schönes Thema für Carotte.

Delphine, die davon direkt betroffen ist, hätte umgehend widersprochen, wenn ihre Mutter ihr nicht viel sagend zugeblinzelt hätte. Doch die Strickerin hat sich sowieso schon zum Gehen gewandt und nimmt das Tier als Zeugen für den Unterschied zwischen den Generationen.

Wohlverdiente Stille. Die Sonne peinigt nicht mehr die Zweige der Kastanie. Die Vögel beruhigen sich. Der Kleiber macht nicht mehr sein schnarrendes Geräusch und hat sich mit hoch erhobenem Kopf aufgerichtet.

Nebenan ist ein Herr aufgewacht. Er betrachtet eingehend seine Nachbarinnen, vor allem Delphine. Vielleicht versucht er, in einer der so lange verschlossen gehaltenen Kammern seines Gedächtnisses den leicht eingerosteten Fensterladen aufzubrechen, der früher vor der Silhouette eines Mädchens weit geöffnet war.

Delphine grüßt den alten Mann mit einem anmutigen Kopfnicken, wobei sie ihre dichte Mähne in den Nacken wirft.

Mireille betrachtet zärtlich dieses Haar, das dem ihren so sehr gleicht: dieselbe kohlschwarze Farbe, dieselbe leicht aufreizende Störrigkeit. Es hat gewissermaßen die Nachfolge angetreten, stellt, wenn das noch nötig wäre, eine weitere Befreiung dar. Der Gedanke, dass ihre Tochter sie ablöst, ist ihr höchst angenehm. Ein Beweis, dass die Natur nicht alles falsch macht wie etwa mit der Kuckucksmutter.

Delphine, die auch ihre Intuition von der Mutter geerbt hat, hat deren Blick gespürt.

»Der Knoten steht dir gut, Mama«, stellt sie ohne jeden Spott fest.

»Vor allem ist das sehr bequem«, erwidert Mireille hocherfreut. Und die grauen Haare, hat sie die grauen Haare gesehen?

Die Standuhr im Speisesaal schlägt vier. Es ist

Kaffeezeit, Zwieback mit Butter, Kekse, warmer Kakao ...

Delphine steht auf, als hätte sie verstanden, und zieht ihr äußerst kurzes, äußerst hübsches Stretchkleid weiter nach unten. Auch was die Beine angeht, ist es gut um die Nachfolge bestellt.

»So, ich mach mich jetzt auf den Weg ...«, sagt sie schwungvoll.

»Willst du morgen Abend kommen und eine Suppe essen ... zu Hause, meine ich?«, fragt Mireille und denkt dabei an die Meute von Verehrern, die sich auf die sehnigen braunen Beine stürzen und die Zähne in das so kurze, so hübsche Stretchkleid schlagen.

»Zu Hause ...? (Das scheint Delphine zu überraschen, aber auch zu beruhigen.) Ja, ja, natürlich!«

Mutter und Tochter umarmen sich wieder, geben sich einen Kuss. Delphine hat ihre Tasche über die Schulter gehängt und tritt von einem Bein aufs andere. Diese Angewohnheit stammt aus ihrer Kindheit, wenn sie zögerte, etwas zu sagen, eine Angewohnheit, die sie, wie Mireille sich sagt, vielleicht das ganze Leben beibehalten wird.

Weitere alte Leute wachen auf, öffnen erstaunt die Augen. Es scheint, als könnten sie es nicht fassen, noch da zu sein, als hätten sie sich vor dem

Einschlafen für alle Fälle auf die große Reise vorbereitet. Manche sind beruhigt, eher erleichtert, dieser Welt noch anzugehören, andere dagegen verwirrt und leicht enttäuscht.

»Weißt du, Mama ...«

»Ja, mein Schatz?«

»Eben, als ich hier angekommen bin, ist mir etwas Seltsames passiert.«

»So?«

»Ja ... Stell dir vor, auf den ersten Blick habe ich dich für Großmama gehalten! ... Verrückt, nicht?«

Verrückt? Wenn es verrückt wäre, warum hätte Mireille dann dieses strahlende Lächeln des Einverständnisses auf den Lippen, ein Lächeln in blauem Gewand?

Delphines Rückkehr ändert nichts am Leben ihrer Mutter. Vom vertrauten Porreegeruch ermutigt, hat Mireille schon bei der ersten Suppe alles erzählt. Sie hat deutlich gemerkt, dass Delphine ihren Bericht mit großer Aufmerksamkeit verfolgte, während die beiden am Küchentisch saßen und gemeinsam die weißen Bohnen für ein Cassoulet putzten, ein Gericht, von dem sich Mireille viel verspricht, nachdem sie aus Gründen der Diät und der Ästhetik, was sie heute geradezu erschüttert, viel zu lange darauf verzichtet hat.

Delphine hat sich also weder ungeduldig noch besorgt gezeigt, auch wenn sie mit ein paar klugen Bemerkungen durchblicken ließ, dass sie, so gut sie die Sache auch verstehen könne, nicht daran zweifle, dass das alles doch wohl nur vorläufig sei. Sie hat mehrmals gelacht und Interesse für die botanischen Studien über die Gräser gezeigt, die man nur bei den lateinamerikanischen Indianern findet. Bevor sie ging, bat sie sogar noch ihre Mutter, ihr das Fenster zu zeigen, aus dem der ernste alte Herr Colette und Jacques angeprangert hatte.

Seit diesem Abend, der für Mireille so wichtig ist, auch wenn sie fest entschlossen bleibt, auf die

Frage nach der Vorläufigkeit der Änderungen in ihrem Leben weiterhin ausweichend zu antworten, stattet Delphine ihr regelmäßig Besuche ab, auch im »Bon Repos«, aber sie hat ihrer Mutter gestanden, dass sie eine Vorliebe für die Suppen zu Hause habe.

Man muss wohl sagen, dass ihnen diese Momente des vertrauten Beisammenseins unentbehrlich geworden sind, mehr noch als die im Restaurant »Chez Pierre«, wo sie sich früher, als sie noch beide in unzählige Liebeleien verwickelt waren, jeden Dienstagabend wie übermütige Schwestern gegenseitig ihre Abenteuer erzählt hatten.

Diesmal sind die Rollen klar verteilt: Delphine hat Feuer gefangen? Mireille dämpft. Delphine ist betrübt? Mireille tröstet. Von ihrer derzeitigen Warte aus hat Mireille wieder einmal den Eindruck, dass sie, besonnen, allmächtig, für alles ein offenes Ohr hat, auch wenn Delphine manchmal lächelnd zu ihr sagt: »Mama, jetzt schwafelst du aber«, was Mireille mit einem Lächeln hinnimmt.

Wenn die Tochter zum Abendessen kommt, bringt sie auf gut Glück ein Fläschchen Parfum oder eine modische Bluse als Geschenk mit, obwohl sie weiß, dass alles unten im Kleiderschrank in den Pappschachteln landen wird, in denen Mireille ihre ehemalige Kampfausrüstung aufbewahrt, und dann setzt sich Delphine auf den Küchenhocker in der Fensterecke. Auch sie kommentiert das Geschehen auf der Straße, aber vor allem berichtet sie aus der Stadt, Geschichten voller Trubel und Getöse, von denen Mireille der Kopf schwirrt, und schaukelt dabei im Rhythmus des Rührsiebs mit den Beinen.

Mireille lässt ihre Tochter erzählen und nickt ab und zu mit dem Kopf, ein praktischer Reflex, den sie im »Bon Repos« gelernt hat und der erlaubt, ohne große Anstrengung Anteil zu nehmen.

Manchmal hört Mireille auf, das Sieb zu drehen, um besser die Seufzer oder Ausbrüche dieses Mädchenherzens zu hören, dessen seltsame Vielschichtigkeit sie erst heute entdeckt.

Wenn die Suppe in den Tellern dampft, ergreift Mireille das Wort, sagt, was sie denkt. Delphine schluckt alles gleichzeitig herunter, die Suppe und die Ratschläge.

Wenn ihre Tochter, gebührend mit Helm und Harnisch gepanzert, in voller Kampfausrüstung, um der Welt zu trotzen, spätabends das Haus verlässt, sagt sie in seltsamem Ton: »Danke, Mama.« Sie schwankt spürbar zwischen der Erleichterung, endlich eine Mutter zu haben, die weise geworden ist, und dem nostalgischen Wunsch, sie erneut an ihren Eskapaden teilhaben zu lassen. Und dort auf dem Treppenabsatz versäumt

Mireille nie, der jungen Kriegerin den Friedenskuss auf die Stirn zu drücken ...

Die Wochen und Monate gehen weiterhin mit derselben Unbekümmertheit dahin, fügen sich ohne zwingende Notwendigkeit ineinander, ähnlich wie die Konstruktionen aus Holz und Pappe des ernsten alten Herrn, mit dem die abstrakte, stumme Romanze weitergeht.

Eines Nachmittags, kurz nachdem die Kinder aus der Schule gekommen sind und sich auf den Kuchen gestürzt haben, hat der ernste alte Herr Mireille ein Päckchen hingehalten und vier Worte gesagt: »Das ist für Delphine.« Woher weiß er, dass sie eine Tochter hat, und vor allem, woher kennt er deren Vornamen? Vielleicht hat er sie abends bei einem Besuch hinter der Cretonnegardine gesehen, oder aber die Dame mit dem rötlichen Kater hat ihm zu diesem Thema ein paar Maschen gestrickt.

In dem Päckchen, sorgfältig in Zellophan verpackt, ein Gefüge aus Holz und Pappe, das Delphine »toll« gefunden hat, vielleicht mit einer Spur von höflichem Entgegenkommen, das Mireille zwar nicht entgeht, das sie aber durchaus zu schätzen weiß ...

Während Mireille die Treppe hinuntergeht, hält sie sich vorsichtig am Geländer fest, weil ihr seit einiger Zeit leicht schwindlig wird beim Anblick der steilen Stufen, die sie oft fluchend, weil sie so spät dran war, wie eine Wilde hinabgestürmt ist, und denkt nun über ihr eigenes Gefüge nach, über das ihres neuen Daseins, das nur durch das Nichtstun und den Zufall zusammengehalten wird. Es ist schwer zu sagen, was jetzt noch dieses harmonische, freie Gefüge bedrohen sollte, das ganz darauf angelegt ist, für alle Zeiten zu dauern.

Kein Brief von Colette im Briefkasten. Das ist ein gutes Vorzeichen für das bescheidene Programm, das sich Mireille beim Frühstück zwischen dem Zwieback mit Aprikosenmarmelade, von der sie in der vergangenen Woche ein paar Gläser eingekocht hat, und dem Zwieback mit Akazienhonig ausgedacht hat. Sie hat die Absicht, mit dem Autobus an der Seine entlangzufahren.

Der 85 lässt lange auf sich warten, doch sie hat Zeit genug, und der frische Wind an diesem Nachmittag ist sehr angenehm. Außerdem hat sie ihre Nylonstrümpfe und das graue Kostüm angezogen. Noch mehr Leute reihen sich in die Warteschlange ein, die für diese Zeit und diese Haltestelle ungewöhnlich lang ist. Ungeduld kommt auf, man entrüstet sich: Die öffentlichen Verkehrsmittel in Paris sind auch nicht mehr das, was sie früher mal waren.

Mireille öffnet ihre kleine Handtasche aus geflochtenem Leder. Sie nickt und betupft sich die Augen mit einem bestickten Taschentuch.

Endlich kommt der Bus. Er ist überfüllt. Die Leute drängeln. Mireille wird hineingeschoben.

Sie hatte geglaubt, sie könne sich in Ruhe hinsetzen, um die Gegend zu bewundern, und nun steht sie eingequetscht zwischen einer Dame in den Sechzigern – durchaus elegant, mit einer Dauerwelle im weißen, leicht bläulich gefärbten Haar, jedoch mit einem Parfum von zweifelhaftem Geschmack, vermutlich Veilchen – und einer schwer mit Büchern beladenen Studentin, deren langes Haar Mireille an der Nase kitzelt.

Vor ihr sitzt ein Junge mit Kopfhörern. Man hört das schnarrende Geräusch der Musik, einen hektischen Rhythmus, der dem Jungen zu gefallen scheint, da er mit dem Fuß den Takt klopft.

Mireille zwängt sich zwischen ihren beiden Nachbarinnen hindurch und stellt sich vor ihn. Sie bringt zum Ausdruck, wie unbequem Stehen ist.

Da sie aus Mangel an Gelegenheiten schon lange nicht mehr in Wut geraten ist, weiß sie noch nicht, dass es Wut ist, die da in ihr aufsteigt, eine gesunde, weil berechtigte Wut über diesen ungezogenen Kerl, diesen Trottel, der nicht einmal weiß, dass man alten Leuten seinen Platz anbietet.

Was? Er bleibt vor ihr sitzen, ohne sich zu rühren, kommt nicht einmal auf diesen Gedanken?

Ärgerlich schwenkt Mireille ihr Handtäschchen über seinem Kopf hin und her. Sie seufzt überzeugend.

Das unentwegte Ruckeln des Autobusses ist unangenehm, aber noch unangenehmer ist die gleichgültige Miene des Jungen, der immer lauter mitsummt.

Mireille kann sich nicht länger beherrschen und explodiert: »Hören Sie mal zu, junger Mann, Sie könnten vielleicht aufstehen!«

Und dann geschieht das Unbegreifliche. Der Junge nickt. Ohne den Kopfhörer abzunehmen, steht er unverzüglich auf und überlässt bereitwillig, mit ausgesprochen liebenswürdigem Lächeln seinen Platz, allerdings ... der eleganten Dame mit dem bläulich gefärbten weißen Haar und dem zweifelhaften Parfum. Mireille ist wie vom Schlag getroffen, um nicht zu sagen gedemütigt. Sie steigt lieber sofort aus und wartet auf den nächsten Bus.

Erst viel später gönnt sie sich den lang erwarteten Augenblick: von der Uferpromenade am Pont Neuf auf die plätschernden Wellen der Seine zu sehen, doch die Begebenheit im Bus hat ein Gefühl des Unwillens, des Unverständnisses bei ihr hinterlassen. Sie kann die Sache drehen und wenden, wie sie will, das Verhalten des Jungen mit dem Kopfhörer ist ihr unbegreiflich. Es bleibt ihr ein Rätsel, größer noch als jenes von Michel, dem Mann mit dem dicken feuchten Arm. Hat der Junge sie denn nicht angesehen? Offensichtlich nicht.

Auch das Plätschern des Flusses, das eine beruhigende Wirkung haben soll, kann ihren Ärger nicht verscheuchen. Sie beschließt, mit dem Taxi nach Hause zu fahren.

Dort erwartet sie eine Überraschung: Vor ihrer Tür liegt ein Strauß Rosen. Jacques' Zeilen sind erstaunlich einfühlsam. Ohne Nachdruck, ohne versteckte Anspielung möchte er nur, wie er schreibt, einen Gedenktag feiern. Um welchen Gedenktag handelt es sich? Mireille kann sich nicht erinnern, vor allem, weil sie nun findet, dass jeder Tag, der vergeht, es wert ist, gefeiert zu werden, aber es ist eine nette Geste, das gibt sie zu, auch wenn Rosen bei weitem nicht so interessant sind wie Begonien. Während sie die Vase mit den Blumen auf den Balkon bringt, damit ihnen die Kühle der Nacht zugute kommt, und dabei an die äußerste Zurückhaltung ihrer Freundin denkt, die sie nicht mehr mit ihren Nachrichten und Briefen tyrannisiert, fragt sie sich, ob Colette und Jacques nicht von Delphine Instruktionen erhalten haben ...

Als Mireille die Balkontür schließt, entdeckt sie oben auf der letzten Scheibe eine wundervolle Spinne, die in ihrem Netz thront. Mireille spürt, dass ihr Herz schneller schlägt. Doch nicht mehr vor Entsetzen, wie noch vor gar nicht so langer Zeit, sondern mit der gleichen sonderbaren Rührung wie an jenem Tag, als plötzlich eine weiße Schleiereule im Arbeitszimmer ihres Vaters in den Kamin gefallen war. Sie entsinnt sich noch, wie sie die ganze Nacht bei dem Vogel gewacht hat, und erinnert sich vor allem an den seltsamen Blick der beiden übergroßen Augen. Am folgenden Morgen hatte Mireille beschlossen, dass der Tod der Eule nicht so schlimm war, sondern nur das Zusammentreffen zählte, dass nur die magische Begegnung zwischen einer weißen Schleiereule – aufgetaucht aus tiefer Nacht, aus dem Geheimnis der Natur – und einem kleinen siebenjährigen Mädchen in rosa Schürze und mit Fingern voller Tinte überdauern würde ...

Mitten in der Stadt, in diesem Wohnzimmer, in dem es früher so hoch hergegangen war, sowohl am Tisch wie im Bett, ist nun auch die Spinne da, um einen Bund zu besiegeln, die Ruhe, die Einsamkeit zu würdigen, für die Stille, das Halbdunkel zu danken, das Fehlen der Putzlappen zu begrüßen, und um die wohl bemessene

Langsamkeit, den neuen Rhythmus, das sanfte Wiegen zu krönen.

Mireille betrachtet lächelnd dieses Wesen, das jetzt ihr beschauliches Dasein teilt. Von nun an werden sie also zu zweit die friedliche Stille weben, die Zeit an den durchsichtigen Fäden ihres zurückgezogenen, kameradschaftlichen Lebens aufhängen, sich zu zweit in der Leere wiegen.

Mit dem festen Vorsatz, sich bei Gelegenheit ein Buch über Spinnenkunde zu besorgen, schließt sie vorsichtig die Tür zum Wohnzimmer.

Jeden Tag, wenn sie sich in ihre Laken gleiten lässt, genießt sie es aufs Neue, nicht mehr erschöpft ins Bett zu fallen, sondern nur noch jene abendliche Trägheit zu verspüren, die nach Ruhe verlangt, nach einer eher behaglichen als dringend erforderlichen Entspannung.

Die Anwesenheit der Spinne lässt das ärgerliche Erlebnis im Bus, an das Mireille keinen Gedanken mehr zu verschwenden beschließt, in den Hintergrund treten.

Vom Nachttisch aus blickt die Mutter im grauen Kostüm Mireille aus einem Glasrahmen an, den sie eigens für das Foto aus dem Album gekauft hat.

»Sie könnte meine Schwester sein«, sagt sich Mireille wieder einmal, aber wundert sich auch wieder über den traurigen Blick, über die Schwermut, die das Gesicht ihrer Mutter überschattet, als habe das Alter ihren Zügen Gewalt angetan, Schmerz zugefügt.

Mireille seufzt vor Behagen, während sie langsam ihren Kräutertee schlürft. Sie ermisst ihr eigenes Glück angesichts dieser Schwester-Mutter, die so schmerzlich vom Alter verraten worden ist, ohne wie Mireille das Glück gehabt zu haben, ihm zuvorzukommen.

Eine sanfte Trägheit erfüllt ihren ganzen Körper, und dann sinkt ihr Geist, derselben Sanftheit erliegend, langsam in die Tiefe. Der Schlaf kommt ganz von allein, nachdem er dreimal höflich an das Tor zum Körper angeklopft hat, wohl wissend, dass er beim letzten Schluck des mit Honig gesüßten Eisenkrauttees erwartet wird.

Mireille geht durch die Stadt.

Als sie aus dem Park kommt, in dem sie nur dem Gärtner begegnet ist, der sie über das Aufheulen des Rasenmähers hinweg mit indiskreten Fragen verfolgt hat, während er sich über die armen Grashalme des Rasens, der für Carotte so wichtig ist, verbissen hermachte, verspürt sie plötzlich Lust, einen Bummel über die großen Boulevards zu machen. Das geht wohl auf den Traum der vergangenen Nacht zurück. Diesmal hat die Dame in Blau, statt plaudernd neben ihr herzugehen, ihr Gesicht verhüllt und ist auf rätselhafte Weise in der Menge verschwunden.

Mireille geht durch die Stadt, im unaufhörlichen Menschenstrom.

Neben ihr gerät der Strom ins Stocken. Sie lässt sich überholen. Im Vorbeigehen werfen ihr die Leute einen wütenden Blick zu, dann gehen sie schneller, fest entschlossen, sich dem Strom wieder anzuschließen, aufzuholen, das Tempo, den allgemeinen Schwung wieder zu finden, als hätten sie sich abgesprochen, als verfolgten sie dasselbe Ziel.

Mireille geht gemessenen Schritts weiter.

Sie schlendert, während die anderen rennen.

Die Hektik rings um sie her macht ihre Gelassenheit noch reizvoller.

Sie denkt an die Spinne, wie langsam und behutsam diese auf ihrem durchsichtigen Faden oben auf der letzten Scheibe balancierte. Auch Mireille folgt langsam und behutsam dem Faden ihres Schicksals, das keinen Zwang mehr kennt.

Bedächtig setzt sie ein Bein vor das andere, sehr gewissenhaft, schön im Takt, mit wohl bemessenem Druck des Fußes auf den Gehweg und sanftem Wiegen des Körpers.

Auf dem Boden bewegt sich der Schatten des blauen Huts sanft hin und her: eine Blume im Wind.

Mireille neigt den Kopf ein wenig, als lausche sie dem gleichmäßigen Rascheln ihres dunkelblauen Kleids aus Seidenkrepp, wenn es die hellen Baumwollstrümpfe streift. Von der Menge geht ein leicht säuerlicher Geruch aus, der Geruch eines Gewaltmarsches, hartnäckig wie die Müdigkeit. Dazu das hallende Dröhnen der Füße. Man möchte meinen, ein Trommelwirbel.

Mireille drückt ihre kleine Handtasche aus geflochtenem Leder an sich, um sich besser abzuschirmen, um sich besser vor all dem Brausen zu schützen, das sie umgibt ...

Zunächst ist es bloß ein Schatten an ihrer Seite, dann wird der Eindruck deutlicher: Jemand zögert. Verlangsamt den Schritt.

Eine Frau.

Auf dem Boden zeichnet sich ein Umriss ab, eine Silhouette in kurzem Kostüm und mit langen Haaren, Haaren, die im Wind flattern.

Die Frau hält inne. Auch sie lässt sich überholen. Mireille spürt, wie die Frau allmählich kleinere Schritte macht, in ihren Fußstapfen bleibt ...

Diese beiden Schatten, die sich jetzt gelassen und ungestört im selben Takt wiegen, passen gut zueinander, findet Mireille, mitten in diesem Wirrwarr ist ihr Rhythmus recht harmonisch.

Der Traum der vergangenen Nacht fällt ihr wieder ein, der Traum von der Dame in Blau, die mit unbekanntem Gesicht in der Menge verschwindet.

Mireille wendet den Kopf nicht zur Seite. Sie versteht. Und das Verstehen bringt sie fast zum Lachen.

Lange gehen sie so stumm nebeneinander her, bis die Frau kurz innehält, erneut zu zögern scheint.

Da sieht Mireille sie an.

Das Lächeln, das sie austauschen, gleicht einer Zustimmung. Die Frau biegt um die Ecke.

Das war es.

Die Frau entfernt sich sehr bedächtig, schön im Takt, mit wohl bemessenem Druck des Fußes auf den Gehweg und sanftem Wiegen des Körpers, den Kopf ein wenig geneigt, als lausche sie.

Mireille blickt hinter ihr her.

Zu behaupten, der Gedanke sei ihr gekommen, wäre übertrieben. Eher ein Impuls.

Ein Impuls drängt sie plötzlich, den Schritt zu beschleunigen.

Die Klatschmohnfrau

Marthe liegt im Bett.

Mit halb geschlossenen Augen zögert sie den Augenblick des Erwachens noch etwas hinaus, diese seltsamen Minuten des Schwankens, in denen sie alterslos ist und durch alle Phasen ihrer Vergangenheit streifen kann. So geht sie von einer Marthe zur anderen, lässt ihre Erinnerung verweilen, wie es ihr gefällt, ganz nach Lust und Laune, heiter oder betrübt. Je nachdem.

Und sie seufzt. Sie seufzt gern, selbst ohne Grund. Diese kleinen Windstöße der Seele sind so beruhigend, so erfrischend.

Nach dem Seufzer – aber erst danach – öffnet sie weit die Augen, betrachtet ihr Schlafzimmer, ihr Leben. Das Leben einer alten Dame.

Die Ausstattung ist beige, verblichen, wie die Vorhänge, die Tagesdecke und die Häkel-deckchen auf den beiden Sesseln und der Kom-mode.

Sich aufzurichten, auf den Rand des Betts zu setzen, erfordert eine gewisse Vorsicht. Die steif gewordenen Glieder zu recken, sich auf das Ste-chen in der linken Hüfte einzustellen, das Marthe dann bis zum Zubettgehen mehr oder weniger hartnäckig begleiten wird.

Ein weiterer Seufzer. Die Pantoffeln. Der Morgenrock aus Satin.

Die Küchenuhr zeigt acht Uhr an, wie sollte es auch anders sein? Der Kessel kocht. Das Brot ist im Toaster. Drei kleine Scheiben, mehr nicht.

Die Überraschung kommt beim Aufgießen des Tees. Zwei gestrichene Teelöffel, mehr nicht.

Der Gedanke behagt ihr nicht so wie sonst. Wenn sie auf sich hören würde, müsste sie sogar sagen, dass sich ihr beim Geruch des Tees der Magen umdreht, und da Marthe nun einmal auf sich hört – das tut sie fast nur noch –, legt sie besorgt beide Hände auf die Brust.

Das Herz schlägt ruhig. Trotzdem zieht Marthe den Hocker näher, zählt gewissenhaft die Pillen ab und legt sie bereit. Medikamente sind wie Seufzer: Sie beruhigen. Sie zu zählen tut schon gut – dem Herzen, der Hüfte.

Ihr plötzlicher Widerwille gegen Tee macht sie stutzig. Doch wie soll eine Frau, die seit so vielen Jahren nichts mehr begehrt, schon ahnen, dass die Verwirrung, in die sie geraten ist, ganz einfach auf einem Gelüst beruht?

Marthe hat Lust auf Kaffee. Nach zwanzig unermüdlichen Ceylon-Tee-Jahren hat Marthe Lust auf Kaffee.

Der Tee war wohl einer gewissen Zwangslage, einer Kapitulation des ganzen Körpers am Tag von Edmonds Beerdigung entsprungen, als Marthe, von Übelkeit geplagt, die Kraft dazu gefehlt hatte, allein am Tisch vor ihrem Milchkaffee in dieser selben Küche sitzen zu müssen, auch wenn sie schon so manches Mal davon geträumt hatte, in Ruhe, ohne das Brummen ihres Mannes, den immer irgendetwas oder irgendjemand verstimmte, frühstücken zu können.

Edmond der Griesgram, der gallige Edmond...

Marthe hat Kaffee im Haus. Für ihre Kinder, wenn sie zu Besuch kommen, oder für die Concierge, wenn sie das Treppenhaus putzt.

Doch der Kaffee, den Marthe für sich kocht, hat weder etwas mit dem Kaffee für die Kinder noch mit dem für Madame Groslier mit ihren nach Bohnerwachs riechenden Fingern zu tun.

Diesen Kaffee schlürft Marthe jetzt genüsslich mit halb geschlossenen Augen, als wache sie zum zweiten Mal auf. Gierig trinkt sie ihre Tasse leer.

Seltsame Sekunden des Schwankens.

Dann drängt sich ihr ein Bild auf, das noch ganz deutlich ist, weil es vom gestrigen Tag stammt, das Bild des Mannes mit den tausend Halstüchern, Stammgast wie sie im Bistro »Les Trois Canons«, nachmittags, wenn es ruhig ist, wenn die Ruhe zur Leere wird und die Langeweile an den Rändern der Einsamkeit nagt.

Gestern Nachmittag trug er zu seiner unvermeidlichen Jacke aus braunem Kordsamt einen ziemlich modischen, granatfarbenen Schal mit Kaschmirmustern.

Gestern Nachmittag hatte er sich zum Kaffee einen Trester bestellt, und Valentin hatte ihm, als er das Gewünschte brachte, auf unbeschreibliche Weise zugeblinzelt und als Zeugen den alten Hund mit dem weißen, leicht struppigen Fell genommen, der seinem Herrn brav zu Füßen lag und ihm zutiefst ähnelte.

Gestern Nachmittag hatte sich der Mann mit den tausend Halstüchern Marthe zugewandt. Mit erstaunlicher Eleganz für einen Mann, der trotz seines Alters so kräftige Hände hatte – Hände, die sie letztlich stärker überraschten als die eindrucksvolle Vielzahl seiner Halstücher und Schals –, hatte er langsam seine Tasse gehoben und den Kaffee, dessen starker Duft sie einhüllte und mit dem er ihr offensichtlich zutrank, geschlürft, ohne die Augen von ihr zu wenden, als wolle er sie an diesem Moment höchsten Genusses teilhaben lassen.

Wider alles Erwarten hatte Marthe nicht mit der Wimper gezuckt, nicht zuletzt, weil von diesem Blick, dem nichts Vulgäres anhaftete, irgendetwas Brüderliches ausging. Aus einer Entfernung von drei Tischen hatte sie also nur durch die Kraft ihrer gemeinsamen, spontanen Erfindungsgabe die Tasse mit ihm bis auf den letzten Tropfen geleert. Anschließend vertiefte sich der Mann mit den tausend Halstüchern wieder völlig gelassen in sein Zeichenheft, während Marthe sich ihr Riesenkreuzworträtsel vornahm und sich zwang, den nun völlig faden Eisenkrauttee auszutrinken ...

Entgegen ihrer Befürchtung zieht diese morgendliche Kaffee-Eskapade weder Herzklopfen noch andere Strafen ähnlicher Art nach sich. Marthe gönnt sich also eine weitere Tasse und schlürft sie langsam, bis sich ihrer flachen, ein wenig knochigen Brust ein genüsslicher Seufzer entringt.

Marthe nutzt diese angenehme Energie, um ihr Schlafzimmer zu lüften und die Zeitungen zu sortieren. In dem gestrigen, zu drei Vierteln gelösten Kreuzworträtsel erregt ein Wort in der Mitte der Felder ihre Aufmerksamkeit. Das Wort, das sie geschrieben hat, nachdem sie den Kaffee mit dem Mann mit den tausend Halstüchern »geteilt« hat. Sie liest: »Plan« – ein Begriff, der »eine besondere Absicht« definiert, wie die Zeitung formuliert. Marthe, die nicht weiß, dass sie errötet, bekommt plötzlich warme Wangen.

Einen Plan hat sie tatsächlich. Und eine ganz besondere Absicht ebenfalls. Nach so vielen Jahren ohne Gelüste, ohne jegliches Begehren, besteht Marthes ganz besondere Absicht darin, noch heute um drei Uhr in die »Trois Canons« zu gehen und bei Valentin zwei Kaffee zu bestellen – einen davon für sich.

»Zwei Espresso, zwei!«

Valentin eilt davon. Er scheint eine gewisse Befriedigung darüber zu empfinden, Marthe etwas anderes zu bringen als ihren üblichen Eisenkrauttee.

Als er die Bestellung entgegengenommen hat, war er einen Augenblick verwirrt. Marthe hat gespürt, wie er drauf und dran war nachzufragen, ob sie tatsächlich »zwei« Kaffee wünsche, aber irgendetwas hat ihn davon abgehalten.

Erstaunt über ihre eigene Kühnheit, kann sich Marthe das Lachen nicht verkneifen.

Doch nun, da die beiden Tassen Kaffee vor ihr stehen, ist sie plötzlich verwirrt: Er ist nicht da. In ihrem sorgfältig ausgeklügelten und mehrfach überdachten Plan hatte sie nicht eine Sekunde lang die Möglichkeit erwogen, dass er nicht da sein könnte. Im Allgemeinen, wenn sie um drei Uhr die Tür zu den »Trois Canons« aufmacht, sitzt der Mann mit den tausend Halstüchern schon am Tisch, den Hund zu seinen Füßen, und macht in seinem Zeichenheft Skizzen von den wenigen Gästen.

Und überhaupt, er müsste doch da sein!

Marthe ist verunsichert. Ihre Empfindungen

sind ziemlich verworren … Es ist nicht nur Enttäuschung. Enttäuschungen kennt sie nur zu gut, wenn zum Beispiel eines ihrer Kinder – Céline öfter als Paul, das stimmt zwar – den versprochenen Besuch mit den Kleinen absagt, für die der Kaffeetisch im Esszimmer schon gedeckt ist und die Coca-Cola, die sie aus diesem Anlass gekauft hat, schon im Kühlschrank bereitsteht. Oder wenn sie das Stechen in der Hüfte eine knappe Stunde nach Einnahme der abendlichen Tabletten weckt und sie plötzlich an der Medizin zweifeln lässt, der sie eine geradezu religiöse Ehrfurcht entgegenbringt, die ihr als tägliche geistige Übung dient.

Diesmal fühlt sich Marthe geradezu verraten, erniedrigt.

Verraten durch seine Abwesenheit. Erniedrigt durch ihre Anwesenheit, ganz zu schweigen vom lächerlichen Anblick der beiden dampfenden Tassen Kaffee, von denen sie nicht einmal weiß, welches die ihre ist.

Marthe sieht noch einmal das Bild vor sich, an dem sie den ganzen Vormittag gefeilt hat:

Sie, die vornehme, souveräne Dame, beauftragt Valentin, den Kaffee an den Tisch des Mannes mit den tausend Halstüchern zu bringen. Er, überrascht, verwirrt, erhebt sich, verbeugt sich vor ihr, bedankt sich und bittet sie an seinen

Tisch. Sie, fein, gewandt: »Bin ich Ihnen nicht einen Kaffee schuldig?« Er, beflissen, aber höflich, während er ungelenk seinen weißen Seidenschal zurechtrückt: »Aber ich bitte Sie, Madame, *ich* bin Ihnen zu Dank verpflichtet, Sie haben mir gestern das Vergnügen gestattet, einen Kaffee mit Ihnen zu trinken!«

Marthe ärgert sich natürlich über sich selbst. All das ist eigentlich grotesk. Grotesk der Einfall mit den beiden Tassen Kaffee, grotesk dieses ganze Theater und die viele Zeit, die sie dafür verwandt hat, die Sache bis ins Letzte zu planen wie ein schelmisches romantisches Mädchen.

»Romantisch« ... Wie oft hatte sie dieses unselige Wort schon gehört! Zunächst von ihrem Vater, der den verrückten Ideen des kleinen, allzu sensiblen, allzu überspannten Mädchens bis in den hintersten Winkel nachgestellt hatte; und dann von Edmond, dessen Prinzipien und dessen Dünkel die spärlichen noch verbleibenden Funken ihrer Phantasie, ihrer Träume, endgültig erstickt hatten!

Eigentlich ist das ja grotesk, und dennoch ...

Marthe tut ein Stück Zucker in eine der beiden Tassen. Nachdenklich rührt sie mit dem Löffel um.

Dennoch ist es nicht grotesk, und zwar aus einem Grund, der nach und nach im Duft des Kaffees Gestalt annimmt.

Aus einem einfachen, nicht zu leugnenden Grund: Marthe amüsiert sich.

Trotz des Verrats, trotz der Lächerlichkeit, oder vielleicht gerade deswegen, amüsiert sich Marthe seit gestern um halb vier bis heute zur gleichen Zeit.

So sehr, dass sie darüber ihr Kreuzworträtsel vergisst. So sehr, dass sie die beiden Tassen Kaffee trinkt, ohne eine Spur von Herzklopfen ...

Eine alte Dame, die sich amüsiert, bewegt sich nicht wie eine alte Dame, die vom Leben ohne Grund weitergetrieben wird, oder wie ein Bauer auf dem Schachbrett in den Fingern eines blasierten Spielers.

Selbst Valentin hat das bemerkt.

Als sie mit ihrer kleinen Tasche aus geflochtenem Leder in der Hand die »Trois Canons« verlässt, genießt Marthe trotz des Stechens in der linken Hüfte jeden einzelnen Schritt.

* * *
* *

Durch den Wechsel von Tee zu Kaffee hat Marthe das Register gewechselt, als habe sich ihr Dasein sozusagen um eine Stufe nach oben bewegt.

Alles ist durchaus noch unverändert, aber eben um einen Grad gesteigert.

Zum Beispiel salzt sie ihr Essen stärker, isst zum Frühstück mehr als drei Scheiben Brot, stellt das Radio oder den Fernseher lauter. Sie will die Geräusche verstärken. Sehen, wie die Farben erstrahlen. Selbst die alltäglichen Gegenstände haben eine andere Dichte, eine andere Griffigkeit angenommen. Marthe braucht konkretere Empfindungen, eine größere Nähe zu den Dingen und den Menschen.

Als Paul sie vor zwei Tagen abends angerufen hatte, um sich nach ihrem Befinden zu erkundigen, fand sie die Stimme ihres Sohns reichlich fad, obwohl er sich große Mühe gab, laut und deutlich zu sprechen (was im übrigen aufgrund Marthes schärfer gewordener Sinneswahrnehmung völlig überflüssig war), als habe er es mit einer geistig zurückgebliebenen Person zu tun.

»Du kannst ruhig leiser sprechen, weißt du, ich kann dir ohne Mühe folgen!«, hatte Marthe schließlich zu ihm gesagt. Paul hatte am Hörer einen Augenblick verlegen gestockt.

Diese höhere Stufe, diese gesteigerte Wahrnehmungsgabe erlauben ihr auch, manche Dinge des Alltags geradezu als ein Ereignis zu feiern. Die selbstverständlichen Gesten sind einer Vielzahl kleiner Freuden gewichen.

Der geringste Anlass versetzt sie in Entzücken.

Auch Aufregungen empfindet Marthe jetzt in gesteigerter Form. Das spürt sie deutlich daran, wie das Klingeln eines Besuchers an der Haustür oder die leichte Veränderung in Madame Grosliers Stimme auf sie wirkt, wenn die Concierge ihr genüsslich von den jüngsten Katastrophen in ihrem Haus oder Viertel erzählt.

Und von dem, was sich vor einer knappen Viertelstunde ereignet hat, ist Marthe noch völlig erschüttert, völlig taumelig.

Denn Madame Groslier, die offensichtlich nicht die Tragweite ihrer Worte zu ermessen vermag, ist zu ihr gekommen, um zu erzählen, dass es vor den »Trois Canons« eine Gasexplosion gegeben habe, alle Scheiben des Bistros seien mit einem Schlag zertrümmert worden.

Wenn Madame Groslier ein Herz gehabt hätte, sie hätte gemerkt, welche Wirkung diese Nachricht in Marthe hervorrief.

Denn die Explosion hat sich nicht nur in den »Trois Canons« ereignet, für Marthe hat sie in einem vergessenen Winkel ihres Inneren stattgefunden, in dem die Blume der Träume noch immer blau blüht, einem Winkel, den Edmond verbannt hat, Edmond, der immer wieder sagte: »Was bist du bloß romantisch, mein Kleines!« – als habe sie in diesen Augenblicken nicht

136

einmal Anrecht auf das weibliche Geschlecht. Worte, die in ihr die tiefen Wurzeln der Hoffnung ausgerissen haben. Die Explosion verwandelt sich in eine Schreckensvision, den Anblick des Mannes mit den tausend Halstüchern, der in einer Blutlache liegt, während der alte Hund zwischen umherflatternden Zeichnungen auf dem mit Glassplittern übersäten Boden ein Todesgeheul anstimmt.

Nur ruhig Blut! Sich hinsetzen, zur Ruhe kommen, eine Stufe, einen Grad heruntergehen.

Hat Madame Groslier etwa von Opfern gesprochen? Nein. Na also!

Sie muss hingehen. Mehr nicht. Zu den »Trois Canons«.

Sie stülpt den Hut über den im Nacken geflochtenen Knoten. Als sie sieht, wie blass sie geworden ist, wird ihre Angst noch größer. Sie wird gleich hingehen. Sie muss hingehen. Das ist sie ihm schuldig.

Das Bistro ist gleich um die Ecke ...

Als sie die zum Hut passenden Handschuhe anzieht, schrillt das Telefon.

Marthe zögert. Dann geht sie doch an den Apparat. Auch wenn das Telefon nicht sehr wichtig ist, bleibt es dennoch wichtig: Es ist ihre Hauptverbindung zu den anderen. Aber warum gerade jetzt?

»Mama, hier ist Céline.«

»Ach, du bist es!«

»Ja, ich bin's! Was ist los, du scheinst dich ja nicht gerade über meinen Anruf zu freuen.«

»Aber natürlich freue ich mich, aber weißt du, ich habe es gerade ... sehr eilig ... Kannst du etwas später zurückrufen, mein Schatz?«

Céline stockt einen Augenblick, so wie Paul neulich. Es ist vermutlich das erste Mal, dass ihre Mutter keine Zeit für sie hat.

»Na gut ... In Ordnung, dann rufe ich später noch mal an ...«

Marthe klammert sich an das Treppengeländer. Ein Stockwerk, alles verschwimmt, die Stufen, die Gedanken.

Jetzt ist sie sich sicher, er liegt mitten in den Trümmern. Staubbedeckt beugt sich Valentin über ihn. Er löst das karierte schwarzweiße Halstuch, um das Blut abzuwischen, das durch das verklebte weiße Haar sickert.

Hat Madame Groslier etwa von Opfern gesprochen? Nein. Na also!

Und während sie so schnell, wie es ihre linke Hüfte erlaubt, zu den »Trois Canons« eilt, begreift sie auf einmal, dass ihre Gewissensbisse und ihre Unentschlossenheit, die sie daran gehindert haben, nachmittags gegen drei – wenn es ruhig ist und die Ruhe zur Leere wird – in das Bistro zurückzukehren, nicht nur auf verletzter Eitelkeit beruhten.

Marthe bleibt keine andere Wahl: Der Mann mit den tausend Halstüchern beschäftigt sie, ob sie will oder nicht.

Vor den »Trois Canons« haben sich ein paar Schaulustige versammelt. Marthe gesellt sich zu ihnen und beruhigt sich sogleich: Die Leute reden über den Graben, den die Bauarbeiter in der Gosse ausheben.

Und was die Tür des Bistros betrifft, so ist sie tatsächlich zertrümmert, doch die Scheiben der Terrasse sind heil geblieben.

Madame Groslier hat sich wieder einmal selbst übertroffen.

Im Inneren des Lokals unterhält sich Valentin eifrig mit dem Glaser.

Marthe könnte getrost nach Hause zurückkehren. Doch sie rührt sich nicht vom Fleck, steht mit hängenden Armen da, während sie eine sanfte, träge Wehmut überkommt. Und dann seufzt sie, seufzt vor Seligkeit und Dankbarkeit darüber, dass sie auf der Welt ist, und zwar auf dieser Welt – mit der gleichen Seligkeit wie bei ihrer ersten Kommunion, als sie vor der zitternden Kerzenflamme kniete und spürte, wie ihrer Seele Flügel wuchsen. Dieses sanfte Flattern spürt sie nun wieder tief im Inneren ihres Körpers. Sie taumelt am Rand des Bordsteins ...

Marthe spürt nicht sofort die Hand, die sich auf ihren Arm gelegt hat. Die Hand muss sie erst aus dem Traum zurückholen, der die Seelen fühlbar werden lässt, bis Marthe ihr ganzes Gewicht zurückbekommt und wieder zu Materie wird. Es ist eine stark verbrauchte und dennoch kräftige Männerhand, die erstaunlich breit auf ihrem schmalen Arm liegt. Eine Hand, die nach Kaffee riecht.

»Sie sind also auch gekommen?«

Marthe wendet sich nicht um. Sie blickt nur weiter auf diese Hand, die sie kennt, die sie gekannt hat oder die sie kennen wird.

Wenn Marthe nachdenken würde, könnte sie aus seiner Frage schließen, dass auch er erfahren hat, was in den »Trois Canons« geschehen ist, und dass auch er einen Schreck bekommen hat ...

Doch warum soll sie nachdenken, wenn alles so klar und deutlich ist?

Nein, Marthe versucht nur zu erraten, welchen Schal oder welches Halstuch er heute trägt. Die Hand auf ihrem zarten Arm wird schwer. Marthe spürt die feuchte Wärme durch den Stoff aus blauer Kreppseide.

Sie entscheidet sich für den granatfarbenen Schal mit Kaschmirmustern.

Marthe hat auf diese eher bestätigende Frage nicht geantwortet. Ist ihre Zustimmung, dass diese Hand ihren Arm erobert hat, nicht Antwort genug?

Schließlich wendet sie sich um. Es ist tatsächlich der granatfarbene Schal.

Die Schar der Schaulustigen beugt sich über das Loch, das die Arbeiter ausgehoben haben. Es wirkt wie ein kleiner Bombentrichter.

Nur eine alte Dame und ein alter Herr, die sich blinzelnd in der grellen Mittagssonne betrachten, stehen kerzengerade, wie geblendet da.

Marthe hat eine Verabredung.

Das Wort ist so köstlich, dass sie es im Kopf hin und her dreht, so wie man ein Karamellbonbon lutscht, das gegen die im Zucker schwimmenden Zähne stößt.

Um sieben Uhr. In den »Trois Canons«. Noch heute Abend. Normalerweise geht sie um diese Uhrzeit nie aus, zum einen aus einer unbestimmten Furcht, die für sie mit dem Einbruch der Nacht verbunden ist, und zum anderen, um nicht den Augenblick zu verpassen, in dem die Enkelkinder nach dem abendlichen Bad anrufen könnten, Pauls Söhne Thierry und Vincent – in dieser Reihenfolge – und ein wenig später, da sie noch nicht zur Schule geht, Célines Tochter Mathilde.

Marthe genießt diese regelmäßigen Gespräche mit ihren Enkelkindern, die ihr in verschwörerischem Ton erzählen, was sie tagsüber gemacht haben. Sie errät am plötzlichen Wechsel im Tonfall, wann die Eltern das Zimmer betreten oder verlassen. Geheimnisse werden flüsternd ausgetauscht, vor allem mit Mathilde, der die Heimlichtuerei zur zweiten Natur geworden ist.

Der Mann mit den tausend Halstüchern hat sieben Uhr vorgeschlagen, und Marthe hat so schnell ja gesagt, dass sie sich fragt, ob nicht jemand anders an ihrer Stelle geantwortet hat.

Eine Verabredung.

Schon seit langem verbindet sie dieses Wort nur noch mit einem Eintrag in ihrem leeren Notizbuch neben dem Namen von Dr. Binet oder dem eines Beamten der Pensionskasse, dessen Aufgabe sich darauf beschränkt, zu überprüfen, dass sie noch lebt und ein ordnungsgemäßes Dasein führt.

Diese Verabredung notiert sie nicht. Ihr Gedächtnis hat sie schon in einem Winkel ihres Herzens festgehalten.

Doch Marthe hat vergessen, was es heißt, ungeduldig zu sein. Sie muss den Sinn des Wortes »warten« neu erlernen, das jetzt mit dem Wort Verabredung untrennbar verbunden ist, wenn die Uhrzeiger keinen Millimeter vorrücken wollen und die Ziffer Sieben außer Reichweite zu sein scheint. Muss neu erlernen, dass der Ausdruck »die Zeit totschlagen« keine bloße Metapher ist und man jeder Sekunde, jeder Minute, die sich dahinschleppt, den Garaus machen möchte.

Und dann, nach der Wartezeit, nach den endlosen Momenten, in denen alles zum Stillstand kommt, außer Kraft gesetzt ist, diese plötzliche Beschleunigung der Dinge und die außer Rand und Band geratenen Zeiger und die schicksalhafte Stunde, die im Galopp auf sie zukommt, als wollte sie sich für die Verspätung, für die verlorene Zeit entschuldigen, und Marthe, die noch nicht fertig, überhaupt noch nicht fertig ist, weil sie nicht weiß, nicht mehr weiß, was eine Verabredung ist und wie man sich darauf vorbereitet.

Es ist halb sieben, und Marthe ist in heller Aufregung.

Soll man um diese Tageszeit auf der Terrasse eines Bistros den Hut aufbehalten? Wann soll sie ihre Medikamente einnehmen, wenn sie so spät zu Abend isst? Und die Enkelkinder? Sie rufen bestimmt heute Abend an. Vielleicht hätte sie ein anderes Kleid anziehen sollen. Wird von ihr erwartet, dass sie etwas trinkt, von ihr, die aus Angst, nachts aufstehen zu müssen, nie etwas vor der Suppe trinkt?

Nur noch zwanzig Minuten. Die Haustürschlüssel haben sich in Luft aufgelöst. Ja, der Gashahn ist zugedreht. Nein, das Telefon klingelt nicht. Ach so, das Schlüsselbund ist ganz unten in der Handtasche. Mit den Medikamenten, das wird man schon sehen. Und ein anderes Kleid anziehen, was soll denn das heißen? Dieses ist genau richtig. Ach natürlich, der Hut! Sie fühlt sich mit diesem Hut so schön behütet.

Um zehn vor geht sie die Treppe hinab und sagt sich, während sie sich bei jedem Schritt am

Geländer festhält, dass sie ganz pünktlich da sein wird. Die Concierge stellt gerade die Mülltonnen auf den Hof und macht dabei unnötig viel Lärm, um die Hausbewohner daran zu erinnern, wem sie ihren Komfort zu verdanken haben. Als sie Marthe sieht, ist sie einen Augenblick verblüfft, will etwas sagen, besinnt sich aber anders und begnügt sich damit, mürrisch den Mund zu verziehen.

Marthe ist hocherfreut darüber, Madame Groslier zu begegnen – das ist ihre Rache für den Schrecken, den ihr die Concierge mit der Explosion in den »Trois Canons« eingejagt hat. Sie kann sich nicht verkneifen, ihr lakonisch zuzurufen: »Ich habe eine Verabredung«, und bringt damit die Unglücksprophetin, den Katastrophenapostel vollends aus der Fassung.

Die Straße verschluckt Marthe und ihr verschmitztes Lächeln, das gleiche Lächeln, mit dem sie bei Valentin zwei Tassen Kaffee bestellt hat.

Bis zu dem Treffpunkt sind es nur ein paar hundert Meter. Ein Weg, den sie mit geschlossenen Augen zurücklegen könnte und an den ihre Augen, ihr Schritt, ihre Gedanken gewohnt sind. Und plötzlich die Erschütterung. Das grelle rote Schild der »Trois Canons« zerplatzt am Himmel, schießt etwas ab.

Marthe hat Angst. Angst wie ein Soldat unter feindlichem Beschuss. Die Kugel tut nicht weh, doch Marthe spürt den Einschuss in der Magengrube. Wie einen sanften Biss. Die Kugel tut nicht weh, aber dennoch bleibt es eine Kugel, nachdrücklich und durchschlagend.

Doch nachdem die Erschütterung vorüber ist, geht Marthe mit diesem neuen Gefühl im Magen weiter, das ihr bald angenehm, wenn nicht gar notwendig wird, um einen Fuß vor den anderen zu setzen. Das Neonschild des Bistros wird größer und deutlicher. Marthe muss innerlich über die Ironie der Worte lächeln. Es ist das erste Mal, dass ihr der militärische Sinn der »Trois Canons« aufgeht: Kanonen, drei Kanonen. Und sie befindet sich, so denkt sie, direkt in der Schusslinie, sie ist die willige Zielscheibe dieser schweren Artillerie, und das auf Grund der Verabredung mit einem Unbekannten. Oder besser gesagt der Begegnung mit dem Unbekannten – einem Teil ihrer selbst vielleicht, das sie wieder finden muss, weil sie mitten in all der Langeweile vom Weg abgekommen ist.

Nur wenige Schritte entfernt wartet eine andere Marthe auf sie. Sie, die gewöhnlich eine rege Phantasie besitzt, hat große Mühe, sich diese Marthe vorzustellen. Wer ist sie nur? Sie ist ihr fast fremd.

Nur der Mann mit den tausend Halstüchern ist über jeden Zweifel erhaben. Sie kennt den Klang seiner Stimme, die warme Kraft seiner Hand. Er blickt ihr entgegen, wie sollte es auch anders sein?

Marthe hat das seltsame Gefühl, zu einer Begegnung mit sich selbst zu gehen. Sie braucht jetzt nur noch die Tür zu öffnen.

»Sie werden erwartet, Madame.«

Valentin führt sie selbst an den Tisch. Abends um sieben ist in den »Trois Canons« nichts mehr so wie sonst. Sogar der Kellner hat irgendwie etwas Feierliches.

Der Mann mit den tausend Halstüchern steht höflich auf. Er reicht Marthe die Hand, seine kräftige warme Hand, an die sie so oft gedacht hat. Marthe lässt die ihre einen Augenblick in der seinen ruhen, gerade lange genug, um festzustellen, dass ihre Hand heute Abend ein wenig zittert.

Als Marthe sich ganz behutsam setzt – wegen der linken Hüfte, aber auch aus einer gewissen Schüchternheit, deren geradezu unschuldige Anmut sie nie jemals wieder zu finden geglaubt hätte – und ihn unsicher anblickt, stellt sie verblüfft fest, dass der Mann mit den tausend Halstüchern kein Halstuch trägt. Durch den offenen Kragen seines violetten Seidenhemds sieht sie seinen nackten Hals, einen von geheimnisvollen

Falten zerfurchten Hals, einen verbrauchten, lebendigen Greisenhals.

Marthe, die nie durstig ist, hat auf einmal einen trockenen Mund. Instinktiv fasst sie sich an den Hals, der ebenso nackt, ebenso verbraucht ist. Sie hatte vergessen, wie seidig die Haut ist. Sie hatte vergessen, wie weich sich ihre eigene Haut anfühlt.

Das schrille Klingeln reißt Marthe aus dem Schlaf.

»Tag, Mama! Hier ist Paul!«

»Ach, du bist es!«

»Ich rufe dich aus dem Büro an. Ist alles in Ordnung, Mama?«

»Ja, ja . . . es ist alles in Ordnung, warum?«

»Céline hat mir gesagt, dass du gestern Abend nicht ans Telefon gegangen bist . . . Sie hat mich ganz unruhig gemacht . . . Du weißt ja, wie sie ist! . . .«

»Gestern Abend . . . Wie viel Uhr ist es?«

»Was meinst du damit, ›Wie viel Uhr es ist‹? Es ist nach zehn!« Paul verstummt. »Du hast dich doch wohl nicht mit deinen Medikamenten vertan? Du hast so eine merkwürdige Stimme!«

»Mit meinen Medikamenten? Nein, nein . . . Ich habe gut geschlafen, das ist alles . . .«

Paul bleibt wieder eine Weile stumm.

»Na gut. Ich muss jetzt weitermachen. Wir rufen dich heute Abend an. Pass gut auf dich auf . . . Bis Sonntag, Mama!«

Marthe richtet sich auf dem Kopfkissen auf. Ungläubig betrachtet sie ihren Wecker und noch ungläubiger die Tabletten für die Nacht. Sie hat

149

ganz einfach vergessen, sie vor dem Schlafengehen einzunehmen.

Sie seufzt. Dieser Seufzer ist neu. Er drückt
keine Sehnsucht, keine Erleichterung und nicht
einmal Zufriedenheit aus. Ein Stoßseufzer der
Seele im Reinzustand.

Das Erste, was sie bemerkt, als sie sich wieder
gefasst hat, ist die ungewohnte Unordnung in
ihrem Bett. Sie kennt es kaum wieder, so zer-
wühlt ist es. Normalerweise schläft Marthe
ruhig wie eine Tote, als solle jede Nacht sie unbe-
wusst auf den großen Schlaf, auf die Ewigkeit
vorbereiten.

Das Durcheinander der Laken, die auf die Erde
geworfene Tagesdecke zeugen von einer unruhi-
gen Nacht, an die sie sich seltsamerweise überhaupt nicht erinnert. Man muss allerdings sagen,
dass es Edmond in den dreißig Jahren ihres gere-
gelten Ehelebens nicht gelungen war, Marthes
nächtliches, von Träumen oder Alpträumen ge-
schürtes Temperament zu zügeln, das sie so unruhig schlafen ließ, dass ihr Mann, voller Wut über
dieses, wie er sagte, schamlose Verhalten, ihr
mehr als einmal gedroht hatte, getrennt zu schlafen, eine Drohung, die er leider nie wahr gemacht
hatte. Doch mit fünfzig Jahren war Marthe mit
einem Schlag ruhig geworden, am selben Tag
übrigens, an dem sie zum Tee übergegangen war,

am Tag von Edmonds Tod. Edmond, der Pedant, der pingelige Edmond …

Und seit diesem Tag, seit all ihre unterdrückte Überschwänglichkeit verpufft ist, hat sie friedlich geschlafen, jedenfalls bis zur letzten Nacht …

Deshalb betrachtet Marthe ihr Bett, als befrage sie ihr eigenes Spiegelbild. Und auf einmal spürt sie schon wieder, wie ihr die Hitze in die Wangen steigt …

»Wissen Sie, dass ich schon lange auf diesen Augenblick gewartet habe …?«

Der Mann mit den tausend Halstüchern – sie kannte seinen Vornamen noch nicht – hatte diesen Satz völlig ungezwungen ausgesprochen, und Marthe hatte sich da gesagt, dass sie, wenn sie sich die idealen ersten Worte für eine ideale Begegnung hätte ausdenken sollen, genau mit diesen Worten angefangen hätte. Die Röte war ihr ins Gesicht gestiegen und hatte das »ich auch« überflüssig gemacht, das vielleicht ein wenig gewöhnlich, wenn nicht gar etwas zu gewagt für eine Dame mit Hut gewesen wäre, die sich um diese Uhrzeit auf der Terrasse eines Bistros aufhielt, in dem sogar Valentin einschüchternd wirkte …

Marthe setzt sich auf die zerknitterten Laken. Die steif gewordenen Glieder recken, sich auf das Stechen in der linken Hüfte einstellen.

Für die tägliche Bestandsaufnahme betrachtet sie prüfend das Schlafzimmer. Und der Anblick, der sich ihr bietet, erschüttert sie.

Kann man sich etwas Jämmerlicheres vorstellen als diese einheitlichen, verblichenen Beigetöne der Vorhänge und der Tagesdecke? Auf welchem staubigen Dachboden sind bloß diese Häkeldeckchen aufgestöbert worden? Dieser Raum ist einfach trübselig, das steht fest. Ein langweiliges Schlafzimmer, das nichts als düstere Gedanken hervorruft und jeden vor Überdruss den Mut verlieren lässt. Céline hatte ihr beim Aussuchen und Nähen des beigefarbenen Stoffs geholfen, jetzt erinnert sie sich wieder. »Das ist die ideale Farbe für dich, Mama«, hatte ihre Tochter versichert, und Marthe hatte nicht recht gewagt, lange über die Gründe für diese Behauptung, bei der ihr Witwendasein und ihre Einsamkeit eine Rolle gespielt haben dürften, mit ihr zu diskutieren. Beigetöne können verblassen, verbleichen und sogar ganz verschwinden, und sie mit ihnen ... Und genauso war es gewesen. Jedenfalls bis zur vergangenen Nacht.

Heute Morgen ruft das verblichene Beige, oder anders gesagt, das Fehlen jeder Farbe, bei Marthe richtig Übelkeit hervor. Es ist vor allem eine Beleidigung ihrer hochfliegenden Gedanken, eine Beleidigung ihrer quicklebendigen Seele, die höher schlägt, purpurrot wie der Portwein, den Valentin ihnen am Vortag in zwei kleinen Stielgläsern serviert hat.

»Auf unser Wohl, Madame!«, hatte der Mann mit den tausend Halstüchern fröhlich gesagt.

Marthe hatte mit ihm angestoßen, Glas gegen Glas, Herz gegen Herz. Und alles war entflammt. Die beiden Herzen mussten wohl laut geklungen haben, denn der alte Hund zu ihren Füßen war mit einem Satz aufgewacht. Marthe hatte ihm mit der Hand über die feuchte Schnauze gestrichen, um ihn zu beruhigen.

»Wie heißt er eigentlich?«, hatte sie gefragt.

»Ich nenne ihn ›Hund‹«, hatte der Mann mit den tausend Halstüchern lächelnd erwidert und, ihr zuvorkommend, hinzugefügt: »Und ich bin Félix, stets zu Ihren Diensten ...«

Der Kaffee dampft in der Teeschale.

Marthe denkt genüsslich über die Farbe ihrer nächsten Vorhänge und der Tagesdecke nach, eine richtige Farbe mit Rot oder Violett darin, wie das Hemd des Mannes mit den tausend Halstüchern, den sie noch nicht Félix zu nennen wagt, auch wenn der Mann mit den tausend Halstüchern nicht immer ein Halstuch trägt und auch wenn das, was seit kurzem in ihr Leben eingedrungen ist, reiner Freude ähnelt.

»Junger Mann, ich möchte gern einen Taschen-kalender.«

»Für Sie?«, fragt der Verkäufer und starrt Marthe an.

Sie findet diese Frage ungebührlich.

»Selbstverständlich!«, erwidert sie gebieterisch.

Mit etwas mehr Respekt legt der junge Mann mehrere Notizbücher auf den Ladentisch.

Marthe nimmt sie nacheinander in die Hand, blättert, zögert.

Der Kalender soll leicht sein. Muss in ihre Handtasche aus geflochtenem Leder passen. Vor allem kein Schwarz ...

Der Verkäufer gibt sich große Mühe, um seinen Fehler wieder gutzumachen. Schließlich stöbert er eine Kostbarkeit auf: ein bezauberndes Büchlein aus rotem Saffian mit einem kleinen goldenen Kugelschreiber.

Als Marthe mit dem kostbaren Stück in ihrer Handtasche nach Hause geht, fühlt sie sich reich, reich durch etwas, das sie noch nie besessen hat. Dieser Terminkalender hat keinerlei Ähnlichkeit mit all den anderen, die ihr Leben begleitet haben: Er gleicht weder dem Haushaltsbuch, das sie für Edmond geführt hat, noch dem Notizbuch mit den Kinderkrankheiten, in dem jeder Ausbruch von Windpocken oder Masern sorgfältig vermerkt wurde, noch den endlosen Verzeichnissen von Lehrmitteln, Büchern, Weihnachts- oder Geburtstagsgeschenken für die ganze Familie.

Der Taschenkalender aus Saffian erfüllt keinen eigentlichen Zweck. Marthe hat ihn nur sich selbst aus herrlich egoistischem, lustvollem Vergnügen zugedacht.

Für das Ritual, und nur dafür. Marthe möchte zum Beispiel, dass von nun an jede Verabredung in den »Trois Canons« darin eingetragen wird, darin ihren Platz hat.

Während sie weitergeht, fragt sie sich: Soll sie »Félix« oder »der Mann mit den tausend Halstüchern« in den Terminkalender schreiben?

Gerade kommt sie an dem Bistro vorbei. Valentin steht mit dem Geschirrtuch über der Schulter im Eingang.

»Er ist noch nicht da ...«, flüstert er, als Marthe auf gleicher Höhe mit ihm ist.

Marthe ist so verdutzt, dass sie nicht weiß, was sie sagen soll.

»Aber ... es ist doch noch viel zu früh!«, stottert sie.

»Ach so! Ich dachte, es sei schon so weit!« Mit verständnisvoller Miene wendet sich Valentin wieder seiner Arbeit zu, während er Marthe heimlich zuzwinkert ...

Verwirrt und ein wenig außer Atem geht sie schließlich durch den Innenhof ihres Hauses.

Valentins Aufmerksamkeit bringt sie durcheinander. Ihr wird auf einmal bewusst, dass sie zwischen dem Wunsch, sich zu zeigen, und der Befangenheit, gesehen zu werden, schwankt, zwischen dem Vergnügen, einen Vertrauten zu haben, und der Lust, geheim zu halten, was sie erlebt.

Wie dem auch sei, es ist klar, dass der Kellner seine rührende Anteilnahme etwas unauffälliger, um nicht zu sagen taktvoller zeigen könnte, denkt sie, während sie Stufe für Stufe zu ihrem Stockwerk hinaufgeht, ohne das so hilfreiche Geländer loszulassen.

Auf dem Treppenabsatz versperrt ihr Madame Grosliers massige Gestalt den Weg: Sie poliert wie besessen den Messinggriff von Marthes Wohnungstür, ein Eifer, den sie sonst nur in der Woche, bevor es das Weihnachtsgeld gibt, zeigt.

Marthe hat den unangenehmen Eindruck, dass die Concierge in Wirklichkeit nur da ist, um ihr nachzuspionieren ...

Marthe sagt ihr dennoch guten Tag, trotz des unangenehmen Eindrucks, trotz der Atemnot.

»Guten Tag, Madame Marthe. Na, wieder mal unterwegs?«, sagt Madame Groslier ironisch.

Marthe fühlt sich ertappt wie eine Schülerin. Ist das etwa eine hinterlistige Bemerkung? Aber, was weiß die Concierge eigentlich? Dass Marthe öfter als sonst das Haus verlässt, und zwar zu Zeiten, die für eine alte Dame mit festen Angewohnheiten und einem ziemlich häuslichen Leben ungewöhnlich sind, das ist alles!

Gekränkt hält Marthe jede Antwort für überflüssig. Sie begnügt sich mit einem rätselvollen Kopfnicken und schlägt der Spötterin die Tür vor der Nase zu, wobei sie sich sagt, dass sie in Madame Groslier vermutlich keine Verbündete hat, aber das hat sie im Übrigen schon immer vermutet. Valentin, auch wenn er allzu eifrig ist, kann man wenigstens nicht der geringsten Bosheit verdächtigen. Er ist ein Verbündeter.

All diese Widrigkeiten haben Marthe erschöpft. Die linke Hüfte tut ihr weh. Sie beschließt, einen Mittagsschlaf zu halten, und nimmt das kostbare Notizbuch mit.

Die Verabredung heute Abend ist wieder um sieben Uhr, zum vierten Mal. Sie hat ihren Kindern Bescheid gesagt: Sie wird die Enkelkinder von sich aus am Mittwochnachmittag anrufen.

Inzwischen hat sie gelernt, die Wartezeit zu nutzen. Sie richtet sich genüsslich darin ein. Sie geduldet sich voller Wonne und Fleiß, schmiedet für sich selbst, für ihn und für sie Sätze, die keine

Anwendung finden – weil die Dinge selten so verlaufen wie vorhergesehen –, aber die Wartezeit mit Begeisterung, mit heller Freude erfüllen, denn die Ziffer Sieben auf der Wanduhr ist nun nicht mehr außer Reichweite, im Gegenteil, sie wird immer wieder vorweggenommen und ständig neu erlebt.

Marthe schlägt den Taschenkalender auf. Sie hat den Kugelschreiber in der Hand. Er überlässt sich willig den etwas steifen, etwas krumm gewordenen Fingern. Sie blättert die Seiten um, die unbeschriebenen Blätter eines Scheinlebens, das wie ein Scheinangriff, eine Scheinehe nur fiktiv geblieben, nicht vollzogen worden ist. Es stört sie nicht, den Kalender erst am 27. April zu beginnen.

Hat sie vorher überhaupt existiert?

Neben der Ziffer Sieben notiert sie in ihrer hübschen, wie gestochenen Schrift: »Trois Canons: der Mann mit den tausend Halstüchern.«

Sie bewundert ihr Werk, diese erste Seite, auf der endlich etwas von ihr geschrieben steht, diese Worte, die dem Schein ein Ende setzen und die Leere füllen, und zwar nicht nur mit Sinn wie bei den Riesenkreuzworträtseln, sondern mit Gefühlen, Bildern und dazwischen mit dem aufleuchtenden Bild von zwei alten Gesichtern, die sich im Funkeln des Portweins einander zuwenden.

Sie sind alle da, oder fast alle. Paul und seine Frau Lise mit den beiden Jungen auf der einen Seite, Céline mit der kleinen Mathilde auf der anderen. Selbst wenn sie am Tisch sitzen, sind Bruder und Schwester darauf bedacht, ihr Revier abzugrenzen, vor allem seit Célines treuloser Mann immer öfter »Auslandsreisen« unternimmt, ein Euphemismus, von dem sich niemand täuschen lässt – nicht einmal die kleine Mathilde –, aber an den sich Céline aus Selbstachtung klammert, auf die jeder Rücksicht nimmt.

Der Schokoladenkuchen, den Lise gebacken hat, ist ein Gedicht. Célines Rosen sind prachtvoll. Die widerliche Coca-Cola fließt in Strömen in die Gläser der Kinder. Man beglückwünscht Marthe zu ihrem Kaffee, der, wie betont wird, noch nie so gut war.

Marthe stimmt dem zu und schenkt sich nach.

»Trinkst du jetzt Kaffee?«, fragt Céline verwundert.

»Ja ... Seit einiger Zeit schmeckt mir der Tee nicht mehr.«

»Du solltest aber aufpassen«, führt Paul den Gedanken weiter, als hätten sie sich abgesprochen, »vielleicht ist es nicht ratsam ...«

»Meinem Herzen geht es ausgezeichnet! Ich habe das Gefühl, als wäre es ihm noch nie so gut gegangen!«

Marthes Unbekümmertheit und erst recht ihre Bestimmtheit verfehlen nicht ihre Wirkung.

Paul hüstelt: »So, meine Lieben, ihr könnt jetzt spielen gehen!«

Während die drei Kinder geräuschvoll den Tisch verlassen, spürt Marthe, wie ihr etwas heiß und kalt den Rücken hinunterläuft. Die Welle, die sie überflutet, ist eine subtile Mischung aus Stolz und Sorge. Wachsam sein. Auf der Hut bleiben.

Von Edmond hat sie wenigstens die Kunst des Ausweichens gelernt, die darin besteht, dem anderen zuvorzukommen.

»Ach übrigens, Céline, ich möchte gern die Vorhänge und die Tagesdecke in meinem Schlafzimmer erneuern. Ich finde sie … wie soll ich sagen … ein bisschen altmodisch! Ja, das ist es wohl. Ich brauche … etwas Fröhlicheres, weißt du, leuchtende Farben, rot oder violett zum Beispiel …«

»So? … Na ja! Warum nicht? … Vielleicht ist beige tatsächlich etwas …« Sie findet nicht das passende Wort. »Ich will versuchen, mir was einfallen zu lassen …«

Céline zieht sich zurück. Paul setzt die Unterhaltung fort: »Wir sind froh darüber, dass es dir so gut geht, Mama, aber ... Madame Groslier hat uns gesagt, dass ... Weißt du, das Viertel ist abends recht unsicher ... Wir machen uns ein bisschen Sorgen bei dem Gedanken, dass du so ganz allein ausgehst ... Das verstehst du doch, nicht wahr?«

Marthe blickt ihre Kinder prüfend an. Es ist tatsächlich das erste Mal, dass sie sie aus diesem Blickwinkel, aus dieser neuen Perspektive sieht, als drehe sich das Rad der Zärtlichkeit plötzlich rückwärts, als habe es eine Kehrtwendung, einen Überschlag gemacht. Zwei besorgte, bedrückte Gesichter mit der gleichen Miene, die sie vermutlich als gewissenhafte Mutter den Kindern während ihrer ganzen Jugend gezeigt hat, um sie im Namen der Liebe, der Fürsorge, nicht vom rechten Weg abkommen zu lassen. Wenn Marthe ihre Kinder nicht so lieben würde, hätte sie als gerechten Ausgleich für die jahrelange Mühe die Besorgnis der beiden gern noch ein bisschen, nur ein kleines bisschen länger mit angesehen.

»Macht euch keine Sorgen, meine Lieben ... Außerdem gehe ich nicht allein aus. Ich bin immer in Begleitung.«

Die Besorgnis schwindet aus den Gesichtern der beiden. Stattdessen zeichnet sich Ratlosigkeit ab.

Wieder kann sich Marthe eines gewissen Stolzes nicht erwehren. Ist es nicht köstlich, nach so vielen Jahren der Langeweile seine eigenen Kinder neugierig zu machen?

Kein weiteres Wort darüber verlieren. Das Geheimnis hüten.

Marthe lässt das Schweigen wirken. Ein verbissenes, beklemmendes Schweigen. Ihre Schwiegertochter Lise rettet schließlich die Situation: »Wenn Großmama in Begleitung ist«, verkündet sie, »dann sehe ich überhaupt kein Problem.«

Marthe wendet sich ihrer Schwiegertochter zu, deren lachende Augen viel sagend zwinkern. Lise ist also eine Verbündete. Wie sollte man es auch anders von jemandem erwarten, dem der Schokoladenkuchen und vor allem die Kinder so gut geraten sind, auch wenn Paul, was die Kinder angeht, sein Teil dazu beigetragen hat.

Die kleine Mathilde sorgt für Ablenkung, als sie sich auf den Schoß ihrer Großmutter stürzt. Sie schwenkt den Taschenkalender aus rotem Saffian mit dem goldenen Kugelschreiber wie eine Trophäe durch die Luft.

Marthe spürt, wie ihr das Herz vor Schreck fast stehen bleibt. Wegen der klebrigen Coca-Cola-Finger auf dem nagelneuen Leder, vor allem aber wegen der Indiskretion, des enthüllten Geheimnisses, als halte die kleine Mathilde dadurch, dass sie die unbesiegbarste aller Waffen, die Treuherzigkeit, gewählt hat, gleichsam das Schicksal ihrer Großmutter in ihren Patschhändchen.

»Schenkst du mir dies schöne Buch, Großmama?«

Marthe betrachtet das rührende Gesicht, das zu ihr aufblickt, den verschmierten Mund und die unvergleichlichen Locken, das Kind, dem man nichts abschlagen kann und dem Marthe, allen voran, nie etwas abgeschlagen hat, den engelhaften kleinen Teufel, der schon im Begriff ist, sich mit einem Schokoladenkuss voll klebriger Liebe zu bedanken.

Die Antwort lässt nicht lange auf sich warten und überrascht selbst Marthe, die ihre eigene Stimme kaum wieder erkennt: »Nein, Mathilde. Dieses Buch gehört nicht dir. Ich schenke es dir nicht. Und im Übrigen legst du es sofort wieder dorthin, wo du es gefunden hast!«

Mathilde stutzt einen Augenblick, ehe es ihr gelingt, diese neue Sprache zu übersetzen, die die Großmutter ihr nicht beigebracht hat, und da die Kleine offensichtlich den ungewohnt feierlichen Charakter des Ereignisses ermisst, steigt sie wortlos, ohne zu protestieren, so würdevoll wie möglich, vom Schoß ihrer Großmutter, geht an ihren beiden völlig erstaunten Vettern vorbei durch das ganze Zimmer und verlässt selbstbewusst den Raum.

Dabei hätte es bleiben können, doch das Schicksal spielt manchmal gern einen Streich: Und so kommt es, dass ausgerechnet in diesem Augenblick das Telefon klingelt, völlig unvermutet, im unpassendsten Moment.

Marthe, die noch durch ihre ungewohnte Strenge verwirrt ist, schreckt zusammen und presst die Hand aufs Herz, auf dieses Herz, das ständig beruhigt werden muss, so wie man mit der Handfläche die ängstlich zitternde Schnauze eines vertrauten Tieres streichelt.

Wer kann denn, abgesehen von ihren Kindern, die ja in diesem Augenblick um sie versammelt sind, an einem Sonntag anrufen?

»Ich gehe hin!«, sagt Céline.

Ein Moment der Ungewissheit, der Schwebe.

Céline geht auf ihre Mutter zu und sagt: »Für dich, Mama ...« Sie zögert ... »Ein gewisser ... Félix ...«

Marthe spürt wieder in ihrer Brust, im Magen, den Einschlag der Kugel, den sanften Biss der Angst: Es ist der Mann mit den tausend Halstüchern, und es ist das erste Mal.

Wenn Marthe den Mut gehabt hätte, wäre sie dieser nur wenige Meter entfernten Stimme entgegengestürzt, auch wenn sie sich natürlich sagt, dass sie lieber allein gewesen wäre, um diesen insgeheim erhofften Augenblick auszukosten. Lieber wäre ihr gewesen, nicht diesen fragenden Blicken, dieser stummen Aufmerksamkeit aller ausgesetzt zu sein und nicht den Eindruck zu haben, überwacht zu werden, aber dennoch ... Dennoch ist es ihr durchaus nicht unangenehm, dass sie alle da sind, als böte sich dadurch die Gelegenheit, mit den Ausweichmanövern Schluss zu machen. Warum soll sie ihnen eigentlich nicht sagen, dass sich etwas geändert hat und sie nicht mehr ganz die Mutter, die Großmutter ist, die sie bisher war? Warum soll sie ihre Familie nicht darauf vorbereiten, sie anders zu sehen und eine Frau namens Marthe zu entdecken, die ein gewisser Félix an einem Sonntagnachmittag zur Kaffeezeit anruft?

Marthes Hand zögert, ehe sie den Hörer ergreift. Ihr »Guten Tag, Félix« klingt herrlich unsicher.

»Sind Sie heute Abend frei, Marthe?«

Die Stimme des Mannes mit den tausend Halstüchern dagegen klingt sicher und sehr klar.

»Frei? ... Äh ... Ich ...«

Marthe kann nicht umhin, sich der Tischrunde mit ihren Kindern und Enkelkindern zuzuwenden, als läge die Entscheidung immer noch bei ihnen und nur bei ihnen.

Alle scheinen auf ihre Antwort zu warten. Die Antwort auf eine plötzlich äußerst wichtige Frage. Ist Marthe frei? Kann sie frei über ihr Handeln, ihr Leben verfügen? Ist sie Paul, Céline, Thierry, Vincent, der kleinen Mathilde und Lise gegenüber frei, all diesen geliebten Wesen, die ihr aus lauter Zuneigung solche Fesseln angelegt haben, dass sie sich selbst vergessen und keinerlei Bedeutung mehr zugemessen hat?

Am anderen Ende der Leitung begeistert sich der Mann mit den tausend Halstüchern: »Eine außergewöhnliche Oper ... ein traumhafter *Barbier von Sevilla* ... Ein hervorragender Dirigent!«

Marthe braucht bloß ein Wort zu sagen, aber als sie es aussprechen will, ist schon wieder diese Rührung da und schon wieder dieser sanfte Biss ... Doch dann ist es geschehen: »Ja, ich bin frei«, sagt sie und legt ihre ganze Überzeugung in diese Worte.

Er kümmere sich um alles! Er hole sie ab! Er sei überglücklich!

Nachdem Marthe aufgelegt hat, braucht sie ein paar Sekunden, um sich zu besinnen. Sie muss erst wieder zu sich kommen. Zurückfinden zu der Kaffeetafel. Zu ihrer Familie, die so verunsichert ist.

Vielleicht wäre es ihr ohne die kleine Mathilde nicht gelungen ...

Marthe weiß schon jetzt, dass sie nie die strahlende Nachsicht ihrer Enkelin vergessen wird, die sich an sie schmiegt und sie an die Hand nimmt, um sie an den Kaffeetisch zurückzuführen, an dem alle, vom triumphierenden Charme der Kindheit überwältigt, nun lächeln.

Der Abend steht im Zeichen des Rots.

Der karmesinrote Plüsch der Orchestersessel, die schweren Purpurfalten der Vorhänge, die die Bühne einrahmen. Das orangefarbene Kleid Rosinas, deren rosiger Teint das hitzige Blut des jungen Grafen Almaviva zum Sieden bringt, und schließlich Figaro, Figaro der entfesselte Feuergeist, der Brandstifter, der die Herzen entflammt.

Der Abend steht im Zeichen des Rots, weil der Mann mit den tausend Halstüchern den granatfarbenen Schal mit Kaschmirmustern gewählt hat und Marthe von einem stetigen Feuer verzehrt wird, als schüre Rossinis Hauch eine Glut, die seit ihrer Jugend in ihr schwelt und endlich zum Ausbruch gekommen ist.

Es ist das erste Mal, dass Marthe in die Oper geht, das erste Mal, dass sie sieht, wie die Liebe besungen wird. Edmond hatte sie vor allem an Kantaten und Psalmen gewöhnt. Edmond der Frömmler, der gestrenge Edmond ...

Die Koloraturen Rosinas, die von Vibrati schwellende Kehle ergreifen Marthe zutiefst, und als sich die Liebenden in einem Duett zusammenfinden, entreißt das entfesselte, harmonische Crescendo Marthe leise Schreie der

Erregung. Sie hätte nie gedacht, dass sich zwei Wesen durch die Anmut eines Akkords oder einer gemeinsamen Modulation auf dem spitzen Gipfel eines Trillers oder eines Oktavensprungs vereinigen könnten.

Der Mann mit den tausend Halstüchern neben ihr scheint ebenso gepackt zu sein. Auch er hat Feuer gefangen, glüht vor Begeisterung.

Manchmal legt er die Hand auf Marthes Handgelenk, entweder um sie auf eine unmittelbar bevorstehende Gefühlserregung vorzubereiten, ja hinzuweisen, oder um deren Wirkung bis zum Augenblick höchster Resonanz mit zu verfolgen, wenn sich die Klänge erheben und über den ergrauten Köpfen der beiden ersterben.

Wenn Marthe ein leiser Schrei entschlüpft, wendet sich Félix ihr zu und wirft ihr einen stolzen Blick zu, als habe er etwas zu dieser Regung beigetragen, selbst diese Musik komponiert, um ihr genau diesen leisen Schrei zu entlocken.

Am Ende des ersten Akts bleibt seine Hand auf ihrem Handgelenk liegen – wegen der überwältigenden Schönheit, der allgemeinen Fröhlichkeit.

Und wieder spürt sie die Schwere und die verwirrend feuchte Wärme dieser Hand, wie an dem Tag, als sie sich beide aufgrund der gleichen Befürchtung vor den »Trois Canons« trafen und er ihren Arm durch den leichten Stoff aus blauer

Kreppseide hindurch ergriff. »Das also ist eine Männerhand«, hatte sich Marthe damals gesagt, denn sie konnte sich nicht daran erinnern, eine andere Hand gespürt zu haben, die so kräftig und zugleich so sanft war.

Die Pause beginnt.

Marthe ist wie betäubt. Der rasende Rhythmus der Leidenschaften, der ungezügelte Schalk Figaros, die ansteckende, feurige Fröhlichkeit der Musik und die plötzliche Lichterflut, die den Opernsaal hell erleuchtet: Von all dem dreht sich Marthe der Kopf.

Unter dem Ansturm dieser Empfindungen ist ihr leerer, blauer Himmel wie eine Seifenblase geplatzt. Sie hat den Eindruck, sie lerne heute Abend zum ersten Mal die Intensität der Dinge, die Glut der Welt kennen. In ihrem Kopf dreht sich alles, wie wenn sie früher als Kind im eisigen Jardin du Luxembourg auf der Schaukel zu hoch hinaufschwang und ihre blau gefrorenen, von der Anstrengung steif gewordenen Beine vom Schwindel zitterten.

Und vor allem ist ihr warm. Sie, die nie schwitzt, ist plötzlich schweißgebadet. Ihr ganzer Körper ist kochend heiß, eine pulsierende Hitze, die jedes Pochen ihres aufgerüttelten Herzens, das Funken der Fröhlichkeit und des Lachens durchzucken, begleitet.

Die Pause beginnt, und der Mann mit den tausend Halstüchern trocknet sich die Stirn, ohne ein Wort zu sagen. Marthe ist ihm für dieses Schweigen dankbar, und auch dafür, dass ihm ebenfalls so warm ist.

Neben ihr, neben ihm, rühren sich die Leute, geben Kommentare ab, stehen auf, steigern das Fieber. Dann leert sich der Saal. Nur die beiden bleiben noch etwas verwirrt, schweißnass vor Erregung, eine Weile sitzen, um die Verzückung nicht abbrechen zu lassen, um den Aufruhr noch weiter zu genießen. Miteinander. Ohne die anderen.

Marthe betrachtet ihr Handgelenk, diesen zierlichen, verbrauchten Teil ihrer selbst, zerbrechlich wie Glas. Es gehört ihr nicht mehr ganz. Sie hat es weggegeben, ohne sich Fragen zu stellen und sogar ohne zu fürchten, dass es zerbrechen könnte.

Glas fürchtet keine Glut.

Und Marthe will glühen, wie mit Rossini – und in seiner Glut.

Der Taschenkalender aus Saffian füllt sich immer mehr.

Morgens nach dem Kaffee hält Marthe das Rendezvous des Vortags darin fest. Wenn sie die Seiten des Büchleins umblättert, muss sie bei diesem Fest, das kein Ende nimmt, an ein glitzerndes Karussell denken. Ausstellungen lösen Konzerte, Spaziergänge Verabredungen ab.

Manchmal kommentiert sie das Ereignis mit einem Satz oder einem einfachen Adjektiv. »Wunderschön«, »herrlich«, »einzigartig«, »eine wahre Freude« sind die Worte, die sich am häufigsten in dem roten Büchlein wiederholen; aus einem Reflex, den Edmond sicherlich als romantisch bezeichnet hätte, legt sie kleine Andenken an ihre Streifzüge hinein: das Blütenblatt einer Blume, die sie vom Tisch eines Cafés entwendet hat, die Eintrittskarte zu einem Museum ...

Diese winzigen Gegenstände sind die Trophäen eines Sieges, den sie über die verlorenen Jahre errungen hat, jene mit Verpflichtungen und nicht zuletzt mit Langeweile vergeudeten Jahre.

Das ist Marthes Vergeltung für das junge Mädchen, dem jede Phantasie verboten war und das sich mit dem Farblosen abfinden musste, obwohl alles in Marthe nach Leidenschaft, nach strahlendem Glanz strebte.

Ein junges Mädchen. Denn ganz wie ein junges Mädchen erforscht Marthe nun die unzähligen Facetten des Mannes mit den tausend Halstüchern. Er ist unberechenbar wie seine Schals, bringt Marthe durch Unvermutetes zum Staunen. Was er sagt, was er tut, kurz gesagt, was er ist, bringt sie zum Staunen. Allein schon seine Anwesenheit ist für sie ein Erlebnis.

Der Mann mit den tausend Halstüchern bietet ihr ein ständiges Schauspiel, Überraschung ist garantiert, Unerwartetes selbstverständlich.

An seiner Seite erkundet Marthe immer neue, ebenfalls unvermutete Sinnesreize, als habe sich der feine, geheimnisvolle Mechanismus ihres Empfindungsvermögens plötzlich wieder in Gang gesetzt, ohne jemals vorher wirklich benutzt worden zu sein – er ist sozusagen noch neu –, vielleicht weil Edmond den Schlüssel dazu abgezogen hatte, vielleicht weil Edmond, obwohl er ein annehmbarer Ehemann und Vater gewesen war, sie nicht davon überzeugt hatte, dass er einfach auch ein Mann war.

Die Fülle von Empfindungen genügt Marthe. So sehr, dass sie sich bisher kaum jemals die Frage nach ihren Gefühlen gestellt hat. Was weiß sie im Übrigen schon von Gefühlen? Sie erinnert sich daran, dass sie als kleines Mädchen ihre Mutter geliebt hat, bevor diese einer Krankheit zum Opfer fiel. Sie kann auch sagen, dass sie ihre Kinder und ihre Enkelkinder liebt. Aber mehr weiß sie nicht.

Sie gibt sich mit einfachen, schlichten Gemütsbewegungen zufrieden, die schon anstrengend genug sind, auch wenn Marthe danach geradezu dürstet.

Es kommt nicht selten vor, dass ihr von den vielen Eindrücken des Tages der Kopf schwirrt, wie an jenem Abend, an dem sie den *Barbier von Sevilla* gesehen haben. Dann geht sie befriedigt, wenn auch todmüde zu Bett und schläft ein, ohne daran zu denken, ihre Medikamente zu nehmen. Die Folgen davon spürt sie in der linken Hüfte. Und was mit ihrem Herzen ist, entzieht sich ihr völlig, verwirrt sie so sehr, dass sie sich fragt, ob es nicht ratsam wäre, mit Dr. Binet darüber zu sprechen. Wenn ihr Herz nicht, mitgerissen von der Begeisterung über eine Theatervorstellung oder ein Abendessen mit Wein, munter und kräftig schlägt, sträubt es sich, als wolle es Marthe an ihre Pflicht, an ihr Altdamendasein erinnern, dessen Widersprüchlichkeit sie jetzt nur noch unwillig hinnimmt. Was hat dieser erschöpfte Körper, der sie hemmt und hindert, mit der Leichtigkeit ihrer Seele gemein, die zu allen kühnen Taten bereit ist?

Daher legt Marthe, bevor sie eine Treppe hinaufgeht oder sich aus einem zu tiefen Sessel erhebt, beide Hände auf die Brust, gleichsam um dieses Herz zu ermutigen, ihr zu folgen, um es zu bitten, sich der Situation gewachsen zu zeigen.

Diese Geste ist weder dem Mann mit den tausend Halstüchern noch dem Hund entgangen. Beide respektieren sie diese Momente des Schwankens, in denen Marthe das Bedürfnis hat, sich zu besinnen, wieder Kräfte zu sammeln. Als sei nichts geschehen, zupft Félix dann sein Halstuch zurecht, und der Hund kratzt sich am Ohr, und beide werfen sich einen irgendwie verständnisvollen Blick zu – denn auch sie sind alt, erschöpft –, und schon setzt sich das Trio wieder mühsam in Bewegung, um sich in ein neues Vergnügen zu stürzen.

Zu dritt erschöpft zu sein entbehrt nicht eines gewissen Charmes. Die Müdigkeit verpflichtet zu Nachsicht, ja zu Zärtlichkeit. Es kommt oft vor, dass sie sich bei einem Spaziergang auf einer Bank eng aneinander schmiegen, Pfoten und Hände übereinander legen und sich die Zeit damit vertreiben, nichts zu tun, nichts zu sagen und ein wenig zu verschnaufen, bis der Mann mit den tausend Halstüchern wieder das Signal zum Aufbruch gibt und bei Marthe und dem Hund mit dem Vorschlag, etwas zu unternehmen, augenblicklich Begeisterung hervorruft.

Aber trotz all dieser Ausflüge und Unternehmungen hat Marthe eine Vorliebe für die Verabredungen in den »Trois Canons«, wo die beiden ihren Tisch haben. Denn dort und nicht anderswo macht ihr der Mann mit den tausend Halstüchern den Hof.

Wenn er den Hund zu Hause lässt, sagt sich Marthe, dass er wohl einen galanten Hintergedanken hat, erst recht, wenn er ohne Schal, mit entblößtem Hals in das Bistro kommt, als ob die nackte Haut und das Eingeständnis des Alters das Herz zu entblößen vermöchten und es sich so leichter ausschütten ließe.

Der Mann mit den tausend Halstüchern spricht Sätze aus, die Marthe noch nie gehört hat. Es sind eher Komplimente, doch so formuliert, dass Marthe nicht nur gerührt, sondern zugleich verwirrt ist. Und diese Verwirrung richtig einzuordnen fällt ihr schwer, vermutlich weil sie nicht recht begreift, wodurch diese ausgelöst wird.

Manchmal meint sie, die Verwirrung im Kopf, manchmal in der Magengrube zu spüren, genau an der Stelle, an der ihr die Angst einen sanften Biss versetzt hat.

Denn die Verwirrung bekommt man wie wunderbar starke, lustvoll flüchtige Seitenstiche der Seele.

Und dann sind da noch die Geschenke. Wenn Marthe das Päckchen öffnet, rast ihr Herz, hämmert. Das Knistern des Papiers übertönt den Lärm in den »Trois Canons«. Es scheint sogar, dass alle im Bistro verstummen, um auf das Knistern zu horchen.

Unter den zärtlichen, belustigten Blicken des Mannes mit den tausend Halstüchern löst sie mit hochroten Wangen das Band und hat den Eindruck, ein Kleid aufzuknöpfen.

Bei solchen Gelegenheiten ist Valentin stets in der Nähe. Er bewundert dann die Überraschung und bringt den zweiten Portwein.

Unter den manchmal recht ausgefallenen Geschenken befinden sich oft Porträts, die Marthe mit einem Hut darstellen, meist Rötelzeichnungen, auf denen sie eine auffallende Ähnlichkeit mit Céline hat.

»Das ist sehr hübsch. Man könnte glauben, es sei meine Tochter«, sagt Marthe.

Die Antwort des Mannes mit den tausend Halstüchern ist stets die gleiche: »Genauso sehe ich Sie. Das sind Sie, Marthe.«

Im Guckloch der Tür taucht die gestikulierende Madame Groslier mit ihrem feisten, aufgedunsenen Gesicht auf. Marthe bleibt keine andere Wahl. Sie muss dem Drachen öffnen, der die Klingel einzudrücken droht ...

Die Concierge verwandelt ihre Grimasse in ein Lächeln oder etwas, das einem solchen ähnelt, und sagt: »Das hier hat *man* für Sie abgegeben ... Ich soll es Ihnen persönlich übergeben, wie *man* mir ausdrücklich gesagt hat.«

Dieses »das hier« ist ein mit einem roten Band verschnürtes flaches Päckchen. Und das nachdrückliche, zugleich ein wenig spöttische »man« dürfte, wie Marthe sofort weiß, einem alten Herrn gelten, einem Künstler in brauner Kordjacke und mit einem originellen Schal.

Marthe betrachtet die Concierge. Es müsste Boten geben, denen bestimmte Sachen vorbehalten sind, Boten mit himmlischen Gesichtern, wie zum Beispiel Botticellis Engel der Verkündigung, den der Mann mit den tausend Halstüchern zeremoniell in seinem Zeichenheft aufbewahrt.

Marthe bedankt sich und entreißt das Päckchen den gottlosen Händen.

»Ist das ... ist das ein Freund von Ihnen?«, fragt die Schnüfflerin neugierig.

»Ja, so kann man das nennen: ein Freund! ... Auf Wiedersehen, Madame Groslier ...«

Marthe ist ganz gerührt ...

Heute Abend sind sie nicht verabredet, denn er muss mit dem Hund wegen einer »in seinem Alter beunruhigenden« Appetitlosigkeit zum Tierarzt gehen, hatte der Mann mit den tausend Halstüchern ein wenig besorgt erklärt.

Keine Verabredung, und dennoch ist Félix jetzt durch dieses Geschenk bei ihr, das sie sogleich voller Ungeduld auspackt, auch wenn Valentin nicht da ist, um die Sache mit ihnen zu feiern ...

Marthe öffnet das Päckchen auf dem Küchentisch, zwischen der Schale mit Apfelmus und dem Nähkästchen, das sie schon lange wegräumen wollte, da sie seit Wochen nicht mehr genäht hat, obwohl sich die Flickarbeit häuft, ein Zeugnis ihrer Unbekümmertheit und ihres Zeitmangels.

Und wieder rast ihr Herz.

Eine Schallplatte, und was für eine! Eine alte Aufnahme mit Auszügen aus dem *Barbier von Sevilla*. Und auf der Plattenhülle eine aufreizende, glühende Rosina, zu der, wie man deutlich an der abgegriffenen Pappe erkennen kann, Félix lange ein inniges Verhältnis gehabt hat.

Es ist also *seine* Platte, die viel kostbarer ist als irgendeine neue Platte. Es ist *seine* Rosina, seine leidenschaftliche Rosina, die er Marthe schenken will, also gleichsam ein Teil seiner selbst, aber natürlich schenkt er ihr sie auch, um die Verzückung, die sie bei ihrem ersten gemeinsamen Opernbesuch vereint hat, noch andauern zu lassen, damit sich Marthes Handgelenk erinnert und das entfesselte, harmonische Crescendo der besungenen Liebe jetzt in ihr Haus eindringt, nachdem es seines erfüllt hat.

Marthe ist völlig durcheinander, ihr Herz gerührt.

Aber das ist noch nicht alles. Mitten auf den Röcken der hübschen Rosina ist noch ein Briefumschlag auf der Papphülle befestigt.

Der erste Brief. Die ersten von seiner Hand geschriebenen Worte, seiner Hand, die zeichnet, die *sie* zeichnet, der Hand, die den Hund streichelt und die manchmal mit dem Portweinglas zittert.

Die einzigen Briefe, die Marthe bewegen, sind die Briefe ihrer Enkelkinder, die Ansichtskarten, die sie während der Ferien von ihnen erhält, oder die Buntstiftzeichnungen voll unbeholfener Zärtlichkeit. Marthe hat sie alle in Schachteln aufbewahrt, mit Namen beschriftet, um sie den Kindern später zurückzugeben, denn die Kinder

haben nicht verfolgen können, so wie ihre Großmutter von ihrem privilegierten Platz als Großmutter, wie sie aufgewachsen sind.

Den Brief eines Mannes zu öffnen, eines Mannes, der zum ersten Mal schreibt und der weder
ein Ehemann noch ein Sohn noch ein Beamter
der Pensionskasse ist ... Den Brief des Mannes
mit den tausend Halstüchern zu öffnen erfordert
eine gewisse Behutsamkeit, sowohl was den
Brief angeht wie auch die Frau, an die er gerichtet ist und die so zerbrechlich ist wie ihr Handgelenk.

Marthe holt also ihren elfenbeinernen Brieföff-
ner aus dem Sekretär im Schlafzimmer und
seufzt dreimal auf, verschieden, beschwörend,
denn der Biss der Angst ist nicht mehr ganz so
sanft. Sie spürt die kleinen scharfen Zähne wie in
dem Moment, wenn der Hund ihr spielerisch in
die freundliche Hand zwickt, die ihm die
Schnauze streichelt, um daran zu erinnern, dass
er trotz allem ein Hund ist.

Was sie liest, wird gelesen. Wieder gelesen.
Was sie liest, kann nicht gesagt werden. Kann
nicht erzählt werden. Was sie liest, spricht ihren
Kopf an, ihren Körper, ihre eingeschlafenen
Sinne, die ein Ritter erweckt.

Diesen Brief hätte sie mit siebzehn Jahren
erhalten sollen – bevor ihr Vater sie mit Edmond

verlobte –, von einem anderen als Edmond, von dem Ritter, den sie sich gewünscht und auf den sie immer gewartet hat, bis heute.

Marthe hat soeben ihren ersten Liebesbrief erhalten. Sie ist siebzig Jahre alt.

Der altertümliche Plattenspieler befindet sich in Edmonds früherem Arbeitszimmer, das sich in eine Rumpelkammer verwandelt hat, in der Koffer, Haus- und Küchengeräte, sperrige Gegenstände, Marmeladengläser, Konservendosen, unlesbare Bücher, Festtagsgeschirr, zerbrochenes oder abgelegtes Spielzeug sowie die schon erwähnten Pappschachteln aufbewahrt werden, die für Thierry, Vincent und Mathilde bestimmt sind und die, wie Marthe unschwer errät, in regelmäßigen Abständen gründlich durchsucht werden, da dieser Raum ihren Enkeln sonntags nach dem Kaffee als Zufluchtsstätte dient.

Marthe hat also in Edmonds altem zerschlissenen Sessel zwischen Puppen ohne Arme und einem ausgedienten Ventilator die Auszüge aus dem *Barbier von Sevilla* gehört.

Mehr als einmal hat sie die Augen geschlossen, mehr als einmal hat sie den glitzernden Opernsaal, die leidenschaftlichen Stimmen, die strahlende Sinnlichkeit der Musik erlebt. Sie ist erneut gepackt, hat erneut ihr Handgelenk der gemeinsamen Ergriffenheit überlassen.

Der geöffnete Brief auf ihren Knien hat die Worte zum Tanzen gebracht.

Rosina hat den Reigen angeführt, ist in ihren glitzernden Röcken im Kreis umhergewirbelt.

Der Liebesbrief, gelesen und wieder gelesen, hat Marthe auf den Knien gebrannt.

Das hat wohl das Feuer ausgelöst, dieses Übermaß an Erinnerungen, diese Funken ... Am nächsten Morgen musste Dr. Binet gerufen werden.

Paul hat das wegen des Fiebers und der seltsamen Erregung seiner Mutter veranlasst. Sie weiß nicht, was die beiden Männer auf dem Flur besprochen haben. Sie bleibt auf der Hut.

Paul ist bei der Untersuchung zugegen. Der Arzt, der anfangs recht besorgt wirkt, entspannt sich nach und nach. Schließlich wendet er sich an Paul und sagt: »Nun, mein junger Freund, diesem Herzen scheint es ausgezeichnet zu gehen ... Viel besser als beim letzten Mal, das muss ich schon sagen ... Eine kleine Erkältung, das ist alles!«

»Eine kleine Erkältung?« Marthe hat eher den Eindruck, einen Hitzschlag erlitten zu haben, wenn sie an ihren ausgelassenen Musikabend denkt. Aber da sie sich vor allem um ihr Herz ängstigt, ist sie froh, dass sich der Arzt darüber keine Sorgen macht.

»Ich finde, Sie sind ... wie soll ich sagen ... eher in Hochform, Madame Marthe!«, sagt der Doktor mit Nachdruck.

Auch Paul ist beruhigt, selbst wenn ihn das Wort »Hochform« ein wenig überrascht zu haben scheint.

»Dr. Binet«, sagt Marthe zögernd, »könnte ich Sie kurz ... allein sprechen? ... Entschuldige, mein lieber Paul«, fügt sie für ihren Sohn hinzu, den sie nicht kränken will.

Paul zieht sich bereitwillig zurück ...

»Also, Herr Doktor ... Ich muss Ihnen noch sagen ...«

Marthe seufzt, senkt die Stimme. Manche Geständnisse können nur geflüstert werden. Und dieses gehört dazu.

»Also, Herr Doktor ... Der Zufall will, dass ich ... jemanden kennen gelernt habe, mit dem mich etwas verbindet, das man wohl als ...«

Sie zögert, sucht das Wort, ein Wort, das ihr nie über die Lippen gekommen ist, nie ihr Herz berührt hat und das sie ebenso genüsslich aussprechen wird wie das Wort »Verabredung«, das Wort mit dem Karamellgeschmack: »... *Zuneigung* bezeichnen muss! Ja, das ist es. Zuneigung ... Und daher wollte ich wissen ... wie soll ich sagen ... ob vom medizinischen Standpunkt gesehen ...«

Marthe drückt sich das Bettjäckchen aus himmelblauer Wolle an die Brust, gleichsam aus Scham, wie ein junges Mädchen, das sich scheut,

185

zu viel von sich selbst preiszugeben, sowohl äußerlich wie innerlich.

Dr. Binet, der gewöhnlich recht zurückhaltend ist, hat sich auf das Fußende des Bettes gesetzt. Ein alter Arzt, verwitwet wie Marthe, zwar ein Mechaniker in Sachen Körper, durch langjährige Erfahrung aber auch ein guter Seelenkenner.

Er betrachtet Marthe so fürsorglich und liebevoll, wie sie ihn selten gesehen hat, bis auf das eine Mal, als er vor vier Jahren an einem Sonntagnachmittag mitten beim Kaffee gerufen worden war, weil bei Céline der dringende Verdacht einer Fehlgeburt bestand, eine Gefahr, der die kleine Mathilde zum Glück erfolgreich widerstanden hat.

»Ich wüsste nicht, Madame Marthe, was vom medizinischen Standpunkt aus gegen ›Zuneigung‹ zu jemandem einzuwenden wäre. Übrigens, wie alt ist denn ... der Herr?«

»Ich weiß nicht so recht, Herr Doktor. Älter als ich, nehme ich an, aber noch so jugendlich, Herr Doktor, so ... Er ist Künstler, verstehen Sie?«

»Ausgezeichnet, meine Liebe! Sie gestatten doch, dass ich Sie ›meine Liebe‹ nenne? All das finde ich ausgezeichnet! Ich muss sogar sagen (Dr. Binet steht auf und packt seine Instrumente ein), ich muss Ihnen sogar sagen, dass ich Sie beneide!«

Dr. Binet verlässt summend das Schlafzimmer, während Marthe vor Freude und vor Verwirrung errötet.

Paul begleitet Dr. Binet durch den Flur zur Tür. Marthe hört, wie die beiden ein paar Worte wechseln ...

Als ihr Sohn ins Schlafzimmer zurückkommt, wirkt er ziemlich ratlos.

»Ein Fieber, das auf keinen Fall behandelt werden soll, was soll das denn heißen?«

Marthe schlägt die Augen nieder. Sie zieht ihr wollenes Bettjäckchen ein wenig enger um die Brust und sagt: »Also, Paul ... Weißt du ... Ich habe jemanden kennen gelernt, und ...«

Paul nähert sich dem Bett seiner Mutter. Seit dem Tag, an dem sie zugesehen haben, wie Edmonds Sarg über der ausgehobenen Erde hinabgelassen worden ist, hat er sie nie wieder so angesehen.

Er ergreift ihre Hand und sagt: »Aber warum hast du mir das denn nicht gesagt, Mama ... Ich hätte das durchaus verstanden, weißt du ...«

»Ich ... Ich habe es nicht gewagt ... Vielleicht wegen deines Vaters ...«

Die Antwort, die der Sohn der Mutter gibt, schlägt ein wie ein Blitz: »Wir haben uns mit Papa viel gelangweilt, nicht wahr?«

»Allerdings, mein Junge ...«

Marthe hat keine bessere Antwort auf diese eindeutige Feststellung gefunden.

Paul, der es plötzlich wieder eilig hat oder aber über seine eigene Rührung leicht verärgert ist, zieht den Mantel an.

Auf der Türschwelle wendet er sich um und ruft lachend: »Das kostet mich eine Flasche Champagner!«

»Nanu! Warum denn das, mein lieber Paul?«

»Lise hat gewonnen. Sie hat mit mir gewettet, dass du verliebt bist!...«

Verliebt?... Es erfordert mindestens drei Tage Fieber, bis sich Marthes Körper auf diese unglaubliche, berauschende Gewissheit eingelassen hat.

Marthe geht durch die Stadt.

Ein Erholungsspaziergang nach einem harm-
losen, segensreichen Leiden.

Das Fieber ist zurückgegangen, doch an dem
Leiden hängt sie: Sie hofft, dass sie nie von dieser
unglaublichen, berauschenden Gewissheit gene-
sen wird, die ihr eigener Sohn diagnostiziert und
benannt hat.

Weil sie verliebt ist, hat sie plötzlich Lust, morgens über die Boulevards zu schlendern ...

Sie muss das Leben wittern, Paris wittern. Sich
aus ihrem Viertel entfernen, den vertrauten Spu-
ren entfliehen. Die Stadt erforschen, sie aus
nächster Nähe empfinden, diesen Pulsschlag mit
ihrem nagelneuen Herzen spüren, in dem ein
anderer wohnt. Sich anders in dieser Stadt bewegen, auch wenn sie sich nicht ganz dem Rhythmus,
dem allgemeinen Schwung anpasst, der die Leute
antreibt. Dass die Menge hinter ihr ins Stocken
gerät und ungeduldig wird, stört sie kaum.

Geliebt zu werden und zu lieben führt sie, geleitet sie, unbekümmert und gelassen, auf den
Boulevard, der nichts von ihrer heimlichen berauschenden Krankheit weiß, von ihrem segensreichen Leiden.

Die Luft ist lau. Marthe trägt ihr dunkelblaues Kleid aus Seidenkrepp, ihre Baumwollstrümpfe, ihren blauen Hut, ihre Netzhandschuhe, ihre kleine Handtasche aus geflochtenem Leder, und darin befindet sich das Notizbuch aus rotem Saffian, in das sie schon die Verabredung für den heutigen Abend in den »Trois Canons« eingetragen hat, gut sichtbar nach den drei unbeschriebenen Seiten, den drei Fiebertagen ohne Treffen, ohne Rendezvous, es sei denn mit sich selbst.

Bedächtig setzt Marthe ein Bein vor das andere, sehr gewissenhaft, schön im Takt, mit wohl bemessenem Druck des Fußes auf den Gehweg und sanftem Wiegen des Körpers, den Kopf ein wenig geneigt ...

Sie denkt nach. Sie fragt sich, welche Worte wohl heute Abend zuerst ausgesprochen werden und von wem.

Wenn sie den linken Fuß auf den Asphalt setzt, spürt sie das leichte Stechen in der linken Hüfte. Sie ist diesem Schmerz nicht böse. Man kann nicht alles abstreifen. Irgendetwas muss bleiben, warum also nicht das Stechen, das ihr im Grunde nach so vielen Jahren unvermeidlichen Zusammenlebens so vertraut geworden ist?

Paris weiß nichts von ihr, von ihrem Geheimnis. Sie geht bedächtig weiter ...

Zunächst ist es bloß ein Schatten an ihrer Seite, dann wird der Eindruck deutlicher: Jemand zögert. Verlangsamt den Schritt.

Eine Frau.

Auf dem Boden zeichnet sich ein Umriss ab, eine Silhouette in kurzem Kostüm und mit langen Haaren, Haaren, die im Wind flattern.

Die Frau hält inne. Auch sie scheint sich nicht daran zu stören, dass die Menge ins Stocken gerät, ungeduldig wird.

Warum geht diese Frau nicht weiter? Warum bleibt sie an Marthes Seite?

Es gibt keine Antwort auf diese Frage, doch der Spaziergang, Seite an Seite, dauert eine Weile. Eine ganze Weile.

Marthe stört sich nicht an diesem Einvernehmen mit der Unbekannten. Der Spaziergang ist wie ein Austausch, ein stummes Zwiegespräch.

Doch dann stockt die Frau einen winzigen Moment, der Marthe veranlasst, sich ihr zuzuwenden, sie endlich anzusehen ...

Das Rot ist dominierend und das glänzende schwarze Haar. Doch nicht irgendein Rot! Sondern das Rot des Klatschmohns, eine Farbe, die Marthe sogleich wieder erkennt. Ihre Farbe, ihre Lieblingsfarbe. Die verbotene Farbe.

Fünfzig Jahre sind mit einem Schlag aufgehoben. Fünfzig Jahre einer Mauer aus grauem Sand,

denn die unbekannte Frau trägt eine klatsch-
mohnfarbene, weit ausgeschnittene leichte Bluse, die erstaunliche Ähnlichkeit mit jener hat, die
Marthe im Sommer vor ihrer Verlobung mit
Edmond fast jeden Tag trug, bevor diese Bluse er-
barmungslos aus ihrer Garderobe verbannt worden war.

Trotz der Verwirrung in ihrem Herzen, trotz
der Rührung spürt Marthe, wie sie aus unerklärlichen Gründen lächelt.

Sie lächelt dieser Unbekannten zu. Lächelt
deren Freiheit zu, bejaht sie.

Und die Klatschmohnfrau lächelt zurück,
irgendwie zustimmend, als bejahe auch sie etwas
in Marthe.

Ihre Wege trennen sich wieder ...

Was ist aus der verpönten Bluse geworden?
Hat Marthe sie weggeworfen oder sie damals
einer ihrer Freundinnen geschenkt? Sie hat es
vergessen.

Klatschmohn, sagt man, sei die Blume des
Begehrens.

Sollte Marthe auf der Straße dem Begehren begegnet sein, dem klatschmohnroten Begehren?

Hätte Marthe wohl ohne die Klatschmohnfrau beim Verlassen der »Trois Canons« zugestimmt, den Mann mit den tausend Halstüchern nach Hause zu begleiten, um, fest auf dessen Arm gestützt, angeblich den Hund zu besuchen, der wieder einmal nicht fraß?

Hätte Marthe wohl ohne die Klatschmohnfrau jetzt halb ausgestreckt auf diesem alten Sofa mitten in einem spartanisch eingerichteten Atelier gelegen und sich über einen Imbiss aus Gänserillettes und Chianti hergemacht, nachdem sie Hut und Handschuhe abgelegt und sogar die Schuhe ausgezogen hatte?

Doch da ist sie, und das tut sie.

Das Atelier ist so leer wie ihr Kopf. Eine Leere nicht aus Mangel, sondern im Gegenteil wegen allzu großer Fülle, wegen Träumereien, die sich nicht fassen lassen.

Kurz gesagt, Marthe hat vergessen, wer Marthe ist.

Ihr gegenüber, in einem mit Farbe beklecksten Schaukelstuhl, sitzt Félix und betrachtet sie unverwandt.

Seine Augen glänzen wie kurz zuvor die Augen des Hundes, als Marthe sich über das Tier gebeugt und ihm die Hand auf die trockene Nase gelegt hat.

Bevor der Hund mit einem Seufzer die Augen schloss, hatte er dankbar die Fingerspitzen der Besucherin geleckt. Er schien sich über ihr Kommen zu freuen.

Marthe, die sich mit Seufzern auskennt, sagte: »Der Hund seufzt, weil ihn das Leben ermüdet. Er leidet nicht.«

Der Mann mit den tausend Halstüchern antwortete nicht. Auch er dürfte diese Seufzer kennen, da er genauso alt ist wie der Hund ...

Marthe kann sich nicht daran erinnern, eines Tages so lange angesehen worden zu sein, außer vielleicht von ihrer Mutter, die zu betrachten verstand und die äußere Hülle zu sprengen vermochte, um ins Innere vorzudringen.

Marthe vermutet, dass ihre Mutter, die ihre Tochter sehr genau kannte, viel gelitten haben muss, als sie Marthe einem Vater überließ, der kurzsichtig genug war, sie später einem Edmond zu geben.

Der Mann mit den tausend Halstüchern scheint ihre Gedanken zu lesen. Er bricht das Schweigen: »Hat man Ihnen schon gesagt, wie schön Sie sind?«

Mit siebzig Jahren ziert man sich nicht. Man glaubt aufs Wort und vertraut ehrlichen Antworten. Daher forscht sie wirklich in ihrem Gedächtnis nach. Hat man ihr je gesagt, sie sei schön?

Was Edmond betrifft, ist die Sache klar: nein. Und die anderen? So sehr sie auch überlegt ...

Doch, da ist jemand! Mathilde! Erst in der letzten Woche, als Marthe ihr langes Haar bürstete, bevor sie es zu einem Knoten aufsteckte, hat die Kleine ihr Gesicht in die weiße Mähne getaucht und losgeprustet: »Was bist du schön, Großmama!« Marthe erinnert sich, dass sie das Kind fest an sich gedrückt und dabei unwillkürlich an den Mann mit den tausend Halstüchern gedacht hat. Das war kurz vor dem Fieberanfall gewesen, dem Liebesfieber ...

»Meine Enkelin Mathilde hat es tatsächlich vor kurzem zu mir gesagt ...«

Der Mann mit den tausend Halstüchern erwidert lächelnd: »Aber wenn ich das zu Ihnen sage, ist das doch nicht ganz dasselbe, oder?«

Marthe betrachtet ihre Baumwollstrümpfe, die ohne die Schuhe so nackt wirken. Sie sieht alles nur noch verschwommen. Das muss wohl vom Chianti kommen oder von den Gänserillettes.

Sie denkt wieder nach. »Ja, nicht ganz ... das stimmt allerdings«, gesteht sie mit etwas schwankender Stimme.

Die Augen des Mannes mit den tausend Halstüchern leuchten jetzt. Marthes Lippen sind trockener als die Nase des Hundes, der vor ihren Füßen liegt und im Schlaf seufzt.

»Eines Tages möchte ich Sie auf diesem Sofa malen, Marthe, Sie sind doch damit einverstanden?«

Diesmal schwankt die Stimme des Mannes mit den tausend Halstüchern. Sein altes Gesicht glüht im rötlichen Widerschein der Vorhänge, die er beim Betreten des Ateliers zugezogen hat, um den Raum abzuschirmen oder vielleicht auch die Zeit.

Er nimmt seinen Schal ab. Den granatfarbenen Schal mit Kaschmirmustern.

Marthe fragt sich, ob sie von all seinen Halstüchern nicht dieses besonders mag, doch vor allem wird ihr bewusst, dass er den Schal zum ersten Mal in ihrem Beisein ablegt.

Dieser Gedanke verwirrt sie zutiefst. Sie glaubt zu spüren, wie ihr Herz zu rasen beginnt, und sie fühlt sich gezwungen, etwas zu sagen, damit das Herz an der richtigen Stelle und im richtigen Rhythmus bleibt.

Der Mann mit den tausend Halstüchern steht mit entblößtem Hals neben dem Sofa, hält den Schal in der Hand. Nur der Hund trennt die beiden, doch er seufzt nicht mehr. Er scheint zu horchen.

»Darf ich Sie etwas fragen?«, sagt Marthe, um etwas zu sagen.

»Ja, natürlich.«

»Wissen Sie, wie ich Sie nenne, wenn ich an Sie denke?«

»Nein! . . . Wie denn?«

»›Den Mann mit den tausend Halstüchern‹ . . . Gefällt Ihnen das?«

». . . Das gefällt mir.« Er hält einen Augenblick inne. »Wissen Sie, ich habe schon immer Halstücher getragen, aber nun fühle ich mich damit irgendwie sicherer . . . irgendwie selbstsicherer . . . verstehen Sie das?«

»Ja, ja, das verstehe ich . . . Mir geht das genauso mit meinem Hut . . .«

Marthe und der Mann mit den tausend Halstüchern sehen sich an, er ohne sein Halstuch, sie ohne ihren Hut, den sie kurz zuvor mit ihren Netzhandschuhen und der kleinen Handtasche aus geflochtenem Leder auf einen Stuhl gelegt hat.

Nun sitzen sie sich also schutzlos gegenüber. Zu dieser späten Stunde des Tages. Zu dieser späten Stunde des Lebens.

Der Hund stößt einen langen Seufzer aus, einen Seufzer der Erfüllung.

Im Esszimmer herrscht ein schönes Durcheinander, eine, wie man sagen könnte, wunderbar weibliche Unordnung.

Eindrucksvolle Mengen farbiger Stoffe häufen sich. Der Tisch, die Stühle, die Couch, alle Möbel sind heute mit Beschlag belegt. Marthe, Céline und Mathilde machen sich in diesem Chaos zu schaffen.

Marthe hat den gemusterten Stoff anhand von Proben ausgesucht, die ihr die Tochter mitgebracht hat. Sie hat sich unwiderruflich für einen perlmuttglänzenden Stoff entschieden, der mit leuchtend roten Blumen übersät ist, die wie Girlanden oder Sträuße von Kussmündern angeordnet sind. Céline dagegen hätte eine »ländlichere« Version mit Vergissmeinnicht und Kornblumen wegen der beruhigenden Wirkung bevorzugt.

Mathilde sammelt unter dem Tisch voller Entzücken die von der Nähmaschine heruntergefallenen Stoffreste auf. Sie schneidet sich die roten Blumen aus.

Es ist schon lange her, dass Marthe und Céline gemeinsam mehrere Stunden mit Nähen und Plaudern verbracht haben.

Heute ist dieses einträchtige Beisammensein nicht ohne Risiko, da jede sehr wohl weiß, was die andere weiß.

Marthe ist sich nicht sicher, ob ihre Tochter ihr das gleiche Wohlwollen entgegenbringen wird wie Paul, und zwar nicht etwa, weil sie die emotionale Kurzsichtigkeit ihres Vaters geerbt hätte – Céline bleibt, auch wenn sie ein wenig konventionell ist, ein sensibles, aufmerksames Wesen –, sondern weil Enttäuschung in der Ehe einer sentimentalen oder romantischen Einstellung im Allgemeinen nicht gerade förderlich ist.

Und außerdem muss man schon zugeben, dass hier die Welt Kopf steht! Helfen nicht gewöhnlicherweise die Mütter ihren Töchtern bei der Aussteuer und richten, begleitet von unzähligen unausgesprochenen Dingen und Ratschlägen, verständnisvollen und manchmal frivolen Andeutungen, das Liebesgemach her? Und hier muss nun die arme Céline, die von ihrem Mann verlassene, vereinsamte Céline ...

Deshalb sprechen Céline und Marthe in gegenseitigem Einvernehmen über alles und nichts und dann über nichts und alles, oder wenden sich, wenn die Nähmaschine für einen Augenblick verstummt, der entzückenden kleinen Mathilde zu, die die Blumen ausschneidet und plötzlich unter dem Tisch hervorkommt und sagt: »Dein Schlafzimmer mit den roten Blumen, das wird aber hübsch, Großmama, nicht?«

»Ja, mein Schatz. Es wird sehr hübsch.«

»Ist das ganz für dich allein?«, fragt der süße kleine Teufel.

Céline sieht von der Näharbeit auf. Mutter und Tochter starren sich an.

Kinder stellen im Allgemeinen zwei Arten von Fragen: Fragen, die eine Antwort erfordern, und solche, die keine erfordern. Mathildes Frage scheint zur zweiten Art zu gehören, da das Kind sogleich wieder unter dem Tisch verschwindet, um weiter Blumen zu sammeln.

Doch der Schaden ist angerichtet.

Marthe wartet gefasst darauf, dass Céline die Initiative ergreift. Das ist sie ihr schuldig.

»Entschuldige, Mama ... Es ist vielleicht indiskret, aber ... ist diese Geschichte wirklich ... (sie sucht nach dem passenden Wort) wirklich ernst?«

Das Wort »ernst« wirkt ganz seltsam auf Marthe. Passt es doch so gar nicht zu dem Eindruck, den der Mann mit den tausend Halstüchern auf sie macht, und überhaupt nicht zu dem, was sie seit Wochen mit solcher Ungezwungenheit erleben!

»Nein, sie ist nicht ›ernst‹«, erwidert Marthe lächelnd. »Und gerade deswegen ist sie so schön!«

Die Ironie bringt Céline leicht aus der Fassung, doch die Neugier macht sie mutig: »Aber Mama! Du weißt doch genau, was ich meine ... Mit diesem Mann ... diesem ...«

»Félix!«, unterbricht sie Marthe.

»Ja. Mit ... Félix ... Was ist denn das genau? Freundschaft, Zuneigung?«

Schon wieder steht die Welt Kopf. Schon wieder sind die Rollen vertauscht, und zwischen Stolz und Mitleid schwankend, sagt Marthe: »Stört dich etwa das Wort ›Liebe‹, Céline?«

Sie hatte dieses Wort noch nie ausgesprochen. Und als sie es eben sagte, hat sie natürlich wieder den sanften Biss gespürt, aber außerdem ein herrlich stechendes Gefühl in den Augenlidern.

Céline betrachtet ihre Mutter aufmerksam. Die Augen fragen. Nicht der Mund. Der Mund würde das nie wagen: Es gibt Fragen, die eine Tochter der eigenen Mutter nicht stellen kann.

Deshalb beantwortet Marthe die stumme Frage der Augen, ohne verlegen zu werden: »Es hat sich noch nichts abgespielt, wenn du das wissen willst, mein Schatz, aber das liegt nicht daran, dass ich, wie man so schön sagt, keine Lust dazu hätte ...«

Und Marthe, die Unerschrockene, schließt die Augen wegen des Wortes »Lust«, schließt sie vor dem leichten Hauch eines luftigen Schleiers. Und dann sieht sie wieder das aufmunternde Lächeln der Klatschmohnfrau auf dem Boulevard . . .

Die kleine Mathilde muss wohl gespürt haben, dass über ihr etwas geschieht. Ihr niedliches Gesicht taucht auf, und sie fragt ungeduldig: »Hast du keine Blumen mehr, Mama?«

Céline scheint aus ihren Gedanken gerissen worden zu sein, die sie ebenso wenig in der Gewalt hat wie ihre Gesichtszüge, auf denen sich eine rätselhafte Regung spiegelt, eine Mischung aus Verblüffung und Betroffenheit.

»Sag mal, Mama, gibst du mir noch ein paar rote Blumen?«, fragt das Kind hartnäckig.

»Ja, ja, Mathilde, hier hast du welche. Hier hast du welche! . . .«, erwidert die Mutter mit einer Stimme, die geradezu wehtut.

Céline konzentriert sich auf die Nähmaschine. Sie nimmt die Näharbeit wieder auf. Alles scheint in Ordnung zu sein.

Die Kleine plappert unter dem Tisch weiter, zwischen den Beinen ihrer Mutter und denen der Großmutter, zwischen den eleganten, mit hauchdünnem Gewebe bekleideten und den ein wenig steifen, in Baumwolle steckenden Beinen.

Marthe seufzt wegen der Verblüffung, der Betroffenheit.

Dagegen weiß die kleine Mathilde in ihren Ringelsöckchen nicht, dass die Liebe zwischen den feinen Seidenstrümpfen und den dicken Baumwollstrümpfen ihre Wahl getroffen hat, und zwar willkürlich und völlig widersinnig.

»Ich möchte Ihnen zu gern mein neues Zimmer zeigen!«

Das Witzige daran ist, dass sie später, als sie an diese Worte zurückdenken, sich gegenseitig lachend eingestehen, dass weder er noch sie die geringste Zweideutigkeit in diesem spontanen Vorschlag Marthes gesehen haben, zumal es stark regnete, die »Trois Canons« mehr als zehn Minuten zu Fuß entfernt waren und die Müdigkeit sich bemerkbar machte – besonders in der linken Hüfte.

Es ist fast überflüssig, den Blick zu beschreiben, mit dem die Concierge das Trio beim Betreten des Hauses empfangen hat, wobei der Hund, wegen seiner schmutzigen Pfoten, dem tödlichsten Angriff ausgesetzt war ...

Marthe nimmt den Hut ab, schlägt vor, einen Kaffee zu kochen, und entschuldigt sich zugleich dafür, wie banal ihre Wohnung im Vergleich zu dem Atelier ist, dessen wunderbare Unzweckmäßigkeit sie so sehr begeistert hat, dass sie schon eine Liste von Möbeln und Gegenständen aufgestellt hat, die noch aus der Zeit ihrer Ehe stammen und die sie so bald wie möglich an einen Trödler verkaufen will.

Zum Glück ist das Schlafzimmer da, mit der verschwenderischen Fülle von leuchtend roten Blumen auf perlmuttglänzendem Untergrund.

Dorthin bringt Marthe das Tablett mit dem Kaffee und den selbst gebackenen Plätzchen.

Der Mann mit den tausend Halstüchern weiß die Blumenpracht zu würdigen, und der Hund, erfreut darüber, seine Pfoten auf den warmen Kissen zu trocknen, macht sich über das Sandgebäck her.

Marthe hat ihnen die beiden Sessel überlassen und sich auf dem Bett ausgestreckt.

Die Unterhaltung zu dritt ist äußerst angeregt. Marthe lacht ohne Grund, was ihr jedoch ein guter Grund zu sein scheint.

»Sie lachen wie Rosina«, bemerkt Félix. »Fast, als ob Sie sängen.«

Marthe findet das Kompliment raffiniert. Rosina ist schließlich ihre geheime Mitwisserin.

Trotzdem hat sie sich nicht getraut, von dem Fieber zu erzählen, dem Liebesfieber ...

»Haben Sie die Platte gehört?«, fragt Félix, als läse er schon wieder ihre Gedanken.

»Ich kenne sie auswendig ... Ich höre sie oft ...«

Der Mann mit den tausend Halstüchern errät, was sie gleich sagen wird, und wartet daher ruhig und sichtlich befriedigt ab, was nun kommt ...

»... und denke dabei an Sie ...«, fährt Marthe fröhlich fort.

So, da wären sie also. Da ist der Moment der verheißenden, der zärtlichen Worte. Der Moment der liebevollen Bekenntnisse.

Der Hund gähnt, rollt sich auf einem Kissen zum Schlafen zusammen. Dieser Hund weiß, wie man diskret ist.

»All diese Blumen um Sie herum sind wirklich bezaubernd, Marthe.«

»Ja, sie sind wunderschön, nicht wahr, man weiß nicht recht, was für Blumen es sind ...«

»Das ist bestimmt Klatschmohn, zumindest eine Art Klatschmohn.«

Marthe stößt einen leisen Schrei aus, wie beim ersten harmonischen Crescendo der Liebenden in Rossinis Oper.

»Fehlt Ihnen etwas, Marthe?«

»Nein, nein. Mir fehlt nichts ... Es ist nur wegen ... wegen ...«

Das ist sie also wieder, die verbannte, die verbotene Bluse!

Félix hat sich aufs Bett gesetzt. Er blickt Marthe fragend ins verstörte Gesicht.

»Kann ich etwas für Sie tun?«

Und nun betrachtet Marthe dieses alte Gesicht, das sich über sie beugt. In den dunklen, erstaunlich leuchtenden Augen glimmt es feurig.

»Vielleicht kann ich etwas tun ...«, sagt er diesmal in einem anderen Tonfall, nicht mehr fragend, sondern bekräftigend.

Marthe nickt mit dem Kopf, bejaht mit den
Augen, mit den Händen, mit dem Herzen, bejaht
aus ganzer Seele wie die Klatschmohnfrau auf
dem großen Boulevard.

Da steht der Mann mit den tausend Halstüchern auf.

Marthe sieht seine Bewegungen wie in Zeit-
lupe, als träume sie.

Zunächst zieht er die Vorhänge zu, und das
Schlafzimmer verwandelt sich in einen Alkoven,
in dem weitere Blumensträuße auf sie herabzu-
regnen scheinen.

Dann entkleidet er sich langsam, und jede seiner Gesten scheint Marthes entschlossenes, aber
ein wenig zitterndes Warten in eine Ewigkeit zu
verwandeln.

Alle Halstücher fallen, bis er nackt ist.

Marthe denkt an nichts mehr. Sie sagt sich nur
noch: »Ich liebe diesen nackten alten Mann, der
sich meinem Bett nähert.«

Sie ist sich dessen so sicher, dass sie sich auf
der geblümten Tagesdecke ebenso langsam,
ebenso ungezwungen entkleidet, bis auch sie
nackt ist.

Marthe denkt an nichts mehr. Sie sagt sich nur

noch: »Auch er liebt die nackte alte Frau, die auf dem Bett auf ihn wartet ...«

Die beiden Körper finden zueinander.

Ihre Haut, jahrelang geschliffen von der Zeit, ist sanft und verbraucht, glatt wie die Kiesel am Strand.

Marthe fühlt sich wie ein Kiesel, überlässt sich dem Rollen der Wellen.

Bei jeder Woge sieht sie in der Ferne Edmonds Kopf, der immer trübseliger im Glasrahmen auf der Kommode hin- und herschwankt.

Der arme Edmond, Edmond der Unfähige ...

Sie ist noch nie so getaumelt, außer an dem Tag, als sich auf dem Gehweg vor den »Trois Canons« eine gewisse Hand ihres willigen Arms bemächtigte.

Die heutige Dünung lässt die Flut steigen. Bald wird sie ihren höchsten Punkt erreicht haben, denn dieselbe Hand hat mit einer Sturzsee den Kiesel, den Marthe geschlossen glaubte, direkt in der Mitte gespalten.

Und wieder dieser leise Schrei. Nicht vor Schmerz, nein, eher vor Überraschung. Und in den Augen des Mannes mit den tausend Halstüchern liegt wieder Stolz, denn diesmal weiß er, dass er zu dieser Regung etwas beigetragen hat. Genau diesen leisen Schrei wollte er ihr entlocken, diesen und keinen anderen.

An ihrer rechten Hüfte, der gesunden, der jugendlichen Hüfte spürt Marthe, wie die Freude größer wird, die Freude des geliebten Mannes namens Félix.

»Ich bin Félix, stets zu Ihren Diensten!« Hatte er sich nicht so vorgestellt?

Und einen solchen Liebesdienst erlebt sie zum ersten Mal in ihrem Leben als Frau, als Klatschmohnfrau.

Seit sie nicht mehr geschlossen ist, seit Félix sie gespalten hat, hat Marthe den Eindruck, alles dringt in sie ein, füllt sie aus.

Sie fühlt sich erfüllt, erobert, im Sturm genommen.

Edmond hatte sich damit begnügt, an ihrer Seite zu sein, aber draußen, in sicherem Abstand sozusagen, was ihr übrigens durchaus genügt hatte. Félix dagegen ist ihr ganz nah, ist in ihr.

Jetzt erfährt sie endlich, was »Leben zu zweit« bedeutet. Sie trägt die Liebe wie das Känguruweibchen sein Junges: Fleisch im Fleisch, tief im Inneren, dort, wo Körper und Seele sich nicht mehr unterscheiden, untrennbar sind, organisch und geistig verbunden.

Seit Félix' Sinne mit den ihren verschmolzen sind und ihre Seelen im gleichen Takt schlagen, haben sich Marthes Empfindungen verdoppelt, vervielfacht.

Diese Zweisamkeit erweitert ihr Empfindungsvermögen in den kleinsten Dingen des Alltags, den harmlosesten Gesten, wenn sie etwa einen Teller spült oder sich mit der Nagelschere die Fingernägel über der Glasplatte im Badezimmer schneidet. Nicht mehr allein zu handeln, allein zu denken lässt sie die Einsamkeit ermessen, in der sie mit und anschließend ohne Edmond gelebt hat. Es muss ein Zwischendasein gewesen sein, eine lange Wartezeit in Schwarzweiß und ohne Worte. Der Farbfilm ihres Lebens hat erst jetzt begonnen.

Doch trotz ihrer Verliebtheit bereut Marthe nicht, eine alte Dame zu sein. Um nichts in der Welt möchte sie wieder jung sein, die Prüfungen des Lebens noch einmal überstehen, auch nicht die des Alterns, die ein wenig schmerzlich waren. Im Gegenteil, sie sagt sich, dass sie jetzt, erst jetzt, wirklich die Muße hat, zu lieben und daraus ihre einzige Beschäftigung, ihren alleinigen Zeitvertreib zu machen.

Wenn sie sich entkleidet, um sich zu waschen, muss sie natürlich die verlorene Schlacht des Körpers eingestehen, der von der Zeit mit unerbittlicher Hand zerknittert und zerfurcht worden ist, doch sie tut es ohne Kummer, denn dieser Körper wird begehrt, dieser Körper rollt in den Wellen der gemeinsam erlebten Lust, öffnet und füllt sich mit Félix' Freude.

Marthe ändert daher nichts an ihrer Kleidung, an ihrem Aussehen. Sie käme nie auf den Gedanken, ohne Hut nach draußen zu gehen, auf ihren Knoten zu verzichten oder einen Rock zu kürzen. Und dennoch muss sich etwas an ihr verändert haben, seit sie nicht mehr geschlossen ist, denn in den »Trois Canons« sieht Valentin sie mit anderen Augen an. Er erlaubt sich sogar manchmal einen Scherz, wenn auch im Einverständnis mit Félix und dem Hund, die sich anscheinend ein Vergnügen daraus machen, sie zum Erröten zu bringen.

Mit den Kindern ist die Sache schon anders.

Am letzten Sonntag beim Kaffee hat Céline sichtlich geschmollt, so wie sie es als Kind häufig tat. Sie fand die Stola mit roten Fransen, die Félix Marthe zu Ehren der unbezähmbaren Rosina geschenkt hat, geschmacklos.

Und Paul, der seiner Mutter nur einen flüchtigen Kuss auf die Wangen drückte, hatte wieder einmal seinen ausweichenden Blick. Céline muss ihm wohl von den Veränderungen im Schlafzimmer erzählt haben.

Marthe hätte vielleicht den Mut sinken lassen, wenn nicht Lise, die mutige Lise, gegen Ende des Nachmittags, der zum Glück durch die stets vergnügliche Anwesenheit der drei Enkelkinder aufgeheitert worden war, verschmitzt eingegriffen hätte: »Marthe, ich würde gern Ihren ... Ihren Gefährten einmal kennen lernen! ... Félix, so heißt er doch, nicht wahr?«

Und bevor Paul und Céline die Fassung wieder gefunden hatten, hatte sie noch hinzugefügt:

»Wie wäre es denn, wenn Sie ihn am nächsten Sonntag zum Kaffee einladen würden?«

Und so nahmen die Dinge zur allgemeinen Verblüffung ihren Lauf...

Marthe, in ihre Stola mit den roten Fransen gehüllt, kreuzt das Datum in ihrem Notizbuch aus Saffian an. Daneben schreibt sie »Félix«, den Namen ihres Geliebten, den Namen der Freude, denn der Mann mit den tausend Halstüchern hat jetzt seinen Platz diesem Namen überlassen: Félix, der Ritter der Sturzsee, der Kiesel spaltende Kavalier.

Sie liebt es, ihn sich vorzustellen, wie er bei fallender Flut, wenn das Rollen der Wellen nachgelassen hat, neben ihr liegt, ist fasziniert von diesem kräftig gebauten, leicht gebeugten Männerkörper, der sichtlich geprägt ist von einem ausgefüllten Dasein – von dem ihr Félix im Übrigen wenig erzählt hat – und dennoch von solcher jugendlichen Kraft erfüllt.

Sie liebt es, sich verträumt an sein knochiges Knie, an die verbrauchte, fast durchsichtige Haut seiner Schulter oder die wohlriechenden Falten seines Halses, die ihr besonders ans Herz gewachsen sind, zu erinnern – all das unter dem trübseligen Blick Edmonds –, und sie fragt sich dann, ob Edmond wirklich einen Körper besessen hat, ein Knie, eine Schulter, einen Hals, denn wenn sie an ihn denkt, sieht sie nur das abstrakte, eisige Bild einer Gestalt in einem dreiteiligen Anzug oder in einem Schlafrock mit Ziertüchlein vor sich . . .

Auf dem rot gemusterten Bett in ihrem Schlafzimmer denkt Marthe an die Unbekannte zurück, an die Klatschmohnfrau mit dem aufmunternden Lächeln. Jetzt ist sie nicht mehr im Zweifel über das stumme Zwiegespräch, als sie Seite an Seite gegangen sind, im gleichen Rhythmus, mit dem gleichen Wiegen des Seins. Sie wundert sich nicht einmal mehr über die Bluse, die aus der Vergangenheit aufgetaucht ist, ihre gemeinsame Bluse.

Marthe, die schon lange nicht mehr an Gott glaubt, glaubt dennoch ans Schicksal.

Auf der Straße, auf dem Boulevard, hat sich das Schicksal als Frau, als Klatschmohnfrau verkleidet. Die Unbekannte hat ja zu Marthe gesagt, an ihrer Stelle ja gesagt. Ja zu dem Begehren der wilden Sommerblume. Ja zu Félix, dem alten Künstler und Kavalier, der gerüstet war, das Begehren zu feiern. Und dann ist die Botin selbstsicher und wie besänftigt ihres Weges gegangen, während ihr glänzendes dunkles Haar im Wind flatterte.

Wenn man seinem Schicksal begegnet, muss das ein Geheimnis bleiben. Das ist der Preis, den die Magie erfordert. Deshalb erzählt Marthe nur sich selbst in der Stille ihrer Wohnung von dieser Begegnung. Sogar Félix wird nichts davon erfahren.

Und außerdem, wer würde ihr das schon glauben? Die kleine Mathilde vielleicht ... Denn außer den kleinen Mädchen glaubt ja kaum noch jemand an Märchen.

»Das ist perfekt, Marthe. Und jetzt wenden Sie mir doch bitte den Kopf zu.«

Marthe wendet den Kopf. Sie liegt halb ausgestreckt auf dem Sofa im Atelier, in der gleichen Haltung wie an dem Abend, als sie mit Gänserillettes und Chianti gepicknickt haben. Sie trägt Rosinas Fransen-Stola zu dem Kleid aus blauer Kreppseide. Einen straffen Knoten. Die Schuhe hat sie anbehalten.

Der Hund liegt zusammengerollt vor ihren Füßen und schläft, die Schnauze auf den hellen Baumwollstrümpfen. Er schläft immer öfter: Es scheint fast, als probe er die Abschiedsszene, die große Szene des langen Schlafs. Sie wecken ihn nicht, nicht einmal zum Fressen. Er ist so friedlich. Seufzt ganz wie Marthe, zu der er offensichtlich Zuneigung gefasst hat. Vor Wohlbehagen, das kann man erkennen. Er wird auf dem Bild zu sehen sein, das Félix mit energischen Strichen skizziert. Félix trägt eine schwarze Leinenjacke und ein rotes Halstuch, das sie noch nie gesehen hat.

Durch das offene Fenster, das die Geräusche der Stadt ins Atelier dringen lässt, flutet die Sonne.

Marthe schweigt. Sie versteht nicht viel von Malerei, doch sie nimmt an, dass dieser Augenblick entscheidend ist, denn Félix springt mit fliegender weißer Mähne hinter der Staffelei seltsam hin und her, als bedränge ihn etwas, als ringe er einem unsichtbaren Feind die Gunst ab, dieses sorgsam in Szene gesetzte Porträt auf die Leinwand zu bringen.

Marthe sagt kein Wort, aber sie spürt, dass sie in diesem Augenblick in Félix' Geheimnis, in den verborgenen Teil seines Wesens eindringt.

Dann wird Félix mit einem Schlag ruhig. Er legt den Kohlestift zur Seite und setzt sich auf den hohen Hocker. Er wischt sich mit dem Handrücken den Schweiß von der Stirn. Er sieht aus, als sei er soeben einer furchtbaren Gefahr entronnen. Und er lächelt. Worüber? Marthe weiß es nicht. Aber es ist ein Lächeln, das sich an niemanden richtet, nicht einmal an sie. Das nennt man wohl ein »seliges Lächeln«, sagt sie sich.

»Sind Sie fertig?«, fragt Marthe ziemlich beeindruckt davon, dass sie auf ihre Weise an einem geheimnisvollen Ritus teilgenommen hat.

Félix blickt auf. Er wirkt noch älter, doch sein Gesicht leuchtet: »Nein, jetzt geht's erst los ...«, erwidert er. Und diesmal gilt das Lächeln ihr.

Plötzlich geraten beide in Schwung.

Félix hat den *Barbier von Sevilla* aufgelegt, den Marthe wie vereinbart außer der Stola zum Modellsitzen mitgebracht hat.

Er summt bei dem jungen Grafen oder Figaro mit, sie bei Rosina.

Marthe sieht zu, wie Félix sie betrachtet.

Noch nie hat jemand sie so nachdrücklich, so scharf gemustert.

Wenn Félix die Augen auf ihr ruhen lässt, spürt Marthe, wie sein Blick ihr Gesicht und ihren Körper berührt. Sie weiß, wann Félix ihre Nase oder ihr Ohrläppchen zeichnet. Sie weiß, wann er die Rundung ihrer Schulter oder die Konturen ihrer Wade skizziert.

Es ist fast, als ob das Knirschen des Kohlestifts bei jedem Strich auf dem Papier der Nase, dem Ohr, der Schulter oder der Wade Leben schenkte, als ob ihnen jeder Blick Félix' einen Sinn verliehe.

Würde sie ohne diesen Blick, der auf ihr verweilt, überhaupt existieren, fragt sich Marthe.

Manchmal hält die Hand des Malers im Bann der Musik inne, dann setzt das Knirschen des Kohlestifts wieder ein, und Marthe überlässt sich wieder dem Genuss, betrachtet zu werden ...

»Sind Sie nicht müde? Sollen wir nicht eine Pause machen?«, fragt Félix.

»Nein, nein«, erwidert Marthe, »ich fühle mich ganz frisch, richtig frisch!« Und dann seufzt sie vor sichtbarem Wohlbehagen, den Kopf der Staffelei zugewandt.

Sie sonnt sich in seinen Blicken, genießt sie wie andere die Sonne.

Sie wärmt ihren Körper, wärmt ihre Seele am Feuer der Augen, der glühenden Augen von Félix.

Der Hund hat sich nicht geregt, seine Schnauze liegt noch immer auf ihren Baumwollstrümpfen. Nur seine Ohren zittern leicht, denn auch mitten im Schlaf bleibt er wachsam, damit ihm nichts entgeht.

»Glauben Sie, dass der Hund eines Tages, ohne zu leiden, einfach einschläft?«, fragt Félix.

»Ja, das glaube ich«, erwidert Marthe und legt dem Tier die Hand auf den Kopf, zwischen die beiden zitternden Ohren.

Félix und Marthe lächeln sich zu. Sie sind in einem Alter, in dem der Tod seinen Schrecken verloren hat, sind an einem Zeitpunkt ihres Lebens, da der Tod zum Leben gehört, wie ein Vertrauter, fast wie ein Freund.

Marthe sonnt sich wieder in seinen Blicken und schließt die Augen, um diese ungewohnte Empfindung besser genießen zu können.

»Ja, das ist gut. Lassen Sie die Augen geschlossen, Marthe. Das ist sehr schön! ...«

Die Sonne, die richtige Sonne, streichelt die roten Fransen der Stola und Marthes linke Hüfte, die Hüfte, die sie daran erinnert, dass sie eine alte Frau, eine Großmutter ist.

Marthe denkt an ihre Kinder, an die Enkel, an den nächsten Sonntag. Die Frage nach der Einladung zum Kaffee hat sie ihm noch nicht gestellt.

»Haben Sie Kinder, Félix?«, fragt Marthe, die Augen immer noch geschlossen.

»Nein«, erwidert Félix und lacht, »dazu habe ich keine Zeit gehabt!«

»Dann haben Sie also keine Familie?«

»Doch, eine jüngere Schwester. Das reicht völlig!«

»So?«

Marthe denkt an ihr Leben, das ganz mit Arbeit und eintönigen Aufgaben ausgefüllt, und zugleich, aufgrund der zur Gewohnheit verkommenen Routine und Langeweile, so leer gewesen ist.

Marthe würde es schwer fallen, dieses Leben, diese Zeit zu charakterisieren; zu definieren, woraus sie bestanden hat. Die Zeit ist einfach verronnen, ohne dass Marthe darauf geachtet hat, siebzig Jahre lang, bis zu dem Tag ihrer ersten Verabredung mit Félix, dem Tag, an dem sie zum ersten Mal, entsetzt über das aufreibende Warten, erlebt hat, wie sich die Zeiger der Küchenuhr dahinschleppten und dann plötzlich verrückt spielten, weil sie sich selbst dahingeschleppt, selbst verrückt gespielt hat ...

Félix konzentriert sich ganz auf seine Arbeit. Marthe spürt die Liebkosung des Kohlestifts auf ihren geschlossenen Lidern. Die Musik ist verstummt, gleichsam aus Rücksicht, um Félix' Konzentration und Marthes Träumereien nicht zu stören. Eines Tages wird Marthe ihm von der Küchenuhr erzählen. Dann wird sie ihm sagen, wie sich die Zeit in Bewegung gesetzt hat und dank der Ziffer Sieben, der Stunde der Verabredung, Gestalt angenommen hat.

»Es ist eine wahre Freude, Sie zu zeichnen, Marthe.«

»So?«

»Ihre Augenlider sind wie Muscheln ...«

Marthe wird wieder zu einem Kiesel. Einen Augenblick rollt sie in den Wellen am Strand ...

»Sind Sie nicht müde? Sollen wir nicht eine Pause machen?«, fragt jetzt sie.

»Nein, nein. Ich fühle mich ganz frisch, richtig frisch!« Und dann seufzt Félix vor sichtbarem Wohlbehagen.

Sie wagt wegen des Wortes Muschel die Augen nicht mehr zu öffnen ...

Als Kind hat sie in den Ferien Muscheln gesammelt, um sie ihrer Mutter mitzubringen. Sie hat sie für die Mutter auf eine Stickvorlage geklebt, in bunte Blumen verwandelt. Und heute macht die

kleine Mathilde, ohne dass es ihr jemand beigebracht hätte, das Gleiche ...

Marthe denkt an die Enkel, an ihre Kinder, an
den nächsten Sonntag.

»Félix?«

»Ja ...«

Marthe zögert einen Augenblick, ehe sie sagt:
»Félix, hätten Sie etwas dagegen, meine Kinder
kennen zu lernen? Und meine Enkelkinder?
Und die kleine Mathilde, wissen Sie, die mich
schön findet, wenn ich mir das Haar bürste?«

»Überhaupt nichts«, erwidert er sogleich. »Ich
würde mich sehr freuen, sie kennen zu lernen ...
Zumindest, wenn sie mit einem alten Narr wie
mir etwas anfangen können!«

»Das ist ... das ist sehr nett von Ihnen, Félix ... Verstehen Sie ... Die Kinder ...«

Félix unterbricht sie: »Natürlich, Marthe. Natürlich. Jetzt können Sie die Augen öffnen.«

»Sind Sie fertig?«

»Ich bin fertig!«

Das Wort »fertig« weckt den Hund, der bedau-
ernd gähnt.

»Kann ich es sehen?«

»Aber selbstverständlich!«

Félix kommt zum Sofa und reicht ihr den Arm.

Marthe ist ganz steif vom Liegen. Wie der
Hund. Beide recken sich, erheben sich mühsam.

Félix sieht zu, wie Marthe sich betrachtet.

Sie sieht eine alterslose Dame mit zum Knoten geschlungenem Haar, die auf einem Sofa liegt.

Sie sieht einen schlafenden Hund, der sich ihr zu Füßen zusammengerollt hat.

Besonders aber staunt sie darüber, dass auch Rossinis Musik da ist – sowohl in den schillernden Fransen der Stola als auch in der glänzenden Schnauze des Hundes auf dem Baumwollstrumpf – und die unleugbare Verzauberung, die von dieser völlig gelösten, sinnlichen Hingabe ausgeht und etwas hat, das irgendwie von außen zu kommen scheint.

Doch vor allem schlägt Marthes Herz höher, als sie die beiden wie Perlmutt schimmernden rosafarbenen Muscheln sieht, die glitzernd vom Meersalz auf den Augenlidern der Dame mit dem Haarknoten liegen.

Der Einkaufskorb ist zu schwer wegen der Colaflasche für die Enkel, die morgen zum Sonntags-
kaffee kommen.

Mehrmals hat Marthe den Korb absetzen müssen, um ein wenig zu verschnaufen. Es ist sehr
heiß. Jedes Mal macht sie sich wegen dieses
Kaufs Vorwürfe, aber jedes Mal gibt sie wieder
nach. Die Enkel hängen eben an ihrem sonntäglichen Gift, vor allem Mathilde, die nichts mehr
von Milch und oder Saft hören will!

Marthe bleibt vor den »Trois Canons« stehen.

Der Gedanke an die Verabredung heute Abend
gibt ihr neue Kraft. Da sieht sie auch schon Valentin, der ihr den Rücken zuwendet und an dem
Tisch bedient, an dem sie nachher anstoßen werden.

Ganz gerührt nimmt Marthe ihren Korb wieder auf und will gerade weitergehen, als sie plötzlich die beiden sieht: Félix und sie. Sie und Félix.
Ihr Félix ist in Begleitung einer Fremden, und das
knapp drei Stunden vor ihrem Rendezvous!

Der Schock ist so heftig, so unerwartet, dass es
eine Weile dauert, ehe Marthe den Zusammen-
hang zwischen dem Schlag, den sie in der Magengrube spürt, und dem Anblick dieses Paares her-

stellen kann, dieses Paares, das nicht sie, Marthe und Félix, an ihrem Tisch in den »Trois Canons« sind, von wo das heimtückischste Geschoss auf Marthe abgefeuert wird, dessen eine Waffe fähig ist.

Instinktiv kommen die beiden Hände ihrem Herzen zu Hilfe, das einen Augenblick zu stocken scheint und – schlimmer noch – auf einmal gar nicht mehr zu spüren ist, als habe es diesen Körper schon verlassen, der zu keiner Bewegung fähig, wie versteinert ist.

Marthe hat schon immer geglaubt, dass sie eines Tages so, an einem Versagen ihres Herzens, sterben würde.

Sie hat sich auch schon immer das Bild vorgestellt, das sie als letztes aus dem Leben mitnehmen wird: das Bild ihrer Kinder und Enkelkinder, die beim Kaffee fröhlich um sie vereint sind.

Sie ist bereit. Sie wartet.

Doch das traute Bild der Familie stellt sich nicht ein. Stattdessen sieht sie Félix vor sich, Félix, der sie mit einer Sturzsee öffnet, und das Klatschmohnzimmer. Das bedeutet wohl, dass sie nicht tot ist. Sie ist sogar sehr lebendig. Ein weiterer Beweis dafür ist der dumpfe, stechende Schmerz in der Magengrube, genau an der Stelle, wo sie den Schlag erhalten hat.

Wie jede Frau, die sich als Frau dem Leben gestellt hat, kennt sie Schmerz. Sie hat gelernt, all seine subtilen Schliche zu würdigen. Doch dieser Schmerz ist ihr neu. Nichts daran ist ihr vertraut. Es ist eine explosive Mischung, ein Amalgam aus widersprüchlichen Empfindungen, eine Kombination aus Gegensätzen. Kalt und heiß, Tag und Nacht. Marthe hätte nie geglaubt, dass Hass und Leidenschaft so gut zusammenpassen und von der gleichen Glut, dem gleichen grausamen Frohlocken beseelt sein könnten.

Marthe empfindet Félix gegenüber, der knapp drei Stunden vor ihrem Rendezvous mit einer Fremden am Tisch sitzt, eine Mischung aus glühender Verehrung und heftiger Abneigung. Anders gesagt, Marthe lernt die Qualen der Eifersucht kennen, die ihrem in Liebesdingen noch unerfahrenen Herzen bisher fremd waren.

Und wie jede Frau, die von diesem Übel ohnegleichen befallen wird, tut sie, die noch immer wie versteinert vor der Terrasse der »Trois Canons« steht, genau das, was sie auf keinen Fall tun sollte: Sie treibt den Pfahl tiefer ins Fleisch und verschlimmert so den Schmerz, der sie bereits zerreißt. Marthe will wissen, welches Halstuch Félix in dem fatalen Moment, da er auf frischer Tat ertappt wird, zu tragen wagt, sie will wissen, welche Farbe der Schal des Verrats hat.

Das zweite Geschoss ist brutal. Es vernichtet, was von Marthe, der von der Liebe geschlagenen Marthe, noch übrig ist, denn Félix trägt den granatfarbenen Schal mit Kaschmirmustern, den Schal der ersten Gefühlsausbrüche, ihr Lieblingshalstuch ... Innerhalb von ein paar winzigen Sekunden vollzieht sich in Marthe eine tiefe Wandlung.

Genauer gesagt, sie wird wieder zu der, die sie vor nur – wie ist das möglich? – knapp drei Monaten gewesen ist: eine alte Dame in Blau, die nichts von einer anderen alten Dame unterscheidet und der keine Klatschmohnfrau auf der Straße zulächeln würde, und zwar ganz einfach aus dem Grund, weil sie alle, aber wirklich alle Freude am Leben verloren hat, als sei es mit ihrer unverbesserlichen romantischen Ader, dieser seltenen, jugendlichen Veranlagung, ohne die sie nie mit siebzig vom Tee zum Kaffee übergegangen wäre, endgültig vorbei. Marthe betrachtet ihren Einkaufskorb mit der zu schweren Colaflasche.

Ihr bleiben natürlich noch die Enkelkinder ...

Den Blick von den »Trois Canons« abwenden. Nicht mehr den Tisch betrachten, der nicht mehr ihr Tisch ist.

Nach Hause gehen. Einen Fuß vor den anderen setzen. Schritt für Schritt, voller Verzweiflung.

Und das Stechen in der Hüfte, das sich stärker als je bemerkbar macht ...

Marthe hört nicht, wie Valentin sie von der Tür des Bistros ruft. Er muss hinter ihr herlaufen, ihren Arm ergreifen und sie beim Namen nennen, bis sie überhaupt den Weg, den sie soeben in Gedanken zurückgelegt hat, noch einmal zurückgehen kann, in umgekehrter Richtung, sozusagen auf die andere Seite ihrer selbst.

»Aber Madame Marthe, Monsieur Félix ruft Sie schon ewig! Haben Sie denn nicht gesehen, dass er Ihnen zugewinkt hat?«

Marthe wendet sich um. Sie blickt Valentin an, den Verbündeten, den Mitwisser aus der Zeit vor dem Verrat.

»Fühlen Sie sich nicht wohl, Madame Marthe? ... Geben Sie mir doch Ihren Korb!«

Wo ist sie? Wer ist sie? Tut sie gut daran, sich überreden zu lassen und ihren zu schweren Korb den Händen des Kellners anzuvertrauen, der eifrig auf sie einredet?

»Sie müssen verstehen, Monsieur Félix will Ihnen unbedingt Mademoiselle Irène vorstellen!«

Mademoiselle Irène? Mademoiselle Irène?

Warum täuschen uns manche Worte nur? Warum machen sie sich einen Spaß daraus, uns in die Irre zu führen?

Valentin schiebt Marthe buchstäblich zu dem Tisch, zu ihrem Tisch.

Félix und der Hund stehen auf, ein Herz und eine Seele.

»Meine liebe Marthe! Endlich! . . . Endlich kann ich Ihnen Irène vorstellen, meine Schwester Irène!«

An dem denkwürdigen Sonntag, an dem Dr. Binet die kleine Mathilde dazu gebracht hatte, ihren Eintritt ins Leben nicht zu gefährden, war Marthe auch wie jetzt zwischen Lachen und Weinen schwankend zusammengebrochen.

Dem Schlimmsten entgangen zu sein ist an sich schon eine Prüfung. Marthe merkt es an der liebevollen Aufmerksamkeit, die man ihr entgegenbringt. Die Gesichter, die voller Sorge über sie gebeugt sind, geben ihr eine Vorstellung davon, wie heftig ihre eigene Gemütserregung gewesen sein muss. Und die Zunge des Hundes, der ihr die Hand leckt, lässt sie ahnen, wie blass und schwach sie plötzlich ist.

Doch die größte Angst um sich selbst flößt ihr Félix mit seinen vor Besorgnis weit aufgerissenen Augen ein.

»So, sie kommt wieder zu sich!«

Marthe erkennt Valentins Stimme und spürt auf der Wange wohltuend einen Eiswürfel.

»Sie haben uns solch einen Schrecken einge-

jagt, Marthe!« Das Lächeln in Félix' Augen über-
strahlt einen noch nicht ganz erloschenen Funken der Besorgnis.

Wieder zu sich kommen ist der treffende Ausdruck. Marthe war tatsächlich davongegangen,
ins Land des Sinnlosen, des Sinnwidrigen, ins
Land der Missverständnisse.

»*Sie* haben mir einen Schrecken eingejagt,
Félix!«, flüstert sie nur für sie beide und betrachtet dankbar den granatfarbenen Schal mit Kaschmirmustern und dann Irène, die Schwester, die
sie auf Anhieb lieb gewinnt, vor allem weil sie das
getreue weibliche Ebenbild von Félix ist, bis auf
ihr Haar, das nicht so struppig und nicht ganz so
weiß ist.

»Entschuldigen Sie diese ... dieses ...«, stottert Marthe.

»Aber ich bitte Sie ..., das kommt bestimmt
von der Hitze. Wissen Sie, Marthe, mir macht sie
auch schwer zu schaffen ... Sie gestatten doch,
dass ich Sie Marthe nenne? ... Félix hat mir so
viel von Ihnen erzählt, dass ich den Eindruck
habe, Sie bereits zu kennen!«

»So?«

Sie errötet ... Zum Glück bringt Valentin
einen eisgekühlten Zitronensaft. Diese Runde
geht auf seine Rechnung ...

Marthe erinnert sich mit einer Genauigkeit,

die sie selbst erschüttert, an ihren ersten Zitronensaft auf der Terrasse eines Cafés, den Zitronensaft, den ihr der Vater spendiert hat, als er ihr ankündigte, dass sie Edmond heiraten würde. Die Ankündigung war kurz, herb und kühl wie das Getränk, ohne jeden Raum für Auflehnung oder Erschütterung. Auch an jenem Tag war es sehr heiß gewesen, und damals wusste sie noch nicht, dass sie die Klatschmohnbluse zum letzten Mal trug ...

Jedes Mal wenn sie an Edmond zurückdenkt, scheint Félix das zu spüren. Dann ergreift er schnell Marthes Hand, als wolle er sie von diesen melancholischen Pfaden abbringen, auf denen die Erinnerung noch immer ins Stolpern gerät.

Er hat also ihre Hand ergriffen. Sie hat sie ihm auch in Anwesenheit von Irène überlassen, die die beiden liebevoll betrachtet.

»Ich habe Ihnen also einen Schrecken eingejagt?«, sagt er mit leiser Stimme, während er sich zu ihr herüberbeugt.

Sie antwortet nicht gleich. In Gedanken sieht sie sich wieder auf dem Gehsteig, versteinert. Sieht sich wieder verraten, ausgeschlossen und vor allem so alt, so furchtbar alt.

Sie spürt Félix' Hand, fest und drängend wie die Frage. Diese Hand, die sie gespalten hat und die sie für immer verloren geglaubt hat.

Marthe ist vor Rührung den Tränen nahe.

»Ich glaube, ich habe mir vor allem selbst einen Schrecken eingejagt ...«

Und da Félix sie verständnislos anblickt, fügt sie mit einem flüchtigen Hauch, der einem Kuss ähnelt, hinzu: »Ich erkläre Ihnen das später ...«

Und auf einmal ist sie wieder mit dem Zitronensaft, mit dem Leben versöhnt.

Der Hund, der sich mit überschwänglicher Zärtlichkeit auf ihren Füßen ausgestreckt hat, wärmt sie ein bisschen zu sehr, doch ihr Kopf ist kühl und klar.

Die beiden Geschwister haben an allem ihren Spaß, vergnügen sich mit fast kindlicher Freude.

Marthe sagt sich, dass ihr ein Bruder gefehlt hat, um sich gegen Edmond zu wehren und sie für die Langeweile zu entschädigen. Als das Lachen kurz verebbt, denkt sie an das, was sie gerade erlebt hat: ihre Eifersucht, ihren Verdacht. Sie hat den Eindruck, sie hätte daran sterben können.

Bevor sie sich der allgemeinen Fröhlichkeit anschließt und in das Lachen von Félix und dessen Schwester einfällt, sagt sie sich, wenn Alter nicht vor Liebe schützt, dann kann es auch vor Eifersucht nicht schützen, aber dass sie, wenn sie die Wahl hätte, es bei weitem vorziehen würde, vor Liebe zu sterben!

Die Inszenierung ist sorgfältig einstudiert worden. Félix wird sich also erst am späten Nachmittag der versammelten Runde anschließen, so natürlich wie möglich, als käme er zufällig durchs Viertel.

Nach reiflicher Überlegung ist auf einen feierlichen Empfang an der sonntäglichen Kaffeetafel und vor allem auf eine allzu »eheliche« Version verzichtet worden, die bedeutet hätte, dass Marthe und Félix gemeinsam die ganze Familie an der Wohnungstür empfangen hätten.

Marthe hat kaum geschlafen. Sie hat sich drei alte Riesenkreuzworträtsel, die sie zufällig unter dem Küchenhocker entdeckt hat, noch einmal vorgenommen, hat vier Baumwollstrümpfe gestopft, fünfmal den *Barbier von Sevilla* gehört, die Tischwäsche wieder und wieder überprüft und sich schließlich für die weiße Spitzendecke entschieden, die noch aus der Aussteuer ihrer Mutter stammt. Ihre Mutter ... Noch nie hat sie Marthe so gefehlt. Denn wem soll man den Auserwählten des Herzens vorstellen, wenn nicht seiner Mutter? In wessen Arme sich schmiegen und wem, wenn nicht ihr, dieses so späte jugendliche Geheimnis anvertrauen?

233

Und wieder das Gefühl, die Welt stehe Kopf. Und die Widersprüchlichkeit, die vertauschten Rollen, denn heute sind ihre Kinder die Vertrauten, die Urteilenden, die möglichen Richter ...

Der Countdown auf der Küchenuhr hat begonnen. Die Ziffer Vier, die Kaffeezeit, wird das Schicksal Marthes, das Schicksal der beiden besiegeln. Auf einer Wanduhr, so sagt sie sich, gibt es immer eine Ziffer, die das Schicksal eines jeden prägt ...

Das Klingeln des Telefons lässt sie zusammenzucken. Das kann nur er sein. Er ist es.

Seine Stimme klingt nicht so wie sonst, als er Marthe fragt, ob sie gut geschlafen habe, eine Stimme, der man nur zu deutlich anmerkt, dass auch er eine schlaflose Nacht verbracht hat ...

»Ich wollte Sie etwas fragen, Marthe ... Was meinen Sie, welches Halstuch soll ich ... ich meine ... welche Farbe ...?«

Marthe ist völlig verwirrt. Noch nie hat Félix ihr eine solche Frage gestellt. Sind die Halstücher, die Schals und die Art, wie er sie knüpft oder löst, nicht über jeden Zweifel erhaben, ebenso selbstverständlich wie sein Dasein?

Marthe lächelt. Lächelt dem zu, der fragt. Lächelt der zu, die antworten muss. Der gemeinsamen Furcht dieser beiden Herzen, die der gleiche Uhrzeiger beunruhigt. Doch aufgrund der Verlobungsdecke ihrer Mutter erwidert sie fast ohne zu zögern: »Das weiße Halstuch, Félix! Das weiße ist genau das richtige!«

»Ja? Das habe ich auch gedacht ...« Er hält einen Augenblick inne. »Und dann wollte ich Sie noch fragen ...«

»Der Hund? Aber natürlich, bringen Sie den Hund mit! Die Kinder werden entzückt sein!«

Diesmal merkt sie, wie er lächelt, bevor er aufhängt. Das »Auf Wiedersehen« klingt wie Glockengeläut ...

Jetzt ist die Tafel bereit. Eine festliche Tafel in glitzerndem Weiß.

Marthe bewundert sie, wenn auch ein wenig eingeschüchtert von dem Gedanken, dass sie es gewagt hat, die Verlobungsdecke zu nehmen.

In der vergangenen Nacht hat sie mit weit geöffneten Augen, den Blick auf sich selbst gerichtet, lange über ihren Seelenzustand nachgedacht. Geleitet von der Klatschmohnfrau, die von nun an Marthes Streifzüge der Liebe erhellt, ist sie wieder einmal durch die Vergangenheit gewandert, von einer Marthe zur anderen, hat vor allem lange bei dem jungen Mädchen, dem Mädchen in Rot, verweilt. Dieses Mädchen ist jetzt ihre engste Gefährtin, die sie endlich wieder getroffen hat, nachdem Edmond sie so viele Jahre lang getrennt hat. Edmond, der Farblose, der eintönige Edmond ...

Mit weit geöffneten Augen hat sie auch ihre Eifersucht noch einmal erlebt, aber nicht mehr wie eine Gefahr, eine Bedrohung, sondern im Gegenteil wie eine heftige, belebende Liebeswut. Lauthals lachend hat sie entdeckt, dass sie dank der unschuldigen Irène, wie man sagt, rotgesehen hat. Dank Irène weiß sie nun, dass ihr in Zukunft die Farbe der Dinge nie wieder entgehen wird.

Dass sie fast daran gestorben ist rotzusehen, hat die Liebe noch um einen Grad gesteigert. Und das macht ein wenig schwindlig, wie die Schaukel im Jardin du Luxembourg, als die blau gefrorenen Beine vor Kälte, vor Angst und vor Wut über diese Angst gezittert haben. Marthe weiß keinen Namen für diese um einen Grad gesteigerte Liebe.

»Ich habe geglaubt, ich hätte Sie verloren!«, hatte sie noch am selben Abend Félix erklärt. »Ich habe plötzlich so etwas wie eine große Leere empfunden, verstehen Sie?« Félix hatte sich nicht über sie lustig gemacht. Im Gegenteil. »Ich auch, Marthe. Auch ich habe geglaubt, ich würde Sie verlieren ...«, hatte er erwidert. Und dann waren sie lange so sitzen geblieben, Hand in Hand, mit wehmütigem Herzen, bis der Portwein, den

Valentin ihnen servierte, sie wieder zum Lachen brachte. Anschließend hatten sie über die Einladung zum Kaffee gesprochen, doch sie wussten beide, dass sie gemeinsam jene Stufe der Liebe erklommen hatten, die jede Unvernunft erlaubt ...

Die festliche Tafel ist bereit. Auch Marthe ist bereit. Sie hat keine Angst mehr, als es an der Tür klingelt. Die linke Hüfte sträubt sich etwas. Aber was bedeutet das schon?

Alle stürmen wie immer mit Körben, Blumen, Ermahnungen und Ausrufen herein. Die kleine Mathilde allen voran, denn sie will der Großmutter als Erste einen Kuss geben. Ein Ansturm von Jugend, Energie, ein Wirbelwind von Gesagtem, nicht Gesagtem, von ziemlich großer Freude, von relativ kleinem Ärger: kurz gesagt, eine Familie.

Marthe verschwindet unter den Päckchen, den Küssen und dem Spielzeug, das für alle Fälle mitgebracht und nie benutzt wird.

Noch bevor sich die Sippe niederlässt, hat Mathilde schon alle Zimmer inspiziert. Sie rennt zu ihrer Mutter zurück, die gerade die Mäntel an der Garderobe im Eingang aufhängt: »Ist er nicht da?«, trompetet sie.

»Wer?«, fragt Céline, ohne nachzudenken.

»Äh ... der Monsieur!«

In der Stille, der darauf folgenden verlegenen

Stille, die durch den plötzlichen Satz ihres Herzens verstärkt wird, hört Marthe, wie sie die Worte ausspricht, die sie sich seit dem Vormittag zurechtgelegt hat und denen sie möglichst wenig Gewicht zu geben sucht:

»Er kommt nachher, mein Schatz ... Der Monsieur ... (Sie hat Mühe, das Wort auszusprechen) ... der Monsieur kommt ein bisschen später ...«

Die Enkel sind also auf dem Laufenden ... Das ist vielleicht besser so, denkt Marthe und fragt sich, ob sie schon jetzt klarstellen soll, dass der »Monsieur« Félix heißt, oder ob sie damit warten soll, bis er da ist. Zum Glück ersparen ihr die durstigen Jungen diese heikle Erklärung. Die Cola hat doch etwas für sich, sagt sie sich, während sie mit Thierry und Vincent in die Küche geht. Die beiden Jungen nutzen die Gelegenheit, um ihrer Großmutter anzuvertrauen, dass sie in dieser Woche nicht genug für die Schule getan haben. Ihnen wäre es lieber, wenn das Thema nicht angesprochen würde. Sie verspricht es, natürlich ...

Die festliche Tafel löst allgemeines Entzücken aus. Während Lise den Schokoladenkuchen holt, stellt Céline den Strauß Rosen in die Kristallvase und bewundert mit Kennerblick die weiße Spitzendecke.

»Ist das nicht die Decke von Großmutter Louise?«, fragt sie, denn sie besitzt ein Gespür für Tischwäsche, das schon fast an Eingebung grenzt.

Natürlich merkt Marthe, wie sie errötet.

»Doch, doch ...«, erwidert sie. »Das ist ihre ... Verlobungsdecke ... Die bekommst du eines Tages, mein Schatz.«

»Ach, weißt du, ich und eine Verlobung ...«, entgegnet Céline ein bisschen verbittert ...

Die Kaffeetafel findet Anklang. Lises Schokoladenkuchen ist noch besser gelungen als beim letzten Mal. Die Unterhaltung angeregt. Der Kaffee vorzüglich. Die Enkel vergnügt wie nie. Selbst Céline entspannt sich, und der traurige Schatten in ihren Augen verliert sich beim Anblick der Kinder, die mit einem Konzert obszöner Geräusche die letzten Tropfen Cola mit dem Strohhalm schlürfen und lachend in ihre Gläser prusten.

Doch trotz dieser ungeheuchelten Freude liegt etwas Undefinierbares in der Luft, das diese sonntägliche Kaffeetafel von den anderen unterscheidet. Eine gewisse Erwartung schwebt im Raum, etwas Unausgesprochenes, das alle die ganze Zeit zu beschäftigen scheint. Marthe, noch ungeduldiger als die anderen, spürt dies nur zu gut, denn sie ist zugleich da und nicht da, verfolgt aufmerksamer denn je, was geschieht, und ist dennoch in Gedanken woanders, denkt an das,

was kommen, was geschehen wird, wartet angespannt auf Félix' Ankunft, auf das heftige Schwanken, das sein Kommen zwangsläufig in diesem
Boot, in dieser ruhigen Familie auslösen wird, die
so fest in der Normalität der Dinge verankert ist.

Mathilde gelingt es, die allgemeine Aufmerksamkeit auf sich zu lenken.

Sie hat natürlich gleich Rosinas Stola mit den
roten Fransen erspäht und gibt darin eine un-
nachahmliche Zigeunerin ab, die sich quietsch-
vergnügt vor dem Tisch im Kreis dreht.

Marthe betrachtet gerührt ihre als Glücksengel
verkleidete Enkelin. Von diesem feurigen Kobold
steckt auch etwas in ihr: Es ist die Flamme, die
sich unter dem braven Kleid aus Kreppseide verbirgt ...

Es klingelt. Das kann nur er sein. Er ist es.

Alle Augen sind auf Marthe gerichtet, alle
Blicke gespannt.

Aufstehen, sich gerade halten – möglichst unbekümmert, wie Félix, der zufällig durchs Viertel
kommt.

Mathilde stürzt los. Sie erreicht als Erste die
Wohnungstür und reißt sie weit auf.

»Oh!«, sagt Félix, der nicht damit gerechnet
hatte, seine Stola, verziert mit blonden Locken
und in dieser Entfernung vom Boden, zu sehen.

»Oh!«, sagt die kleine Mathilde, die nicht damit

gerechnet hatte, einen alten Herrn in Begleitung eines langhaarigen Hundes mit struppigem Fell zu sehen.

Félix trägt ein weißes Halstuch, das Marthe noch nie gesehen hat, und unter dem Arm eine Zeichenmappe. Durch die ungewohnte Situation, den Biss der Angst, die Anwesenheit aller, die nebenan warten, hat Marthe im Übrigen den Eindruck, Félix zum ersten Mal zu sehen. Sie findet ihn schön, schön in seinem weißen Halstuch aus der gleichen Seide wie sein Haar.

Mathilde, die sich plötzlich mehr für den Hund als für den Monsieur interessiert, lässt sich in den Arm nehmen.

»Wie heißt er?«, fragt sie liebevoll.

»Hund. Wir nennen ihn den Hund. Und ich heiße Félix!«

Marthe bemerkt, dass er nicht »stets zu Ihren Diensten« hinzugefügt hat. Der ergebene Ritter ist er nur für sie, für sie allein.

Mathilde und der Hund sind schon Arm in Pfote, Pfote in Arm davongelaufen.

Félix ergreift Marthes Hand. Auf jeden Finger drückt er einen Liebeskuss. Das tut er, seit Marthe nicht mehr geschlossen ist. Die Geste eines stürmischen jungen Mannes, die sie rührt, weil er nicht mehr jung ist und ihre Finger steif von der Arbeit und der Langeweile von einst sind.

Jeder Kuss ist eine Huldigung, jeder Kuss eine kleine Welle, die den Strand, ihren Strand umspült. Dass man auf Félix wartet, auf sie beide wartet, ist kein Grund, auf das Ritual zu verzichten.

»Sie sind alle da . . .«, sagt Marthe, da ihr nichts Besseres einfällt.

Ein »historischer« Auftritt. So empfindet Marthe diese Szene und wird sie immer wieder so empfinden, vermutlich weil ihr das Kunststück gelingt, einen kühlen Kopf zu bewahren, aber vor allem, weil Félix die Kunst des Protokolls meisterhaft beherrscht.

Marthe bewundert verblüfft, wie er Komplimente zu machen versteht und mit der angeborenen Ungezwungenheit eines perfekten Grandseigneurs für jeden das passende Wort findet. Wäre sie nicht schon in ihn verliebt gewesen, auf der Stelle wäre sie genau wie Céline, Paul, Lise, Thierry und Vincent, die starr vor Staunen sind, nach dieser Begrüßungsrunde seinem Charme erlegen.

Thierry und Vincent streiten sich um die Ehre, einen Stuhl für ihn zu holen. Lise und Céline darum, Félix den Platz an ihrer Seite anzubieten. Und obwohl sich Paul ein wenig zurückhaltender zeigt, ist auch er von ihm angetan, das sieht Marthe nur zu gut daran, wie er an seiner Zigarette zieht und dabei schamhaft dem Blick seiner Mutter auszuweichen sucht.

Nach zehn Minuten lachen die jungen Frauen aus vollem Hals. Félix isst das letzte Stück des Schokoladenkuchens auf. Paul kocht eine weitere Kanne Kaffee.

Und die Kinder tollen mit dem Hund umher, der sichtlich wieder zu Kräften gekommen ist, seit Mathilde ihm die goldene Haarschleife ihrer Puppe um den Hals gebunden hat. Marthe hat das Gefühl, als habe Félix schon immer so im Kreis ihrer Familie gesessen und mühelos, allein durch seine Anwesenheit, für glückliche Gesichter gesorgt.

All ihre Ängste sind verflogen. Stattdessen überkommt sie ein Gefühl des Friedens und sogar der Dankbarkeit. Und Félix mit den anderen zu teilen erfüllt sie, wie sie sich eingesteht, mit großer Freude. Es ist, als könne sie endlich all die unversöhnbaren Marthes ihres Lebens miteinander versöhnen.

Von Zeit zu Zeit wendet er sich ihr zu. Ihre Herzen schlagen im Einklang wie in der Oper, zu der Musik, die nur sie kennen, wie am ersten Nachmittag, als er sie inmitten der Klatschmohnblüten erweckt hat. Sie liebt es, wenn Félix stolz ist.

Lise fragt, was sich in der Zeichenmappe verbirgt.

Félix zeigt die Rötelzeichnungen, für die Marthe ihm allein als Modell gedient hat. Céline und Paul prusten los. Man hat das Gefühl, sie sähen, sie entdeckten ihre Mutter zum ersten Mal. Sie wirken ein wenig verlegen, irgendwie schuldbewusst.

In die darauf folgende Stille ertönt, gebieterisch und zerbrechlich zugleich, Célines Stimme, in kindlich klagendem Ton: »Félix, würden Sie auch von mir ein Porträt malen?«

Félix blickt Marthe an, die Félix anblickt: Die Antwort ist natürlich ja.

»Mit Vergnügen, meine liebe Céline«, erwidert er.

Der Gedanke an den untreuen Ehemann kommt ihnen allen, und ganz besonders Marthe, in den Sinn. Jetzt ist sie verlegen, fühlt sich ihrer Tochter gegenüber ein wenig schuldbewusst. Seit Félix ihr Dasein erfüllt, seit sie Stufe um Stufe die Liebesleiter erklimmt, ist Céline oft zu ihr gekommen, hat sie traurig gestimmt und ihr so manchen Seufzer entlockt.

Oft überschattet der Gedanke, dass ihre Tochter keine Liebe mehr in ihrem Leben kennt, ihr eigenes Glück. Sie macht sich außerdem Vorwürfe, dass sie sich vielleicht an dem Tag, als sie gemeinsam die neuen Vorhänge und die Tagesdecke für ihr Schlafzimmer genäht haben, nicht taktvoll genug gezeigt hat. Célines Ungeschicklichkeit ist keine Entschuldigung für Marthes Selbstgefälligkeit! Als sei die Tatsache, geliebt zu werden, ein Grund, sich zu rühmen! Marthe weiß inzwischen nur zu gut, dass sich Liebe weder erzwingen noch zurückweisen lässt ...

Marthe hätte wieder steinerweichend geseufzt, wenn nicht Mathilde mit dem Hund an der Leine, der an dem goldenen Halsband fast erstickt, für Ablenkung gesorgt hätte: »Sag, schenkst du mir den Hund?«, fragt sie bettelnd.

»Am besten fragst du ihn selbst, ob er damit einverstanden ist!«, schlägt Félix vor und zieht das kleine Weibsbild, den kleinen Fratz an sich.

Ohne den Hund loszulassen, klettert die kleine Mathilde auf Félix' Schoß.

Alle lassen sich von der zeitlosen Szene des alten Mannes, den ein kleines Mädchen in Rührung versetzt, gefangen nehmen, und wieder hat Marthe das Gefühl, sie habe ihn schon immer dort mit der kleinen Mathilde im Arm gesehen, ihrer kleinen Mathilde. Es kommt ihr auf einmal so einfach, so selbstverständlich vor, gleichzeitig Mutter, Großmutter und Geliebte zu sein ...

»Das sagt er mir doch nie«, stottert das Kind, enttäuscht von Félix' Vorschlag.

Der Hund hat sich völlig außer Atem unter dem Tisch auf die Füße seines Herrn gelegt. Er ist das Spielen, das Umherrennen leid.

Die Kleine ist ebenso erschöpft wie der Hund. Auch sie könnte jetzt in Rosinas, in Rossinis Stola einschlafen.

Doch so leicht lässt sich der kleine Teufel der Ablenkung nicht besiegen, denn plötzlich richtet sich Mathilde hellwach vor der versammelten Tafelrunde auf, die sich kaum von der Aufregung erholt hat, und laut und deutlich, jedes Wort betonend, fragt sie: »Sag mal, Großmama, ist Félix dein Verlobter?«

Marthe ist nie sehr schlagfertig gewesen, besonders nicht dann, wenn ihr etwas nahe geht. Allerdings hat auch das Zusammenleben mit Edmond nicht gerade dazu beigetragen, diese kleine Schwäche zu überwinden. Sie weiß, dass sie keine passende Antwort, noch dazu vor versammelter Gesellschaft, parat hat. Außerdem wäre es mit einer raschen Antwort nicht getan, denn die Frage ihrer Enkelin hat die Wirkung eines Erdbebens.

Und wieder einmal ist Félix der Mann, der der Grund für die Röte ist: Marthe spürt, wie sich das Feuer auf ihren Wangen ausbreitet, wie ihr Gesicht glüht.

Während dieser endlosen Sekunden geht sie in Gedanken die Tischrunde durch. Sie sieht niemanden, der ihr helfen könnte, nicht einmal Lise, die Mutige, und erst recht nicht Félix, auf den die

Frage gemünzt ist und den Marthe aus Angst, ihn mit sich in die Katastrophe ihrer eigenen Erregung zu ziehen, nicht einmal anzublicken wagt.

Sie starrt verzweifelt auf die weiße Spitzendecke, die Verlobungsdecke ihrer Mutter Louise. Ihre Mutter, ja, ihre Mutter hätte sicher eine taktvolle Antwort gefunden ...

Und die Antwort kommt aus einer völlig unerwarteten Ecke, gebieterisch und zerbrechlich zugleich, aber ohne den kindlich klagenden Ton: »Natürlich ist er ihr Verlobter, mein Schatz, was denn wohl sonst? ...«

Marthe hebt den Kopf und blickt ihre Tochter an. Es kommt ihr vor, als habe sie Céline noch nie so lächeln sehen: wie nur eine Frau einer anderen Frau zulächeln kann.

Mathilde schläft, eingehüllt in Rosinas Stola, wie ein Murmeltier auf Félix' Schoß: Sie hat nicht einmal die Antwort abgewartet ...

Seit Marthe die Erlaubnis erhalten hat, zu lieben und geliebt zu werden, hat sie alle Hemmungen verloren. Der Rest an Schüchternheit, der noch geblieben war, hat sich verflüchtigt. Marthe ist eroberungslustig geworden oder besser: ungeniert.

Bei Célines Kehrtwende ist es geblieben.

Paul dagegen ist zurückhaltender geworden. Marthe stellt sich vor, dass er hin- und hergerissen ist zwischen der Freude darüber, seine Mutter glücklich zu wissen, und der Verlegenheit über das, was er wohl trotz allem als etwas Unschickliches betrachten dürfte. Er zieht sich mit Humor aus der Affäre.

»Na, immer noch die große Leidenschaft mit Félix?«, hat er erst heute Morgen gefragt. Marthe ist ihm nicht böse. Denn dank dieser scherzhaften Bemerkung hat sie sich von nun an das Wort angeeignet, das ihr bisher fehlte, den Namen für die um einen Grad gesteigerte Liebe, jene Stufe der Liebe, die Unvernunft erlaubt: »Leidenschaft«. Natürlich, die Leidenschaft! ... So öffnet ihr Sohn ihr gewissermaßen zum zweiten Mal die Augen, was den Zustand ihres Herzens angeht. Wenn er das wüsste ...

Auch in den »Trois Canons« bleiben Marthe und Félix nicht unbemerkt. In ihrer Ecke der Terrasse macht ihnen niemand den Rang streitig.

Nachdem Marthe den größten Teil ihres Lebens im Schatten des Vaters, des Mannes, der Kinder verbracht hat, ist sie endlich ins Licht getreten. Sie hat das Gefühl, sichtbar zu sein, so, als könne sie sich, erleuchtet von ihrem eigenen Glanz, umflutet von ihrem eigenen Licht, von außen sehen. Als sie das völlig unbefangen Félix erzählt, und zwar mit Worten, die sie zum ersten Mal zu verwenden glaubt (denn Worte hängen nicht nur vom Vokabular, sondern auch von der Gelegenheit ab, wie sie feststellen muss), lacht er und holt sogleich sein Zeichenheft hervor, um diese Marthe, die all das mit ganz neuen Worten erklärt, mit dem Kohlestift festzuhalten.

Valentin ist es zu verdanken, dass nach dem Portwein oft ein leichtes Essen voller Überraschungen und origineller Einfälle nach Art der andalusischen Tapas serviert wird. Und so hat Marthe, angeregt vom mitreißenden Eifer ihres Kellners, ihren Appetit wieder gefunden und macht sich munter über die Wurst aus Lyon, die marinierten Heringe und den Kartoffelsalat her.

Sie kann sich beim besten Willen nicht mehr daran erinnern, wie ihre letzte Gemüsesuppe geschmeckt hat. Hunger zu verspüren ist für sie,

die Essen immer nur als lästige Pflicht betrachtet
hat, eine solch außerordentliche Empfindung,
dass sie den Hunger manchmal mit einem Seiten-
stich oder einem beginnenden Bruchleiden ver-
wechselt – Überbleibsel aus der Zeit, als sie noch
aus Furcht vor einem Gebrechen oder einer möglichen Krankheit, die ihr als Abwechslung der
Routine des Alltags im Grunde vielleicht sogar
willkommen war, auf jedes ungewohnte Geräusch in ihrem Körper horchte ...

Abends vor dem Schlafengehen greift Marthe
aus all den Momenten, die sie mit Félix verlebt
hat, eine seiner Gesten oder Bemerkungen heraus, die ihr besonders nahe gegangen ist oder sie
bewegt hat. Das ist ihr Abendtrunk, ihr Blütentee
mit Klatschmohngeschmack.

Was die Nacht angeht, so haben sie es noch
nicht gewagt. Noch nicht gewagt, sie gemeinsam
zu verbringen. Eine Nacht ist keine Kleinigkeit.
In der Nacht holt die Zeit einen wieder ein, und
die alten Gewohnheiten bringen die Beschwer-
den des Alters wieder in Erinnerung. Die Abhängigkeit von den Medikamenten, die schlafstö-
rende Hüfte, das aufgelöste Haar, all das bereitet
Schwierigkeiten. Marthe zieht es vor, Félix all
diese kleinen Kümmernisse nicht zu zeigen.

Nachmittags ist es etwas anderes. Nachmittags
lassen sich ihre nackten alten Körper im gedämpf-

ten Licht des Klatschmohns leichter vergessen. Die Hinfälligkeit wird zu Sanftheit, die Hüfte zu Zärtlichkeit. Marthe lässt das Haar zum Knoten gesteckt, Félix behält seine ritterliche Miene, und die Flut nimmt sich willig ihrer an, steigend und fallend, während der Hund auf seinem Kissen schläft, die Schnauze zwischen den Pfoten.

Es wird immer schwieriger, den Hund aus dem Schlaf zu holen. Gestern Abend hat er es vorgezogen, im Atelier zu bleiben, statt sie in die »Trois Canons« zu begleiten. Marthe hat übrigens beim Aufwachen an ihn gedacht, kurz bevor ihr Sohn sie anrief und ihr ungewollt das Wort »Leidenschaft« geschenkt hat.

Schon wieder klingelt das Telefon.

»Marthe!« Félix' Stimme ist völlig verändert. Eine Stimme, die jede Farbe verloren hat.

»Marthe!«, sagt er noch einmal mit der gleichen seltsamen Stimme, als könne er mehr nicht sagen und hoffe, sie werde verstehen.

Und sie versteht.

»Der Hund?«

»Ja.«

»Wann?«

»Heute Nacht.«

»Ich komme!«

Während Marthe zu Félix geht, schön im Takt, mit sanftem Wiegen des Körpers und wohl bemessenem Druck des Fußes auf den Gehweg, die kleine Handtasche aus Leder an sich gedrückt, versucht sie an nichts zu denken, nicht an den lebenden und erst recht nicht an den toten Hund. Sie übt sich im Lächeln. Das Lächeln wird Félix brauchen, auch wenn es nur ein trauriges Lächeln ist.

Ehe sie an der Tür schellt, noch schnell einen Seufzer, einer jener Seufzer, die der Seele Kraft verleihen.

Er öffnet, trägt kein Halstuch. Das Haar fällt ihm in Strähnen über die Augen.

Nicht einfach, diesem verwirrten Blick zwischen den weißen Strähnen zuzulächeln.

»Wo ist er?«, fragt Marthe.

»Auf dem Sofa ...«

Der Hund liegt mit der Schnauze zwischen den Pfoten auf einem Kissen. So schläft er gewöhnlich ein, wenn er zufrieden ist.

»Sie haben Recht, Marthe, er sieht aus, als schlafe er. Er hat nicht gelitten«, sagt Félix mit einer Stimme, die wieder etwas Farbe bekommt.

Marthe hat die Hand auf die Schnauze gelegt. An dieser Stelle lässt sich der Hund besonders gern streicheln und bebt vor Dankbarkeit, ehe er ihr das Handgelenk leckt.

Die Geste wiederholen, für das Ritual.

Dann legt sich Marthe mit dem Hund zu ihren

Füßen auf das Sofa – in der Stellung des »Porträts mit Muscheln«, wie sie es jetzt nennen; das Bild lehnt zum Trocknen an der Wand. Félix setzt sich ihnen gegenüber neben seine Staffelei.

In dem neuen Bild, das sie so abgeben, sieht der Hund lebendig aus.

Lange unterhalten sie sich. Lange schweigen sie.

Félix' Schmerz folgt dem Bogen der Sonne, steigt steil an bis zum Zenit und fällt dann wieder ab. Marthe begleitet diesen Bogen mit Worten oder Schweigen.

Félix leiden zu sehen, mit ihm bis auf die Gipfel des Schluchzens zu steigen, bedeutet, noch eine Stufe auf der Liebesleiter zu erklimmen.

Félix erzählt von dem Hund. Erzählt dabei von sich.

Mit diesen Worten zieht ein langer Lebensabschnitt vorüber, denn der Hund und der Mann haben das gleiche Alter. Sie sind achtzig. Damit lüftet sich für Marthe ein wenig der Schleier des Geheimnisses, das Félix umgibt.

Bald wird die Sonne verschwinden. Der Schmerz möchte es ihr gleichtun. Félix und Marthe haben sich nicht gerührt.

Schließlich richtet sich Félix auf und sagt: »Wie wär's mit einem Glas Portwein, Marthe?«

»Das dürfte genau das Richtige sein.«

Als sie die Tür hinter sich schließen, werfen sie noch einen letzten Blick auf den regungslosen Hund.

Félix geht schwerfällig. Als würde er am Vorwärtskommen gehindert, weil ihm der Hund nicht mehr dauernd vor den Füßen herumläuft. Diesmal stützt er sich auf Marthes Arm. Auf das Halstuch hat er verzichtet ...

Der Portwein, das Klingen der Gläser, gilt heute Abend dem Hund.

Valentin muss wohl etwas bemerkt haben, denn die Tapas häufen sich vor ihnen ...

»Wissen Sie, Marthe«, sagt Félix, »ich glaube, der Hund hat seine letzten glücklichen Stunden erlebt, als wir bei Ihnen zum Kaffee waren.«

»Ich muss sagen, dass Mathilde eine richtige Leidenschaft für den Hund entwickelt hat!«, erwidert Marthe, die mit großer Freude das Wort Leidenschaft verwendet, seit sie es in ihr Vokabular, in ihr Leben aufgenommen hat.

Félix lächelt, zwar traurig, aber immerhin.

Félix heute Abend lächeln zu sehen, bedeutet das, die letzte Stufe auf der Liebesleiter zu erklimmen?

Die Antwort erhält Marthe am nächsten Morgen, als sie in einer Wohnung, die nicht die ihre ist, mit aufgelöstem Haar aufwacht und das ganze Atelier von Kaffeeduft erfüllt ist.

Die Nächte im Atelier und die Nachmittage im Klatschmohnzimmer haben nichts miteinander gemein.

Im Klatschmohnzimmer empfängt Marthe, umgeben von Blumen, Félix. Im Atelier ist sie die Blume, die gepflückt wird.

Am Nachmittag, in ihren eigenen vier Wänden, inmitten ihrer Möbel, ihrer vertrauten Umgebung, verliert sie nie die Beherrschung, auch nicht bei Sturm oder bei hohem Wellengang. Nachts dagegen spielt die Kompassnadel verrückt, und Marthe verliert die Orientierung.

Wenn Marthe nach einer Nacht im Atelier wieder nach Hause geht, wankt sie über die Straße, als sei sie berauscht – und das ist sie vermutlich auch, denn sie kennt sich kaum wieder –, und betritt ihre Wohnung, als sei sie die einer Fremden. Sie braucht mehrere Stunden, um ihr Gleichgewicht wieder zu finden, und hofft, dass keines des Kinder angerufen hat.

Sie hat es nicht gewagt, ihren Kindern – nicht einmal Céline – einzugestehen, dass sie jetzt manchmal die Nacht im Atelier verbringt. »Was zu viel ist, ist zu viel . . .«

Der Tod des Hundes hat in Félix' Augen eine

leise Spur des Kummers hinterlassen, die nur Marthe sehen kann. Aber sonst ist er unternehmungslustiger denn je.

Er lässt sich immer wieder etwas Neues einfallen, schlägt Veranstaltungen vor, die sie besuchen können, Spiele.

Seine Blumensträuße treffen weiterhin regelmäßig bei der Concierge ein, der die nächtlichen Eskapaden nicht entgangen sind.

Félix hat darauf bestanden, selbst mit der kleinen Mathilde wegen des Hundes zu sprechen. Er sagt es ihr am Telefon.

Mathilde schien nicht allzu überrascht zu sein, dass Félix sie anrief. Sie erkundigte sich sofort nach dem Hund: »Und der Hund, wie geht's dem Hund?«

Sichtbar gerührt forderte Félix Marthe mit einer Handbewegung auf, den Lautsprecher anzustellen und mitzuhören, um sich Mut zu machen.

»Also, hör mal zu ... ich muss ... ich wollte dir sagen ... der Hund war sehr alt, weißt du ... Ja, und jetzt ist er gestorben ... er ist tot.«

Mathilde reagiert nicht gleich. Eine Pause entsteht. Félix und Marthe sehen sich an. Dann erwidert die Kleine: »Ist er tot, weil er sehr alt war?«

»Ja, mein Schatz, so ist es.«

»Ja, aber, du bist doch auch sehr alt, und du bist nicht tot!«

Félix und Marthe müssen im gleichen Moment lachen.

»Dann sehe ich den Hund also nicht wieder?«

»Nein, Mathilde, du siehst ihn nicht wieder.«

»Aber dich, dich sehe ich doch wieder?«

»Ja, mich siehst du wieder.«

»Ach so!«, erwidert die Kleine ganz natürlich und legt auf.

Am nächsten Tag erfahren sie von Céline, Mathilde male nur noch Hunde und behaupte, sie werde später »Maler wie der Verlobte von Großmama!«, und sie habe nicht geweint.

Drei Wochen später hat Félix im Scherz Mathildes Bemerkung wieder aufgegriffen und Marthe eine Frage gestellt, die diesmal sie zutiefst rührt: »Da ich nicht tot bin, Marthe, könnten wir doch eine Reise nach Sevilla machen, was halten Sie davon?«

Seitdem ist sie, ängstlich und ungeduldig zugleich, mit den Vorbereitungen beschäftigt.

Sie ist nur einmal mit Edmond verreist. Nach Boulogne-sur-Mer. Sie erinnert sich noch, dass sie furchtbar gefroren hat. Das ist alles.

Vorbereitungen zu treffen bedeutet nicht nur, zu bedenken, was alles in den Koffer gepackt werden muss, in den sie als Erstes die Fransenstola gelegt hat, sondern auch, zurückzudenken, weit zurückzudenken, an die Zeit, als sie noch ein junges Mädchen war und davon träumte, von einem Mann auf einem Pferd entführt zu werden. Der Ritter hat zwar auf sich warten lassen, aber schließlich ist er doch noch gekommen, und heute verlangt er von ihr den absoluten Liebesbeweis: ihre eigenen vier Wände, ihre Möbel, ihre vertraute Umgebung zu verlassen, und nicht nur für eine Nacht, sondern vermutlich für ein ganzes Leben, auch wenn sich dieses Leben schon dem Ende zuneigt, oder vielleicht gerade deswegen.

Vorbereitungen zu treffen bedeutet, die Tage bis zur Abreise zu zählen. Zuzusehen, wie sich der Taschenkalender aus rotem Saffian, in dem sie ihre Eindrücke von dem nahenden Ereignis festhält, mit immer größerer Aufregung füllt. Es bedeutet, ihre Kinder, ihre Enkelkinder anders zu betrachten, sich an ihnen zu erfreuen, als müsse sie ihre Familie für immer verlassen, obwohl Marthe keinen Augenblick daran zweifelt, sie wieder zu sehen.

Die Kinder haben die Idee dieser Reise mit Wohlwollen aufgenommen. Aber Paul konnte nicht umhin, Félix anzurufen, um sich nach allen Einzelheiten zu erkundigen und ihm nebenbei ein paar Ratschläge zu erteilen, die Félix »wunderbar väterlich« fand.

Vorgestern ist Lise überraschend vorbeigekommen – zum Glück war Marthe zu Hause –, um sie auf ein Kleid aufmerksam zu machen, das, wie sie sagte, »für Sevilla perfekt« sei und, wie sie hinzufügte, »etwas sommerlicher ist als das Kleid aus blauem Seidenkrepp« . . .

Noch am selben Nachmittag ging Marthe zu Fuß, auch wenn es ziemlich weit war, zu dem Geschäft in der Nähe der Seine, von dem ihre liebenswerte Schwiegertochter erzählt hatte.

Das Kleid war tatsächlich im Schaufenster.

Als Marthe es sah, hatte sie den Eindruck, es warte auf sie oder gehöre ihr bereits. Die roten Motive auf cremefarbenem Untergrund erinnerten, wenn auch in etwas diskreterer Form, an die Vorhänge ihres Schlafzimmers und die Tagesdecke. Lise hatte sich nicht geirrt.

Marthe brannte darauf, das Kleid anzuprobieren. Die Verkäuferin war reizend und widmete sich voller Aufmerksamkeit dieser alten Dame, die genüsslich über eine Reise nach Spanien und einen gewissen Félix sprach.

Wann hatte sich Marthe zum letzten Mal ein Kleid gekauft? Dieses saß auf jeden Fall wie angegossen. Ein leichter Stoff. Die ideale Länge.

»Wollen Sie es anbehalten?«, fragte die Verkäuferin und fügte hinzu: »Es steht Ihnen ausgezeichnet!«

Marthe zögerte. Sie war wenig später in den »Trois Canons« verabredet, und es war heiß, aber sich einfach so von ihrem Kleid aus Kreppseide trennen ...?

Sie stimmte schließlich zu und ließ sich überreden, auch noch eine zum Kleid passende kleine Handtasche aus cremefarbenem Leder sowie ein Paar leichte Leinenschuhe und einen Strohhut in der gleichen Farbe zu kaufen.

Als Marthe unter dem wohlwollenden Blick der Verkäuferin das Geschäft verließ, bekam sie plötzlich einen furchtbaren Schreck: »Ob das Kleid Félix gefällt?«, fragte sie sich mit einer ihr unbekannten Mischung aus Entsetzen und Freude. Die Hüfte, die sich plötzlich meldete, schien ihr die gleiche entscheidende Frage zu stellen.

Sie beschloss, mit dem Taxi nach Hause zu fahren ...

Wenn sie daran zurückdenkt, was anschließend geschehen ist, überkommt sie ein seltsames Gefühl.

Als sie sich ins Taxi setzte, sah sie auf der anderen Straßenseite eine Frau aus dem Autobus steigen, an deren Gesichtsausdruck und der irgendwie herausfordernden Haltung Marthe die Klatschmohnfrau wieder zu erkennen glaubte, sie hätte es beschwören können, wenn diese Frau nicht einen straffen Knoten und ein Kleid aus blauer Kreppseide getragen hätte, das im Übrigen auf seltsame Weise dem Kleid glich, das Marthe gerade abgelegt hatte.

Es war nur ein flüchtiger Anblick, doch Marthe war ganz verwirrt ...

In den »Trois Canons« erregte Marthe abends geradezu Aufsehen. Sie fragte sich sogar, ob Félix, der sichtlich beeindruckt war, nicht ein wenig errötete, als er sie an ihrem Tisch begrüßte. Das war nur der gerechte Ausgleich.

Jetzt ist »der große Tag« da. So hat Marthe den 5. Juni in ihrem Notizbuch aus Saffian bezeichnet, das gut in ihre kleine Handtasche aus cremefarbenem Leder passt.

Komisch, der Nachtzug nach Sevilla fährt um sieben Uhr ab, genau um die Zeit, zu der sie sich sonst in den »Trois Canons« treffen ...

Paul, Céline und die kleine Mathilde haben darauf bestanden, die beiden an den Zug zu begleiten.

Marthe schließt Céline, Paul und dann Mathilde ganz fest in die Arme.

»Du siehst glänzend aus in diesem Kleid, Mama! ... Diese Farben stehen dir wunderbar!« »Pass gut auf dich auf, Mama! Hast du auch all deine Medikamente eingepackt?« »Bringst du mir etwas mit, Großmama?«

Mit immer schwächer werdender Stimme sagt
sie zu jedem: »Ja! Ja!«, ehe sie auf Félix' Arm
gestützt in den Schlafwagen steigt ...

Jetzt beugen sie sich aus dem Fenster. Sie werfen den Zurückbleibenden Kusshände zu wie im
Film oder in Büchern mit Happy End. Félix trägt
den granatfarbenen Schal mit Kaschmirmustern.

Der Pfiff zur Abfahrt ist schrill, ist vollkommen.

Marthe legt die Hand aufs Herz: Das Pochen
übertönt den Lärm des Bahnhofs.

Jetzt ist es so weit. Der Zug fährt an.

Der Augenblick ist ebenso vollkommen wie der
schrille Pfiff. Sie kosten dieses reine Gefühl aus,
so lange es geht.

Dann sagt Félix munter: »Meine liebe Marthe,
wie wär's ...«

»... mit einem Glas Portwein vielleicht?«

Bei Félix' Lächeln wird sie rot, rot wie Klatschmohn.

Das Sonnenblumenmädchen

Mathilde sitzt im Zug.

Mit spitzen Lippen und an die Scheibe gedrückter Stirn haucht sie gegen das Fenster. Ihr warmer Atem verdunstet auf der Scheibe, hinter der noch endlose grüne Flächen vorüberziehen.

So viel Grün ist verwirrend.

So hat sie sich den Sommer nicht vorgestellt, ohne das Meer, das auf sie wartet, und ohne Sand überall – in den Sandalen, auf den mit Marmelade gefüllten Krapfen, die zwischen den Zähnen knirschen.

So hat sie sich die großen Ferien nicht vorgestellt – ohne Krebse in den Wasserlachen und ohne Drachen, die wie Schmetterlinge am Himmel flattern.

Zwischen zwei gehauchten Kreisen erfüllt sie das funkelnde Gelb der Butterblumen manchmal mit einer falschen Hoffnung. Die Butterblumen wachsen im Norden, das hat die Lehrerin gesagt.

Sie wartet auf die Sonnenblumen, die Sonnenblumen des Südens.

Angeblich kann man sie vom Haus aus sehen, wie sie sich inmitten der Weinberge und der Aprikosenbäume von morgens bis abends in der Sprache der Blumen mit der Sonne unterhalten.

Das muss sie natürlich erst mal nachprüfen, wie alles andere auch, all die Versprechen, denn sie kennt ihre Mutter mit ihrem Hang, alles zu verschönern, um sie zu zwingen nachzugeben, das kann sogar so weit gehen, dass sie völlig absurde Dinge behauptet, wie zum Beispiel, dass man sich auf dem Land viel besser amüsiert als am Meer, oder dass ein Fluss voller Gräser und Schlamm ideal zum Baden ist und dass sich Christianes Tochter Bénédicte – Christiane ist Mamas Freundin, die das Haus gemeinsam mit ihnen gemietet hat –, also dass sich Bénédicte völlig geändert hat, eine ideale Spielkameradin sein wird und jetzt ganz normal isst.

Abwarten ...

»Nimm das Gesicht von der Scheibe, Mathilde. Sie ist nicht sauber!«

Mathilde dreht sich um. Wie soll sie ihrer Mutter bloß erklären, dass die Sonnenblumen ein bisschen Wärme brauchen und sie in diesem Zug, der sie mit all diesem Grün ringsumher fast zur Verzweiflung bringt, auf ihre Weise dazu beitragen will?

»Schmollst du?«

Mathilde betrachtet den Mund, den Mund ihrer Mutter Céline. Diesen Mund, der so falsche Versprechen, aber auch so richtige Küsse gibt.

Es ist nicht der verärgerte Mund. Es ist der herabgezogene, der traurige Mund.

Mathilde ist auf der Hut. Und wenn der Sand, die mit Marmelade gefüllten Krapfen, die Krebse und die Drachen ihrer Mutter genauso fehlen wie ihr?

Allerdings muss man dazu sagen, dass *er* im letzten Jahr mitgekommen ist. Auch wenn das haushohe Wellen geschlagen hat, höher als bei Flut, auch wenn nachts die Türen knallten, lauter als die Flaggenleinen gegen die Masten der Schiffe: *Er* war da.

Und wenn *er* ihrer Mutter fehlt? Ihr fehlt *er* doch auch ...

»Nein, ich schmolle nicht. Mir ist kalt ...«, erwidert Mathilde und schmiegt sich an ihre Mutter.

Schmusen. Schmusen gegen die Kälte.

Sie schiebt den Kopf unter den Arm der Mutter, die Wange an den seidenweichen Stoff der Bluse gedrückt. Schließt die Augen. Wartet auf die Wirkung.

Es gibt nichts Besseres, um sich aufzuwärmen, und obendrein ist da noch der Duft, denn Célines Duft an dieser Stelle ist unvergleichlich.

Das Rattern des Zugs erinnert Mathilde an den Zug, den Großmama genommen hat, um mit Félix, ihrem Verlobten, nach Sevilla zu fahren.

Mathilde fährt auch weg, aber das ist etwas anderes. Ihre Großmutter hat Glück, dass sie Félix hat, dass sie mit einem Verlobten verreisen kann ...

»Weißt du, Mama, Bénédicte ist immer noch meine Freundin, auch wenn sie nie was isst. Und Christiane ist doch auch deine beste Freundin, nicht?«

»Ja, ich mag sie sehr gern. Du wirst schon sehen, das wird bestimmt sehr schön, wir vier ganz unter uns, nur unter Frauen!«, sagt der Mund, nicht mehr ganz so traurig.

Unter Frauen. Von dem Wort wird Mathilde ganz schwummerig.

Eine Frau ist wie ein Mädchen, aber es kommt noch etwas anderes hinzu, etwas so Geheimnisvolles, so Verlockendes, dass es die Mädchen dazu bringt, an Türen zu horchen und durchs Schlüsselloch ins Badezimmer zu gucken.

Und daher wird ihr von dem Titel Frau, den ihr die Mutter gerade versprochen hat, nicht nur schwummerig, sondern auch warm, wärmer als der seidenweiche, duftende Arm über ihrem Kopf. Eine Wärme, die Sonnenblumen größer werden, wachsen lässt.

Sie stellt sich vor, wie der Lippenstift von Hand zu Hand geht, Kleider anprobiert, gegenseitig ausgeliehen werden. Ein fröhlicher Reigen des geheimen Einverständnisses, Mütter und Töchter als Freundinnen bei dem großen, dem faszinierendsten aller Spiele: eine Frau zu sein.

Mathilde lächelt in ihrem duftenden Unterschlupf. Sie lächelt diesem Versprechen zu, das alles ändern, das Sand, Krebse, Drachen und Krapfen – sogar die mit Marmelade gefüllten – in der Versenkung der Kindheit verschwinden lassen könnte.

Sich in den Schlaf schmusen …

Mathildes Kopf gleitet auf Célines Schoß hinab. Ein Kopf, der die Stellung aus seligen Zeiten noch nicht ganz vergessen hat.

Mit angewinkelten Knien und geballten Fäusten, eng an ihre Mutter geschmiegt, hier draußen ebenso unbesorgt wie früher drinnen, hat Mathilde, kurz bevor sie einschläft, gerade noch die Zeit, sich zu sagen, dass es einfach nicht sein kann, dass dieses Versprechen, das allerhöchste, nicht eingehalten wird …

Hinter der Scheibe des Zugs, der immer schneller fährt, weicht das Grün zurück, das Gelb setzt sich durch.

Mathilde weiß nicht mehr recht, wie das sanfte Rattern des Zugs in dieses schrille Quietschen übergegangen ist, das ihr in den Ohren gellt. Gerade noch ist sie, ohne es richtig zu spüren, unter einem, wie ihr schien, mit erstaunlich vielen Sternen übersäten Himmel hochgehoben und in ein fremdes Bett gelegt worden, da steht sie schon schlaftrunken im Höschen auf der Schwelle einer unbekannten Tür und hält in jeder Hand eine Sandale.

Verdutzt blinzelt sie jemandem zu, der ihrer Mutter ähnelt, unter einem Sonnenschirm sitzt und lächelnd zusieht, wie sie näher kommt.

»Na, du hast aber schön geschlafen!«

Ja, das ist ihre Mutter.

Mathilde geht taumelnd über die Terrasse. Die Steinfliesen brennen unter ihren Fußsohlen.

»Was ist das für ein Krach, Mama?«

»Das sind die Zikaden, mein Schatz!«

Die Zikaden. In der Schule hat sie schon davon gehört. Große Käfer, die nicht stechen und die ganze Zeit in den Bäumen hocken und sich laut die Schenkel reiben, wenn sie sich über die Sonne freuen.

Mathilde setzt sich unter den Sonnenschirm.

270

Ihre Augen gewöhnen sich an das Licht. Sie entdeckt das Haus. Vor gar nicht so langer Zeit hat sie sich ein Haus vorgestellt, das genauso aussieht wie dieses, mit fast rosa Steinen, Kletterpflanzen, ganz blauen Fensterläden und auf beiden Seiten großen Bäumen, deren Namen sie nicht kennt.

Sie erinnert sich daran, weil sie, kurz nachdem sie erfahren hat, dass sie in diesem Jahr in den Süden aufs Land fahren würden, Großmama die Zeichnung nach Spanien geschickt hat, allerdings nicht so sehr aus Begeisterung als eher, um sich selbst zu ermutigen, einen Sommer ohne Meer zu ertragen.

»Findest du nicht, dass das Haus fast so aussieht wie das Haus, das ich für Großmama gezeichnet habe?«

»Was? Nein, das finde ich nicht.«

Mathilde seufzt: Mütter finden einfach nie. Dabei ist das garantiert das gleiche Haus.

»Möchtest du etwas essen?«

»Nein, ich habe keinen Hunger.«

»Nicht mal eine noch ganz warme Aprikose?«

Mathildes blonde Locken sprechen für sich: Die Antwort ist nein. Außerdem, was soll das schon heißen, »eine noch ganz warme Aprikose«? Das sagt man von Croissants oder von Schokoladenhörnchen!

Céline runzelt die Stirn. Es ist nicht oft vorgekommen, dass ihr stets hungriges Kind das angebotene Frühstück ausschlägt. Sie öffnet weit die Arme.

Kletterpartie auf den Schoß. Schmusen zum Aufwachen. Morgendliches Schmusen. Halb schmollend, halb sehnsüchtig ...

Die Haut von Célines nacktem Arm hat einen neuen Geruch.

Unten vor dem Tisch mit dem Sonnenschirm läuft eine riesige Ameise, die unter einer noch riesigeren Last ächzt, hektisch hin und her.

Das ununterbrochene Summen der unterschiedlichsten Insekten, das aus den blühenden Sträuchern rings um die Terrasse aufsteigt, verrät eine Menge über die Lebenslust der Natur.

Und der Eifer der Zikaden ist geradezu überwältigend.

Jeder will hier etwas. Nur Mathilde will nichts.

»Mama, wann kommt Bénédicte?«

»Morgen. Morgen Abend.«

»Morgen« ... Diese Antwort hatte sie schon befürchtet. Morgen, da weiß man nie, was das genau heißen soll, auf jeden Fall ist das nicht heute. Und alles, was nicht heute ist, scheint so weit weg, dass es sich nicht mal lohnt, daran zu denken. Das ist wie mit dem Ausdruck »mal sehen«. Genauso deprimierend. Bis morgen bleibt mehr Zeit als genug, um den schlimmsten aller Tode zu sterben: an Langeweile.

Das ist schon mehr als einmal vorgekommen.

»Mama, wonach riecht denn dein Arm?«

»Nach Lavendel. Komm, ich zeig dir die Sträucher. Zieh deine Sandalen an.«

Mathilde macht die Schnalle zu und schnauft dabei, um zu zeigen, was für eine Anstrengung sie da auf sich nimmt, sie, die ja nichts will. Ach richtig, sie hat den Lavendel vor dem Haus für Großmama vergessen!

»Kann ich so gehen?«

Mathilde zeigt auf ihr rosa kariertes Höschen.

»Aber sicher! Das alles hier ist unser eigenes Reich. Selbst der Obstgarten!«

Hand in Hand gehen sie in den Garten.

Trotz ihrer schlechten Laune muss Mathilde zugeben, dass der Garten durchaus reizvoll ist. Kleine Pfade in alle erdenklichen Richtungen halten unzählige Überraschungen bereit: ein Springbrunnen aus Stein mit einem Becken, Tomatenpflanzen mit vielen reifen Tomaten, eine Bambushütte voller Gießkannen, Harken, Schaufeln und Trittleitern, ein leerer Kaninchenstall, eine funktionsfähige Schubkarre, ein niedriger Eisentisch mit zwei verrosteten Stühlen und vor allem – am Ast eines majestätischen Baums, von dem Céline behauptet, es sei eine Zeder, »eine echte Libanonzeder« – eine mit alten geflochtenen Seilen befestigte Schaukel aus wurmstichigem Holz, die nur auf sie zu warten scheint.

Mathilde spürt auf einmal, dass sie nicht mehr ganz so mürrisch ist.

Dieser Garten birgt vielleicht irgendein Versprechen. Nicht etwa wie die üblichen Versprechen, die zu Hause oder in der Schule gegeben werden, und von Mama, für die das zu einer Art des Miteinanderumgehens, des Zusammenlebens geworden ist. Dieser Garten verspricht nicht irgendetwas Besonderes, und doch verspricht er alles. Er verspricht unausgedrückte Hoffnungen, unausgesprochene Wünsche, unsichtbare Gelüste, Begierden, die noch nicht wissen, dass sie Begierden sind, weil sie noch nicht Form angenommen haben, sich noch in der Schwebe befinden, wie die kleinen weißlichen Teilchen, die durchsichtigen Flocken – weder Blumen noch Tiere –, die an manchen Maiabenden in Paris unter den Kastanien durch die Luft fliegen und die Mathilde für Schneeflocken hält, obwohl sie dunkel ahnt, dass der Frühling ihnen irgendeine Aufgabe gestellt hat, dass sie irgendeinem Gebot der Natur gehorchen.

Mathilde steht im Garten, der sich vor ihr

274

erstreckt, und hat das ebenfalls dunkle Gefühl, dass er und sie eine gemeinsame Zukunft haben, dass irgendetwas sie verbindet, vielleicht eine Aufgabe, ein Gebot, bei dem die Natur wieder einmal mitreden will ...

Célines Stimme reißt sie aus ihren Träumen: »Komm. Ich will dir noch etwas anderes zeigen.«

Hinten im Garten verzweigen sich die Pfade, laufen wieder zusammen. Sie führen zu einem Gatter. Man braucht es nur aufzustoßen ...

Und dort ergreift Mathilde plötzlich ein Taumel.

Sie taumelt nicht aufgrund der Höhe (das Gelände liegt nur wenig tiefer als der Garten). Sie taumelt aufgrund der Farbe: Unzählige Sonnenblumen starren sie an.

Sie mag ihren kleinen Kopf noch so sehr anstrengen, in einer Sekunde alle Tuben, Töpfe, Farbskalen und Pinsel ihrer Erinnerung durchgehen, nein, sie entsinnt sich nicht, je ein Gelb gesehen zu haben, das so gelb ist wie die Summe all dieser ihr zugewandten Köpfe.

Verzückung. Sie ist verzückt vor Bewunderung, vor Staunen.

Blendung. Sie ist geblendet von diesem unerwarteten Übermaß. Diesem Zuviel. Zu viel für die Augen und vielleicht auch für den Verstand.

Céline hat wohl den leichten Taumel bemerkt, der die Kindheit ins Schwanken bringt.

Mit der linken Hand hält sich Mathilde fest, klammert sich an die Hand ihrer Mutter, die Reling, ihr liebstes Geländer.

Das nennt man ein eingehaltenes Versprechen!

»Siehst du, es stimmt, was ich dir über die Sonnenblumen erzählt habe!«

Die blonden Locken sprechen für sich: Die Antwort ist ja. Aber ihre Mutter hat ihr nicht gesagt, dass sich die Sonnenblumen in der Sprache der Blumen nicht nur an die Sonne wenden. Sie scheinen auch mit kleinen Mädchen sprechen zu wollen. Die ihr zugewandten Köpfe sind wie ein stummer Aufruf, eine seltsame Bitte voller Laute ohne Worte.

Tief beeindruckt legt Mathilde die rechte Hand schirmend über die Augen, um sich vor diesem grellen, ausdrucksstarken Licht zu schützen.

Da entdeckt sie hinter dem Feld ein unauffälliges Gebäude, das sich unter einem ockerfarbenen Dach versteckt.

»Ist da noch ein anderes Haus?«

»Ja, das ist der Bauernhof. Da gehen wir heute Abend hin, um Eier und frischen Ziegenkäse zu holen.«

Jetzt lächelt Mathilde wirklich. Aus irgendeinem unerklärlichen Grund gefällt ihr dieser Bauernhof, er gefällt ihr sogar sehr gut und auch die Aussicht, mit den Ziegen Bekanntschaft zu machen – sie ist sich nicht sicher, ob sie schon jemals welche gesehen hat, auf jeden Fall nicht am Meer, das es anscheinend mehr mit den Schafen hält, denn immer, wenn sich die Schaumkronen wie Schafwolle kräuseln, muss man schon ein Schafskopf sein, um ins Wasser zu gehen, wie die Mutter gesagt hat.

Es gibt noch einen anderen Weg zurück zum Haus, der um den Garten herum durch eine Aprikosenplantage führt.

Als Mathilde ihre erste Aprikose pflückt, überkommt sie ein freudiger Schauer. Die samtige Haut ist tatsächlich ganz warm, als die Frucht in ihrer Hand liegt, und der lauwarme, dickflüssige Saft bekleckert ihr Kinn. Doch am meisten verwirrt sie der Eindruck, dass sie, als sie diese zuckersüße Köstlichkeit vom Baum reißt, etwas Verbotenes tut, das plötzlich erlaubt ist.

Sie weiß nicht, warum, aber irgendwie übt diese Geste unter dem strahlenden, verständnisvollen Blick ihrer Mutter eine größere Wirkung auf sie aus, als wenn Céline ihr den Lippenstift geliehen hätte.

Im großen Raum mit dem Deckengewölbe und den weiß gekalkten Wänden lassen sich Mutter und Tochter in schönem Einklang auf das Sofa fallen.

Dank der geschlossenen Fensterläden und des Fliesenbodens ist es dort herrlich kühl.

Mathilde ruft sich noch einmal die unglaublich geschäftigen Stunden vor Augen, wie sie sich im Haus eingerichtet haben. Wenn sie heute hätte sterben müssen, wäre alles Mögliche als Ursache in Frage gekommen (ein Wespenstich, ein Sturz von der Schaukel, ein an Aprikosen verdorbener Magen oder eine andere Naturkatastrophe), aber bestimmt nicht Langeweile, das gibt sie zu.

Noch nie war ein erster Ferientag so ausgefüllt gewesen.

In den früheren Jahren, im Haus am Meer, war es nicht nötig gewesen, jeden Winkel in Besitz zu nehmen. Sobald den Vettern, Tanten und Freunden ihr jeweiliges Revier zugeteilt worden war, das sich für die Kinder häufig auf eine Matratze und ein im Übrigen völlig ausreichendes Viertel der Dusche beschränkte, war der Strand das eigentliche Reich, wo oft um die besten Plätze in Bezug auf Ebbe und Flut, die Sonne, die Entfernung zur Strandbar und die Öffnungszeiten des Krapfenstands heftige Kämpfe geführt wurden.

Hier besteht der Luxus in der Weitläufigkeit und der großzügigen Raumaufteilung.

Selbstverständlich werden sich die beiden kleinen Mädchen ein Zimmer teilen, aber was für ein Zimmer! Regelrechte Himmelbetten, wie für Prinzessinnen, mit großen, durchsichtigen weißen Gazeschleiern gegen die Mücken, ein Sekretär und noch dazu ein Schreibtisch, ein Badezimmer mit zwei Waschbecken, außerdem eine Korbtruhe, ein äußerst origineller Sessel mit zwei Sitzen, die sich den Rücken zukehren – falls man sich mal verkracht –, und getrennte Kommoden für die Kleidung.

Mathilde hat sich das Bett neben dem Fenster ausgesucht und den Sekretär, wegen der Schubladen, die sich abschließen lassen, dann hat sie sich stundenlang damit beschäftigt, die Buntstifte, die Wasserfarben und andere kostbare Gegenstände einen nach dem anderen einzuräumen und dabei mit Hieroglyphen, die nur sie selbst zu entziffern vermag, da sie noch nicht richtig schreiben kann, eine Liste zu machen, dann hat sie sich die Hände gewaschen, die Zähne geputzt und die Haare gekämmt, um sich das Waschbecken neben dem Fenster zu sichern, aus dem man in den Garten sehen kann, genau wie vom Bett.

Anschließend haben sich Mutter und Tochter gegenseitig vorgeführt, wie sie ihre Zimmer eingerichtet haben.

Céline hat ein Zimmer ganz für sich allein. Tagsüber ein Zimmer ganz für sich allein zu haben, das ist schön, aber nicht nachts, wenn auf der Decke plötzlich seltsame Formen erscheinen oder wenn der Wind in den Fensterläden pfeift. Der einzige wunde Punkt bei der Sache: Ein Blick in Mamas Badezimmer hat Mathilde vor Augen geführt, dass sie in Bezug auf Toilettenartikel hoffnungslos im Rückstand ist, aber Céline hat ihr sogleich ein Fläschchen Lavendel versprochen, was sich ausgezeichnet trifft, denn zur Zeit scheinen die Versprechen eher eingehalten zu werden ...

Halb in den Polstern des Sofas versunken, trinken die beiden einen Pfefferminzsirup, was schließlich viel stilvoller ist als eine Coca-Cola, und noch dazu mit einem Strohhalm aus richtigem, nach Weizen riechendem Stroh, den Mathilde ganz hinten in einer Küchenschublade gefunden hat.

Schon wieder dieses wunderbare Gefühl des geheimen Einverständnisses, die Empfindung, etwas mit ihr zu teilen. Schon wieder der Eindruck des Einklangs.

Céline scheint auf ihren gebieterischen Tonfall

verzichten zu wollen, den Tonfall von jemandem, der befiehlt und Vorschriften macht. Seit heute Morgen, seitdem sie gemeinsam Aprikosen gepflückt haben, spricht sie nicht mehr ganz so von oben herab. Die Worte fallen nicht mehr nach unten. Niemand ist oben, niemand unten. Mathilde findet das phantastisch. Sie sieht ihre Mutter mit anderen Augen an, oder besser gesagt, sie sieht sich selbst mit anderen Augen an: als wäre sie von einer Kurbel hochgeschraubt, hochgehoben worden, und zwar ebenso mühelos wie die Klavierbank in Paris, zum Beispiel dieser gemeinsame Pfefferminzsirup zu einem Zeitpunkt, an dem sie die Mutter normalerweise zum Kaffee ruft, ein Wort, das sie trotz allem ganz gern mag – schließlich lässt sich nichts gegen ein Wort einwenden, das Marmeladenbrote, Apfeltaschen oder selbst gebackenen Marmorkuchen einschließt –, über das sie sich aber auch ärgern kann, wenn es dazu benutzt wird, sich die Kinder nachmittags vom Hals zu schaffen oder aber, um den Unterschied zu den Erwachsenen deutlich zu machen, auch wenn dieselbe herablassende Mutter am Ende selbst ein Stück Marmorkuchen stibitzt, angeblich, um zu überprüfen, ob er gelungen ist. Im Grunde gefällt Mathilde der Kaffee sonntags bei Großmama am besten, weil alle, ohne Unterschied, vom Schokoladenkuchen essen und weil Mama in jenem Augenblick bei ihrer Mama auch wie ein kleines Mädchen wirkt.

»Wie wär's, wenn wir das Päckchen Bahlsen-Kekse aufmachen?«, schlägt jene vor, die heute nicht mehr ganz so von oben herab redet.

Endlich mal ein »wir«, das sich erfreulich anhört, besser jedenfalls als das Klingeln des Telefons, das die Ausführung dieses ungemein sympathischen Vorschlags verzögert.

Céline nimmt ab.

Am Gesichtsausdruck ihrer Mutter errät Mathilde gleich, dass *er* es ist. Die Stimme dröhnt so laut wie die knallenden Türen im letzten Sommer.

»Uns geht's vorzüglich! . . . Wunderbares Haus! . . . Herrliches Wetter! . . . Toll eingerichtet! . . .«

Die Superlative hageln wie Prügel, wie Tritte gegen das Schienbein. Das wäre ja noch schöner, dass es nicht gut ginge, nur weil *er* nicht da ist!

Mathilde findet allerdings, dass es gar nicht so schlecht wäre, wenn auch *er* da wäre, aber sie hat gelernt, sich zurückzuhalten.

»Willst du mit deiner Tochter sprechen?«

Die übliche Formel. Finale. Vorhang. Aber ohne den Applaus.

Mathilde nimmt den Hörer. Sie erzählt von den Betten wie für Prinzessinnen, der Schaukel, den warmen Aprikosen, dem komischen Sessel und auch von den in Aussicht gestellten Ziegen und dem frischen Ziegenkäse.

Als sie bei dem Fläschchen Lavendel ist, wirft sie Céline einen viel sagenden Blick zu (man weiß ja nie, ein Zeuge kann immer von Nutzen sein). Bevor sie auflegt, fragt sie nicht, ob *er* bald kommt, denkt es aber so laut, dass es dort zu hören sein muss, von woher *er* anruft.

Nach dem Anruf hat Céline ihren herabgezogenen Mund.

Jetzt ist es höchste Zeit für die Bahlsen-Kekse und den Schmuse-Kaffee, den Mathilde trotz des Pfefferminzsirups so nennt und der im Schneidersitz zwischen den Beinen der Mutter eingenommen wird, den Kopf gegen eines ihrer Knie gelehnt, die beide die ideale runde Form besitzen ...

Als Mathilde ihre Kekse knabbert und dabei natürlich an den vier Ecken beginnt, die bestimmt nur dazu da sind, fällt ihr ein, dass sie vergessen hat, von den Sonnenblumen zu erzählen.

Vergessen oder absichtlich nicht davon erzählt?

Der Taumel angesichts der Schönheit, die verblüffende Sprache der Blumen lassen sich nicht erzählen, vor allem keinem Mann, nicht einmal dem, der sie gezeugt hat, sie, Mathilde, damit sie diese Dinge vielleicht eines Tages erlebt.

Über ihr knabbert die Mutter ebenfalls ihre Kekse mit dem gleichen Geräusch einer verspielten Maus.

»Mama, isst du auch erst die Ecken?«

»Natürlich.«

Na also. Es gibt doch wenigstens Situationen, in denen kleine Mädchen und Frauen in etwa das Gleiche sind.

Draußen spektakeln die Zikaden in höchsten Tönen, das Telefon hat sie nicht im Geringsten gestört, während hier drinnen die Kühle nicht mehr ausschließlich vom Fliesenboden und den geschlossenen Fensterläden herrührt.

Mathilde hat große Mühe, die Abkühlung zu besiegen, die ihre Mutter überkommt, wenn der Vater wie ein Luftzug durch den Raum fegt. Kein Schultertuch, kein Wolljäckchen können dagegen etwas ausrichten.

In solchen Momenten nimmt sich Mathilde immer wieder vor, nicht so oft zu schmollen, um ihrer Mutter beizustehen, aber das würde ein ziemlich großes Opfer bedeuten, denn Schmollen oder Nörgeln erfüllt sie mit einer gewissen Befriedigung, vor allem, wenn es ohne Grund geschieht – wenn man einen Grund hat, ist das kein Schmollen mehr, sondern Unzufriedenheit, und das ist etwas ganz anderes. Dafür gibt es andere Gelegenheiten. Wenn sie jetzt, solange sie noch klein ist, nicht schmollt, wird sie es nie wieder tun, das weiß sie ganz genau. Das ist eben einer der Vorteile, noch klein zu sein!

Zu schmollen, während sie die Bahlsen-Kekse knabbert, wäre also nicht schlecht, aber das kann sie sich jetzt nicht erlauben: Sie muss ihre Mutter auf andere Gedanken bringen, und zwar schnell.

»Wie wär's, wenn wir zum Bauernhof gingen, um uns die Ziegen anzusehen?«

Keine Antwort. Célines Knie scheint aus Stein zu sein, leblos, lustlos.

»Also gehen wir jetzt zum Bauernhof, Mama?«, fragt Mathilde hartnäckig, denn die Hartnäckigkeit ist eine ihrer ausgeprägten Fähigkeiten, ein gewisses Talent, das ebenfalls den Umständen entsprechend weiterentwickelt, vervollkommnet werden muss.

Im Augenblick ist es Hartnäckigkeit aus dringendem Anlass. Schwimmweste, Rettungsboot für eine Mama in höchster Not mitten im Orkan der Bitterkeit.

»Ja ... ja. Lass uns gehen ... Das ist eine gute Idee ...«

Die Retterin springt auf, kaut mit vollem Mund ihren letzten Keks und zerrt Céline mit ansteckendem Lachen aus dem Sofa. Schiffbruch abgewendet ...

Mathilde beschließt, sich umzuziehen. Sie will

ihr neues Kleid vorführen, das sie am Tag vor der Abreise gekauft haben, das gelb gepunktete Kleid mit den Rüschenärmeln.

Ihre Mutter findet das ein bisschen übertrieben, um auf einen Bauernhof zu gehen, aber sie lässt die Tochter gewähren. In diesen Fragen ist sie ziemlich entgegenkommend, vermutlich weil sie selbst einen leichten Kleiderfimmel hat ...

»Zauberhaft!«, sagt Céline bewundernd, als sie ihre von Kopf bis Fuß herausgeputzte Tochter sieht. »Sollen wir über die Straße oder oben herum gehen?«

»Was meinst du damit, oben herum?«

»Durch die Sonnenblumen. Der Weg, der am Feld entlang direkt zum Bauernhof führt.«

»Dann lieber oben herum!«

Mutter und Tochter lächeln sich zu. Geheimes Einverständnis.

Als sie den Weg entlanggehen, an dem noch weitere Überraschungen zu denen des heutigen Morgens hinzukommen, wie zum Beispiel eine kleine Hundehütte aus Holz mit einer alten verrosteten Kette, fragt sich Mathilde, ob die Sonnenblumen immer noch auf sie warten und ob sie wohl mit ihr sprechen.

Sobald sie das Gatter hinter sich geschlossen haben, bekommt sie die Antwort: Die Blumen, alle Blumen drehen ihr den Rücken zu. Sie starren hartnäckig auf einen Punkt in der Ferne. Was? Nicht eine einzige Blume, die ihr ein Zeichen gibt? Nicht mal einen unauffälligen Gruß? Mathilde ist verwirrt. Sie bereut fast, dass sie sich in Schale geworfen und das gelb gepunktete Kleid angezogen hat, das die Zwiesprache mit den Blumen erleichtern sollte, denn so kann das Gespräch, wie sie sofort begreift, nicht zustande kommen.

Mathilde beharrt nie auf einer Sache, wenn sie feststellt, dass sie sich gründlich geirrt hat. Sie versteht ihre Ansprüche herunterzuschrauben, wenn sie eine eindeutige Niederlage erlitten hat. Dann heißt es, Würde zu zeigen oder sogar einen gewissen Hochmut...

Wortlos ergreift Mathilde die Hand ihrer Mutter, um den Weg hinabzugehen, der zwischen den viel versprechenden Weinstöcken und den treulosen Sonnenblumen zum Hof führt.

Aber bevor sie ankommen, doch noch ein kurzer Blick auf die Rüschenärmel, auf das Kleid, ob es auch richtig sitzt, und auf die schneeweißen Schuhe.

»Du siehst himmlisch aus, mein Engel, richtig himmlisch!«

Der Engel betritt strahlend den Bauernhof. Das andere himmlische Gestirn zieht sich diskret hinter die Hügel zurück.

Man muss schon ein wenig Verstand aufbringen, um sich vorzustellen, dass ein kleines Mädchen von knapp sechs Jahren, das so gut wie keine Vergangenheit besitzt, den Eindruck haben kann, etwas nie zuvor Gesehenes schon gesehen, schon erlebt zu haben. Diesen Bauernhof kennt Mathilde bereits. Erkennt ihn wieder. Er hat sich bereits ihrem Gedächtnis eingeprägt.

Man muss schon ein wenig Unverstand aufbringen, um sich vorzustellen, dass sie ihn daran erkennt, daran wieder erkennt, was er einmal sein wird. Dieser Bauernhof hat sich bereits ihrer Zukunft eingeprägt.

Mathilde fehlt noch das geeignete Wort, um dieses seltsame Gefühl auszudrücken. Eines Tages wird sie von Vorsehung sprechen ...

Monsieur und Madame Fougerolles jedenfalls, die sie am Eingang der Molkerei mit einem leichten Knicks begrüßt – ein gelb gepunktetes Kleid verpflichtet –, hat sie auch schon gesehen: ihn, mit seiner erloschenen Pfeife im Mund und den schalkhaften, gutmütigen Augen, der sie, auch wenn er etwas jünger ist, an Félix erinnert, den Verlobten von Großmama. Und sie, mit ihrer etwas unwirschen Art – weil sie in jeder Hinsicht überlastet ist, mit Arbeit und überflüssigen Pfunden – und ihren roten, mit kleinen Wunden übersäten Händen, die dennoch immer bereit sind, zu helfen, Tiere und Menschen zu trösten, wenn auch, der Form halber, auf eine etwas raue Art.

Céline wundert sich, als sie sieht, dass ihre Tochter, kaum dass die Begrüßung beendet ist, zum Schweinestall, dann zum Ziegenstall, zum Pferdestall und dann zum Gemüsegarten rennt, als suche sie etwas.

Ja, das stimmt, sie sucht etwas.

Als sie atemlos und mit zerzaustem Haar angerannt kommt, hört sie, wie ihre Mutter entschuldigend sagt: »Es ist ein etwas eigensinniges Kind ...«

Ja, das stimmt, sie ist etwas eigensinnig.

Doch weder Madame Fougerolles noch deren Mann scheinen ihr das übel zu nehmen.

»Das macht nichts. Das sind wir von den Ziegen gewohnt und jetzt vor allem von dem Schlot!«

Und dann beginnen die drei zu flüstern.

Verärgert, weil man sie nicht in das Geflüster mit einbezieht, verzichtet Mathilde, die nicht weiß, was ein Schlot ist, darauf, die Frage zu stellen, wegen der sie herbeigerannt ist.

Ohne Rücksicht auf ihr Kleid, dessen Gürtel sich gelöst hat, rennt sie hinter die Scheune ...

Da sind sie endlich, die weißen Ziegen. Weißer als ihre Schuhe, weißer als die Gazeschleier gegen die Mücken über ihrem Prinzessinnenbett.

Das Weiß einer Ziege ist das in Weiß, was das Gelb für die Sonnenblumen ist. Man kann es bewundern. Das ist alles. Sich daran satt sehen, bis man geblendet ist, bis einem schwindlig wird.

Nicht eine Ziege hat sich bei Mathildes Ankunft gerührt. Sie haben ihr nur, wie die Sonnenblumen am Morgen, den Kopf zugewandt und dabei unentwegt gekaut – auf Gras, das weiß Mathilde –, aber vielleicht auch auf Worten oder Gedanken, die sie sich in den Bart murmeln. Mathilde passiert es auch schon mal, dass sie auf Worten oder Gedanken herumkaut. Das ist sehr hilfreich, vor allem an Tagen, an denen sie ausgiebig schmollt.

Aber trotzdem muss sie gestehen, dass sie im Blick der Ziegen mehr Menschlichkeit entdeckt als in dem der Sonnenblumen. Und mehr Ausdruck, und sogar eine gewisse Sympathie ihr gegenüber. Die Ziegen haben so etwas Brüderliches, vor allem die Geißlein.

Mathilde rührt sich nicht. Ist überglücklich. Lässt sich in den Kreis aufnehmen. Erfreut sich zutiefst an diesem lebendigen Weiß.

Sich in eine Ziege zu verwandeln würde sie überhaupt nicht stören.

Plötzlich wird es still. Eine jähe, unerwartete, fast unnormale Stille. Eine große Leere ringsumher: Die Zikaden sind wie auf Kommando verstummt.

Es muss wohl das Zusammentreffen von Regungslosigkeit und Stille sein, das Mathilde einen Blick spüren lässt, der nicht den Ziegen gehört.

Aus nächster Nähe starren sie zwei Augen an.

Heute bleibt sie wirklich nicht unbemerkt. Überall scheint man sie zu erwarten. Überall lauert man ihr auf. Aber diese unsichtbaren Augen, die niemandem gehören, lassen sie erstarren.

Es ist an sich nichts Neues für sie, so intensiv beobachtet zu werden, dass sie erstarrt. Oft haben die Augen der Nacht, wenn sie im schlafenden, von Stille umgebenen Haus aufwacht und von eisigem Entsetzen gepackt wird, die gleiche Wirkung auf sie.

Doch was sie in diesem Augenblick anstarrt, erfüllt sie weder mit eisiger Kälte noch mit Angst. Im Übrigen hat sie weniger den Eindruck, beobachtet, als vielmehr mit Blicken abgetastet zu werden. Die beiden unsichtbaren Augen gleiten über ihren Körper, vom Nacken unter den blonden Locken bis zur Ferse, von der Kniekehle bis zur Armbeuge.

Sie wird abgemessen, abgeschätzt, berechnet. Mit einem Zirkel, einem Winkeldreieck, einem Lineal. Mit Pauspapier, Kohlepapier, Millimeterpapier.

Mathilde, die beschlossen hat, später zu malen wie Félix, der Verlobte von Großmama, kennt die unzähligen Möglichkeiten, ein Modell mit wenigen Strichen *einzufangen* – das Wort hat ihr übrigens Félix beigebracht –, aber jetzt verbindet sie dieses Wort irgendwie mit einem hungrigen Wolf. Sie fühlt sich von dem Blick eingefangen und mit Haut und Haaren verschlungen.

Der Gedanke an einen Wolf, der ihr durch den Kopf schießt, geht auch vielleicht auf die Anwesenheit der Geißlein zurück, oder vielleicht denkt sie daran, weil die Augen, auch wenn sie unsichtbar sind, so ungemein blitzen, diese Augen, die sie verschlingen, ohne dass sie den geringsten Schmerz verspürt – weder im Nacken, noch in der Ferse, noch im Knie, noch im Arm.

Wenn das wirklich ein friedlicher Wolf ist, der sich in den Kopf gesetzt hat, sie zu verschlingen, ohne ihr wehzutun, ohne Blut zu vergießen, dann soll er ruhig aus seinem Versteck hervorkommen.

»He, du da! Wer bist du denn? Wie heißt du denn?«

Der Wolf hat also eine Stimme. Eine singende Stimme.

Mathilde dreht sich nach dem Wolf, nach der Stimme um.

Auf einem alten Traktor sitzt ein Junge, kaum älter als sie, mit dunkelbrauner struppiger Mähne und einer viel zu großen Matrosenbluse, aus der vier Gliedmaßen hervorschauen, deren Farbton zwischen dem schmutziger Bronze und dem eines Honigkuchens schwankt. Mit lautem Lachen sagt er: »Du hast ganz schön Angst gehabt, was? Nun sag schon, wie heißt du?«

Sie starrt verblüfft auf die blitzenden Zähne in diesem so laut lachenden Mund.

Das sind keine Wolfszähne (auch wenn sie ganz schön scharf aussehen), nicht einmal die eines jungen Wolfs, denn oben in der Mitte, dort, wo man es am deutlichsten sieht, fehlt einer.

Mathilde findet das umwerfend: ein Junge, der aus vollem Hals lacht, mit blitzenden Zähnen minus einem. Sie erinnert sich noch, wie sie den Mund hinter der Hand oder einem Taschentuch versteckt hat, als sie ihre Milchzähne verlor. Plötzlich war Schluss mit dem Lachen, so sehr hat sie sich geschämt, trotz der kleinen Maus, die angeblich kommt, um das Objekt der Schande gegen Süßigkeiten oder eine Geldmünze einzutauschen – etwas, das sie übrigens nie hat nachprüfen können. Schluss mit dem Essen, vor allem keine Marmeladenbrote mehr, weil das Zahnfleisch so wund war. Schluss mit einfach allem, angesichts dieser komischen Anwandlung der Natur, die ihren Eltern große Freude zu machen schien.

Über diesem Mund mit der Zahnlücke also, den sie furchtbar hässlich finden müsste, wenn er nicht so strahlend wäre, entdeckt sie jetzt zwei deutlich sichtbare Augen, die inmitten der dunklen Haut wie grüne Oliven glänzen. Die Augen des singenden Wolfs.

»Nein. Ich habe keine Angst gehabt ... Höchstens ein kleines bisschen«, fügt sie hinzu.

Mathilde macht ihren Gürtel wieder fest und sagt dann ein wenig kokett: »Wie ich heiße? ... Rat doch mal! ... Rat mal, wie ich heiße!«

»Äh ... Camille ... oder Laurette?«, schlägt der Junge spöttisch vor.

»Danebengeraten! Ich heiße Mathilde!«

Er scheint beeindruckt zu sein und sie zufrieden mit der Wirkung, die sie erzielt. Die Zikaden, die noch immer stumm sind, scheinen die Begrüßungszeremonie zu respektieren. Die Ziegen dagegen kauen ungerührt weiter, aber anscheinend nicht auf allzu bösen Gedanken.

Schon wieder das Abmessen, Abschätzen. Zirkel. Winkeldreieck. Lineal. Pauspapier. Kohlepapier. Millimeterpapier. Und der Vorname noch dazu.

»Du bist die Thilde!«, sagt der Junge schließlich gebieterisch. »Also, Thilde, willst du auf meinen Traktor steigen?«

Sie zögert. Ein Traktor ist nicht der richtige Ort für ein gepunktetes Kleid. Nicht der richtige Ort für eine Mathilde. Für eine Thilde dagegen ...

Sie hat den Eindruck, dass dieser Vorschlag eine ziemlich ernste Sache ist. Dass ein Pakt dahinter steckt. Und bekanntermaßen spaßen Jungen nicht mit dem Protokoll. Wenn man sich ziert, ist Schluss mit den Vorschlägen. Man möchte fast meinen (das hat sie bei ihren Vettern festgestellt), dass sie nur auf einen Vorwand warten, um einen Rückzieher machen zu können, als wüssten sie nicht recht, ob sie es wirklich wollen, dass die Mädchen auf den Vorschlag eingehen. Wenn sie sich also nicht sofort entschließt, ist es vorbei mit dem Traktor und allen möglichen anderen Dingen, ein für alle Mal vorbei. Womit im Einzelnen? Das weiß sie auch nicht so genau, aber mit allen möglichen Dingen, das steht fest. Sie kennt noch nicht das Wort für diesen Eindruck. Eines Tages wird sie von Vorahnung sprechen ...

Noch ehe Mathilde all diese Eindrücke in sich aufgenommen hat, ja noch ehe sie sich überhaupt entschieden hat, steht sie schon auf dem Trittbrett des Traktors und wird von den Armen hoch-

295

gezogen, die aus der zu großen Matrosenbluse hervorschauen.

Noch ehe sie sich entschieden hat, sitzt auch sie oben auf dem Traktor, eingeklemmt zwischen zwei gespreizten Beinen (deren Farbe bei näherem Hinsehen letztlich viel mehr die eines Honigkuchens ist) auf einem runden Metallsitz – in luftiger Höhe über den Dingen, in luftiger Höhe über den Regeln des Anstands.

Das gelb gepunktete Kleid rutscht leicht über die Schenkel des Jungen, was diesen noch mehr zum Lachen bringt.

Dort oben ist es sehr schön, wie auf einem Karussell, das nur darauf wartet, sich zu drehen, sich aber nicht dreht, außer in Mathildes Kopf.

Von dort oben kann man die Sonnenblumen und die Aprikosenbäume sehr gut sehen.

Im Nacken und auf dem Hals kitzelt sie das Lachen, das die blonden Härchen aufrichtet.

Die beiden Hände des Jungen ergreifen das Steuer. Sie lässt die gefalteten Hände auf das Kleid sinken.

Zum ersten Mal stellt sie fest, dass Jungen ganz andere Hände haben als Mädchen, vor allem dieser Junge, der sie Thilde nennt und dessen Namen sie nicht kennt. Die Fingerspitzen sind kantiger, und man kann die Knochen genau erkennen. Vermutlich kann er deshalb einen

Traktor fahren, selbst einen, der sich nicht bewegt. Doch das stört nicht.

Selbst wenn sich der Traktor nicht von der Stelle rührt, sind sie schon jenseits der Sonnenblumen, jenseits der Aprikosenbäume – im Galopp durch die Provence.

Die Zikaden lassen sich nicht lumpen und legen sich wieder in schönem Einklang ins Zeug. Mathilde muss schreien, um das schrille Getöse zu übertönen: »Nun sag schon, wie du heißt!«

»Ich? Ich bin der Remi!«, erwidert er stolz.

Sie wiederholt leise diesen Namen, den sie noch nie gehört hat und der aus zwei Noten besteht, die sie nur aus dem Musikunterricht kennt. Re. Mi.

Sie begreift plötzlich, dass jemand mit solch einem Vornamen durchaus eine singende Stimme haben kann.

»Lass dein Ei nicht kalt werden, Ma-Thilde!«

Ma-Thilde, Ma-Thilde ... Es ist das erste Mal, dass die Mutter ihren Vornamen so ausspricht.

Vielleicht ist das hier mit allem so: Man schneidet die Namen in Stücke wie das Brot, das zum Tunken in schmale Streifen geschnitten fein säuberlich aufgereiht auf dem Rand ihres Tellers liegt ... Re-mi, Ma-Thilde ... Aber das Erstaunlichste daran ist, dass Céline das ganz allein herausgefunden hat.

Verblüffend, wie klug eine Mutter sein kann! Dass auch sie ihre Tochter Thilde nennt, ohne zu wissen, dass sie umgetauft worden ist, das ist schon erstaunlich. Das tröstet über die vielen Male hinweg, bei denen sie immer und immer wieder dasselbe fragen musste, ohne eine andere Antwort zu bekommen als ein »Nun reicht's aber!«, das nie gereicht hat.

»Heute Abend gehen wir früh ins Bett, einverstanden?«, schlägt Céline vor.

Schon wieder ein »wir«, über das Mathilde sich freut. Eine Ecke des Versprechens, unter Frauen zu sein, eine Ecke, die köstlich ist wie die eines Bahlsen-Keks, wenn noch drei weitere zum Knabbern übrig bleiben.

»Wirklich gut, die Eier vom Bauernhof, findest du nicht?«, fügt diese ausgesprochen scharfsinnige Mutter hinzu.

Gut, die Eier? Gibt es denn irgendetwas auf diesem Bauernhof, das nicht gut ist? So viele Bilder stürmen auf Mathilde ein, dass sie sie gar nicht sortieren kann, vor allem wenn eins unter ihnen so aufdringlich ist, dass es alle anderen daran hindert, sich für die Parade der Erinnerung in Reih und Glied zu stellen, für die große Rückschau auf die Ereignisse, die Mathilde für sich behalten hat. Sie hat nicht über die Begegnung hinter der Scheune gesprochen, auch nicht über die Wolfsaugen und den fehlenden Zahn und erst recht nicht über den Galopp auf dem Rücken des Traktors. Sie hat sich noch nicht entschieden, ob sie das erzählen oder geheim halten soll.

Céline stellt die Schale mit dem Frischkäse aus Ziegenmilch auf den Tisch.

»Mama, weißt du, dass ich die Ziegen gesehen habe?«

»Ja. Ich weiß.«

Mathilde betrachtet ihre Mutter mit gerunzelten Brauen. Die Klugheit der Mütter ist wie gesagt verblüffend, aber noch erstaunlicher ist ihre Fähigkeit, im gleichen Augenblick überall zu sein. Wie oft war Mathilde, wenn sie sich für irgendeine ganz persönliche Zeremonie in ihrem

Zimmer eingeschlossen und den Schlüssel vorsorglich zweimal umgedreht hatte, von der Küche aus, in der Céline mit irgendetwas anderem beschäftigt war, entlarvt worden, als wäre das ganze Haus durchsichtig! Die Lehrerinnen in der Vorschule besitzen manchmal die gleiche Gabe, aber nicht ganz so ausgeprägt.

Dass sie das mit den Ziegen weiß, lässt sich zur Not dadurch erklären, dass Mathilde solche Ungeduld gezeigt hat, die Tiere zu sehen ... Nein, was sie beunruhigt, ist der Ton des »Ich weiß«. Es hört sich an wie ein »Ich weiß«, das einfach *alles* zu wissen scheint. Ein »Ich weiß«, das durchaus die Ziegen, den Wolf, den Jungen in der Matrosenbluse und den Traktor einschließen könnte. Nicht etwa, dass sie sich schuldig fühlt (höchstens ein bisschen wegen des gepunkteten Kleids), aber es ist eine Frage des persönlichen Besitzes, denn was sie erlebt hat, gehört schließlich ihr, ist ihre Sache, genau wie es ihre Sache ist zu entscheiden, ob sie es erzählen will oder nicht, und wann und wie sie es erzählen will, ob sie zum Beispiel etwas hinzufügt oder etwas weglässt, also ganz auf ihre Art und Weise! Das ist wichtig, die Art und Weise, wie man etwas erzählt!

Das weiche Ei bleibt ihr in der Kehle stecken. Der Anblick des kaum abgetropften Frischkäses dreht ihr den Magen um.

Was weiß eigentlich diese Mutter, die alles weiß, im Einzelnen?

Selbst wenn sie die beiden auf dem Traktor gesehen haben sollte, weiß sie zumindest nichts von dem leichten Hauch im Nacken und auch nichts von den kantigen Fingerspitzen. Sie weiß nicht, wie die Provence von dort oben aussieht, weiß nichts vom Galopp auf der Stelle über Sonnenblumen und Aprikosenbäumen im Lärm der Zikaden.

»Was hast du denn, Ma-Thilde?«

Was sie hat? Was die Thilde hat? Sie hat, dass sie gleich in Tränen ausbricht. Sie hat, dass sie sich verraten fühlt. Von ihrer eigenen Mutter, die viel zu viel weiß und viel zu schnell alles erzählt!

Verwirrt bemüht sich Céline, ihre Tochter abzulenken. Das tut sie immer, wenn Mathilde aus unerklärlichen Gründen plötzlich in Tränen ausbricht, Tränen, die Céline im Übrigen so traurig stimmen, dass Mathilde von sich aus versucht, sie zu unterdrücken, allerdings nur in bescheidenem Maß, denn wohin soll das führen, wenn man nicht einmal mehr weinen darf! . . .

»Übrigens scheinen die Bauern nebenan einen kleinen Jungen für die Ferien aufgenommen zu haben!«

Mathilde wartet gespannt, wie es weitergeht. Noch können die Tränen, die den Rand der Lider erreicht haben, zurückgedrängt werden, den Weg des Kummers zurückfließen, den Hang des Weinens wieder erklimmen. Das kommt darauf an. Das kommt alles darauf an.

»Hast du ihn gesehen?«

»Wen meinst du?«

»Den kleinen Jungen natürlich. Hast du ihn gesehen?«

»Nein. Man hat mir nur von ihm erzählt ... Ein Heimkind, mehr weiß ich auch nicht. Warum?«

»Ach, nur so! Nur so!«, erwidert Mathilde und beschließt, anstatt die Tränen zurückzudrängen, ihnen zur Erleichterung freien Lauf zu lassen. Sie schnäuzt sich laut in ihre Papierserviette.

Céline seufzt, während sie den Frischkäse serviert.

Jetzt ist Mathilde wie neugeboren mit ihrem unangetasteten Geheimnis und dem ebenso unangetasteten Recht, es preiszugeben oder für sich zu behalten, zu ihrem ganz persönlichen Vergnügen, um sich damit die Erinnerung zu versüßen.

»Kann ich den Frischkäse mit Zucker essen?«

»Natürlich, mein Schatz.«

Mutter und Tochter essen schweigend ihren jeweiligen Teil des Bauernhofs, Céline mit Salz, Mathilde mit Zucker ...

Nachdem Mathilde den letzten Löffel Frischkäse heruntergeschluckt hat, fragt sie, ebenso satt, als hätte sie eine ganze Ziege gegessen: »Was ist das, ein Heimkind?«

»Das ist ein Kind, das keine Eltern hat. Diese Kinder werden von der Fürsorge in ein Heim geschickt, wo man sich um sie kümmert.«

»Ach so!...«

Mathilde hat wieder die viel zu große Matrosenbluse vor Augen. Sie findet, dass die Fürsorge den Kindern, die keine Eltern haben, doch wirklich passende Kleidung geben könnte.

Die Matrosenbluse lässt eine tosende Welle neuer Bilder aus der Scheune auf sie zurollen. Sie steht davor und fragt sich – so wie sie es immer am Strand tut, wenn die Wellen zu hoch sind und sie hin- und hergerissen zwischen Ungeduld und Angst mit nackten Füßen im schäumenden Wasser steht und die Hände an die blaue Schwimmweste klammert –, ob sie sich hineinstürzen oder auf die nächste Welle warten soll.

Eine Frage lässt sie nicht los: Was machen Frauen in solchen Fällen, wenn sie unter sich sind? Erzählen sie sich alles, nachdem die große Begegnung stattgefunden hat? Alles von A bis Z – oder nur ein bisschen?

Das Aprikosenkompott, das Céline auf den Tisch stellt, gibt Mathilde Mut. Die Aprikosen haben sie gemeinsam im Obstgarten gepflückt, gemeinsam fröhlich entkernt.

Die Wahl der Welle ist getroffen. Der Entschluss steht fest: Die nächste soll es sein. Schnell! Schnell!

»Aber ich, ich habe ihn gesehen!«

»Wie bitte?«, erwidert Céline zerstreut.

»Ich habe ihn gesehen, den Jungen! Ich weiß sogar, wie er heißt! Remi heißt er!«

Das Wasser ist gar nicht so kalt. Sie hat noch Grund unter den Füßen. Sie hat sich die richtige Welle ausgesucht. Fast könnte sie ihre blaue Schwimmweste ablegen.

»Ach so!«, sagt Céline lachend und eher gut gelaunt.

Mathilde legt die Arme verschränkt auf den Tisch.

Ihre Mutter, gegenüber, nimmt die gleiche Haltung ein.

Mathilde kommt es vor, als habe sie schon lange auf diesen Augenblick gewartet. Es kommt ihr sogar so vor, als sei sie nur deshalb auf die Welt gekommen, nur um diese Geschichte zu erzählen, die ihre Sache ist, und die Art und Weise – das ist wichtig, die Art und Weise –, wie sie sie mit Mama teilen wird, dem Menschen, den sie am meisten auf der Welt liebt, abgesehen von dem, der nachts die Türen knallen lässt, wenn er mal da ist zwischen zwei Reisen, die jedes Mal länger werden.

Am Gesicht des am meisten geliebten Menschen, der ihr zuhört, begreift Mathilde, dass sie mit ihrer Geschichte ins Schwarze trifft, dass die Art und Weise genau richtig ist.

Auf diesem Gesicht spiegeln sich abwechselnd alle Gefühle, die Mathilde kennt, aber auch noch etwas anderes, das sie nicht kennt und nicht sogleich erklären kann, weil sie viel zu sehr damit beschäftigt ist, ihre Geschichte in leuchtenden Farben zu erzählen.

Am Schluss ist Célines Gesicht ein einziges Lächeln, eines der schönsten, das Mathilde je bei ihr gesehen hat, vor allem seit sie nicht mehr lächelt, oder zumindest viel seltener.

Céline scheint bereit zu sein, die Arme, die ebenfalls ein einziges Lächeln sind, über dem Aprikosenkompott auszubreiten. Mathilde ist im Begriff, aufzuspringen und sich für das Nachtisch-Schmusen (das am Tisch auf Mamas Schoß stattfindet) auf sie zu stürzen, doch dann besinnt sie sich anders.

Irgendetwas sagt ihr, dass sie es sich nicht erlauben kann, und außerdem ... Und außerdem ist sie sich nicht sicher, ob sie heute Abend den zärtlichen, duftenden Hauch ihrer Mutter im Nacken spüren möchte. Ein anderer, den sie in ihrer ansonsten durchaus getreu wiedergegebenen Geschichte verschwiegen hat, ein anderer

Hauch, der leicht und viel wilder ist, kitzelt sie noch dort, unter dem weichen Flaum ihres Haars.

Dem Nachtisch-Schmusen widerstehen zu können, das ist es wohl, was mit »unter Frauen zu sein« gemeint ist, sagt sich Mathilde und hält ihren Teller hin.

»Ich gehe ein bisschen schaukeln, Mama!«

Mathilde trägt die blau karierte Kniehose und dazu eine kurzärmlige Bluse, die sie auf dem Bauch verknotet, so wie sie es bei den Damen am Strand gesehen hat.

Céline blickt von ihrem Buch auf.

Sie hatten sich – nach zähen Verhandlungen, die für die Wahl der Ferien in der Provence eine große Rolle gespielt haben – darauf geeinigt, dass die Tochter in diesem Sommer selbst bestimmen darf, was sie anzieht. Und Mathilde hat die Absicht, diese Freiheit so weit wie möglich zu nutzen, da sie der Ansicht ist, dass jede Tätigkeit nach einer geeigneten Kleidung verlangt, und zwar ohne Kompromiss. Daher begnügt sich ihre Mutter damit, Billigung oder Missbilligung zu zeigen, was Mathildes Selbstbewusstsein, das Ablehnung genauso liebt wie Zustimmung, in beiden Fällen recht ist.

»Das ist sehr hübsch«, sagt Céline zustimmend. »Soll ich dich anschubsen?«

»Nein, nein, das ist nicht nötig!«

Wenn Mathilde nicht hinzugefügt hat: »Bloß nicht!«, dann wirklich nur um Haaresbreite, wie jeder Dummkopf begreift.

Und Céline ist nicht dumm: »Gut, gut, ich habe verstanden!«, erwidert sie in verschwörerischem Ton, über den sich Mathilde sogleich wieder ärgert.

Eltern haben nicht das geringste Taktgefühl, wie Kinder nur zu gut wissen. Das ist der Preis, den sie für ihre Klugheit und die Fähigkeit, überall gleichzeitig zu sein, zahlen müssen. Da sie alles sehr schnell begreifen, können sie nicht umhin, alles gleich auszuposaunen. Bei Mathildes Mutter ist das geradezu eine Manie. Dagegen lässt sich nichts machen.

Und was die Schaukel angeht, so gehört wirklich nicht viel Einfallsreichtum dazu: Wenn Mathilde ihre Mutter nicht braucht, um angeschubst zu werden, dann heißt das, dass jemand anders es an ihrer Stelle tut, und dieser Jemand anders … dieser Jemand wartet unter der Zeder auf sie.

Sie hat diesen Ort vorgeschlagen, als sie mit weichen Knien, aber klarem Kopf vom Traktor geklettert ist, und zwar mit der deutlichen Absicht, dass er sich diesmal in ihr Revier wagen soll.

Er hat gesagt, dass es nicht so leicht sei, den Bauernhof zu verlassen, und dass er noch nie bis zum Garten über den Sonnenblumen hinaufgegangen sei, aber er werde es versuchen, und dann hat er auf den Boden gespuckt, um seine Entschlossenheit zu zeigen …

Mathilde betritt den Garten und bemüht sich, ihre Mutter zu vergessen, die ihr mit den Augen folgt.

Sie zögert, welchen Pfad sie einschlagen soll, auch wenn alle Wege zur Schaukel führen. Sie wählt schließlich den Pfad, der am Gartenhaus vorbeiführt, an der Bambushütte voller Gießkannen, Harken, Schaufeln und Trittleitern.

Natürlich ist es noch derselbe Garten wie gestern, und dennoch ist er anders. Gestern versprach der Garten alles in gleicher Weise, alle möglichen Arten des Zeitvertreibs, alle möglichen Belustigungen. Mathilde ist darin herumgetollt wie in einem Spielzeugladen, ist im Rausch des Überflusses von einem Wunder zum anderen gerannt. Heute hat sie sich ihr Spiel ausgesucht, sie weiß, welches sie erwartet, und will kein anderes. Es hat die Gestalt eines Jungen mit blitzenden Zähnen minus einem, dessen Stimme dafür aber zwei Noten mehr hat. Ein Junge, der nicht zögert, einem Mädchen vor die Füße zu spucken, wenn er sein Ehrenwort gibt.

Zwischen gestern und heute hat sie vergessen, was Langeweile ist. Nachdem sie einen Wolf zum Singen gebracht und einem Nachtisch-Schmusen widerstanden hat, leistet sich Mathilde ein Rendezvous im Garten der Versprechen.

Zwischen gestern und heute hat sie, an Célines Hand geklammert, den Taumel der Schönheit beim Anblick der Sonnenblumen erlebt, und dann, auf dem Traktor, über denselben Sonnenblumen den Taumel des Neuen – aber diesmal nur an ihren eigenen Wunsch geklammert.

Zwischen gestern und heute hat sie die Hand ihrer Mutter losgelassen. Deshalb ist der Garten so anders. Er ist anders, weil sie allein dorthin geht. Anders, weil sie dorthin geht, um jemanden zu treffen, der unter einer alten Zeder auf sie wartet, einer Zeder, die dafür einen weiten Weg zurückgelegt hat.

Mathilde geht allein dorthin, kerzengerade, in ihrer blau karierten Kniehose. Sie sieht, wie die Zeder am Ende des Pfads immer näher kommt, und dann die Schaukel ...

Ihr Herz macht einen Hüpfer, einen kindlichen Hüpfer in der Brust: Es ist niemand da. Was machen die Damen am Strand, die ihre Bluse auf dem Bauch verknoten, in solchen Fällen? Was machen sie, wenn niemand da ist?

Sie weinen nicht, das ist klar, stampfen nicht wütend mit dem Fuß auf den Boden, aber was machen sie, wenn sie schon nicht weinen?

Mathilde setzt sich auf das Holzbrett der Schaukel. Ihre Hose ist zu eng. Sie fragt sich, ob die blau karierte Kniehose wirklich das geeignete Klei-

dungsstück ist, ob nicht ein Kleid oder ein weiter
Rock, der sich wie ein Fallschirm aufbauscht, wenn
man sich in die Luft schwingt, besser gewesen
wäre. Sie fragt sich sogar, ob diese Geschmacksver-
irrung nicht der Grund für dieses unerklärliche
Wegbleiben ist. Sie hat keine Ahnung, welche
Anforderungen Jungen an den Kleidungsstil von
Mädchen stellen. Vielleicht sind Jungen in dieser
Hinsicht noch pingeliger als sie – denn Mädchen
sehen einfach alles. Und wenn er schon wieder
weggegangen ist? Und wenn er nie wieder zurückkommen wird? Und wenn er nur zum Spaß auf die
Erde gespuckt hat? Und wenn ...

»He! Siehst du mich nun oder siehst du mich
nicht? Du hast doch gesagt ›auf der Schaukel‹, oder
etwa nicht? Hier bin ich, auf deiner Schaukel!«

Verblüfft hebt Mathilde den Kopf. Da ist er.

Hoch erfreut darüber, dass er sie wieder einmal
überrascht hat, sitzt Remi mit baumelnden Beinen rittlings auf dem Ast der Zeder und lacht aus
vollem Hals, mit blitzenden Zähnen minus
einem. Er trägt ein dunkelblaues Unterhemd und
eine gleichfarbige kurze Hose, die beide genau
die richtige Größe haben und einem Turnanzug
ähneln.

Ein Junge muss wohl immer irgendwo hoch
oben thronen! ...

»Hast du es also doch geschafft zu kommen?«,

fragt Mathilde, die immer noch mehr unter dem Schock der Enttäuschung als der Überraschung steht, etwas dümmlich.

»Ja, was glaubst du denn! Die Fougerolles, die muss man nur zu nehmen wissen, das ist alles! Willst du, dass ich dich anschubse?«

»Äh ... ja. Gern!«

In null Komma nichts lässt sich Remi wie an einem Trapez nach hinten fallen, hängt – mit dem Kopf nach unten – in den Kniekehlen am Ast und drückt mit beiden Armen kräftig gegen die Seile der Schaukel. Mathilde ist sprachlos. Das wirft sie einfach um.

Nach und nach gehorcht die Schaukel den muskulösen Armen des Jungen. Mathilde hilft ihm so gut sie kann, indem sie die Beine nach vorn wirft, und ist heilfroh über die Wahl der Kniehose für diese unerhörte Zirkusnummer.

Der Flug zu zweit beginnt. Hoch hinaus.

Mathilde wirft den Kopf nach hinten. Remis Kopf ist jetzt ganz nah. Braune Locken streifen blonde Locken. Die beiden umgekehrten Gesichter, die sich unverwandt ansehen, sich gegenseitig entdecken, voneinander lernen, kommen sich immer näher.

Noch nie hat sie einen Jungen aus solcher Nähe gesehen und noch dazu aus umgekehrter Perspektive.

Noch höher.

Die ganze Zeder kippt von vorn nach hinten, von hinten nach vorn. Mathilde fragt sich nicht einmal, wie Remi es fertig bringt, so lange mit dem Kopf nach unten in dieser Stellung zu bleiben – nur durch die Kraft seiner Schenkel, deren Farbe immer mehr der eines Honigkuchens gleicht, als sei Remi ein Teil des Baumes, der aus der Ferne stammt.

Remi scheint mindestens ebenso an Mathildes Augen zu hängen wie an dem Ast.

Sie kann den Blick nicht mehr von den beiden Oliven lösen, die vor Freude glänzen und die sie bei jedem Hin und Her der Schaukel durchbohren.

Das Kinderherz hüpft unter der weißen Bluse, ein leises Tamtam der Erregung und der Kühnheit.

»Hast du keine Angst, Thilde?«, fragt der umgekehrte Mund.

»Nein, ich hab keine Angst«, erwidert der richtig herum gedrehte Mund. »Höchstens ein kleines bisschen«, fügt sie jedoch hinzu, denn alle Bäume des Gartens kippen ebenfalls um und sogar die Bambushütte mit Gießkannen, Harken, Schaufeln und Trittleitern . . .

Da beschließen sie gemeinsam, ein Kopf oben, ein Kopf unten, wieder herunterzukommen, die

Schaukel zu beruhigen ... Bald findet die Bambushütte wieder festen Boden unter den Füßen, und die Bäume des Gartens nehmen einer nach dem anderen wieder ihre ruhige, aufrechte Haltung ein. Die Zeder hat sich den Hals verrenkt und heute mehr erlebt als auf dem weiten Weg aus dem Libanon, das steht fest. Das Hin zieht nicht mehr das Her, das Her nicht mehr das Hin nach sich.

Die Schaukel kommt endlich zur Ruhe.

Mathilde betrachtet verdutzt den Boden, den sie vor mehreren Millionen Jahren verlassen hat. So lange, bis sie wieder zu einem normalen kleinen Mädchen auf einer Schaukel geworden ist. Remi steht neben ihr. Er hat das Recht, stolz zu sein, das hat er bestimmt: Immerhin ist es das zweite Mal, dass er sie zu einem Luftsprung verleitet.

Mathilde, die für ihre treffenden Bemerkungen, ihr sicheres Urteil bekannt ist, spürt wieder, wie sie eine dümmliche Anwandlung überkommt: »Willst du später mal Pilot werden?«, fragt sie, um ihm nicht nachzustehen, aber auch, um diesem olivgrünen Blick zu entkommen, der sie mustert, sie abmisst – Zirkel, Winkeldreieck, Millimeterpapier – und dabei besonders auf die kokett geknotete Bluse gerichtet ist.

»Pilot? Nein! Seemann, ich will Seemann werden!«

»Warum denn Seemann?«

»Um meinen Vater zu suchen, warum wohl sonst?«

Mathilde denkt an ihren Vater, der so oft weg ist, aber immer wiederkommt. Sie findet, dass Remi völlig Recht hat, sich auf die Suche nach seinem Vater zu machen, wenn dieser nie wiederkommt.

»Und deine Mutter?«, fragt sie, ohne groß nachzudenken.

Remi antwortet nicht. Als habe er die Frage nicht gehört.

»Sag, hat dir das Schaukeln Spaß gemacht?«

»Ja, das hat mir Spaß gemacht«, erwidert Mathilde und errötet leicht.

Sie will noch etwas hinzufügen, etwas, das Remi vielleicht gefallen könnte, doch da sieht sie, wie ihre Mutter am anderen Ende des Pfads auftaucht.

Remi dreht sich um, wirft einen Blick auf Mathilde, dreht sich dann wieder zu dieser Frau um, die näher kommt. Er ist nervös, scheint fast in Panik zu geraten.

»Du brauchst keine Angst zu haben. Das ist Mama!«

Auf einmal wird ihr klar, dass sie gar nicht so Unrecht gehabt hat mit dem Wolf. Denn plötzlich wirkt er tatsächlich ziemlich ungezähmt. Seine

Augen leuchten ganz anders, sind voller Scheu und Misstrauen. Mathilde erfüllt es mit einem seltsamen Gefühl, zugleich aber auch mit Freude, dass sie ihn ganz allein gebändigt hat, ohne Angst zu haben, höchstens ein kleines bisschen.

»Du bist der Remi, nicht wahr?«

Céline streichelt den braunen Haarschopf, ohne sich daran zu stören, dass der Junge zurückweicht.

Mathilde findet, dass Mütter es wirklich verstehen, mit Kindern zu reden, vor allem mit denen, die nicht ihre eigenen sind.

Das Streicheln des Haars und der so liebenswürdig vorgebrachte Vorname tun ihre Wirkung. Remi lässt sich darauf ein zu lächeln, sogar für Céline hat er ein Lächeln übrig, mit blitzenden Zähnen minus einem, aber das ist auch alles. Er macht sich so schnell davon, dass Mathilde nicht einmal Zeit hat, ihm auf Wiedersehen zu sagen.

»Findest du nicht, dass er etwas schüchtern ist, dein Remi?«

»Er ist nicht schüchtern. Er ist ungezähmt!«, erwidert Mathilde beleidigt.

Schüchtern und ungezähmt, das ist schließlich nicht dasselbe! Wenn die Jungen schüchtern sind, müssen die Mädchen die ganze Arbeit übernehmen: die Vorschläge, die Unterhaltung. Mit einem ungezähmten Jungen dagegen gibt es immer Überraschungen, ist man immer in Gefahr, ob man will oder nicht. Das ist einfach genial!

»Was murmelst du da wieder vor dich hin?«

»Ich sage nur, mein Remi (sie betont dabei das ›mein‹) ist einfach genial!«

Céline muss laut lachen.

»Soll ich dich anschubsen, oder wollen wir essen?«, fragt sie ihre Tochter, die noch immer auf der Schaukel sitzt.

Mathilde versucht sich vorzustellen, wie ihre Mutter mit dem Kopf nach unten am Ast der Zeder hängt, wie an einem Trapez.

»Lass uns essen!«, erwidert sie, ohne zu zögern.

Mutter und Tochter gehen gut gelaunt durch den Garten, gut gelaunt auch daher, weil Céline Melone und Eis angekündigt hat.

Sie halten sich an der Hand. Die Hand einer Mutter hat auch ihren Reiz, denkt Mathilde, vor allem, wenn man sie ab und zu loslassen kann.

»Glaubst du, dass Remi keine Mutter hat?«

»Doch, natürlich hat er eine, aber er kennt sie nicht ...«

Mathilde wünscht sich, dass Remi möglichst bald Seemann ist, damit er wenigstens seinen Vater kennen lernt.

»So, Mittagessen, ein kurzer Mittagsschlaf, und dann holen wir Christiane und Bénédicte vom Bahnhof ab, einverstanden?«

Bénédicte ...

Sie hat Bénédicte ganz vergessen! Was soll sie denn bloß mit Bénédicte anfangen, jetzt, wo sie jemanden zum Spielen gefunden hat, einen Remi ganz für sich allein? Jetzt, wo sie seine Thilde ist?

Sie ist nicht einverstanden, nein, überhaupt nicht einverstanden!

Mathilde bleibt stehen.

»Was ist los?«

Also gut, Céline hat es eilig, in ihrem Ton liegt etwas Ungeduld.

»Mir ist übel«, sagt Mathilde, da ihr nichts Besseres einfällt.

»Das kommt vom Schaukeln. Das ist nicht schlimm«, erklärt die Mutter bestimmt und beschleunigt den Schritt.

Doch, das ist schlimm, sehr schlimm sogar!

Kaum sind sie aus dem Zug gestiegen, hat Mathilde es schon bemerkt: Bénédicte ist gewachsen, noch schlanker geworden und sieht bezaubernd aus mit ihren langen rötlichen Zöpfen, ihrer milchweißen Haut und vor allem einer ganz persönlichen schicken Note, die sie angeblich schon besessen hat, als sie noch im Spielanzug herumgekrabbelt ist, und die sich hier auf dem Bahnsteig als geradezu umwerfend erweist.

Diese offenkundige Tatsache verleiht der Begrüßung einen bitteren Beigeschmack.

Mathilde, die durchaus weiß, dass sie hübsch ist, empfindet schon wieder das verzweifelte Bedürfnis, den Vorsprung einzuholen, den Bénédicte an Eleganz (Christiane kleidet sie in dem Modesalon ein, in dem sie als Designerin arbeitet), an Wissen (sie geht seit über einem Jahr in die Schule für die Großen) und an Reife besitzt (sie schmollt nicht, braucht keine Form des Schmusens und kann nachts bei völliger Finsternis schlafen).

Bei jedem Wiedersehen hat Mathilde zunächst das unangenehme Gefühl, Bénédicte gegenüber im Nachteil zu sein, ein Gefühl, das bald nachlässt, weil Mathilde alles dransetzt, sie an Komik

(Bénédicte ist ernst), an Kühnheit (Bénédicte ist zurückhaltend) und an Originalität (bei Bénédicte ist jede Reaktion vorhersehbar) zu übertreffen.

Noch während Mathilde in dem nagelneuen Leihwagen eine idyllische Beschreibung ihres Zimmers, des Gartens und des Bauernhofs gibt, wird dieses unangenehme Gefühl plötzlich um einen Gedanken bereichert, auf den sie noch gar nicht gekommen ist und der sie viel schrecklicher trifft als alle Nachtgespenster: Und wenn auch Remi Bénédicte umwerfend findet?

Mathilde öffnet ein Fenster. Ein heftiger Luftzug bringt den tadellos liegenden Pony ihrer Gefährtin durcheinander.

»Warum lässt du die Scheibe herunter?« fragt Céline vom Vordersitz und unterbricht ein sehr persönliches Gespräch mit ihrer Freundin Christiane, in dem *er* sehr oft vorkommt.

»Mir ist übel«, sagt Mathilde.

»Schon wieder!«

Und da geschieht das Fürchterliche. Céline, ihre Mutter, ihre eigene Mutter, mit der sie Hand in Hand durch den Garten gegangen ist, mit der sie den ergreifenden Anblick der Sonnenblumen geteilt und Aprikosen gepflückt hat, diese Mutter also, die sie wegen eines gewissen Versprechens für ihre (wenn auch ungeschickte) Mitwisserin,

für ihre (wenn auch aufdringliche) Vertraute gehalten hat, diese Céline also plustert sich auf und
trompetet: »Ach ja! Eins hat Mathilde noch gar
nicht erzählt. Sie hat einen Liebsten! Remi heißt
er. Er ist ein bisschen schüchtern«, sie verbessert
sich, »ein bisschen ungezähmt, aber sehr nett!«

Man sagt, dass einem, kurz bevor man stirbt –
zum Beispiel bevor man in einer zu hohen Welle
ertrinkt oder von der Schaukel fällt –, eine Flut
von Gedanken oder Bildern durch den Kopf
geht. Wenn man Lust hat, jemanden umzubrin-
gen, muss das wohl genauso sein. Mathilde sieht
die unzähligen Möglichkeiten, ihre Mutter um-
zubringen, vor ihrem inneren Auge vorüberziehen, und sie besitzt eine Vorliebe dafür, sie an Ort
und Stelle, am Steuer ihres Autos zu erwürgen,
was zur Folge hätte, dass sie allesamt gegen eine
Platane knallen würden und sofort tot wären und
sie selbst nicht ins Gefängnis käme . . .

Christiane, die sich umgedreht hat, muss wohl
Mathildes entgeistertes Gesicht gesehen haben.
Sie wirft ihr lächelnd eine Kusshand zu und
bringt das Gespräch auf Melonen, Pfirsiche und
andere Feld-, Wald- und Wiesenthemen.

Aber Bénédicte hat, wenn sie von Neugier
geplagt wird, nicht den Stil ihrer Mutter, obwohl
sie sich von ihr einkleiden lässt. Ihre blauen
Augen sind wachsam. Zwei fragende Augen.

»Wie alt ist Remi?«, fragt sie.

Es ist ein bisschen ungerecht, das gibt sie ja zu, aber an irgendjemand muss Mathilde schließlich ihre Wut ablassen: Warum also nicht an Bénédicte?

»Kümmere dich um deinen eigenen Mist!«, erwidert Mathilde gehässig.

Das ist zwar nicht sehr fein, aber Mist ist immer gut. Schön beleidigend, und außerdem passt das wunderbar zu Christianes Melonen.

»Aber Mathilde!«, protestiert Céline halbherzig, da sie sich vermutlich ihres Vergehens bewusst ist.

Und dann beginnt Mathilde zu schmollen.

Seligkeit des Schmollens ... Schmollen. Grollen. Trübsinn blasen. Missmutknäuel. Trauerkloß. Schneckenhaus der Traurigkeit. Man muss sich so lange darin zurückziehen, bis sich Kummer und Selbstmitleid – ob gerechtfertigt oder nicht – zart entfalten, zu einer Lust werden, als müsse man sich ihnen erst ganz hingeben, ehe sich der Schmerz wie ein Knäuel von selbst abwickelt, leer spult, und die Sache, nachdem sie schrecklich wehgetan hat, schließlich gar nicht mehr wehtut – ganz im Gegenteil.

Seligkeit des Schmollens, die uns vor den anderen und vor uns selbst schützt, uns in eine selbst gewählte Einsamkeit versetzt, die nichts und niemand stören kann.

Aber heute ist Mathilde gar nicht mehr so allein beim Schmollen, beim Grollen in ihrer Trübsinnsblase. Sie schmollt mit Remi. Teilt das Schneckenhaus mit ihm. Das ist ja auch normal, schließlich ist er an allem schuld, schließlich hat er das alles ermöglicht.

Ein perfektes Schmollen, also ein Schmollen, bei dem man fast wie ein Schlafwandler wirkt, macht immer großen Eindruck.

Mathilde hat festgestellt, dass man sie, wenn sie gekonnt schmollt, in Ruhe lässt. Niemand kommt ihr dann zu nahe. Ein Schlafwandler, so sagt man, darf auf keinen Fall geweckt werden. Mit dem Schmollen ist es genauso. Es wird respektiert. Das ist einer der Gründe, warum es sich lohnt, die Sache ein wenig auszudehnen ...

Als sie das Haus erreichen, rast Mathilde mit ihrem Schneckenhaus zum Obstgarten, wo sie sich mit Aprikosen vollstopft, während Céline Bénédicte im Prinzessinnenzimmer unterbringt, ihr den Garten zeigt und vermutlich die Schaukel.

Zum Glück ist es zu spät, um zum Bauernhof zu gehen: Heute Abend zieht sie es bei weitem vor, auf Remi zu verzichten, statt ihn mit jemandem zu teilen. Was morgen ist, wird man ja sehen.

Die Aprikosen und das bevorstehende Abendessen tragen dazu bei, dass Mathilde allmählich die Möglichkeit ins Auge fasst, ihr Schneckenhaus zu verlassen, nachdem sich die letzten Schwaden des Grolls verflüchtigt haben. Der gedeckte Tisch in der Küche tut sein Übriges: Er ist äußerst einladend, die Atmosphäre ansteckend, und außerdem wartet auf Mathildes Teller eine Überraschung auf sie. Dafür hat Christiane gesorgt ... Ein Sommerkleid aus weißer Spitze und ein Reisenecessaire, das eines richtigen Mädchens würdig ist.

Alle klatschen Beifall.

»Und das habe ich dir mitgebracht!«, sagt Bénédicte und hält Mathilde ein Kästchen hin.

»Was ist das?«

»Guck doch rein!«

Mathilde öffnet das Kästchen, während alle schweigend zuschauen ...

Es ist eine hübsche Kette aus glänzenden Perlen mit einer herzförmigen Muschel als Anhänger, die Mathilde an irgendetwas erinnert.

»Hast du die selbst gemacht?«, fragt Mathilde bewundernd und bereut ein wenig die Sache mit dem »Mist«.

Bénédicte sagt ja, und Mathilde bereut auch ein wenig, dass sie so eifersüchtig gewesen ist ...

Als kurz darauf die Mütter kommen, um ihnen einen Gutenachtkuss zu geben, liegen die beiden Prinzessinnen wie zwei Schwestern unter ihren weißen Gazeschleiern im Bett.

Céline bleibt einen Augenblick auf dem Bett ihrer Tochter sitzen und fragt: »Bist du mir noch böse?«

»Nein, nein, überhaupt nicht! ...«, erwidert Mathilde und gibt ihr überschwänglich einen Kuss.

Doch als Céline ganz leise die Schlafzimmertür hinter sich schließt, als wolle sie diese zärtliche Aussöhnung noch bekräftigen, stellt Mathilde betroffen fest, dass sie gerade bei einer ganz wichtigen Sache, die sie mit ihrer Mutter teilt, gelogen hat. Doch, sie ist ihr böse. Sie ist ihr noch immer böse. Sie ist ihr für immer böse.

Ebenso betroffen begreift sie, dass es Formen des Grolls gibt, die sich nicht im Inneren eines Schneckenhauses wie ein Knäuel von selbst abwickeln. Und dass Schmollen, Grollen, Trübsinnblasen kleinen Mädchen wohl durchaus angemessen ist, aber nur dann, wenn sie noch keinen Remi kennen gelernt haben.

Doch das Seltsamste an der Sache ist, dass diese Lüge, die ihr Kummer bereiten müsste, ihr gar nichts ausmacht, nicht das Geringste ...

»Bénédicte, schläfst du?«

»Nein.«

»Willst du wissen, wie das mit Remi ist?«

»Ja.«

Und da erzählt Mathilde von den kantigen

Fingernägeln, dem leichten Hauch im Nacken, wenn Remi hinter ihr ist, und von den miteinander verschmelzenden Blicken, wenn er über ihr ist. Sie erzählt vom doppelten Luftsprung auf dem Traktor und auf der Schaukel.

»Wie schön!«, sagt Bénédicte und fügt hinzu: »Dann habe ich es ja mit dem Muschelherzen an der Kette richtig getroffen!«

Die weißen Gazeschleier der beiden großen Betten wallen in der warmen Brise, die durch das halb geöffnete Fenster in das Zimmer dringt.

»Ja, genau richtig! ...«

Sosehr Mathilde sich auch bemüht, sie kommt nicht darauf, woran sie diese Muschel erinnert ...

»Was ist denn das für ein Lärm draußen?«, fragt Mathilde kurz vor dem Einschlafen.

»Das sind die Grillen«, erklärt Bénédicte, deren großes Wissen und deren Reife Mathilde heute Abend nicht stören. »Sie zirpen nachts im Sommer, wenn die Zikaden schlafen.«

Mathilde findet, dass im Land der Sonnenblumen ungemein viel gezirpt und gesungen wird.

Alles ist beim Frühstück beschlossen worden, zwischen Bénédictes halbem Zwieback und Mathildes sechs Marmeladenbroten.

Heute ist Markt: Die ideale Gelegenheit für einen diskreten Besuch auf dem Bauernhof, denn aus unterschiedlichen Gründen halten es die beiden Mädchen vor Ungeduld nicht mehr aus, sie wollen Remi sehen.

Sie haben sich darauf geeinigt, was sie anziehen: beide das Gleiche. Mathilde hat hartnäckig darauf bestanden: Jeans, T-Shirt, Turnschuhe und das Haar zum Pferdeschwanz gebunden, denn Bénédictes übertriebene Eleganz stellt weiterhin eine Gefahr dar...

Nein! Nein! Sie haben keine Lust, auf den Markt mitzukommen! Doch! Doch! Sie können wirklich gut allein bleiben!...

Noch nie haben Céline und Christiane so lange gebraucht, um sich fertig zu machen. Sie trödeln mit sichtlichem Vergnügen, brechen erst nach mehreren Anläufen auf, so dass es schon fast Mittag ist, als sich das Auto endlich entfernt.

Die Nerven sind aufs äußerste gespannt.

»Auf geht's!«, ruft Mathilde.

Sie laufen durch den Garten, ohne sich bei den verschiedenen Kostbarkeiten aufzuhalten: dem leeren Kaninchenstall, dem Brunnen, der Schubkarre, der Hundehütte ...

Vor der Schaukel: Halt. Eine Gedenkminute. Dann stehen sie vor dem Gatter, das sie nur noch aufzustoßen brauchen.

Schon wieder die Verzückung vor dem absoluten Gelb. Und wieder der Eindruck, dass all die Blumen Mathilde den Kopf zuwenden, sie anstarren und mit ihr sprechen, sodass sie sich einfach nicht mehr rühren kann.

»Was ist denn mit dir los?«, sagt Bénédicte.

»Ist dir nicht schwindlig?«, fragt Mathilde.

»Nein, warum?«

Warum? Unglaublich: Bénédicte spürt und hört einfach nichts. Hat sie etwa schon jemals solche Sonnenblumen gesehen, die so schön sind, dass man sie unmöglich malen kann, und die aus unzähligen strahlenden Mündern alle durcheinander schreien, sodass man sie unmöglich verstehen kann? Das kommt davon, wenn man so gut wie nichts isst (einen lächerlichen halben Zwieback zum Frühstück): Man wird unempfindlich. Mathilde findet es schade, dass Bénédicte den Sonnenblumen gegenüber so gleichgültig bleibt. Das ist beunruhigend. Das ist beunruhigend wegen Remi. Ob sie ihn denn wenigstens richtig

sieht, sich ihm gegenüber nicht so gleichgültig ver-
hält? ...

»Warum?«, wiederholt Bénédicte.

»Ach, nur so. Nur so ... Lass uns gehen. Siehst
du den Hof da unten? Das ist er.«

Es rührt sie, wenn sie sich Remi unter dem
ockerfarbenen Dach vorstellt, Remi, der nicht
weiß, dass sie zu ihm kommt ...

Als sie den Hof erreichen, empfängt Madame
Fougerolles sie ohne große Begeisterung, auch
wenn sie Mathilde freundlich die Wange tät-
schelt: Es ist der unpassendste Moment! Es ist
noch ein Haufen Arbeit zu tun! Die Kaninchen
haben noch nichts zu fressen gekriegt! Und das
Mittagessen ist noch nicht fertig!

Monsieur Fougerolles taucht mit erloschener
Pfeife, aber keinesfalls erloschenem Blick auf
und sagt: »Wenn ihr den Remi sucht, der ist bei
den Ziegen ... Du weißt ja, wo das ist!«, sagt er
verschmitzt zu Mathilde, die sich durchschaut
vorkommt.

Aber als sie darüber nachdenkt, fragt sie sich,
ob er das »du weißt ja, wo das ist« wegen Remi
und ihr gesagt hat oder ob auch er, genau wie sie,
den Eindruck hat, dass sie schon mal irgendwann auf diesem Hof gewesen ist, diesem Hof,
der ihr so seltsam vertraut vorkommt. Außerdem
dürfte ein Mann, der seine Pfeife raucht, ohne sie

jemals anzuzünden, eine ganze Menge Dinge wissen! ...

Als sie um den Hof herumgehen, sehen sie also die Scheune und den alten Traktor, der auf gebührende Weise begrüßt wird. Der Ziegenpferch ist gleich nebenan ...

Unzählige widersprüchliche Ängste bestürmen Mathilde. Bange Fragen, die alle mit »Und wenn?« beginnen, stechen ihr ins Herz wie ein gespitzter Buntstift.

Wenn es zu viele »Und wenn?« gibt, ist das vielleicht ein Zeichen dafür, dass sie besser nicht hergekommen wäre, aber dafür ist es nun zu spät: Sie ist da mit einer Bénédicte, die vor Neugier platzt.

Es sind viel mehr Ziegen da als neulich abends, und die beiden Mädchen gehen vorsichtig mitten durch die Herde. Manche Ziegen haben eine Glocke um den Hals hängen. Mathilde meint, dass es wohl ein Vorrecht sein muss, bei jeder Kopfbewegung zu bimmeln und diese blendend weiße Schar zu dirigieren, von der ein scharfer Geruch ausgeht, der sie ein bisschen an den Duft des Frischkäses erinnert, der aber außerdem von eindrucksvollen Mengen Ziegendreck aufzusteigen scheint, in dem die Tiere fröhlich herumstapfen.

Mathilde findet diese Mischung aus Weiß und

Schmutz, dieses Durcheinander aus Tiergerüchen und -geräuschen berauschend.

Schon wieder sagt sie sich, dass sie eigentlich nichts dagegen hätte, eine Ziege zu sein. Aber Bénédicte beginnt hinter ihr zu murren. Sie scheint überhaupt nicht berauscht zu sein (man muss allerdings dazu sagen, dass sie Frischkäse verabscheut) und kann die Augen nicht von ihren neuen Turnschuhen lösen, die inzwischen reichlich verschmutzt sind.

»Wo ist er denn bloß, dein Remi?«, fragt sie ziemlich gereizt.

»Dein Remi« . . . Mathilde lächelt: Das stimmt schon, das ist wirklich ihr Remi.

»Was weiß ich? Der muss hier irgendwo sein!«

Das Irgendwo nimmt schließlich deutlichere Formen an: Hinter der verdreckten, durch die lange Anwesenheit der beiden Mädchen in ihrer Mitte nervös gewordenen Herde ist Remi schließlich zu sehen, ihr Remi, der auf einer großen verrosteten Öltonne sitzt und zusieht, wie sie näher kommen.

Er trägt seine viel zu große Matrosenbluse, hat völlig zerzaustes Haar und macht einen ausgesprochen spöttischen Eindruck. Er muss wohl schon seit einer ganzen Weile zugesehen haben, wie sich die beiden durch die Ziegenherde schlängelten, ohne dass er einen Ton gesagt hat.

»Du hättest uns aber wirklich helfen können!«, sagt Mathilde zutiefst enttäuscht.

Sie ist nicht enttäuscht, weil er ihnen nicht geholfen hat, sondern weil sie ihn lieber in einem anderen Hemd gesehen hätte, einem Hemd in seiner Größe, und vor allem besser gekämmt und in einer etwas ansprechenderen Aufmachung, in der er vorteilhafter aussieht. Damit Bénédicte vor Neid platzt! Denn Bénédicte, das ist ja klar, hat viel erwartet, und jetzt ist es möglich, dass sie überhaupt nichts mehr erwartet, wenn man sieht, was sie für ein Gesicht macht und wie sie ihre Schuhsohlen angewidert mit einem Stock säubert und dabei Remi von unten herauf ansieht, als lege sie keinen Wert darauf, ihm die Hand zu geben, was man im Allgemeinen in solchen Fällen tut, wenn man den Freund einer Freundin trifft!

Sie ist enttäuscht, weil sie statt dieser spöttischen Miene viel lieber einen Remi in heller Aufregung gesehen hätte, der den Kopf verliert, die Fassung, die Nerven, und völlig durchdreht, und Bénédicte die Umwerfende, die, von all dieser Erregung umgeworfen, »wie schön!« sagt, so wie gestern Abend, als die Grillen zirpten und zuhörten, wie Mathilde erzählte.

»Warum kommste her, Thilde?«, fragt Remi immer noch spöttisch, ohne sich von der verrosteten Öltonne zu rühren, und streichelt dabei eine formlose Masse aus grauen Haaren, die Mathilde noch nicht bemerkt hatte, die sie aber wie das Muschelherz, das Bénédicte ihr geschenkt hat, an irgendetwas erinnert.

Gute Frage, allerdings. Warum ist sie bloß hergekommen, die Thilde? Das fragt sich Mathilde, die nicht mehr weiß, ob sie noch seine Thilde sein will, ganz bitter.

Zu ihrer großen Überraschung gibt Bénédicte die Antwort und legt dabei großen Nachdruck auf den Imperfekt, den sie in der Schule für die Großen eingeübt haben muss: »Sie ist gekommen, weil sie Lust dazu hatte und weil auch ich Lust dazu hatte!«

Bénédicte bringt diesen Satz auf völlig verblüffende Weise hervor, was beweist, dass sich ihre Eleganz nicht nur auf die Kleidung beschränkt. Mathildes Selbstbewusstsein ist wiederhergestellt.

Remi sieht man an, dass der Schlag gesessen hat. Er wendet sich Bénédicte zu. Abmessen... Zirkel. Winkeldreieck. Lineal. Pauspapier. Kohlepapier. Millimeterpapier: eine vollständige Begutachtung.

Mathilde ist nicht sonderlich erfreut darüber,

dass Remi ihre Freundin auf die gleiche Weise berechnet wie sie, ehe er sie aufgefordert hat, auf den Traktor zu steigen. Sie möchte nicht, dass das zu einem ähnlichen Vorschlag führt.

Bénédicte lässt sich nicht einschüchtern, ist großartig. Sie geht noch einen Schritt weiter und schlägt mit ihrer eigenen Ausrüstung zurück (sie ist nicht umsonst die Tochter einer Modeschöpferin): Schere. Zentimetermaß. Nadel. Faden. Fingerhut. Nähmaschine.

Am Ende fragt man sich, wer wen misst, wer sich womit misst, aber für Mathilde dauert dieser Augenblick, von dem eine Entscheidung abhängt, die von nirgendwoher kommt, eine Ewigkeit.

Schließlich gibt Remi nach. Mit dem verführerischsten Lächeln, das zugleich den fehlenden Zahn erkennen lässt, wendet er sich wieder Mathilde zu und sagt zu ihr: »Ich mag dich gern in Jeans, aber noch lieber mag ich dich in dem gepunkteten Kleid!«

Sie weiß nicht, was Bénédicte in den folgenden Sekunden tun wird, weiß nicht einmal, ob Bénédicte überhaupt noch auf der Welt ist, denn in ihrer Welt sind sie nur noch zu zweit, sie beide, sie beide ganz allein. Sie beide, die sich ansehen. Die wieder einen Luftsprung machen, im Hin und Her des Rausches, aber ohne Traktor, ohne Schaukel, nur von der Kraft der Blicke hochgehoben.

Als Mathilde wieder festen Boden unter sich hat, spürt sie etwas Feuchtes, Sanftes, das ihr die Hand leckt: Die Masse aus grauen Haaren hat einen Kopf, zwei Augen, eine Zunge.

»Das ist Léon!«, sagt Remi und springt von der Tonne.

»Äh ... Und das ist Bénédicte«, erwidert Mathilde und zeigt dabei auf ihre Freundin. »Sie ist meine beste Freundin!«, fügt sie hinzu und fühlt sich ein bisschen schuldig, weil sie Bénédicte völlig vergessen hat.

Mathilde findet, dass Léon ein komischer Name für einen Hund ist, aber noch seltsamer findet sie die Ähnlichkeit zwischen Léon und dem Hund von Félix, Großmamas Verlobtem.

Sogar die Art, wie er ihr die Hand leckt, erkennt sie wieder, das könnte sie schwören ... Dabei ist der Hund von Félix tot. Sie erinnert sich noch, wie traurig sie im letzten Frühjahr war, als er starb.

Bénédicte und Remi mustern sich weiterhin, aber ohne ihre Instrumente. Mathilde weiß nicht so recht, was sie sagen soll, nachdem sie nun alle drei da sind, im Ziegendreck stehen und die gegenseitige Vorstellung beendet ist.

Die Bäuerin, die auf der anderen Seite des Pferchs auftaucht, führt schließlich die Entscheidung herbei: »He! Du Schlot! Gib lieber den

Karnickeln was zu fressen, statt hier den starken Mann zu markieren!«

Mathilde hat den Eindruck, dass Remi unter seiner Honigkuchenbräune errötet. Mathilde wäre an seiner Stelle auch rot geworden. Bauern sind noch schlimmer als Mütter, was das Taktgefühl angeht.

»Na gut ... also ... dann muss ich wohl gehen!«, stottert besagter starker Mann.

Niemand wagt mehr irgendwen anzusehen.

»Komm, Léon!«, sagt er zu dem Hund, der die Gesellschaft der Mädchen zu schätzen scheint und sie zufrieden beschnuppert. Gefolgt von Léon, entfernt sich Remi, ohne sich ein einziges Mal umzudrehen ...

Bénédicte und Mathilde blicken hinter ihm her, ohne ein Wort zu sagen. Ein Glück, denn was Mathilde jetzt sagen könnte, wären ganz schreckliche Dinge, gegen die sie machtlos ist. Dass er für immer weggegangen ist. Dass sie ihn nie wieder sieht. Dass er mitten in der Nacht stirbt, wie der Hund von Félix, und dass sie ihm nicht mal auf Wiedersehen gesagt hat ...

Remi und Léon sind hinter der Scheune verschwunden.

»Was machst du denn für ein Gesicht! Er geht doch nicht für immer weg!«

Das Gute an Bénédicte ist, dass sie keinerlei

Phantasie hat. Sie sieht die Dinge immer so, wie sie sind, haargenau so, wie sie sind. Manchmal ist das schade, zum Beispiel mit den Sonnenblumen, die keinerlei Eindruck auf sie machen, nicht mal den geringsten Taumel hervorrufen, aber manchmal ist das auch ein Vorteil. Das ist beruhigend. Die Unempfindlichkeit hat ihre Vorteile, besonders wenn man jemanden weggehen sieht, den man nicht weggehen sehen möchte.

Mathilde fragt sich, ob sie nicht gut daran täte, etwas unempfindlicher zu werden, vielleicht indem sie wie Bénédicte die Anzahl der Marmeladenbrote beim Frühstück verringerte oder auf die Bahlsen-Kekse verzichtete, was nicht so einfach wäre ...

Sie kehren wortlos nach Hause zurück und pflücken unterwegs im Obstgarten Aprikosen, denen Mathilde jedoch standhaft widersteht. Sie begnügt sich damit, sie in einen Korb zu legen, der dort eigens dafür steht.

Weder die eine noch die andere wagen, den ersten Schritt zu tun, das erste Wort zu sagen.

Mathilde brennt vor Ungeduld, Bénédictes Meinung über Remi zu hören, und zugleich fürchtet sie sich davor, denn Bénédictes Urteil ist unwiderruflich, endgültig: So ist sie nun mal.

Gerade als sie das Haus erreichen, kommen Christiane und Céline mit dem Auto zurück.

Jetzt oder nie. Mathilde, an ihre blaue Schwimmweste geklammert, bleibt nicht einmal genug Zeit, sich die Welle auszusuchen. Die Sturzsee, die auf sie zukommt, ist die einzig mögliche. Die muss sie nehmen, selbst wenn sie mit ihr zerschellen sollte.

Mund zu. Augen zu. Nur die Ohren für das Urteil aufgesperrt. Schnell. Schnell.

»Nun sag schon!«, stößt Mathilde hervor, bis zur Hüfte im Wasser, während sie von einer seltsamen Kraft in die Tiefe gezogen wird und über ihr die schäumende Gischtwelle nur darauf wartet, sie unter sich zu begraben.

Sie spürt, wie sie in die Höhe gerissen wird ...

»Ich weiß nicht recht! ...«, erwidert Bénédicte.

Die Welle ist vorübergerollt. Mathilde hört, wie sie sich hinter ihr mit lautem Tosen bricht.

»Was soll das heißen, du weißt nicht recht?«

Ein Mädchen, das immer alles weiß und auf einmal sagt: »Ich weiß nicht recht«, das ist doch nicht zu fassen!

»Irgendwie gefällt er mir und irgendwie auch nicht«, erklärt Bénédicte ziemlich verdutzt über ihre eigene Unsicherheit.

Nach dem Sturm auf hoher See, der hohen Brandung, nun die Lawine der Mütter: Küsse und Vorräte. Mathilde packt alle Pakete aus und ist enttäuscht. Sie hatte auf eine kleine Überraschung gehofft, die nicht da ist.

Ja! Ja! Sie sind brav gewesen! Nein! Nein! Sie haben keine Angst gehabt, so ganz allein!

Nachdem sie anfangs nur so getan hat – ziemlich schlecht im Übrigen –, ist Bénédicte wirklich eingeschlafen. Selbst im Dunkeln, selbst bei dem Versuch, ihre Müdigkeit auszunutzen, ist es Mathilde nicht gelungen, weitere Einzelheiten aus ihrer besten Freundin herauszubekommen, sodass sie sich schließlich fragt, ob Bénédicte wirklich noch ihre beste Freundin ist, denn man kann doch niemanden in einer solchen Ungewissheit lassen, das muss sie doch verstehen! Kurz gesagt, Mathilde weiß noch immer nicht, was Bénédicte an Remi gefällt und was nicht. Das ist ärgerlich, äußerst ärgerlich, und zwar aus dem einfachen Grund, weil Mathilde es selbst nicht weiß. Auch sie ist geteilter Meinung. Es gibt Dinge, die sie an Remi mag, und andere, die sie nicht mag, und die schreckliche Frage, die sie sich stellt, ist folgende: Hat man das Recht, wenn man jemanden liebt, gewisse Dinge an ihm nicht zu lieben?

Manchmal ist das kein Problem. Zum Beispiel, wenn ihr gewisse Dinge an ihrer Mutter oder an ihrem Vater nicht gefallen, dann zweifelt sie trotzdem nicht daran, dass sie sie liebt, aber bei einem Jungen, der sie Luftsprünge machen lässt, einschließlich solcher, bei denen man nicht vom Boden abhebt, ist es da genauso?

Mathilde hätte auch gern gewusst, ob das, was Bénédicte nicht gefällt, genau das ist, was auch ihr nicht gefällt, um vergleichen zu können, um den Unterschied zu sehen zwischen einem Mädchen, das Luftsprünge gemacht, und einem, das keine Luftsprünge gemacht hat.

Nachmittags in der Bambushütte, die sie sich als Haus für sich einrichten wollen, hat Mathilde mehrmals versucht, eine klare Antwort von Bénédicte zu bekommen: vergeblich. Sie ist ebenso halsstarrig, wenn sie etwas nicht weiß, wie wenn sie etwas weiß.

Außerdem versetzt Mathilde der Gedanke, dass Bénédicte irgendetwas an Remi nicht gefällt, in Wut, und der Gedanke, dass ihr etwas an ihm gefällt, macht sie ein bisschen eifersüchtig.

Selbst über den fehlenden Zahn hat Bénédicte nichts sagen wollen, ein Punkt, der bei Mathilde große Unsicherheit auslöst, denn sie findet diesen fehlenden Zahn ziemlich lächerlich und zugleich sehr hübsch ...

Bénédicte schläft jetzt, und Mathilde liegt mit offenen Augen da, während ihr die Fragen, auf die sie keine Antwort weiß, durch den Kopf gehen und die Grillen in der Leere zirpen.

Was macht Remi wohl in diesem Augenblick? Liegt auch er im Bett und denkt an sie, so wie sie an ihn? Und wo ist sein Bett? An welcher Stelle des Bauernhofs? Und wenn ...? Und schon geht es wieder los mit dem »Und wenn?«! Ohne das ewige »Und wenn?«, das ist ihr völlig klar, wäre sie eine andere Mathilde, dann wäre sie viel ruhiger und schliefe schon, wie Bénédicte. Sie scheint kein einziges »Und wenn?« zu kennen, die Bénédicte.

Das »Und wenn?«, das ihr durch den Kopf geht, lässt sie erstarren.

Und wenn Remi ... wenn es Dinge gibt, die er an Mathilde nicht mag?

Hat er nicht gesagt, dass er sie in ihrem gepunkteten Kleid lieber mag? ... Er hat also Vorlieben, und wenn man Vorlieben hat, dann heißt das, dass es Dinge gibt, die man mag, und andere, die man nicht so sehr mag, vielleicht sogar überhaupt nicht mag, wer weiß ...?

Auf einmal ist ihr heiß. Sie stößt die Bettdecke zurück und zugleich das ewige »Und wenn?«. Trampelt mit beiden Füßen wütend darauf herum.

Also, noch mehr darauf achten, was sie anzieht. Daran denken, dass Remi eine Vorliebe für Kleider hat. Nicht das Risiko eingehen, ihm zu missfallen. Notfalls ihn jedes Mal fragen, auch wenn er sich keinerlei Mühe gibt, aber er hat eben eine

Entschuldigung: Er ist ein Junge, außerdem haben sie vielleicht bei der Fürsorge für Kinder, deren Eltern nie wiederkommen, nur Matrosenblusen und Turnanzüge.

Mathilde richtet sich in ihrem Bett auf. Unter ihrem großen Gazeschleier wirkt Bénédicte wie eine Gestalt aus einem Bilderbuch. Fast wie Dornröschen. Das Prinzessinnenbett passt besser zu ihr als zu Mathilde, das stimmt zwar, aber den Prinzen hat Mathilde. Was hat sie für ein Glück gehabt, dass sie als Erste da war, denn sonst ...

Jetzt besteht die Schwierigkeit darin, ihn für sich allein zu behalten, ihn nicht immer mit jemandem teilen zu müssen, weder mit Bénédicte noch mit sonst jemandem.

In der Bambushütte hat Bénédicte so getan, als zähle die Begegnung mit Remi überhaupt nicht, als würde das nichts an ihren Gewohnheiten ändern. Sie hat gar nichts begriffen: In der Hütte zu spielen macht zwar Spaß, das stimmt schon, aber das ist eben nur ein Spiel, das tun sie nur zum Spaß. Mit Remi ist die Sache anders, das ist ernst.

Sie muss Bénédicte unbedingt sagen, dass das mit Remi ernst ist!

Ganz aufgeregt steht Mathilde auf. Zum Glück fällt das Mondlicht durch die halb geschlossenen

Fensterläden in das Zimmer, sodass sie ohne
Mühe den Lichtschalter finden kann. Das grelle
Licht der Deckenlampe zwingt sie, die Augen
zusammenzukneifen ...

»Was machst du denn um diese Zeit noch
hier?«

Céline zeichnet sich riesengroß im Türrahmen
ab.

»Äh ... Nichts ... Ich wollte Bénédicte nur was
sagen. Ich habe ihr was zu sagen ...«

»Na hör mal, mein Schatz! Bénédicte schläft,
und du solltest dasselbe tun! Los, schnell ins
Bett!«

Widerwillig lässt sich Mathilde wieder ins Bett
bringen.

»Ich kann nicht schlafen ...«

Das ist ein Satz, der durch zu häufigen Gebrauch abgedroschen klingt, eine Klage, der ihre
Mutter, auch wenn sie sie hört, schon seit langem
kein Gehör mehr schenkt, auf die sie ohne nachzudenken mit den ewig gleichen ermuntern-
den Worten reagiert, weil irgendeine Antwort ja
nötig ist.

»Doch, doch! Du schläfst bestimmt gleich ein!«

Aber heute Abend genügt diese Antwort nicht.
Auch sie klingt abgedroschen. Mathilde braucht
eine andere, eine neue Antwort, eine, die der
Situation entspricht und die nötige Kraft besitzt,

denn die Sache mit Remi ist ernst, und dass sie nicht schlafen kann, auch das ist ernst.

Es ist nichts Neues, dass ihre Mutter die Bedeutung der Dinge nicht richtig erkennt. Als der Hund von Félix, dem Verlobten von Großmama, starb, hat sie Mathildes Kummer auch nicht richtig erkannt. Mathilde hat mehrere Nächte ganz allein mit diesem Kummer unter der Bettdecke zubringen müssen, und Céline hat sie sogar noch damit zugedeckt, ohne es zu merken. Es ist nicht leicht, mit einem toten Hund im Bett zu schlafen.

Alle ihre Freundinnen haben mit ihren Müttern die gleiche Erfahrung gemacht. Dabei kann sich Mathilde gar nicht mal allzu sehr über Céline beklagen. Nur wenn *er* nicht oft genug oder zu oft nach Hause kommt, passiert es, dass ihre Mutter die Bedeutung der Dinge nicht richtig erkennt. In der übrigen Zeit ist sie gar nicht so kurzsichtig ...

Widerwillig lässt sich Mathilde zudecken.

Heute Nacht liegt sie nicht mit Kummer im Bett, sondern mit viel zu vielen großen Fragen, sodass sie sich ernsthaft überlegt, ob sie nicht ein bisschen zu klein für so große Fragen ist. Und Bénédicte lässt sie mal wieder im Stich, tut so, als schliefe sie, statt ihr zu Hilfe zu eilen, und wacht nicht mal auf, wenn das Licht angeht!

Céline macht ein Gesicht wie jemand, der will, dass sein Kind sofort einschläft und damit basta jetzt reicht's ich habe was anderes zu tun.

Es ist keine Nacht, um sich Geheimnisse anzuvertrauen. Keine Nacht für Herzensergüsse. Sind Herzensergüsse im Übrigen überhaupt noch möglich mit einer Mutter – und werden sie es je wieder sein? –, die keinen Unterschied macht zwischen »im Spaß« und »im Ernst« und die mit den Geheimnissen ihrer Tochter angibt: »Ach ja! Eins hat Mathilde noch gar nicht erzählt. Sie hat einen Liebsten! Remi heißt er!« ...

Widerwillig lässt sich Mathilde einen Kuss geben.

Eine Sache, die beherrscht Mathilde perfekt, wenn sie in Wut ist, sie kann diese Wut in pieksende Rache verwandeln, sie so zuspitzen, wie sie ihre Buntstifte spitzt, ohne dabei die Mine abzubrechen.

»Du hast was vergessen!«, sagt Mathilde in dem Augenblick, da Céline das Licht ausknipst.

Die Buntstiftspitze glänzt in der Dunkelheit.

»Was denn? Was habe ich vergessen?«, erwidert Céline ein wenig verwirrt, denn sie weiß genau, dass sie manchmal etwas vergisst. Erst verspricht sie es, dann vergisst sie es.

»Du hast mein Fläschchen Lavendel vergessen!«

Der Stich einer Buntstiftspitze ist nicht tödlich, aber er tut sehr weh, wie eine Nadel, die ins Herz gestochen wird.

»Ach ja! Richtig! Du hast völlig Recht!« Céline ist sichtlich betroffen. »Das tut mir aber Leid, mein Schatz! Wirklich! ... Beim nächsten Mal denke ich daran! Das verspreche ich dir!«

Das saß! Auch wenn es nichts Besonderes ist, aber immerhin ...

Die Tür zum Schlafzimmer schließt sich. Mathilde zieht die Bettdecke bis ans Kinn.

Sie ist zufrieden. Aber nicht lange. Eine noch größere Frage kriecht schon unter dem Laken hervor: »Und wenn Remi gar nicht ihr Liebster ist?«

Die Hütte nimmt Form an. Mathilde hat die gröbsten Arbeiten erledigt, reinen Tisch gemacht. Nicht eine einzige Schaufel oder Harke, nicht eine einzige Gießkanne oder Trittleiter hat ihrem Eifer widerstanden. Bénédicte, die über diese vermeintliche Begeisterung entzückt ist, hat nicht begriffen, dass Mathildes übertriebener Eifer ihrer Qual und ihrer Wut entspringt, in die sie der Zweifel versetzt.

Die größte aller großen Fragen ist noch immer ohne Antwort geblieben. Von all den »Und wenn?«, die sie Tag und Nacht verfolgen, ist diese Frage bei weitem die quälendste, die sich am wenigsten mit jemandem teilen lässt.

Nur Remi könnte der Marter ein Ende setzen, und er ist der Einzige, der nicht da ist.

Dabei hatte alles so gut angefangen …

Es war nicht schwer gewesen, die Mütter von der Notwendigkeit zu überzeugen, Eier und Käse zu holen, und so hatten sie sich zu viert fröhlich auf den Weg zum Bauernhof gemacht.

Um sich eine zu große Gemütsbewegung zu ersparen, hatte Mathilde darauf bestanden, den Weg durch den Obstgarten zu nehmen und nicht den, der an den Sonnenblumen entlangführt.

348

Niemand hatte ein Wort über das gepunktete Kleid verloren, die einzige Aufmachung, die ihrer Meinung nach geeignet war, der Ungewissheit ein Ende zu setzen, die so quälend geworden war, dass Mathilde letztlich die Anwesenheit der anderen nichts ausmachte; und vor lauter Sorge hatte sie nicht einmal bemerkt, dass Bénédicte sich ebenfalls in Schale geworfen hatte.

Léon hatte ihr als Erster einen überschwänglichen Empfang bereitet, und ihre Hände waren mit genau den gleichen feuchten Küssen überschüttet worden, wie sie es von Félix' Hund kannte.

Madame Fougerolles, die sich über diesen Besuch geschmeichelt fühlte, hatte sogar ihre raue Art abgelegt. Doch alles trübte sich entschieden, als sie lächelnd und völlig arglos folgenden mörderischen Satz sagte: »Schade, dass der Vater Fougerolles nicht da ist, um Ihnen guten Tag zu sagen! Er ist mit dem Remi in der Stadt!«

Auch wenn ein nadelspitz gespitzter Buntstift nicht tödlich ist, sind tausend, zehntausend, hunderttausend nadelspitz gespitzte Buntstifte außerordentlich gefährlich für das Herz eines kleinen Mädchens. Um nicht zu sagen, tödlich.

Madame Fougerolles, Céline, Christiane, Bénédicte, alle wandten sich zu ihr um. Die gleiche betrübte Miene. Der gleiche mitfühlende Ausdruck.

Mathilde hasste dieses Mitleid, und das Abendessen, das darauf folgte, hasste sie ebenfalls, ganz zu schweigen von dem Fläschchen Lavendel, das wie durch Zufall im schlimmsten Augenblick unter der Serviette auf ihrem Teller lag ...

Den Gnadenstoß gab ihr Bénédicte beim Zubettgehen: »Wenn du willst, sag ich dir, was mir an Remi gefällt und was nicht«, schlug sie süßlich vor.

»Ist nicht nötig! Außerdem ist mir das völlig egal!«, erwiderte Mathilde, aber ohne Wut, ganz von oben herab, und genoss dabei ihre Rache und fühlte sich weniger tot als auf dem Bauernhof, was beweist, dass man, wenn man tot ist, mehr oder weniger tot sein kann.

Diesmal kam Christiane, um sie zuzudecken. Sie tat nicht so, als habe sie nichts bemerkt – man muss allerdings dazu sagen, dass Mathildes gewaltiger Kummer eine ganz dicke Beule machte –, aber sie schlug endlich einen normalen Ton an, nicht den üblichen mütterlichen Ton, um sie zu beruhigen: »Mach dir keine Sorgen, Mathilde. Dein Freund kommt wieder. Da bin ich mir ganz sicher.«

Mathilde ist ganz schnell mit dieser Sicherheit eingeschlafen, obwohl Bénédicte, sichtbar von

350

Schlaflosigkeit bedroht, sehr unruhig war. Jeden trifft es einmal. Und außerdem gefiel ihr das Wort »Freund«. Ein wunderschönes Wort voller Takt. Die Mütter anderer Kinder sind selten enttäuschend. Man müsste die Mutter wechseln können. Nicht für immer natürlich, aber wenigstens ab und zu. Bénédicte geht es genauso. Vielleicht hätte Céline heute Abend den Satz zu ihr gesagt, der sie beruhigt hätte, um einschlafen zu können ...

Die Hütte nimmt Form an, aber am nächsten Morgen ist die Unruhe wieder da. Und die Qual.

Schaufeln, Harken, Gießkannen und Trittleitern können ein Lied davon singen.

Mathilde ist völlig klar, dass jede ihrer Gesten Remi zugedacht ist. Für ihn vor allem macht sie die Hütte fertig. Immer wieder wandern ihre Augen zu dem Pfad, der zu den Sonnenblumen und dem Bauernhof führt. Bénédicte, der nichts entgeht, begreift schließlich, was los ist: »Warum gehst du nicht hin?«, ruft sie ein bisschen ärgerlich.

Mathilde schüttelt den Kopf: Das Nein gilt ihrer Ungeduld, auch wenn sie eigentlich ja sagen möchte.

Jetzt ist Remi an der Reihe, jetzt muss er etwas von sich hören lassen. Sie hat das Hin getan. Das

Her muss er jetzt tun, auch wenn sie sich – im Gegensatz zur Schaukel – zwischen dem Hin und Her an nichts mehr festhalten kann, auch wenn die beiden olivfarbenen Augen nicht mehr da sind, um ihr Halt zu geben, und der Luftsprung gefährlich wird.

Mathilde sitzt erschöpft mitten in der leeren Hütte und wartet auf Bénédicte, die ins Haus gegangen ist, um Wasser zu holen.

Der Staub, ockerfarben wie das Dach des Bauernhofs, klebt ihr in den Haaren, auf der schweißnassen Haut von Armen und Beinen.

Es sieht fast so aus, als habe sie mit der Erde, der ganzen Erde der Provence gekämpft. Ein verbissener Kampf zwischen Ja und Nein. Zwischen Hin und Her.

Die kokette Mathilde, die adrette Mathilde ist ockergelb.

Sie spürt, wie sie in dieser neuen Erde ein Stück wächst.

Liegt es daran, dass sie gewachsen ist? Das »Und wenn?« verfolgt Mathilde auf einmal nicht mehr. Es interessiert sie nicht mehr so. Wie ein Bahlsen-Keks, dessen vier Ecken von jemand anders abgeknabbert worden sind.

Sie hat das Ausbleiben der Antwort auf ihre Art gelöst.

Der Umstand, dass sie nicht weiß, ob Remi ihr Liebster ist, also die Tatsache, dass sie nicht aus seinem Mund den untrüglichen Beweis dafür bekommen hat, erlaubt ihr jetzt anzunehmen, dass Remi es ist, und das beruhigt sie auf einmal. Normalerweise geht das ganz anders vor sich. Wenn sie Lust auf irgendetwas hat, wird die Lust immer größer, bis es zur Krise, zum Knall kommt, und dann muss sie die Antwort – egal, ob gut oder schlecht – unmittelbar nach dem Knall erhalten.

Auf diese Weise hat sie es zum Beispiel erreicht, nach Disneyland zu fahren. Und auf diese Weise hat sie es nicht erreicht, einen eigenen Fernseher zu bekommen, um ihn in ihr Zimmer zu stellen, und das nicht mal, um abends fernzusehen, sondern bloß zur Dekoration.

Mit Remi ist die Sache ganz anders. Sie will

gern ihr ganzes Leben auf eine Antwort warten, denn sie hat sie schon. Außerdem ist es ein Vorteil, so findet sie, dass sie das Hin gemacht hat, und möchte nicht an Remis Stelle sein, der gezwungen ist, das Her zu machen.

Und auf einmal kann sie wieder alle möglichen schönen Dinge genießen. Zu ihrer eigenen Überraschung findet sie sogar wieder Geschmack am Schmusen – ohne dass es ihr Selbstbewusstsein allzu sehr in Frage stellt und ohne dass sie es als Rückschritt oder irgend so etwas ansieht. Vor allem am Zu-Bett-gehen-Schmusen, das interessanter ist als die anderen, um sich gegen die Nacht und die mögliche Gefahr von neuen Beulen unter der Bettdecke zu wappnen.

Natürlich ist Bénédicte ihre beste Freundin. Bénédicte führt Mathilde in die knifflige Kunst des Perlenaufziehens ein, und sie macht Bénédicte mit dem Bemalen von Kieselsteinen vertraut. Gemeinsam haben sie ein Himmel-und-Hölle-Spiel erfunden – ganz aus bemalten, in die Erde eingelassenen Steinen –, das so schön ist, dass Christiane es fotografiert hat. Mathilde hat vorgeschlagen, *ihm* ein Foto davon zu schicken, und ihre Mutter hat mit herabgezogenem Mund, mit traurigem Mund ja gesagt.

Das Hin und Her scheint auch ihrer Mutter Schwierigkeiten zu bereiten.

Vielleicht hat *er* sie zu oft das Hin allein machen lassen.

Mathilde hat jedenfalls nicht die Absicht, mit Remi allzu oft das Hin zu wiederholen, deshalb zieht sie es vor zu warten ...

Natürlich bleiben manche Orte gefährlicher als andere. Mathilde vermeidet weiterhin die Sonnenblumen hinter dem Gatter. Und sie geht der Schaukel hartnäckig aus dem Weg, die sie, wenn sie es könnte, am liebsten auch Bénédicte verbieten würde, die sie ungeniert benutzt, ohne sich des Frevels bewusst zu sein.

Es kommt nicht in Frage, zum Bauernhof zurückzukehren, vor allem seit sie von Christiane erfahren hat, dass Remi wieder da ist. In diesem Punkt hat sich Bénédicte bis jetzt solidarisch gezeigt. Auch sie geht nicht zum Bauernhof, um Käse oder Eier zu holen.

Die Hütte, die jetzt sehr hübsch eingerichtet ist, nimmt den größten Teil ihrer Zeit in Anspruch. Bénédicte und sie haben die beiden Mütter ganz offiziell zur Einweihung eingeladen, zu einer Art Einzugsfest, bei dem der Pfefferminzsirup in Strömen floss. Christiane machte Fotos, und Céline lachte laut, als sie in der Hütte all die Küchengeräte und Tischwäsche wieder fand, die wie durch Hexerei aus dem Haus verschwunden waren.

An jenem Tag, am Tag der Einweihung, hat Remi ihr besonders gefehlt. Sie wünschte sich, er hätte ihr hausfrauliches Talent bewundern können, auch wenn Bénédicte mit ihrer eindrucksvollen Ausstattung einer perfekten Schneiderin der Sache den letzten Schliff gegeben hatte.

Seit Mathilde in der ockergelben Erde ein Stück gewachsen ist, hat sie Mühe, sich selbst wieder zu erkennen. Sie hat den Eindruck, dass sie Dinge empfindet und auf Gedanken verfällt, die viel zu hoch für sie sind. Diesen Eindruck des Missverhältnisses verspürt sie sogar während des Schmusens: Sie ist zugleich die kleine Mathilde, die sie immer gewesen ist, und eine andere, viel größere Mathilde, die sich nach einem Remi sehnt, der nicht da ist. In diesen Augenblicken hat sie das Gefühl, dass Céline zugleich ihre Mutter und ihre Schwester ist, denn alle beide warten sie auf jemanden, der nicht kommt, alle beide haben sie die Augen auf einen Pfad in der Ferne gerichtet, auf dem niemand auftaucht.

Vorgestern hat *er* nicht angerufen wie sonst an jedem Sonntag. Das Nachtisch-Schmusen hatte einen wehmütigen Beigeschmack.

»Denkst du an *ihn?*«, fragte Mathilde ihre Mutter.

»Ja«, antwortete Céline.

»Ich auch«, sagte Mathilde, und beide hatten sie den traurigen Mund.

Dabei war der »er«, von dem sie sprachen, nicht derselbe. Das wussten sie beide. Aber das war nicht schlimm. Im Gegenteil. Sie verstanden sich. Sogar so gut, dass Mathilde ihrer Mutter beinah das verzieh, was sie beschlossen hatte, ihr nie zu verzeihen ...

Heute Abend geht es hoch her. Sie gehen gleich ins Restaurant. Christiane ist auf diese Idee gekommen. Im Badezimmer im ersten Stock herrscht helle Aufregung.

Es ist beschlossene Sache: Mathilde wird das weiße Spitzenkleid tragen, das Christiane ihr geschenkt hat, und dazu Bénédictes Perlenkette mit der herzförmigen Muschel, die sie immer noch an irgendetwas erinnert.

In einer Duftwolke von Lavendelwasser, mit dem sie etwas zu verschwenderisch umgegangen ist, schreitet Mathilde hinter Bénédicte – die in ihrem schwarzen Trägerkleid mit einem großen rosa Knoten sehr originell aussieht – die Treppe hinunter wie eine Braut. Sie malt sich dabei aus, wie Remi, noch ganz ergriffen von dem Jawort, das er ihr soeben gegeben hat, in einem Gehrock an ihrer Seite ist, und schon erreichen sie das Allerheiligste: das Badezimmer im Erdgeschoss, in dem ebenso großer Trubel herrscht.

Mathilde ist schon wieder hell begeistert: Ein Frauenbadezimmer ist doch etwas anderes als ein Mädchenbadezimmer! Dieses wilde Kunterbunt von Flakons, dieser Wirrwarr von Schmuck, diese Berge von Damenunterwäsche haben etwas ausgesprochen Rätselhaftes. Und dann die Düfte! Nicht nur der Geruch der Kleidungsstücke oder die Parfümschwaden, sondern der Hauch des Geheimnisvollen, der alles umgibt. Kein Geruch, kein Duft lässt sich mit dem Hauch des Geheimnisses vergleichen, das Frauen miteinander teilen ...

Christiane und Céline sind äußerst schick und fröhlich. Sie nehmen die Mädchen gern in die Runde der Frauen auf, und dann beginnt der Ringelreihen ...

Diesen Tanz erkennt Mathilde sogleich wieder, im eiskalten Zug, der sie zu den Sonnenblumen brachte, hat sie davon geträumt. Es ist der gleiche: Ein fröhlicher Reigen des geheimen Einverständnisses. Ein Reigen des höchsten Versprechens.

Der Lippenstift geht von Hand zu Hand. Kleider werden anprobiert ... und dennoch ist dieses Ballett der Verschwörung ganz anders. Nicht so wie in ihrem Traum von damals, denn damals gab es noch keinen Remi. Es fehlten zwei Noten in der Partitur, die zweite und die dritte der Ton-

358

leiter. Sie sagt sich, dass die Musik zu dem Reigen ohne das Re und ohne das Mi ganz schön falsch geklungen haben muss.

Heute Abend löst ihre Mutter tatsächlich das höchste Versprechen ein. Mathilde spielt das große, das faszinierendste aller Spiele, das Sand, Krebse, Drachen und Krapfen – sogar die mit Marmelade gefüllten – in der Versenkung der Kindheit verschwinden lässt. Mit großem Ernst. Zu großem? Ernsthaft genug auf jeden Fall, um zu wissen, dass sie nie mehr in der Stellung aus seligen Zeiten einschlafen wird. Wie sollte man auch so schlafen können, wenn man auf jemanden wartet, der zwangsläufig kommen wird, weil er nämlich schon da ist? Von den vieren ist Mathilde die Kleinste, aber die Einzige, die einen Liebsten hat.

Die Einzige, für die das Spiel Ernst ist.

Sie ist in heller Aufregung. Ihre Badesachen gefallen ihr einfach nicht mehr. Sie will nicht mehr an den Fluss gehen. Alle sind fertig außer ihr. Bénédicte ist besonders fertig. Ihr einteiliger himmelblauer Badeanzug steht ihr ausgezeichnet, und sie hat sogar das passende Haarband dazu. Mathilde sitzt niedergeschlagen auf dem Bett und betrachtet die Bikinihöschen, die auf dem Boden verstreut liegen.

Dabei haben ihr die Bikinis in Paris, vor der Abreise, sehr gut gestanden, aber jetzt stehen sie ihr einfach nicht mehr, das springt ins Auge, sie passen nicht mehr zu ihr, oder vielleicht passt sie nicht mehr zu ihnen.

Sie hätte die allergrößte Mühe, wenn sie jetzt in diesem Augenblick sagen sollte, wen sie mehr hasst, Bénédicte oder ihre Mutter. Vielleicht ihre Mutter, denn dass Bénédicte umwerfend ist, dafür kann sie im Grunde nichts, das war ja schon von Geburt an so. Außerdem verdankt sie ihr seit gestern Abend eine ganze Menge. Das war schon toll, was Bénédicte im Restaurant gemacht hat.

Ihre Mutter dagegen hätte wirklich an den einteiligen Badeanzug denken können! Mit einem einteiligen Badeanzug wäre die Sache ganz anders! Bénédicte hat oben nichts zu verbergen, sie selbst zwar auch nicht, aber in dem einteiligen Badeanzug sieht Bénédicte eben so aus, als verberge sie tatsächlich etwas. Mathilde blickt auf die beiden rosa Knospen ihrer Brüste hinab, die genauso hoffnungslos flach sind wie die Druckknöpfe ihres Buntstiftmäppchens. Sie mustert sie, so wie Remi sie gleich am Fluss mustern wird. Zirkel, Winkeldreieck. Lineal.

Noch nie hat sie ihre Brüste so betrachtet – mit den Augen eines Jungen, eines Remi mit Wolfsaugen –, und noch nie hat sie sie so flach gefunden.

Sie will nicht mehr an den Fluss. Nach so einer langen Trennung wird Remi sie mit ganz neuen Augen mustern, das ist doch klar, und sie wieder abmessen, auch das ist klar, und was sieht er dann? Ein Mädchen mit Druckknöpfen!

Der fröhliche Abend im Restaurant, die freudige Erwartung der Nacht, die ausgelassene Stimmung am Morgen, all das hat sie zusammen mit den Bikinis voller Wut zerstampft. Auch die Freude, Remi wieder zu sehen, ist zerstampft. Zugegeben, Bénédicte hat eine geniale Idee gehabt, als sie vorschlug, mit Remi an den Fluss zu gehen, einfach so, als sei es das Natürlichste auf der Welt, nur unter dem Vorwand, dass er bestimmt die besten Badestellen kennt. Für jemanden, der keine Phantasie hat ... ist das schon hohe Kunst. Die Sache hatte nur einen Haken. Jetzt, da die »Künstlerin« in ihrem einteiligen blauen Badeanzug umherstolziert, fragt sich Mathilde langsam, ob nicht etwas anderes dahinter steckt. Ob Bénédicte nicht vielleicht aus purem Eigennutz gehandelt hat ... So gemeine Gedanken gehen Mathilde jetzt durch den Kopf.

Das ist nichts Neues. Schon mehrmals hat sie an Bénédicte gezweifelt, denn wenn sie zusammen in der Hütte sind, überwacht auch Bénédicte mit ganz merkwürdiger Miene den Pfad, der zu den Sonnenblumen führt. Und was zieht sie bloß immer wieder zur Schaukel? ...

An der besten Freundin zu zweifeln ist das Schlimmste, was einem passieren kann. Das ist wie ein unangenehmer, bitterer Geschmack, der im Mund zurückbleibt. Außer gedünstetem Chicorée kennt sie nichts, das ebenso bitter ist.

Mathilde spürt, wie das Schneckenhaus der Traurigkeit sie umschließt. Schmollen, grollen, Trübsinn blasen. Die einzige Lösung, die einzige Zuflucht. Sie bereitet sich darauf vor, das Missmutknäuel aufzuwickeln, die Hütte zu errichten, in die sie sich ganz allein zurückziehen kann.

»Mathilde! Was ist los? Wir warten auf dich!«

Ihre Mutter steht vor dem Bett. Sie ist hübsch

in ihren weißen Leinenshorts und dem Oberteil ihres schwarzen Badeanzugs mit den dünnen Trägern – der tatsächlich etwas verbirgt. Mathilde kennt die Brüste ihrer Mutter. Sie sind beeindruckend. Céline ist hübsch mit ihrer gebräunten Haut und ihrer Sonnenbrille aus Schildpatt. Das dürfte Jahre dauern, bis man so etwas erreicht, einen solchen Erfolg erzielt.

Mathilde antwortet nicht. Sie starrt auf die Druckknöpfe.

»Nun mal los! Was hast du denn jetzt wieder?«, fragt Céline ungeduldig.

Das »wieder« ist zu viel. Céline kann es einfach nicht lassen. Bei fast allem, was sie sagt, ist ein Wort zu viel. Das ist so ihre Art. Aber für alle anderen ist das nicht sehr angenehm. *Er* ärgert sich auch oft über das Wort, das zu viel ist ...

Mathilde zieht alles ein: Kopf, Schultern, Knie. Bereitet sich darauf vor, sich gleich in ihr Schneckenhaus zu verkriechen.

»Ich will auch ein Oberteil. Ein Oberteil zu meinem Badehöschen. Ich will einen einteiligen Badeanzug!«

»Aber mein Schatz ... Das brauchst du doch wirklich nicht! Das Bikinihöschen steht dir doch ausgezeichnet!«

»Doch, das brauche ich! ... Bénédicte hat doch auch eins!«

Mathilde spürt, dass ihre Mutter gleich sagen wird, dass Bénédicte ja auch größer ist. Dass sie Anrecht auf einen einteiligen Badeanzug hat.

Wenn das so weitergeht, muss sie wieder einen Buntstift spitzen. Ihre Wut in pieksende Rache verwandeln.

Doch wider alles Erwarten lenkt Céline ein. Sie lächelt ihrer Tochter zu.

»Na gut. Einverstanden. Ich kaufe dir einen! Aber vergiss nicht, dass wir mit Remi verabredet sind (um ein Haar hätte sie hinzugefügt, ›mit deinem Remi‹) und schon sehr spät dran sind!«

Mathilde blickt ihre Mutter an, die noch immer lächelt. Die Tränen kommen in einem Schwall. Vulkanausbruch. Mathilde weint so heftig, so hemmungslos, dass sie in den Tränen zu ertrinken droht. Flut, hohe See, Ozean des Kummers – sie ist eine Sintflut, die salziger ist als das Meer in den Sommerferien …

Als sie sich schließlich gefasst hat, steht Céline wieder vor ihr und hält ihr eine ganz kurze rosa Bluse hin, die auf der Brust mit einer Schleife zugebunden wird, und dazu ein Bikinihöschen in der gleichen Farbe. Das Ganze ist so bezaubernd, dass Mathilde vor Freude – oder auch vor Schwäche, denn die Tränen haben sie völlig erschöpft – in Ohnmacht fallen könnte …

364

Als sie unter Applaus die Treppe hinabgeht, trocknen die letzten Tränen, und die große Flut des Kummers verebbt.

War es Einbildung, oder hat sie wirklich gespürt, wie sich die beiden Druckknöpfe unter der rosa Schleifenbluse gerührt haben?

Remi geht voraus, um den Weg zu erkunden. Mathilde bleibt ihm dicht auf den Fersen. Ein paar Meter dahinter folgen Bénédicte und Céline, Seite an Seite. Christiane, die den Rucksack für das Picknick trägt, bildet den Schluss.

Remi hat sein Turnzeug an, doch ohne das Hemd, das hat er sich um die Hüften geschlungen.

Von hinten gesehen ist er der hübscheste Junge, den sie je gesehen hat. Und der Erste, auf den sie Lust hat – wie auf Gummibärchen, aber mit ihm ist es noch besser, denn ein Gummibärchen isst man, und das war's dann, auf Remi aber hat sie immer Lust, ohne ihn je satt zu werden, und nicht nur mit dem Mund, sondern auch mit den Augen, den Ohren und sogar in Gedanken. Auch im Auto hat sie Lust auf ihn gehabt, als sich ihre Knie in den Kurven berührt, voneinander entfernt und dann wieder berührt haben.

Bénédicte hat alles gesehen, aber das macht nichts, ganz im Gegenteil. Sie hat sicher gehofft, dass die Kurven Remi in ihre Richtung schaukeln würden. Aber die Schaukel und die Luftsprünge, das ist wirklich ihre Spezialität, Remis und Mathildes. Das ist sogar das, was sie am besten miteinander machen können. Da kann Bénédicte lange warten …

Die Sonne wird allmählich sengend heiß. Remi scheint das kaum wahrzunehmen, ebenso wenig wie er die kleine Gruppe wahrzunehmen scheint, die er an eine Stelle führt, die nur er kennt und über die er nie etwas Genaueres hat verlauten lassen.

Komisch, Mathilde hat das Gefühl, als sei sie ihr ganzes Leben lang so hinter Remi hergegangen. Als habe sie nie etwas anderes getan, als diesen von der Sonne aufgeheizten Weg voller schwirrender Insekten entlangzugehen und nur daran zu denken, dass am Ende des Wegs ein Fluss auf sie wartet.

Sie haben sich seit der Begegnung auf dem Bauernhof inmitten der im Dreck stapfenden Ziegen nicht wieder gesehen, sich nicht wieder gesehen, seit aus dem einen »Und wenn?« viele und aus der einen Mathilde mehrere geworden sind, eine Mathilde, die weint, und eine Mathilde, die lacht, eine Mathilde, die zweifelt, und eine Mathilde, die nicht mehr zweifelt. Die Trennung muss wirklich sehr lange gedauert haben, wenn sie bedenkt, dass sie gespürt hat, wie sich ihre Druckknöpfe regten. Aber vielleicht hat ja die Mutter, die selbst so schöne Brüste hat, ein

Rezept, wie man sie zum Wachsen bringt, speziell für ihr Kind in der rosa Schleifenbluse gelassen. Wenn man seine Tochter liebt und alles tun will, um sie zu einer Frau zu erziehen, müsste das doch fast selbstverständlich sein.

Als sich Remi in den Kurven zu Mathilde herübergebeugt hat, sodass sich ihre Knie berührten, hat er mehrmals tief in ihre Schleifenbluse gestarrt. Es sah so aus, als stelle er sich eine Frage. Es sah so aus, als habe auch er von dem besagten, von Mutter an Tochter weitergegebenen Rezept gehört ...

»Sind wir bald da?«, fragt Mathilde, deren Schultern und Arme allmählich die Farbe der Schleifenbluse annehmen, obwohl ihre Mutter sie vorsichtshalber mit einer dicken Schicht Sonnencreme eingerieben hat.

»Ja, wir sind gleich da! Horch mal!«, erwidert Remi, ohne sich umzudrehen, wie ein richtiger Anführer.

Mathilde horcht. Zunächst hört sie wegen des Summens der Insekten nichts, aber dann, dann hört sie es. Ja, der Fluss ist ganz nah ...

»Horch mal!«, hat Remi gesagt ... Jetzt, da sie horcht, versteht sie, warum er das gesagt hat. Remis Fluss tut etwas, was weder die Seine, die stumm unter den Brücken von Paris herfließt, noch der schäumende Ozean, der unablässig gegen die Felsen oder auf den Sand brandet, zu tun vermag: Remis Fluss singt.

Er singt ein bisschen wie Remi beim Sprechen.

Mathilde bleibt stehen. Bénédicte trottet mühsam heran. Die Mütter sind noch weit weg. Bénédicte macht wieder einmal ein bockiges Gesicht. Beklagt sich darüber, dass ihr sehr heiß ist, dass sie großen Durst hat und dass ihr die Füße wehtun, weil ihre Turnschuhe nach dem Gang durch den Ziegendreck in der Waschmaschine eingelaufen sind, und das alles nur wegen Remi, wie sie betont.

»Hast du gehört?«, unterbricht Mathilde sie.

»Was soll ich denn hören?«, fragt sie nörgelnd.

»Den Fluss! Hörst du nicht, wie er singt?«

»Das hört sich doch an wie jeder Fluss! Aber das wurde auch höchste Zeit!«

Da haben wir es wieder. Genau wie mit den Sonnenblumen. Bénédicte spürt nichts, hört nichts, rein gar nichts! Einfach hoffnungslos!

Mathilde dreht sich um. Remi ist gerade unter den Bäumen seitwärts eingebogen. Jetzt heißt es rennen. Schnell. Den Fluss zur gleichen Zeit erreichen wie er. Remi sagen, dass sie gehört hat, wie der Fluss singt. Ihm sagen. Ihm sagen ...

369

Mitten beim Rennen bleibt sie plötzlich vor Verblüffung wie angewurzelt stehen: Vor ihr entdeckt sie etwas, was sie noch nie gesehen hat. So hatte sie sich den Fluss nicht vorgestellt, nicht wie einen riesigen, von Felswänden eingerahmten Bach, der über Tausende von Steinen plätschert, die wie Xylophone klingen. Doch noch überwältigender findet sie den Jungen in den blauen Shorts, der mitten im Wasser auf einem Felsen steht und in der Sonne glitzert.

Schon wieder die Verzückung, die gleiche wie bei den Sonnenblumen, und wieder dieser leichte Schwindel. Mathilde fragt sich, ob nicht Remi dafür sorgt, dass die Sonne so glänzt und die Steine so glitzern.

Und wieder legt sie die rechte Hand schirmend über die Augen, um diesem grellen Licht standzuhalten, diesem grellen Licht der Sonne und zugleich des Jungen. Aber diesmal ohne Mutter als Geländer. Im Übrigen will sie das jetzt nicht mehr. Sie will Remi allein entgegengehen, und weil sie allein ist, tut sie es.

Mathilde watet durch den Fluss – in Turnschuhen, die nicht in der Waschmaschine eingelaufen sind, und zwar ganz einfach deshalb, weil sie den Ziegendreck nicht schmutzig findet, und außerdem hat sie ihre Schuhe nicht säubern wollen, um sie als Andenken zu bewahren ...

Die Stimmen von Bénédicte, Céline und Christiane nähern sich hinter den Bäumen. Mathilde watet weiter. Sie ist überrascht, dass sie immer noch Grund unter den Füßen hat. Das Wasser, das singend an ihr vorbeifließt, reicht ihr nur bis an die Waden. Es ist so kalt, dass es fast brennt. Nicht der geringste Schlamm. Keine schleimigen Gräser. Das Wasser ist wie aus Glas, aber einem Glas, das nicht zerschellt, nicht einmal auf den Steinen.

Remi sieht zu, wie Mathilde über die manchmal etwas glitschigen Kiesel auf ihn zustolpert. Er hat nicht mehr diese spöttische Miene, wie er sie auf seiner verrosteten Öltonne inmitten des Ziegendrecks hatte. Er blickt sie an wie an dem Tag, als er umgekehrt über der Schaukel baumelte, außer dass er sie jetzt richtig herum anschaut.

Als sie ihn fast erreicht hat, streckt er ihr die Hand entgegen für den letzten Meter, der sie noch trennt, seine Hand mit den kantigen Fingerspitzen, die Hand, die Traktor fährt. Er will, dass sie mit einem Satz auf den Felsen springt. Dass sie mit einem Luftsprung zu ihm kommt. Mathilde findet, dass diese akrobatische Nummer eigentlich einen Trommelwirbel verdiente wie im Zirkus, einen Trommelwirbel für die Akrobaten der Liebe.

Mathildes Sprung ist der Unerschrockenheit ihres Herzens, das unter der rosa Schleifenbluse Tamtam schlägt, durchaus angemessen.

Da steht sie also auf Remis Felsen. Da stehen sie also Hand in Hand, Schulter an Schulter, Schenkel an Schenkel, Tamtam an Tamtam und glitzern alle beide. Eng aneinander geschmiegt. Mathilde an Remi, Remi an Mathilde, und Mathilde spürt an ihrer Haut eine andere Haut als die ihrer Mutter. Remis Haut ist sanft und zugleich rau, vor allem an den Ellbogen und den Knien. Aber der große Unterschied ist noch ein anderer: Dieses seltsame Gefühl, dass sich die blonden Härchen auf ihren Armen und Beinen auf einmal kerzengerade aufrichten, das hat sie mit ihrer Mutter nie erlebt.

»Mir ist nicht kalt, und trotzdem habe ich eine Gänsehaut, ist das nicht komisch?«, sagt Mathilde verwirrt.

»Ne Gänsehaut, die kriegst du nicht, wenn dir kalt ist, die kriegst du, wenn du mit jemand zusammen bist, der dir gefällt«, erwidert Remi sehr selbstsicher und fügt dann hinzu: »Hör zu, Thilde, du hast eine Gänsehaut. Und weißt du, was ich habe? Eine Gänserichhaut!«, prustet er hervor und krümmt sich vor Lachen.

Mathilde würde gern mitlachen, aber sie hält sich zurück, weil sie Angst hat, genau in dem

Augenblick, in dem die anderen ankommen, vom Felsen zu fallen. Eines hat sie jedoch zur Kenntnis genommen: Der Jemand, der Remi gefällt, ist sie . . .

Céline und Christiane, die am Ufer vor Entzücken über den Fluss außer sich geraten sind, betrachten die beiden, Remi und sie. Die beiden Mütter wirken ganz gerührt. Aber sie sollen bloß nicht übertreiben. Mathilde ist fest entschlossen, all das, was nur Remi und sie angeht, vor neugierigen Augen und Ohren zu schützen. Zum Beispiel die Sache mit der Gänse- und der Gänserichhaut: kein Sterbenswörtchen darüber! Die Tatsache, dass sie selbst keinen Liebsten haben, heißt noch lange nicht, dass sie einen Anspruch auf den Einzigen haben, der hier in Aktion tritt. Einen Liebsten kann man sich nicht teilen wie Bonbons, und die sind bekanntlich schon schwer genug zu teilen, vor allem wenn es Karamellbonbons sind. Der Liebste, der hier ist, ist Remi, und das ist ihr Liebster!

Bénédicte spielt mal wieder die Beleidigte. Das kann man durchaus verstehen. Ihr einteiliger blauer Badeanzug, der wie angegossen sitzt, sitzt derart angegossen, dass man genau sieht, dass sie nichts zu verbergen hat. Remi hat das dank seiner Instrumente – Zirkel, Winkeldreieck, Lineal – garantiert sofort gemerkt, als er sich im Auto zwischen die beiden Mädchen setzte. Bénédicte hatte kaum eine Chance, Mathilde in ihrer rosa Schleifenbluse mit dem darin enthaltenen Rezept ihrer Mutter in den Schatten zu stellen.

Im Grunde sind es nur Kleinigkeiten, die bewirken, dass sich ein Junge verliebt und dass er es bleibt. Bestimmt nicht hochtrabende Worte. Den Mädchen geht es mit den Jungen genauso. Remis fehlender Zahn zum Beispiel hatte sie anfangs beinah abgeschreckt, und jetzt mag sie ihn besonders gern. Übrigens muss sie Remi unbedingt fragen, welche Kleinigkeit ihm an ihr so gut gefällt, dass er heute eine Gänserichhaut bekommen hat, als sie sich berührten.

Ihre Mutter ist wohl mit den Kleinigkeiten nicht sorgfältig genug umgegangen, denn warum sollte *er* sonst so oft wegfahren? Sie ist *ihm* bestimmt mit ihren hochtrabenden Worten auf die Nerven gegangen, immer diese Worte, Célines große Schwäche ...

Bénédicte tut ihr schließlich doch Leid, als sie sieht, wie ihre Freundin ganz allein am Ufer steht und auf den Fluss starrt, dessen Musik sie nicht einmal hört. Mathilde findet, dass das ungerecht ist.

»Soll ich Bénédicte vorschlagen zu kommen?«,

fragt sie, wenn auch etwas halbherzig bei dem Gedanken, ihn mit ihr zu teilen.

»Wenn du willst«, erwidert Remi. »Auf dem Wackelkopf ist Platz für drei.«

»Auf dem Wackelkopf?«

»Ja, auf dem Felsen, wo sonst wohl! Wenn man ihn von weitem sieht, wackelt er mit dem Kopf.«

»Aber von nahem doch wohl nicht, hm?«, fragt Mathilde besorgt, weil sie hinter dem Felsen ein großes Becken entdeckt hat, in dem das Wasser sehr tief zu sein scheint.

»Hast du Angst?«, fragt Remi, der anscheinend unbedingt möchte, dass sie Angst hat.

»Nein. Ich habe keine Angst ... Höchstens ein kleines bisschen«, erwidert sie schon wieder, weil es stimmt, dass »ein kleines bisschen« nur »ein kleines bisschen« ist, nicht mehr und nicht weniger ...

Jetzt ist Bénédicte an der Reihe, jetzt muss sie durchs Wasser waten. Auch sie hat ihre Turnschuhe anbehalten (weil Remi ihnen gesagt hatte, dass das im Fluss wegen der Kiesel so üblich sei), aber Mathilde ist sich ziemlich sicher, dass Bénédicte sich darüber ärgert, ihre Schuhe schon wieder nass zu machen: Bei jedem Schritt zieht sie eine Grimasse.

Remi streckt auch ihr die Hand entgegen, damit sie auf den »Wackelkopf« klettern kann,

375

aber zum Glück – Mathilde überprüft das genau – liegt in seinem Blick nichts Besonderes. Er blickt sie nur an wie eine Spielkameradin.

Alle drei jauchzen vor Freude, während sie sich aneinander klammern und damit drohen, sich gegenseitig in das große Wasserbecken hinter dem Felsen zu schubsen, bis Remi von sich aus in einem Akt unerhörter Kühnheit vor den Augen der Mädchen ins Becken springt. Mathilde ist starr vor Staunen über so viel Tapferkeit. Ist stolz, dass dieser mutige Kerl ihr Liebster ist.

»Komm, Thilde!«, brüllt der Held und spritzt die beiden nass.

»Kannst du da stehen?«, fragt sie besorgt.

»Natürlich kann ich hier stehen!«, erwidert Remi mit einem unaufrichtigen Unterton, den Jungen immer dann verwenden, wenn sie ein Mädchen zu irgendetwas überreden wollen.

Wenn er die Wahrheit sagte, würde er ins Wasser spucken, und das tut er nicht.

Aber Remi ist mehr als ein Junge, und sie ist mehr als ein Mädchen, wenn er da ist. Mit Remi muss man sich selbst übertreffen: Luftsprünge kennen keine Grenzen. In den Himmel aufzusteigen, viel höher als eine Libanonzeder, oder von einem wackligen Felsen in ein Becken mit eisigem Wasser zu springen ist genau das Gleiche. Der Luftsprung ist ihre Art, sich wieder zu treffen.

Die Gefahr ihr Stelldichein. Wichtig ist nur, dass man sich so blenden lässt, als ob man in die Sonne sieht.

Jetzt hat Mathilde zwei Sonnen in ihrem Leben: Die richtige, die abends untergeht, sich schlafen legt, und Remi, der nie schläft, da sie in Gedanken immer Lust auf ihn hat, also auch im Schlaf, denn angeblich denkt man auch im Schlaf noch weiter.

»Was ist, Thilde, kommst du nun oder nicht?«

»Ich komme!«, schreit Mathilde, um sich Mut zu machen.

Aber vorher wendet sie den Kopf ganz kurz ihrer Mutter zu, die sie nicht aus den Augen gelassen hat, auch wenn es so aussieht, als schliefe sie auf ihrem Badetuch. (Mütter wachen immer. Man kann sich auf sie verlassen, wenn der große Sprung bevorsteht: in ein Becken mit eisigem Wasser zum Beispiel.)

Schmusen mit den Fingerspitzen. Schmusen mit der Hand. Schmusen aus der Ferne.

Trommelwirbel ... und dann springt sie.

Ein paar Sekunden lang, die eine Ewigkeit dauern, stellt sie sich ihren Tod auf zweierlei Art vor: durch Erfrieren oder durch Ersticken. Doch Remi hält für sie eine dritte Lösung bereit, die ihr in jeder Hinsicht besser gefällt.

»Halt dich gut an mir fest, Thilde!«

Sie hält sich also an ihm fest. Schlingt ihm die Arme um den Hals, die Beine um die Hüften, klammert sich fest an ihn. Sie hält sich an Remi fest, so wie sie sich vor langer Zeit an *ihm* festgehalten hat, in den Wellen des Ozeans, als sie noch nicht mit ihrer blauen Schwimmweste umgehen konnte. Nein. Das stimmt nicht. Nein, nicht wie an *ihm*. An einen Vater klammert man sich, einen Remi umschlingt man. Es sei denn, dass Remi sie umschlingt, denn auch er hat Mathilde die Arme um den Hals gelegt, die Beine um die Hüften. Man weiß nicht mehr recht, wem die vier Arme und Beine gehören, so sehr sind sie miteinander verschlungen. Mathilde hätte nie gedacht, dass ein Junge und ein Mädchen sich so fest aneinander schmiegen können. Kein Mensch wäre dazu fähig, diesen Knoten zu lösen, den sie machen.

Bénédicte sitzt über ihnen auf dem Felsen und betrachtet sie mit aufgerissenem Mund. Durch ihre nasse Schleifenbluse hindurch hört Mathilde Remis nasses Tamtam. Die beiden Münder lächeln sich zu.

Remi lächelt mit blitzenden Zähnen minus einem. Doch diesmal steckt Mathilde ihre rosa Zungenspitze in das kleine Loch, wo Remi ein Zahn fehlt, nur so, um zu sehen, wie das ist.

Jetzt, nachdem sie einen Knoten im eisigen Wasser des Flusses gemacht haben und Mathilde mit ihrer rosa Zungenspitze Remis Lächeln gekostet hat, kann sie sich nicht mehr vorstellen, was sie noch trennen könnte. Außerdem ist es allgemein bekannt: »Mathilde und Remi sind unzertrennlich!« Alle sagen das, die Fougerolles sagen das, die Mütter sagen das, Bénédicte sagt das, und der Hund Léon, auch wenn er es nicht sagt, weiß es zumindest. Niemand scheint das ungebührlich zu finden. Alle sind es gewohnt, sie zusammen zu sehen, sodass jeder sich um den anderen Sorgen macht, wenn mal einer von beiden fehlt.

Bénédicte ist die Einzige, die bei der Sache benachteiligt ist, denn sie scheint die Hoffnung verloren zu haben, Remi für sich zu gewinnen (auch wenn Mathilde in dieser Hinsicht noch wachsam bleibt, denn Bénédicte sieht weiterhin umwerfend aus), und außerdem den Einfluss, den sie bisher auf ihre beste Freundin ausübte.

Weil sie sich auf keinen Fall etwas entgehen lassen will und auch weil ihr die Tatsache, alles aus nächster Nähe miterlebt und »alles gesehen« zu haben, trotz allem gewisse Vorrechte verleiht, hat sie die Sache ausgenutzt, um die beiden weiterhin zu beobachten und um mehr oder weniger diskret dabeizubleiben, wenn sie sich treffen.

Anfangs hat sich Mathilde über Bénédictes ungeniertes Verhalten geärgert, aber da Remi sich nicht daran zu stören scheint, hat Mathilde sich ebenfalls daran gewöhnt und Bénédicte sogar ab und zu den Treffpunkt verraten, ihr dabei jedoch eine bestimmte Rolle innerhalb der Inszenierung zugewiesen. Manchmal hat sie das Recht, sie zu sehen. Manchmal hat sie das Recht, sie zu hören. Manchmal auch beides. Das kommt drauf an.

Am Fluss, an dem sie immer häufiger picknicken, kann Bénédicte alles aus nächster Nähe miterleben. Sie nimmt nicht nur an den Erweiterungsarbeiten der Wasserbecken und am Bau von Dämmen teil, sondern auch an den Sonnenbädern auf einem bestimmten flachen Felsen, ein bisschen abseits, von wo aus sie, genau wie Mathilde, Remis eindrucksvolle Bräune bewundern und von der gähnenden Öffnung in dessen Turnhose träumen kann, obwohl die beiden Mädchen ganz genau wissen, was sich dahinter verbirgt, denn alle Jungen haben schließlich das Gleiche.

Als sie ein paar Tage zuvor im Garten Tomaten gepflückt haben, hat Remi berichtet, dass man Tomaten in Italien Goldäpfel nennt. Vater Fougerolles habe das erzählt, und ihm könne man das glauben, er ist schließlich in Italien auf Hochzeitsreise gewesen. Mathilde und Remi bestanden darauf, gemeinsam in dieselbe Tomate zu beißen. Der warme Saft tropfte überall herunter. Es sah aus wie Blut. Und als Remi Mathildes Kinn und Hals ableckte, und auch ihr Knie, weil es mit Kernen übersät war, erklärte sich Bénédicte bereit, fünf Schritte zurückzugehen, was ihnen als Entfernung angemessen schien, so war sie zwar dabei, störte sie jedoch nicht allzu sehr.

Ein anderes Mal, als sie vom Bauernhof zurückkehrten, hat Remi ihnen einen anderen Weg gezeigt, der nach Hause führt, und zu Mathildes großer Überraschung stießen sie dort auf Butterblumen. Remi, der bei Früchten, Blumen und allem, was draußen wächst, unschlagbar ist, erklärte, dass man Butterblumen nicht nur im Norden antrifft, wie Mathildes Lehrerin gesagt hat, sondern überall.

Mathilde nutzte die Gelegenheit, um Remi etwas beizubringen, wovon er, trotz seiner großen Blumenkenntnis, noch nie gehört hatte. Aber vorher forderte sie Bénédicte auf, sich mindestens zwanzig Schritte zu entfernen, was diese zu guter Letzt auch tat, aber erst nach langen Protesten, denn sie kannte ja schließlich den Trick mit den Butterblumen auswendig, sie hatte ihn Mathilde gezeigt.

Mathilde pflückte eine Butterblume und setzte sich, nachdem sie Remi aufgefordert hatte, sich mit dem Rücken ins Gras zu legen, rittlings auf ihn, dann hielt sie die Butterblume an sein Kinn.

»Was machst du da?«, fragte Remi.

»Ich versuche herauszufinden, ob du Butter magst«, erwiderte Mathilde ziemlich geheimnisvoll.

»Und?«

»Ja, du magst gern Butter!«

»Und woher weißt du das so genau?«, fragte Remi verblüfft.

»Das ist doch klar: weil sich die Butterblume auf deinem Kinn spiegelt. Das ist nun mal so, da kannst du nichts machen. Wenn dein Kinn gelb ist, dann magst du Butter!«

Remi schien das gefallen zu haben. »Und wie ist das mit dir, magst du auch gern Butter?«, fragte er.

»Versuch doch mal, ob du es rauskriegst!«

Diesmal legte sich Mathilde ins Gras. Remi setzte sich rittlings auf sie und hielt die Butterblume an ihr Kinn. »Ja, du auch, du magst auch gern Butter!«, sagte er hocherfreut.

Sie lachten. Und lachten dann nicht mehr. Sie wurden ernst – nicht traurig, nur ernst –, denn sie dachten gleichzeitig an dasselbe. Wenn ein Junge und ein Mädchen auf so unwiderlegbare Weise

Butter mögen, dann kann das nur heißen, dass sie sich lieben.

Remi, der noch rittlings auf Mathilde saß, sagte nichts mehr, und auch sie sagte nichts mehr. Sie dachten nur weiter an dasselbe, aber so stark, dass Mathilde etwas empfand, das sich auch nicht sagen ließ: Dadurch, dass sie so lange denselben Gedanken hatte, Remis Gewicht auf ihrem Bauch spürte, und Remis beide Knie, die ihre Rippen in die Zange nahmen, und Remis beide Hände, die auf ihren Schultern lagen, und Remis beide Augen, die in ihre beiden Augen blickten, und das Schweigen von Remis Mund nach ihrem Schweigen, nun ja, da hatte sie plötzlich das Gefühl, dass sie zu Remi wurde, dass sie Remi war.

Und Remi? War er zu Mathilde geworden? Natürlich. Natürlich war er das, das sah man doch ganz deutlich! Das Gefühl bewahren. Beschließen, dass man es nie vergisst. Sich schwören, dass nie ein anderer später einmal zu einem selbst und man selbst zu einem anderen wird, wie Remi und Mathilde jetzt.

»He, was macht ihr denn so lange?«

Bénédicte ... Bénédicte war ungeduldig geworden ... Zwanzig Schritte von ihnen entfernt. Kilometer entfernt. Auf einem andern Stern.

»Kann ich jetzt kommen?«, flehte die Außerirdische.

Remi stand auf, ganz langsam. Er sah aus, als wache er auf.

»Ja, du kannst kommen!«, sagte er mit ganz merkwürdiger Stimme und entfernte sich dann – auf einmal ganz ungezähmt, ganz Wolf – zwanzig Schritte.

Bénédicte kam herbei. Mathilde, die im Gras lag, spürte noch immer Remis Gewicht auf ihrem Bauch, Remi, der rittlings auf ihr saß.

»Das hat aber lange gedauert!«, bemerkte Bénédicte.

»Ja ...«, gab Mathilde zu.

»Was habt ihr denn bloß gemacht?«, bohrte sie nach.

»Nichts ... Nichts haben wir gemacht ...«, erwiderte Mathilde und sagte sich dabei, dass das stimmte und zugleich auch nicht stimmte.

Bénédicte fragte nicht weiter nach. Man sah ihr an, dass sie nicht überzeugt war. Sie half ihrer Freundin aufzustehen, denn Mathilde spürte, dass sie weiche Knie hatte.

Wortlos gingen sie nach Hause, Remi voran, die Mädchen hinterher. Bénédicte wagte nicht, das Schweigen zu brechen. Auch wenn sie unempfänglich ist für alles Unerklärliche und bei Dingen, die sie übersteigen, in keinen Taumel verfällt, begriff sie, dass der Moment feierlich war ...

Remi lehnte den Pfefferminzsirup, den Céline ihm anbot, ab, dabei mag er Pfefferminzsirup gern, vor allem wenn Céline ihm das Getränk serviert, noch dazu mit Keksen oder Marmeladenbroten. Mathilde stellte fest, dass sich die beiden gut verstanden.

Céline versäumt nie die Gelegenheit, ihm über das Haar zu streichen. Und immer wenn Remi die Augen auf Céline richtet, hat man den Eindruck, dass er sie mit all seinen Instrumenten – Zirkel, Winkeldreieck, Lineal, Pauspapier, Kohlepapier, Millimeterpapier – abmisst, aber darüber hinaus scheint in seinem Blick eine ernste Frage zu liegen, als brauche er Céline, um sich an irgendetwas oder an irgendjemanden zu erinnern.

Remi hat also auf die Frage nach dem Pfefferminzsirup nein gesagt und ist fortgegangen. Aber nach sieben Schritten hat er sich umgedreht, und Mathilde und er haben sich angeblickt. Die sieben Schritte zählen sie gemeinsam, das ist ein Ritual, ehe sie sich noch ein letztes Mal anblicken, als sei es wirklich das letzte Mal.

Mathilde hat außer ihrem auch Remis Pfefferminzsirup getrunken.

»Du magst Remi doch gern, Mama, hm?«, fragt Mathilde, nachdem sie das Glas abgesetzt hat.

»Ja. Ich mag ihn gern. Er ist ein netter Junge«, erwidert Céline.

Mathilde kommt das Wort »nett« reichlich abgedroschen vor – daran merkt man, dass Céline Remi wirklich nicht kennt –, aber sie übergeht diese grobe Fehleinschätzung und fügt hinzu: »Findest du nicht, dass er dich ganz seltsam ansieht?«

Normalerweise findet ihre Mutter nie, aber diesmal ja, diesmal findet sie das auch, und dabei wechseln Christiane und sie einen Blick des Einverständnisses, einen jener Blicke von Müttern, die etwas wissen, aber nichts sagen wollen . . . Einen jener Blicke, die die Töchter ausschließen, selbst wenn sie ein Stück gewachsen sind . . .

Es gibt eine Stelle, nur eine einzige, zu der Bénédicte nie zugelassen wird, weder um zu sehen noch um zu hören und erst recht nicht beides: das Gatter vor den Sonnenblumen. Ganz heimlich treffen sich Mathilde und Remi vor dem Feld, das oberhalb des Bauernhofs liegt. Dort verfolgen sie die magische, unmerkliche Bewegung der unzähligen der Sonne zugewandten Köpfe und lauschen Hand in Hand.

Mathilde hat Remi von ihrer ersten Begegnung mit den Sonnenblumen, der Begegnung mit dem absoluten Gelb erzählt. Jetzt wollen sie den Taumel miteinander teilen, der die Kindheit ins Schwanken bringt. Dank Remi lernt Mathilde fast jeden Tag ein neues Wort in der Sprache der

Blumen, denn Remi hat die Sonnenblumen schon immer sprechen hören.

Mathilde findet es gerecht, dass sie ihm als Gegengabe das Geheimnis ihrer Butterblume preisgegeben hat.

Es stand am Ende des Briefs, den Großmama aus Sevilla geschrieben hat: »Das Foto ist für Mathilde.«

Es ist das erste Mal, dass sie Anrecht auf ein Foto ganz für sich allein hat; ganz stolz hat Mathilde es wie eine Trophäe auf ihren Sekretär gestellt, neben den wunderschönen rosa Kiesel, den Remi für sie unter Einsatz seines Lebens aus dem Fluss gefischt hat – mitten aus einem tiefen Wasserbecken, das sie immer gemieden hat, weil darin mehrere gefräßige Forellen hektisch in die Leere schnappen.

Auf dem Foto sitzt Großmama neben Félix, ihrem Verlobten, auf der Terrasse eines Cafés. Sie trägt die rote Fransenstola, mit der sich Mathilde so gern als Zigeunerin verkleidet hat, und Félix seinen langen weißen Schal. Man weiß nicht, wem sie zulächeln, aber sie wirken sehr glücklich und halten sich an der Hand, genau wie Mathilde und Remi, wenn sie gemeinsam den Sonnenblumen zuhören.

»Wer ist das?«, fragte Bénédicte neugierig.

»Das ist meine Großmutter mit ihrem Liebsten«, erwiderte Mathilde und war auf der Hut.

Bénédicte fügte nichts hinzu. Sie wagte nicht zu sagen, dass die beiden für Verliebte ein bisschen alt waren. Ein Glück!

Je länger Mathilde das Foto betrachtet, desto mehr ist sie davon überzeugt, dass Großmama das mit Remi weiß. Es ist ganz einfach: Großmama errät immer alles, vor allen anderen. Sie ist ein bisschen eine Hexe, aber eine liebe Hexe, die nur Gutes vorhersagt. Über das Schlechte verliert sie kein Wort. Sevilla ist angeblich sehr weit weg, aber das ist kein Grund. Großmama kann die Sache durchaus erraten, auch auf Entfernung, vor allem, wenn es um Mathilde geht, und erst recht, wenn es für Mathilde um etwas so Wichtiges geht wie Remi. Hätte Großmama ihr etwa sonst das Foto mit ihrem Liebsten zugeschickt, wenn sie nicht erraten hätte, dass ihre Enkelin ebenfalls einen Liebsten hat?

Unter Verliebten versteht man sich eben!

Mathilde hat beschlossen, Großmama zu antworten. Ihr alles zu erzählen, was Remi und sie angeht, und die Luftsprünge für sie zu zeichnen, von Anfang an. Den Bauernhof, die Ziegen, den Traktor, die Schaukel, den Fluss. Sie hat unter ihren Buntstiften den allergelbsten ausgesucht, damit die Sonnenblumen schwindlig machen. Es ist kein Platz mehr da für die Aprikosenbäume und auch nicht für das Haus, aber das macht nichts, denn das Haus kennt Großmama ja schon.

Mathilde hat sich selbst wie immer mitten in der Zeichnung abgebildet. Lange schwankte sie zwischen dem gepunkteten Kleid und der rosa Schleifenbluse und entschied sich schließlich für das gepunktete Kleid, wegen der Farbe und der künstlerischen Anforderungen ihres Bilds. Sie hatte große Mühe, Remi in der Matrosenbluse zu zeichnen und ihn mit dem fehlenden Zahn zum Lächeln zu bringen. Aber Mathilde ist sicher, dass Großmama den fehlenden Zahn schon erraten wird. Sie hofft, dass Félix ihr Werk als Kenner richtig einzuschätzen weiß, denn er ist ja auch Maler. Bei dem Gedanken an Félix hat sie übrigens Léon auf ihrem Bild wieder ausradiert, weil sie Angst hatte, dass Félix die Ähnlichkeit mit seinem toten Hund Kummer machen könnte. Céline hat versprochen, das Bild nach Paris zu schicken, da Großmama und Félix bald wieder nach Hause zurückfahren ...

Als Céline davon sprach, dass die Reise von Großmama und Félix nach Sevilla bald zu Ende ging, lief Mathilde trotz der Hitze ein kalter Schauer über den Rücken. Es ist das erste Mal, seit sie hier sind, dass von einer Rückkehr nach Paris die Rede ist, auch wenn sie das selbst nicht betrifft. Dieser Gedanke erfüllte sie mit solchem

Entsetzen, dass sie ihn ganz schnell zu vergessen suchte, indem sie all ihre Energie in den Bau eines Damms steckte, der ihnen ermöglichen sollte, im Fluss einen Wasserfall mit einem nicht zu tiefen Becken »ohne Forellen« anzulegen, wie Remi versprochen hatte, und dabei hatte er inbrünstig auf die Stelle ihres zukünftigen Schwimmbeckens gespuckt, das Mathilde heute nicht mehr gegen alle Ozeane der Welt eintauschen möchte.

Heute Nachmittag haben sie den Wasserfall eingeweiht, nachdem Remi die mühselige Arbeit mit einem großen Kraftaufwand bewältigt hat, der Mathilde ungeheuer beeindruckte, denn dabei hat sie entdeckt, wie unterschiedlich die Talente bei Mädchen und Jungen verteilt sind, und mit dieser Entdeckung hat sie zugleich festgestellt, wie riesig das Vergnügen ist, ein Mädchen zu sein und nichts anderes sein zu wollen.

Auch die Mütter profitieren von dem Wasserfall und sagen, dass es ausgezeichnet sei für ihre Figur, eine Sorge, die sie so sehr in Anspruch nimmt, dass sie darüber Kaffee und Kuchen vergessen – oder zumindest so tun –, ein Versäumnis, das Bénédicte natürlich nichts ausmacht, da sie ja nie was isst, aber Mathilde und Remi sehr viel.

Wenn sie zusammen sind, haben sie immer Hunger und nicht nur auf Bahlsen-Kekse. Das stimmt: Sie haben ständig das Bedürfnis, sich abzulecken, sich abzuschlecken. Mathilde findet, dass Remis Haut ein bisschen nach gesalzenen Erdnüssen schmeckt. Remi dagegen behauptet, dass ihn Mathildes Haut an Vanille erinnert. Mathilde findet es logisch, dass ein Mädchen süßer schmeckt als ein Junge, ohne es erklären zu können.

Wenn sie sich zu demonstrativ gegenseitig abschlecken, wendet sich Bénédicte mit angewiderter Miene ab. Wie sollte Bénédicte auch etwas von Lust verstehen, sie, die nicht mal Lust auf ein Marmeladenbrot verspürt? Auf jeden Fall ist es für Mathilde etwas ganz Neues, dass sie Lust auf einen Jungen hat, genau wie auf etwas, das man essen kann ...

Heute Abend, nach den vielen Stunden am Fluss, ist die Müdigkeit groß. Alle vier, Mütter und Töchter, räkeln sich im Wohnzimmer herum. Die Mütter hören Musik, die Töchter spielen zerstreut das große Familien-Quartett, aber Mathilde hat so wenig Energie, dass sie schon dreimal nach dem Vater Lagonflette gefragt hat, dabei hat sie die Karte selbst auf der Hand. Remi hat gesagt, dass er nicht vor dem Abendessen zu ihrem Treffpunkt vor den Sonnenblumen kommen könne. Er wird heute Abend schon wieder auf dem Bauernhof gebraucht, für die Ziegen. Schon seit mehreren Tagen sind sie nicht dort gewesen. Aber er hat versprochen, dass er versuchen werde, am nächsten Morgen am Gatter zu sein.

Vielleicht hat Mathilde dadurch, dass sie so oft nach dem Vater Lagonflette gefragt hat, ihren eigenen Vater herbeigezaubert, denn das Telefon klingelt. *Er* ist es. Mathilde stürzt an den Apparat. Sie will die Erste sein ... Jedes Mal, wenn *er* anruft, ist es das Gleiche: Sie möchte *ihm* von Remi erzählen, aber es gelingt ihr nicht. Sie hat Angst, dass *er* sich über sie lustig macht oder dass *er* sie ausschimpft, auf jeden Fall, dass *ihm* das nicht passt, auch wenn Mama einverstanden ist.

Daher berichtet Mathilde in allen Einzelheiten, was sie angefangen hat, aber ohne Remi zu erwähnen, und das ist natürlich etwas ganz anderes. Der Damm und der Wasserfall mit Bénédicte als Bauunternehmer ist einfach nicht glaubwürdig, aber *er* hört sich alles an, ohne etwas zu ahnen.

Céline hat die Zurückhaltung ihrer Tochter, was Remi betrifft, offensichtlich bemerkt, denn sie erwähnt ihn auch nicht. Unter Frauen versteht man sich eben! Aber die Zurückhaltung hat ihre Nachteile: Der Umstand, dass sie das Wichtigste verheimlicht, trennt Mathilde von *ihm*, viel mehr, als sie es möchte, noch zusätzlich zu den vielen Kilometern, die sie schon unerträglich findet.

Kurz gesagt, sie ist hin- und hergerissen, ob sie gestehen soll oder nicht. Am Ende geben sich Mathilde und *er* tausend Küsse.

»Gibst du mir mal deine Mutter?«, sagt er wie üblich nach den Gefühlsäußerungen mit verändertem Ton.

Und Céline löst sie ab, ebenfalls mit der üblichen Stimme von jemandem, der zornig ist, schon seit langem zornig ist, aber es nicht zeigen will.

»Ja, wir auch ... Wir fahren bald zurück ...«

Der Satz ist völlig banal. Und doch ist er mörderisch. Ohne es zu wissen, hat eine Mutter gerade schlicht gesagt einen Kindesmord begangen. Dieses »Wir fahren bald zurück« versetzt Mathilde einen tödlichen Stich mit der nadelspitz gespitzten Spitze, die noch stärker wehtut als die eines Buntstifts.

Mathilde spürt eine eisige Stelle, da, wo die Spitze sie getroffen hat.

Sie muss nach draußen, sich in der Abendsonne aufwärmen ...

»Willst du nicht zufällig den Sohn Vermicelle? Ich habe die Karte auf der Hand!«, fragt Bénédicte, als sie sieht, dass ihre Freundin nach draußen geht, ohne zu begreifen, dass Mathilde auf die Familie Vermicelle – und auf Familien ganz allgemein – im Moment pfeift ...

Der Pfad im Garten ist Schwindel erregend. Der ganze Garten ist Schwindel erregend, und am Ende, als sie schließlich das Gatter vor den Sonnenblumen erreicht, schwankt sie auch ...

Mathilde weiß, dass ihr die Sonnenblumen um diese Zeit, bei Sonnenuntergang, den Rücken zukehren. Remi hat ihr genau erklärt, dass das nicht etwa heißt, dass sie eingeschnappt sind. Und dass sie am nächsten Morgen wieder mit ihr reden.

Aber Remi hat ihr nichts, aber auch gar nichts von dieser seltsamen Schwärze erzählt, die sie plötzlich mitten in den zum Boden geneigten Sonnenblumen entdeckt.

In der Nacht war auf einmal die Beule unter der Bettdecke wieder da, eine große Kummerbeule, denn beim Abendessen hatte Céline wieder mit der nadelspitz gespitzten Spitze gebohrt und die baldige Rückkehr nach Paris bestätigt.

»Und Remi?«, fragte Mathilde.

»Was ist mit Remi?«, erwiderte Céline verärgert, nicht so sehr über diese Frage vermutlich als vielmehr über das vorausgegangene Telefongespräch.

»Nehmen wir ihn mit?«

»Sei doch nicht kindisch, Mathilde. Natürlich nicht! Was glaubst du denn? Remi bleibt hier, bei den Fougerolles!«

Die kindische Mathilde hat während des ganzen Essens den Mund nicht mehr aufgemacht, nicht einmal für die Aprikosentorte, ihren Lieblingsnachtisch. Das perfekte Schmollen. – Schmollen. Grollen. Trübsinn blasen. Fühler einziehen.

Mit einem Blick haben sich Bénédicte und sie verständigt. Treffen sich, kaum dass der Tisch abgeräumt ist, in der Hütte, wohin Bénédicte heimlich ein Stück Aprikosentorte mitbringt, das, wenn es jetzt gegessen wird, keinen Verstoß

mehr gegen Mathildes verletztes Selbstbewusstsein darstellt.

In kritischen Momenten ist Bénédicte wirklich
bewundernswert.

Sie findet auch, dass die Mütter ihren Töchtern
gegenüber völlig rücksichtslos handeln. Dass es
nicht normal ist, dass man sie nicht an Entscheidungen teilnehmen lässt, die alle angehen.

Gegenmaßnahmen werden erwogen, wie etwa
ein Rückreisestreik oder das Vortäuschen einer
schweren Krankheit, die den Transport im Auto
oder im Zug nicht zulässt. Diese Solidarität hat
die beiden besänftigt, und so willigen sie schließlich ein, ins Bett zu gehen, nachdem sie den Müttern einen Kuss auf die Wange gedrückt haben,
aber nur ganz flüchtig, um ihre Missbilligung
deutlich zu machen.

Die Beule ist erst viel später unter Mathildes
Bettdecke aufgetaucht, als Bénédicte schon
schlief. An der Zimmerdecke tauchten auch die
drohenden Schatten wieder auf, und unter ihnen
einer, vor dem sich Mathilde besonders fürchtet:
ein Gespenst, halb Mensch, halb Tier, das sich
auf Entführungen und Trennung von Menschen,
die sich lieben, spezialisiert hat. Dieses Gespenst
hat oft in Mathildes Schlafzimmer gespukt, als *er*
nur noch nach Hause kam, um mit den Türen zu
knallen. Mathilde hat das Gefühl, dass es für

Remi und sie ein ganz schlechtes Zeichen ist, dass dieses Gespenst, halb Mensch, halb Tier, an der Decke eines Hauses auftaucht, das es nicht einmal kennt ...

Die Sonne ist heute Morgen aufgegangen wie an allen anderen Tagen. Nicht zum ersten Mal stellt Mathilde fest, dass die Natur im Gegensatz zu den Menschen, die sich in kritischen Momenten solidarisch zeigen – Bénédicte und sie zum Beispiel –, ihr eigenes Leben lebt. Sie geht ihre eigenen Wege. Eigentlich hätte es regnen müssen, schließlich hat Mathilde doch geweint.

Auch wenn der Himmel strahlend blau ist, ist dieser Morgen kein Morgen wie jeder andere. Mathilde hat nur einen Gedanken im Kopf: die Sonnenblumen. Am Gatter auf Remi warten. Bénédicte, die genau weiß, dass sie nicht zugelassen wird (nicht mal aus der Ferne, nicht mal ohne zu sehen und ohne zu hören), schlägt vor, das zu nutzen, um die Mütter auf den Markt zu begleiten und ihnen nähere Einzelheiten über diese grässliche Abreise zu entlocken ...

Mathilde muss lange warten, und die Zeit kommt ihr umso länger vor, als die Sonnenblumen, auch wenn sie ihr zugewandt sind, nicht mehr ihr übliches Aussehen haben. Es scheint, als seien ihre Köpfe seit gestern Abend noch schwärzer geworden, und vor allem, als wagten sie nicht mehr zu sprechen. Es sei denn, sie können es nicht mehr ...

Mathilde zuckt zusammen: Remis Hände auf ihren Augen, die erkennt sie unter allen anderen.

»Rat mal, wer das ist!«, sagt die singende Stimme.

»Das bist du!«, schreit Mathilde, mehr vor Freude als vor Angst.

»Wer ist das, ›du‹?«, singt die Stimme weiter.

»Remi!«, seufzt sie glücklich.

Und plötzlich bricht sie in Tränen aus. Die ganze Beule, der ganze nächtliche Kummer quillt hervor: eine erzwungene Abreise ohne vorherige Warnung, eine Mutter, die ihr Kind mit einer nadelspitz gespitzten Spitze tötet, ein Gespenst, halb Mensch, halb Tier, an der Schlafzimmerdecke und schließlich die kranken Sonnenblumen. Remi scheint sich mehr dafür zu interessieren, gierig die Tränen abzulecken, die Mathilde über die Wange rinnen, als ihrem ziemlich verworrenen Katastrophenbericht zuzuhören, aber er scheint dennoch das Wesentliche mitbekommen zu haben, denn nachdem die Beule ausgetrocknet ist, erklärt er selbstsicher: »Dann fahren *wir* eben weg!«

»Was?«, fragt Mathilde, deren Sinne noch etwas von den Tränen getrübt sind.

»Dann fahren wir zwei beide eben weg! Kapiert ...?«

Ja. Sie kapiert. Sie kapiert vollkommen. Sie hatte es ja ihrer Mutter gesagt, nach dem ersten Luftsprung auf der Schaukel: »Remi ist genial!« Das hat sich in diesem Augenblick bestätigt, denn auf diesen Gedanken waren weder Bénédicte noch sie gekommen.

Aber was Remi gerade beschlossen hat, ist nicht nur genial, das ist vor allem ausgesprochen schön. Niemand hat Mathilde je etwas so Schönes vorgeschlagen, seit sie auf die Welt gekommen ist. Da ist sie sich sicher. Todsicher. Dabei ist das schon lange her, dass sie auf die Welt gekommen ist: mindestens sechs Jahre. Wenn sie Remi nicht schon alle Tränen zu trinken gegeben hätte, hätte sie gern noch eine letzte, eine andere Träne vergossen, um die Schönheit zu begießen.

Remi und sie nehmen sich an die Hand und blicken zu den Sonnenblumen auf. Ein feierlicher Moment. Noch feierlicher als an dem Tag, als die Butterblume ihr Geheimnis preisgegeben hat. Die Sonnenblumen sollen Zeugen ihres gemeinsamen, endgültigen Beschlusses sein. Das müssen die beiden schwören. Aber bevor Mathilde schwört, vor dem Eid, will sie wissen, was mit den Sonnenblumen ist: »Sterben die Sonnenblumen bald?«, fragt sie ergriffen.

»Ja! Zuerst ein bisschen, aber dann nicht mehr«, erwidert Remi lakonisch.

»Aber warum wird das Gelb denn schwarz?«, fragt sie nachdrücklich, denn so ein Gelb, ein Gelb, das einen schwindlig macht, das dürfte man doch nie anrühren, findet sie. Dabei spricht auch die Künstlerin aus ihr.

»Das sind die Kerne, die schwarz werden«, erklärt Remi. »Aber die Kerne sterben nicht, die bringen andere Sonnenblumen hervor! Genau wie du, Thilde, du stirbst auch nicht. Du bringst auch ein Samenkorn hervor, eine andere Thilde oder vielleicht (Remi wirkt plötzlich richtig schüchtern) ... einen anderen Remi! Das müssen wir mal sehen!«

Sie bewundert wieder einmal Remis Kenntnis der Sonnenblumen und der Natur im Allgemeinen. Eines Tages hat ihr die Mutter tatsächlich von diesem Samenkorn erzählt, aus dem Mathilde hervorgegangen ist, aber sie hatte damals den Eindruck gehabt, dass *er* auch irgendwie daran beteiligt war. Wie dem auch sei, die Vorstellung von einer anderen Thilde oder einem anderen Remi gefällt ihr ausgezeichnet ...

Jetzt brauchen sie nur noch zu schwören, dass sie gemeinsam wegfahren. Alle beide wenden sich den Sonnenblumen zu.

»Ich schwöre!«, sagt Mathilde und denkt dabei

ganz fest an Großmama und Félix, die mit gutem Beispiel vorangegangen und nach Sevilla gefahren sind.

»Ich schwöre!«, sagt Remi.

Aber in dem Augenblick, da er auf die Erde spucken will, hält ihm Mathilde die Hand hin. Diesmal will auch sie Remis Versprechen auflecken, aus ihrer hohlen Hand.

Die Dinge überstürzen sich. Es ist immer dasselbe: Die Ferien dauern ewig, man hat den Eindruck, dass sie nie zu Ende gehen, und dann, von einem Tag auf den anderen, sprechen alle nur noch davon, nach Hause zurückzufahren. Die Koffer tauchen wieder auf, Reisevorbereitungen werden getroffen. Am Meer war das genauso und ebenso verwirrend. Nur die Aussicht auf einen neuen Mantel und neue Malsachen machte die Rückkehr nach Paris erträglich.

In diesem Jahr ist das anders. In diesem Jahr gesellt sich Mathilde nicht wie ein zusätzliches Paket zum Gepäck der Erwachsenen, die alles allein entscheiden: Sie packt selbst ihren Koffer. Aber heimlich, nicht einmal Bénédicte, die mit Christiane schon früher abreist, weiß davon. Mathilde hat gezögert, ob sie Bénédicte ins Vertrauen ziehen soll oder nicht. Remi hat schließlich entschieden, dass sie nichts erfahren soll. Er hat Angst, dass sie Lust haben könnte mitzukommen. Er hat nicht Unrecht. Verliebte müssen auch mal allein sein, selbst wenn Bénédicte bereit ist, sich ein paar Schritte zu entfernen, wenn man sie darum bittet. Aus diesem Grund wollte Großmama nicht, dass Mathilde sie und Félix nach

Sevilla begleitet, und Mathilde hat das gut verstanden. Sie hat nicht darauf beharrt, als sie auf dem Bahnsteig waren, auch wenn sie ein bisschen geweint hat, als sie sah, wie sich der letzte Wagen des Zugs entfernte ...

Mathilde sammelt also unauffällig ihre Sachen zusammen. Doch vor allem bereitet sie sich innerlich auf die Abreise vor, und plötzlich stellt sie fest, dass sie nichts mehr wieder erkennt. Weder die Schatten an der Schlafzimmerdecke noch die Worte, die sie mit ihrer Mutter wechselt, noch die Spiele mit Bénédicte. Sogar der Pfefferminzsirup hat einen anderen Geschmack.

Geheimnisse hat Mathilde schon haufenweise gehabt, aber ein Geheimnis wie dies, das den Geschmack von Pfefferminzsirup ändert, nein, so eins noch nie! Da muss sie sich ja beinahe fragen, ob sie noch die Mathilde ist oder ob zufällig jemand anders ihren Platz eingenommen hat, als sie vor den Sonnenblumen den Schwur ablegte.

Äußerlich ist sie wohl noch die Gleiche, denn niemand hat etwas gemerkt, aber innerlich, nein, innerlich nicht.

Wenn sie sich treffen, Remi und sie, dann denken sie nur innerlich, denken daran, was sie beide verheimlichen, er und sie. Alles, was sie dann sagen und tun, ist so intensiv, dass die Kraft ihrer Blicke sie ständig hochhebt, bis sie Luftsprünge machen, ohne sich zu rühren, so hoch wie die Sonne. In diesen Augenblicken kann nichts und niemand sie erreichen.

Die Natur beeindruckt sie am meisten. Dank Remi, der Mathilde mit den Insekten versöhnt hat (aber nicht mit den Spinnen), verbringen sie unendlich viel Zeit damit, die unbeholfenen Anstrengungen eines Käfers zu verfolgen, der wieder auf die Beine zu kommen versucht, oder den Sturzflug der schwarzgelb gestreiften Libellen, die inmitten einer Wolke von kleinen Mücken wie Hubschrauber wirken.

Neulich haben sie am Fluss zwei blaue Libellen beim Luftsprung überrascht. Mathilde hat genau gesehen, wie der Libellenjunge das Libellenmädchen am Hals packte, ehe er sich über ihr krümmte. Remi sagte: »Pst!«, und vor Mathildes staunenden Augen machten die beiden Libellen einen Knoten in Form eines Herzens. Mathilde hätte nie gedacht, dass man so wahnsinnig verliebt sein kann. Die Tränen stiegen ihr in die Augen.

Mathilde muss zugeben, dass sie jetzt, aufgrund des Geheimnisses mit Remi, noch viel empfänglicher ist für alles, und findet es unglaublich, dass man so ein Geheimnis bewahren kann, ohne dass die anderen es merken, insbesondere ihre Mutter, deren Augen durch Hauswände hindurchblicken können.

Sie beide, Mathilde und Remi, sind jetzt zu viert: eine übliche Mathilde und ein üblicher Remi, die so tun, als sei nichts geschehen, und eine heimliche Mathilde und ein heimlicher Remi, die im Stillen vom Tag der großen Abreise träumen.

Selbst Bénédicte hat nicht gemerkt, dass sie, wenn sie am Fluss in den Wasserfall springen, plötzlich viel zahlreicher sind und dass sie beim großen Familien-Quartett zwei Partner hat, auch wenn ihr nicht entgangen ist, dass Mathilde manchmal ein ganz merkwürdiges Gesicht macht.

»Wo bist du denn bloß mit deinen Gedanken?«, hat Bénédicte sie mehrmals gefragt...

Als sie heute Nachmittag vom Fluss zurückgekommen sind, hat Christiane verkündet, dass sie die Koffer packt: Bénédicte und sie reisen morgen Mittag ab. Mathilde hatte das ganz vergessen, denn für sie gibt es nur eine Abreise: die Abreise mit Remi.

Sie sitzen gemeinsam am Kaffeetisch. Bénédicte knabbert wieder einmal endlos an einem Keks herum, den sie nicht aufisst. Mathilde bestreicht ihr Brot mit hausgemachter Aprikosenmarmelade.

Bénédicte sieht man an, dass sie jemandem eine Frage stellen möchte, die diesem Jemand nicht passt.

Mathilde kommt ihr zuvor: »Was ist?«

»Ich möchte gern zum Bauernhof gehen, um Remi auf Wiedersehen zu sagen«, verkündet Bénédicte.

»Na klar!«, erwidert Mathilde entzückt.

»Ja schon, aber ich möchte gern allein hingehen, ohne dich!«

Mathilde fährt zusammen: »Warum denn allein?«

»Darum!«, erwidert Bénédicte undurchdringlich.

»Was heißt hier darum?«, erwidert Mathilde gereizt.

»Ja, darum!«

Und dann platzt Bénédicte heraus: »Du hast Remi ja die ganze Zeit für dich gehabt, da kann ich ihn ja wohl auch mal kurz für mich haben, nur um ihm auf Wiedersehen zu sagen!«

Zu viele Dinge schießen Mathilde durch den Kopf, zu viele widersprüchliche Gedanken. Was ihre beste Freundin da von ihr verlangt, ist scheinbar völlig gerechtfertigt, völlig harmlos, aber zugleich auch völlig unzulässig, völlig niederträchtig.

Was würde eine Frau in diesem Fall tun? fragt sich Mathilde zum x-ten Mal. Einen Augenblick sagt sie sich, dass sie vielleicht ihre Mutter um Rat fragen könne, weist den Gedanken jedoch sogleich wieder zurück, um nicht ihr Selbstbewusstsein zu verletzen. War im Übrigen nicht Bénédictes verletztes Selbstbewusstsein daran schuld, dass sie diese Forderung stellt? Man muss allerdings zugeben, dass die Ferien für sie vermutlich nicht immer ganz einfach waren, weil sie drei, fünf oder zwanzig Schritte von der Stelle entfernt bleiben musste, wo sich die Dinge abspielten, und noch dazu, ohne daran teilzunehmen! Wenn das der Grund ist, kann Bénédicte jetzt garantiert Rache nehmen, denn sie weiß, dass Mathilde sich ihr nicht widersetzen kann.

Mathilde hat nur noch einen Ausweg. Sie muss die edelmütige, selbstsichere große Dame spielen: »Aber natürlich, geh doch hin, wenn du Lust hast! Mir ist das egal.« Und um sich nicht in die Ecke drängen zu lassen, fügt sie geschickt hinzu: »Bestell Remi doch bitte von mir: morgen Nachmittag an der verabredeten Stelle! …«

Während der ganzen Zeit, die Bénédicte auf dem Bauernhof verbringt, also ein paar Millionen, nein, Milliarden Jahre, malt Mathilde unter dem Foto von ihrer Großmutter und Félix verliebte Libellen, blaue Herzen. Eines tut ihr ganz besonders weh: der Abschiedskuss zwischen Bénédicte und Remi, den sie ein paar Millionen, nein, Milliarden Mal vor ihren Augen vorüberziehen lässt, mit nadelspitz gespitzten Buntstiften.

Mathilde ist immer noch in ihrem Zimmer, als ihre Peinigerin sichtlich sehr zufrieden und mit ebenso sichtlich verschmutzten Turnschuhen zurückkommt.

Die halb zu Tode Gemarterte legt ihre Gemälde zur Seite und setzt sich in den äußerst originellen Sessel mit den zwei Sitzen, die sich den Rücken zukehren – falls man sich mal verkracht. Das ist der ideale Augenblick, um den Sessel einzuweihen.

Bénédicte setzt sich auf den zweiten Sitz. Sie sitzen Rücken an Rücken. Und Remi ist zwischen ihnen. Für ihn. Wegen ihm. Es ist ernst. Sehr ernst.

»Na, wie war's?«, fragt Mathilde ironisch.

»Wie soll's schon gewesen sein?«

»War Remi da?«

»Ja, er war da.«

»Und was habt ihr gemacht?«

»Nichts haben wir gemacht. Wir haben uns unterhalten.«

»Über mich?«

»Nein ...«

»Worüber dann?«

Bénédicte antwortet nicht. Sie wird auch nicht antworten, weder heute noch morgen. Und morgen ist es sowieso zu spät, da sie ja wegfährt. Aber Mathilde muss unbedingt wissen, wie das mit dem Abschiedskuss gewesen ist, nur das mit dem Kuss. Sie versucht es noch einmal: »Habt ihr euch verabschiedet?«

»Ja.«

»Dann hat er dir also einen Kuss gegeben?«

»Ja ...«

»Aber was für einen? Was für einen Kuss hat er dir gegeben?«

Bénédicte antwortet nicht. Sie wird auch nicht antworten. Weder heute noch morgen.

»Auf den Mund?«, fragt Mathilde, zu allem bereit.

»Nein ...«

»Aber wohin dann?«, ruft Mathilde.

»Dahin«, erwidert Bénédicte ruhig.

Mathilde dreht sich um. Bénédicte zeigt auf ihre Hand, auf den Handrücken.

»Was, er hat dir die Hand geküsst?«, stammelt Mathilde.

»Ja ... wie in einem Film, den er im Fernsehen gesehen hat«, sagt Bénédicte und plustert sich auf.

»Und das ist alles?«

»Ja, das ist alles. Warum?«, fragt Bénédicte verwundert.

Mathilde fällt ihr um den Hals. Ihre Freundin. Ihre beste Freundin. Ihre Freundin seit undenklichen Zeiten. Sie sind nicht mehr verkracht. Überhaupt nicht mehr verkracht. Sind es nie gewesen. Werden es nie sein. Durch dick und dünn …

Es versteht sich von selbst, dass anschließend, beim Abendessen, gute Laune herrscht. Um die Kochkünste der Mütter, die besonders gut und reichlich aufgetischt haben, gebührend zu würdigen, werfen sich die Töchter richtig in Schale. Als sich Mathilde zu dem weißen Spitzenkleid (zu Ehren von Christiane) die Perlenkette mit der herzförmigen Muschel in der Mitte (zu Ehren von Bénédicte) um den Hals legt, fällt ihr endlich ein – vermutlich hat ihr das Foto aus Sevilla auf ihrem Sekretär auf die Sprünge geholfen –, woran sie die Muschel erinnert: an ein wunderschönes Porträt, das Félix in Paris von ihrer Großmutter gemalt hat. Auf die Augenlider seiner Verlobten hatte Félix zwei wie Perlmutt schimmernde rosafarbene Muscheln gemalt, die vom Meersalz zu glitzern schienen. Beim Anblick dieses Bildes hatte Mathilde übrigens beschlossen, später zu malen, wie Félix, denn so hübsche Muschelaugen hatte sie noch nie gesehen …

Beim Abendessen geht es fröhlich zu, auch wenn es das letzte gemeinsame Essen ist. Die schönsten Augenblicke dieser gelungenen Ferien werden noch einmal ins Gedächtnis gerufen. Bénédicte ist gar nicht wieder zu erkennen, denn sie isst schon ihre dritte frittierte Aubergine.

Vielleicht liegt das an dem Kuss wie im Fernsehen, denn Bénédicte hat sich geweigert, sich vor dem Essen die Hände zu waschen. Céline und Christiane rühmen sich, ein bisschen »beschwipst« zu sein, während sie sich Wein nachschenken. Remi wird oft in der Bestenliste der Erinnerungen zitiert, und jedes Mal legt Mathilde dann die Hand auf das Muschelherz an ihrem Hals. Es ist klar, dass Großmamas zärtlicher, verständnisvoller Blick dank der Muschel künftig auf Mathilde ruht und sie am Tag der großen Abreise schützen wird ...

Es ist spät, als die Mütter zwischen zwei Lachanfällen die Töchter zudecken. Sie scheinen sich nicht darüber zu wundern, dass Mathilde und Bénédicte glucksend im selben Bett liegen. »Beschwipste« Mütter sind eben viel entgegenkommender. Wein zu trinken muss wohl gut tun, das scheint alles viel leichter zu machen. Und außerdem mag es Mathilde so gern, wenn ihre Mutter lacht, ohne einen Grund zu haben!

Christiane setzt sich neben Mathilde aufs Bett. »Ich habe ein kleines Geschenk für dich«, sagt sie und zieht etwas aus der Tasche.

Es ist ein Foto von Remi, der, umgeben von Ziegen, in der Matrosenbluse auf der verrosteten Öltonne sitzt. Mathilde fragt sich, ob sie lachen oder weinen soll. Sie entscheidet sich für ein bisschen von beidem, aber am Ende überwiegt das Lachen. Christiane kann nicht so gut mit Worten umgehen wie ihre Mutter, aber was Gesten angeht, da ist sie unschlagbar. Mathilde versteht, warum Céline sie unbedingt braucht, um die richtige Geste zu machen, wenn *er* nicht da ist oder wenn *er* mit den Türen geknallt hat. Wenn Mathilde jemandem von der großen Abreise erzählen müsste, dann würde sie sich vielleicht Christiane anvertrauen ...

Nach endlosen Küssen und Umarmungen geht das Licht aus.

Bénédicte und Mathilde ziehen ihre Nachthemden aus und schmiegen sich unter den großen weißen Gazeschleiern aneinander. Bénédictes Haut ist überall sanft und weich, auch an den Ellbogen und Knien. Sie duftet nicht nach gesalzenen Erdnüssen. Auch sie schmeckt süß, wenn Mathilde die Zunge über die Haut ihrer Freundin gleiten lässt, aber mit einem leichten Beigeschmack von Lakritz.

Mathilde hat die Perlenkette mit der Muschel anbehalten, die leise auf der Bettdecke raschelt. Die Grillen zirpen hinter dem halb geschlossenen Fensterladen, der schimmerndes Mondlicht hereinlässt.

An der Zimmerdecke ist nichts zu sehen. Kein Gespenst, halb Mensch, halb Tier.

Mathilde denkt an das Foto von Remi, das sie unter das Kopfkissen geschoben hat. Sie denkt so fest daran, dass sich ihre Beine um Bénédictes Beine knoten. Der Knoten mit Bénédicte ist sehr angenehm, viel angenehmer, als sie dachte. Anscheinend ist ein Knoten mit einem Mädchen gar nicht so anders als ein Knoten mit einem Jungen ...

»Schläfst du?«, flüstert Mathilde neben Bénédictes Nacken.

»Nein«, erwidert Bénédicte, der der Knoten genauso gut zu gefallen scheint.

»Hast du eine Gänsehaut?«

»Nein. Warum? Hast du etwa eine?«

»Nein, ich auch nicht«, stellt Mathilde fest.

»Das ist völlig normal«, bemerkt Bénédicte. »Dafür ist es viel zu heiß!«

Mathilde würde am liebsten zu ihrer besten Freundin sagen: »'ne Gänsehaut, die kriegst du nicht, wenn dir kalt ist ...« Aber wozu schon?

Nachdem Christiane und Bénédicte abgefahren sind, wirkt das Haus richtig leer.

Mathilde hatte sich so daran gewöhnt, dass Bénédicte ihr überallhin folgte, dass sie ihr jetzt, wo sie nicht mehr da ist, wirklich fehlt. Auch Céline scheint sich im Kreis zu drehen.

Diesmal erweist sich wenigstens die Natur solidarisch. Ein stürmischer Wind weht um Haus und Garten.

Mutter und Tochter beschließen, trotz der plötzlichen Kühle nicht auf den Fluss zu verzichten. Remi wartet wie immer in Turnzeug vor dem Bauernhof auf sie. Sein Haar ist noch zerzauster als sonst.

Immer wenn sie Remi wieder sieht, kann sich Mathilde nicht der ängstlichen Frage erwehren: Und wenn? ... Und wenn Remi sie nicht mehr so liebt wie bisher? Aber zum Glück kann sie aufatmen, sobald sie einen Blick auf ihn geworfen hat: Ja, er liebt sie noch genauso, und vielleicht noch mehr, seit sie vor den Sonnenblumen den Schwur abgelegt haben ...

»Heute ist aber ein fürchterlicher Mistral, findet ihr nicht?«, sagt Céline laut und sieht Remi fragend im Rückspiegel an.

»Mistral, so heißt das bei den Touristen! Bei uns heißt es Bise!«, antwortet Remi schlagfertig.

»Ach so!«, sagt Céline, ohne weiter darauf einzugehen.

Mathilde lächelt Remi zu. Ihrem Wolf. Er gefällt ihr, der Remi, wenn er wieder ungezähmt ist und ein bisschen frech wird. Und außerdem, dass eine Bise, auch wenn ihr das »r« fehlt, genauso steif ist wie eine Brise, das findet sie einfach wunderbar.

Da Bénédicte nicht mehr da ist, warten Mathilde und Remi nicht mehr auf Kurven, um ihre Knie aneinander zu schieben, sondern sie warten auf Kurven, um sich etwas ins Ohr zu flüstern, weil Céline die Augen nicht vom Rückspiegel lässt.

Der Blick ihrer Mutter macht Mathilde, jedes Mal, wenn sie ihm begegnet, stutzig. In ihm liegt Zärtlichkeit, aber auch Sorge. Wenn Mathilde hohes Fieber hat und der Arzt auf sich warten lässt, hat Céline den gleichen Blick. Es sieht so aus, als sei ihre Mutter heute gar nicht mehr so erfreut darüber, sie zusammen zu sehen, Remi und sie, und als gäbe es etwas, das sie beunruhigt ...

»Mama, ist irgendwas?«, fragt Mathilde schließlich.

»Nein, nein, mein Schatz«, erwidert Céline.

»Nur...«, fügt sie hinzu, »ich hoffe nur, dass sich der Wind vor unserer Abreise legt.«

Das Wort lässt die beiden auf der Rückbank zusammenzucken. Nicht das Wort »Wind«, sondern das Wort »Abreise«. Mathilde glaubt nicht, dass sich ihre Mutter wirklich Sorgen über den Wind macht. Nein, das glaubt sie nicht. Jetzt ist es so weit. Jetzt ist der Augenblick da, um zu erfahren, wann die Abreise ist.

Sie lässt ihre Hand in Remis Hand gleiten.

»Also... wann fahren wir denn ab?«, fragt Mathilde so natürlich wie möglich.

»Morgen... morgen Mittag...«, erwidert Céline und weicht dem Blick ihrer Tochter im Rückspiegel aus.

Auf der Rückbank drücken sich die beiden ganz fest die Hand.

Morgen!...

Diese Antwort hatte sie befürchtet. Normalerweise ist morgen immer viel zu weit entfernt, weil es nicht heute ist. Aber diesmal ist morgen schon sehr bald, anders gesagt, jetzt sofort!

Mathilde blickt Remi an. Sie denken an das Gleiche, an ihre Abreise zu zweit, die große Abreise. Sie denken das Gleiche: Heute Nacht ist es so weit.

Niemand sagt mehr etwas, bis sie den Fluss erreichen...

Die Sonne ist sengend heiß, aber der Wind eisig. Weder Remi noch Mathilde steht der Sinn danach zu spielen. Nachdem sie der Form halber ein paar Mal in den Wasserfall gesprungen sind, stürzen sie sich auf die Badetücher und auf das Picknick hinter einer kleinen Mauer aus Kieselsteinen, die als Schutz vor dem Wind und vor Céline dient, die ein wenig abseits in der Sonne liegt, um sich am ganzen Körper bräunen zu lassen. Remi verfolgt aufmerksam die Fortschritte, die Célines Bräune macht, auf der Vorderseite, dann auf der Rückseite, was Mathilde ganz normal findet für einen normal entwickelten Jungen, der noch dazu darauf angewiesen ist, die Mütter der anderen zu betrachten, da er keine eigene Mama hat. Über seine Mutter will Remi noch immer nicht sprechen, selbst wenn sie allein sind, aber er ist äußerst gesprächig, sobald es um seinen Vater geht ... Remi fragt sich, genau wie Mathilde, warum die Väter eigentlich so systematisch verschwinden. Aber er ist fest entschlossen, ihn wieder zu finden.

Remi und Mathilde planen alles für die große Abreise. Uhrzeit, Ort und alles. Sie wissen noch nicht, ob sie für immer wegfahren oder nur auf Reisen gehen sollen wie Großmama und Félix.

Mathilde hat Sevilla vorgeschlagen, aber Remi möchte lieber nach Italien, weil er dank Vater

Fougerolles schon weiß, was Tomate auf Italienisch heißt. Remi ist der Ansicht, dass die Sprache ungeheuer wichtig ist. Mathilde gefällt vor allem Remis Akzent. Eines Tages hat sie zu ihm gesagt: »Wenn du redest, klingt es wie Gesang.« Da hat Remi Mathilde erklärt, dass der Grund dafür, warum sie beim Reden nicht singt, nur darin liegt, dass sie wie alle Leute aus Paris die Worte nicht bis zu Ende ausspricht, sondern sie einfach abhackt, kein Wunder also, dass es so abgehackt klingt.

Das war eine sehr interessante Diskussion. Anschließend haben sie beide die Zunge herausgestreckt, um sie zu vergleichen. Um zu sehen, ob Mathildes Zunge abgehackter ist als Remis Zunge. Aber der Unterschied zwischen den Akzenten lässt sich so nur schwer feststellen, selbst wenn man sich ganz lange küsst, wie sie es anschließend getan haben ...

Mathilde ist einverstanden mit Italien, nicht aus sprachlichen Gründen, sondern wegen des Eises, und dann bauen sie aus all den Badetüchern und Ästen, die Remi am Fluss gefunden hat, ein Zelt, wie in der Sahara. In dem Zelt ist nur wenig Platz. Sie ziehen die Sandalen aus und legen sich mit angewinkelten Beinen hinein, kopfüber, kopfunter.

Mathilde ist ganz gerührt, denn es ist ihr erstes gemeinsames Schlafzimmer und das erste Mal, dass sie gemeinsam darin schlafen, auch wenn sie nur so tun, auch wenn sie noch nie so hellwach gewesen sind. Mathilde ist wie elektrisiert davon, dass sie Remi Knie an Knie, Bein an Bein gegenüberliegt, elektrisiert wie an manchen Tagen, wenn es ein Gewitter gibt.

Ihr einteiliger Badeanzug (den sie mit ihrer Mutter wegen der gelben Farbe und des viel versprechenden Ausschnitts ausgesucht hat) ist noch feucht und kribbelt auf der Haut.

Sie sagen nichts, da sie ja eigentlich schlafen, aber sie ist sicher, dass auch Remi die Mischung aus Erdnüssen und Vanille riecht. Die Handtücher peitschen im Wind. Mathilde stellt sich schlafend. Sie weiß nicht, worauf sie wartet, aber sie wartet.

Zunächst ist es kaum spürbar, aber dann spürt sie es deutlich: Remis Zehen gleiten unter ihrem Schenkel entlang. Wie eine kleine Maus oder eher wie das Schnäuzchen einer Katze, die eine Schale warmer Milch gewittert hat.

Sich nicht rühren. Abwarten, wo die Katze hinwill. Mathilde verfolgt mit geschlossenen Augen das zarte Schnäuzchen, das sie kitzelt. Es bewegt sich langsam, aber sicher zu jener Stelle hin, mit der sie gerechnet hatte ...

Am Meer, wenn ihre Vettern zwischen Mathildes Beinen Löcher in den Sand gruben, hatten auch sie die Schale Milch gewittert, aber keiner hatte sich je so nah herangewagt. Remi dagegen wagt es. Das ist ja auch normal, dass ein Liebster es wagt. Er hat das Recht dazu.

Draußen legt der Wind eine Pause ein. Große Stille. Nur der Fluss klimpert auf seinen Xylophonsteinen.

Ihr ganzes Leben lang möchte Mathilde sich schlafend stellen, auf Remi und sein Katzenschnäuzchen warten ...

»Was macht ihr denn da drin?«

Célines Stimme peitscht stärker als der Wind. Sie hat ihre misstrauische Erwachsenenmiene aufgesetzt, die Mathilde hasst.

»Äh ... öh ... nichts! Nichts machen wir! Wir schlafen!«, stottert Mathilde, während sich das Naschkätzchen möglichst weit verkriecht.

Schelte. Alles wieder herrichten, so wie es war. Sich anziehen. Sich beeilen. Nun aber ab nach Hause, und ein bisschen dalli!

Auf dem Rückweg sind Célines Augen im Rückspiegel zornig. Mathilde seufzt. Remi lehnt sich nicht in den Kurven gegen sie. Er sitzt kerzengerade am äußersten Ende der Sitzbank.

Mathilde sinnt traurig über die Macht der Mütter nach, vor allem ihre unberechenbare Art.

Was will ihre Mutter bloß? Will sie, dass ihre Tochter einen Liebsten hat, oder nicht?

Jetzt ist Mathilde zornig. Man stürmt nicht einfach bei anderen Leuten ins Haus, ohne vorher an die Tür zu klopfen, selbst wenn die Tür nur ein Badetuch ist!

Es tröstet sie, dass sie zornig ist, das kommt ihr gerade recht: Denn vielleicht ist es besser, dass ihre Mutter in der Nacht, in der Mathilde sie, ohne ihr auf Wiedersehen zu sagen und ohne ein Abschiedsschmusen, verlässt, zu ihrer Feindin wird ...

Mitternacht ist der geeignete Zeitpunkt, um sich mit seinem Liebsten davonzumachen, aber es erfordert viel Geduld. Man muss gegen den Schlaf ankämpfen und darf nicht zu oft an die Decke sehen. Die Nachtgespenster besuchen nicht nur die Schlafzimmer, sie können genauso gut in die anderen Räume des Hauses kommen – in die Küche zum Beispiel, wo Mathilde sich schließlich neben den Vorratsschrank mit den Süßigkeiten und gegenüber von der Standuhr, die alle Viertelstunde schlägt, hingesetzt hat.

Sie sitzt am Küchentisch und spielt auf ihre Weise inmitten von Keksen und Marmeladen das große Familien-Quartett.

Sie hat bereits die Tochter Lagonflette mit dem Sohn Grosbeta vermählt und der Familie Vermicelle, die die Hoffnung auf Kinder schon aufgegeben hatte, eine Tochter geschenkt. Es fällt ihr schwer, die Großeltern ins Grab zu bringen, vor allem die Großmütter.

Sie muss Remi unbedingt nach seinem Nachnamen fragen, denn sie möchte gern wissen, wie ihre Familie heißen wird, wenn sie von der Reise zurückkommen.

Draußen weht weiterhin ein starker Wind, und die Fensterläden schlagen, aber sie hat trotzdem ihr gepunktetes Kleid mit den Rüschenärmeln angezogen, das Remi so gern mag, und auch die Perlenkette mit der herzförmigen Muschel, damit Großmama Remi und sie beschützt.

In den kleinen Koffer, in dem sie normalerweise ihre Zeichensachen und ihre Kostbarkeiten (wie Remis rosa Kiesel und das Foto ihrer Großmutter) aufbewahrt, hat sie außer ihrem neuen Reisenecessaire und dem Fläschchen Lavendel noch Christianes weißes Kleid gepackt (falls sie in Italien heiraten), die karierte Kniehose mit der kurzärmligen weißen Bluse, die auf dem Bauch verknotet wird (falls sie an einer Schaukel vorbeikommen), die rosa Schleifenbluse (mit dem darin enthaltenen Rezept ihrer Mutter, das noch zu keinem nennenswerten Ergebnis geführt hat, denn die Druckknöpfe sind bisher unverändert geblieben) und den einteiligen Badeanzug (damit das Katzenschnäuzchen beim Mittagsschlaf wiederkommt).

Wenn sie spürt, dass sie kurz davor ist einzuschlafen, isst sie einen Keks, auch wenn sie schon lange keinen Hunger mehr hat.

Eine ganze Weile hat sie geglaubt, ihre Mutter würde nie zu Bett gehen. Céline hat einen Lindenblütentee nach dem anderen getrunken. Ihr

Zorn hatte sich gelegt, und Mathilde hatte den Eindruck, dass ihre Mutter sich Vorwürfe machte, nicht an das Handtuch geklopft zu haben, ehe sie in das Schlafzimmer stürmte. Sie sprach mehrmals von Remi und kümmerte sich sehr um ihre Tochter, mit besonders herzlichen Worten, bis Mathilde einfiel, dass Céline ja gar nichts von der großen Abreise wusste und dass es in ihren Augen gewissermaßen der letzte Abend für Remi und Mathilde war.

Mathilde hat natürlich im Lügen schon etwas Erfahrung, wie alle Mädchen. Darum kommt man nicht herum. Man muss die Mutter manchmal einfach anlügen. Das ist ein Teil der Erziehung. Aber es gibt solche und solche Lügen. Wenn man verschweigt, dass man heimlich ausreißen will, ist das immerhin eine schwere Lüge. Während des Abendessens war Mathilde mehrmals drauf und dran, alles zu gestehen, so schuldig fühlte sie sich, vor allem als Céline eine herrliche Schale Vanillecreme mit Eierschaum auf den Tisch stellte, den Nachtisch für große Gelegenheiten ...

Doch Mathilde hat eisern durchgehalten: Sie hat nichts gesagt, und sie ist sicher, dass sie dadurch ein ganzes Stück gewachsen ist. So eine Lüge muss einfach gut sein für die Druckknöpfe. Sie trägt bestimmt dazu bei, dass die Brüste wachsen und alles andere auch. Jetzt ist es für Reue sowieso zu spät. Jetzt ist sie mit Remi um Mitternacht in der Hütte verabredet. Sie hat darauf gedrungen, dass die Hütte der Treffpunkt sein soll, weil sie sich ganz in der Nähe des Hauses befindet, denn Mathilde ... nachts ... ganz allein ... draußen ...

Die Fensterläden schlagen immer heftiger, fast so laut wie ihr Tamtam-Herz, denn in einer Viertelstunde ist es Mitternacht, wie der Glockenschlag verkündet.

Er hat ihr beigebracht, die Stunden und die Minuten einer Uhr zu lesen. Wer weiß, vielleicht hat *er* das extra getan, weil er sich gesagt hat, dass seine Tochter das eines Tages brauchen könne, um mit Remi auszureißen. Sie fragt sich, ob auch *er* ohne an das Badetuch zu klopfen plötzlich aufgetaucht wäre und geschrien hätte: »Was macht ihr denn da drin?«

Mathilde legt das Kartenspiel weg und schraubt die Marmeladengläser zu.

Es ist so weit.

In Filmen oder in den Büchern, die ihr die Mutter vorgelesen hat, sind ihr schon kleine Mädchen begegnet, die von zu Hause ausgerissen sind, oft für immer. Manchmal hat Mathilde mit ihnen geweint. Aber es ist völlig anders, wenn man mit einem Liebsten ausreißt, wenn die

Sache ernst ist. Es stimmt nicht, dass man unglücklich ist. Man sagt sich nur »Es ist so weit« und empfindet nichts, gar nichts.

Mit ihrem Koffer in der Hand verlässt Mathilde die Küche durch die Tür, die direkt in den Garten führt. Der Himmel ist voller Sterne, und dennoch lässt sie der kalte Wind erschauern und presst das gelb gepunktete Kleid an ihre Beine. Vor ihr: die Hütte, Remi, Italien. Hinter ihr: das Haus, Mama, die Schule.

Wenn man größer werden will, muss man einen Schritt nach vorn machen, nicht nach hinten. Das ist alles. Sonst bleibt man immer ein kleines Mädchen. Die Stimme kommt jedoch von hinten, die gleiche Stimme wie immer: »Mathilde?«

Mathilde hört schon wieder Ma-Thilde. Die Mutter ruft also ihre Thilde mit einer Stimme, in der mehr Überraschung als Ärger liegt.

Die Thilde dreht sich um. Am offenen, vom Mond halb erleuchteten Schlafzimmerfenster scheint Céline aus einem schlechten Traum zu erwachen: »Was machst du denn da unten?«

Mathilde sagt sich, dass ihre Mutter wahrhaftig die Gabe hat, in den ungeeignetsten Augenblicken aufzutauchen. Sie hat die Gabe, Fragen zu stellen, die man nicht stellt: was sie denn da unten oder was sie denn da drin macht.

Diesmal muss sie standhaft bleiben, den Kopf hochhalten. »Ich gehe weg. Ich gehe mit Remi weg!«, erwidert Mathilde unbeirrt.

»Was soll das heißen, du gehst mit Remi weg?«

Aufruhr im Schlafzimmer, Türen, die zugeknallt werden – kein gutes Zeichen –, und dann Céline, die im Nachthemd angerannt kommt.

Mutter und Tochter stehen sich im Wind kampfbereit gegenüber. Die eine riesig, die andere klein. Die eine perplex, die andere ganz ruhig, mit dem Koffer in der Hand.

»Remi und ich wollen heiraten!«, erklärt Mathilde.

Célines Mund verzerrt sich, aber es ist schwer zu sagen, ob vor Wut oder vor Lachen. Vielleicht weiß ihr Mund selbst nicht, was er tun soll.

»Wir fahren nach Italien!«, fügt die Kleine unerschütterlich hinzu.

An der Stelle ihrer Mutter würde Mathilde jetzt lachen, ihre Tochter in den Arm nehmen und ihr eine gute Reise wünschen, und sie würde ihr sogar helfen, den Koffer bis zur Hütte zu tragen, ja, das würde sie an ihrer Stelle tun.

Ohrfeigen sieht man im Allgemeinen kommen. Man rechnet mit ihnen, weil sie meistens verdient sind. Sie tun nicht weh, weil man einverstanden ist. Mathilde hat nicht viele in ihrem

Leben erhalten, und wenn, dann war sie immer einverstanden.

Aber die, die sie jetzt erhält, hat sie nicht kommen sehen. Sie hat überhaupt nicht mit ihr gerechnet, einfach weil sie nicht verdient ist, und sie tut sehr weh, so weh, dass Mathilde plötzlich wie betäubt in ihrem gepunkteten Kleid auf dem Boden sitzt und sich die Wange hält.

Die Bise legt eine Pause ein. Stille. Da muss man sich wohl fragen, ob der Wind in dieser Gegend nicht auf tatkräftige, feierliche Weise am Geschick der Menschen teilnimmt.

Mathilde rührt sich nicht. Sitzt da, hält sich mit einer Hand die Wange, umklammert mit der anderen den Koffer, sagt kein Wort, weint nicht, denn die Spannung ist, wie eben in der Küche, so angestiegen, das Tamtam so laut, dass sie letztlich nichts mehr empfindet. Gar nichts. Auch Céline sagt kein Wort, rührt sich nicht, wirkt immer riesiger über ihrer Tochter.

Es gibt ein Spiel, das Mathilde sehr gut beherrscht: Das ist das »Eins, zwei, drei«-Spiel. Der andere darf nicht sehen, dass man sich bewegt, sonst hat man verloren. Hier ist die Sache genauso. Mathilde darf sich nicht bewegen, sonst hat sie verloren. Solange sie auf dem Boden bleibt, gewinnt sie. Also bleibt sie dort. Sehr lange. Auf den eiskalten Steinfliesen. Lange genug, um sich vorzustellen, wie Remi mit dem Koffer in der Hand in der Hütte auf sie wartet. Lange genug, um diese Mutter zu hassen, die plötzlich auftaucht und die, nur weil ihr der Liebste weggelaufen ist, die eigene Tochter daran hindert, den ihren zu treffen und eine Frau zu werden. Dabei hatte sie im Zug versprochen, dass sie nur unter Frauen sein würden – gleiche Behandlung für alle.

Mathilde, die sich immer noch die Wange hält, hebt den Kopf.

»Du hast mich angelogen!«, stößt sie mit der ganzen nadelspitz gespitzten Verachtung vor, deren sie fähig ist.

»Was soll das heißen, ich habe dich angelogen?«, erwidert Céline sichtlich beruhigt, dass ihre Tochter die Sprache wieder gefunden hat, und zugleich verblüfft über den Angriff.

»Wir sind hier gar nicht unter Frauen! Das stimmt nicht!«, fügt Mathilde enttäuscht hinzu.

Céline verlässt ihre luftige Höhe. Setzt sich ihrer Tochter gegenüber auf die eiskalten Steinfliesen. Um miteinander zu sprechen ist das natürlich besser so, denn sie sprechen ja noch miteinander, aber für Mathilde ist das gefährlich, denn sie könnte sich erweichen lassen und diese Mutter, die sie liebt, nicht mehr ganz so hassen.

»*Du* hast gelogen, Mathilde!«, sagt Céline ganz leise und hebt dabei jedes einzelne Wort hervor, und noch ehe sich Mathilde wieder gefasst hat, bricht ihre Mutter hemmungslos – was Mathilde ihr gar nicht zugetraut hätte – in Tränen aus.

Sie hat Céline schon weinen sehen. Wegen *ihm*. Weil *er* nicht kommt oder weil *er* gekommen ist. Weil *er* nicht schreibt oder weil *er* geschrieben hat. Meistens heimlich. Aber diese Tränen, das ist etwas anderes: Das sind die schlimmsten Tränen, die sie je gesehen hat, denn zum ersten Mal in ihrem Leben hat Mathilde ihre Mutter zum Weinen gebracht. Was macht man in einem solchen Fall? Was macht man, wenn die eigene Mutter, von Seufzern geschüttelt, barfuß und mit aufgelöstem Haar, das Gesicht in einem weißen Nachthemd verborgen, plötzlich einem kleinen Mädchen gleicht und man selbst die Schuld daran trägt?

Soll man dann selbst die Mutter spielen? Schwimmweste, Rettungsboot. Schiffbruch am Horizont. Wieder einmal fragt sich Mathilde, ob sie nicht ein bisschen zu klein für so ein großes Drama ist. Und dann umarmt sie Céline unbeholfen, streichelt ihr das Haar, wiegt sie, so gut sie kann, in den Armen, sie, die noch nie jemanden in den Armen gewiegt hat, nicht einmal Puppen, die sie immer verabscheut hat. Und sagt mütterliche Worte wie »Das ist doch nicht schlimm« oder »Ich bin doch da, mein Schatz«, mit dem seltsamen Eindruck, dass die Welt Kopf steht, das Unterste zuoberst gekehrt ist, wie im Riesenrad ...

Schließlich beruhigt sich Céline. Richtet sich auf, nimmt wieder ihre ursprüngliche Größe ein, ihre mütterlichen Ausmaße, die jedoch noch nicht ausreichen, um ihre durchgefrorene Tochter in die Arme zu nehmen. Sie stützen sich gegenseitig und kehren mit kleinen Schritten ins Haus zurück. Sie sehen aus wie zwei Verwundete, die vom Schlachtfeld zurückkehren, wie in den Kriegsfilmen, denen Mathilde allerdings seit jeher – jetzt versteht sie noch besser, warum – Liebesfilme vorgezogen hat.

In der anderen Hand hält Mathilde ihren kleinen Koffer. Auch der Koffer kehrt nach Hause zurück, und das weiße Kleid und die Kniehose und die rosa Schleifenbluse und der einteilige Badeanzug kehren nach Hause zurück.

Es versteht sich von selbst, dass Mathilde in Célines Bett schläft – in ihrem gepunkteten Kleid, das weder die eine (die Mutter) noch die andere (die Tochter) auszuziehen vermögen. Es versteht sich von selbst, dass sie sich eng aneinander schmiegen. Schmusen. Schmusefrieden. Schmusekätzchen.

Aber in dem Augenblick, da Mathilde ihre Beine im Schlaf um die ihrer Mutter rollen will, stellt sie fest, dass sie mit ihrer Mutter den Knoten nicht machen kann. Und da erst denkt sie wieder an Remi, der in der Hütte auf sie wartet. Und da erst beginnt sie zu weinen. Allein.

Ihre Mutter schläft bereits, die Arme um das gelb gepunktete Kleid geschlungen.

Der Wind hat sich gelegt. Unter den Zikaden hat es sich schon herumgesprochen. Mathilde wendet den Kopf den Fensterläden zu, die gedämpftes Sonnenlicht hereinlassen. Die Augen tun ihr weh, der Bauch, die Wange, alles, was einem wehtun kann, tut ihr weh.

Ihr gelb gepunktetes Kleid liegt ganz zerknittert auf dem Korbsessel, aber der Koffer ist verschwunden.

Die Tür öffnet sich: »Das Frühstück für Mademoiselle!«

Céline sieht blendend aus, ist bester Laune. Das Tablett mit all dem, was Mathilde gern mag, ist eindrucksvoll.

»Wenn Mademoiselle die Güte haben würde...«

Céline stellt das Tablett aufs Bett und öffnet die Fensterläden. Der Sommer dringt ins Zimmer herein. Es wirkt fast wie eine Fernsehwerbung, so übertrieben ist alles: das Licht, die Geräusche, die Gerüche...

Céline legt sich neben ihre Tochter aufs Bett.

Das letzte gemeinsame Frühstück im Bett haben sie in Paris eingenommen, am Morgen vor der Abreise in die Ferien. Sie erinnert sich noch gut daran, weil ihr die Mutter die Provence genauso angepriesen hat, wie sie heute Morgen ist, während Mathilde halsstarrig nur auf den Ozean schwor. Sie wusste damals ja noch nicht, was sie erwarten würde. Sie wusste das mit Remi noch nicht. Niemand wusste es!

Das nächste gemeinsame Frühstück werden sie wieder in Paris einnehmen ... Alles, was einem wehtun kann, tut Mathilde weh, die Augen, der Bauch, die Wange.

»Mama ...«

»Ja, mein Schatz? ...«

»Ach, nichts! ...«

Nein. Es lässt sich nichts machen. Nichts sagen. Mathilde isst, was Céline ihr anbietet, wie sie es schon immer getan hat und wie sie es auch weiterhin tun wird. Aber es lässt sich nichts machen, nichts sagen. Selbst mit einer Mutter, die man nicht mehr hasst, lässt sich der Schmerz nicht teilen, den heilt auch kein Mittel. Der Schmerz, an dem Mathilde leidet, heißt Remi ... Mit diesem Schmerz wird sie sich waschen, kämmen und wie ein gewöhnliches kleines Mädchen anziehen, das auf Reisen geht ...

Als Mathilde aus dem Schlafzimmer kommt, bleibt sie wie angewurzelt stehen: Sie hört Madame Fougerolles' Stimme aus der Küche. Céline und die Bäuerin unterhalten sich angeregt, doch sie wechseln sogleich das Thema, als Mathilde hereinkommt, und machen sich mit der Hausarbeit zu schaffen. Madame Fougerolles drückt ihr einen Kuss auf die Wange, aber Mathilde spürt deutlich, dass sie nicht so ist wie sonst. Nur Léon scheint aufrichtig zu sein. Er leckt ihr die Hand.

Gefolgt vom Hund, der ihr um die Beine streicht, geht Mathilde aus dem Haus. Sie ist zugleich stolz und wütend. Stolz, dass sie das Gesprächsthema war, wütend, dass man sie von der Unterhaltung ausgeschlossen hat, obwohl sie doch die Hauptrolle darin spielt, mit Remi natürlich. Remi ... Ist er in die Hütte gekommen? Und wenn auch er eine Ohrfeige bekommen hat? Und wenn er mehrere bekommen hat?

Mathilde geht durch den Garten mit dem Schmerz, der Remi heißt ... Der Anblick der leeren Hütte ohne eine Spur von Remi ist für sie eine wahre Qual. Der ganze Garten ist eine wahre Qual, denn überall sieht sie Remi, richtig herum, verkehrt herum, in allen Stellungen. Sie kann es kaum fassen, dass man jemanden, der nicht da ist, so deutlich sehen kann. Wo ist denn bloß der richtige Remi? Und wenn der Vater Fougerolles ihn daran hindert, den Hof zu verlassen? Und wenn man ihn gewaltsam eingesperrt hat, mit den Ziegen?

Sie blickt Léon an, der wedelnd zuhört, wie sie Selbstgespräche führt. Er weiß die Antwort, aber er kann nichts sagen ... Nachdem sie so viel nachgedacht und über so viele Wege im Garten gegangen ist, gelangt sie natürlich dorthin, wohin sie gelangen muss. Als sie dort ankommt, ist der Schmerz, der Remi heißt, so heftig, dass sie sich auf das Gatter stützen muss. Das Gatter vor den Sonnenblumen ...

Schon wieder taumelt Mathilde. Aber nicht vor Verzückung. Nicht vor Staunen. Die unzähligen Sonnenblumen starren sie mit so düsterem Blick an, dass sie einen Schritt zurückweicht. Es dauert eine Weile, ehe sie begreift, dass es wirklich ihre Sonnenblumen sind, die Sonnenblumen von ihr und Remi, denn von dem Gelb, das sie so schwindlig gemacht hat, ist nichts mehr übrig. Nur noch verkohlte Köpfe, die ein großes unsichtbares Feuer verzehrt haben muss.

In ihren Zeichnungen verwendet Mathilde nie Schwarz. Es ist eine Farbe, die sie schon immer verabscheut hat. Übrigens sieht sie Schwarz nicht als richtige Farbe an. Selbst als sie den Tod von Félix' Hund gezeichnet hat, hat sie kein Schwarz verwendet.

Léon, der ihre Gedanken zu lesen scheint, setzt sich Mathilde zu Füßen, auch er betrachtet das Unheil. Gemeinsam lauschen sie dem Klagelied der Blumen. All die geschwärzten, gekrümmten Köpfe sagen Mathilde das Gleiche: Remi ist nicht da, und er wird auch nicht kommen.

Die rechte Hand schirmend über die Augen ... Der Bauernhof mit seinem ockerfarbenen Dach auf der anderen Seite des Felds scheint sehr weit entfernt zu sein, aber vielleicht sieht Remi sie trotzdem, denn wenn man ihn gewaltsam eingesperrt hat, mit den Ziegen, dann blickt er garantiert in diese Richtung, zu den Sonnenblumen herüber.

Es tröstet sie, dass Léon ihr Gesellschaft leistet. Sie findet übrigens, dass er Félix' Hund immer mehr ähnelt. Vielleicht können manche Hunde mit einem neuen Herrn wieder auferstehen, statt endgültig zu sterben ...

Lange wartet Mathilde, seufzt über das Schwarz der Sonnenblumen. Plötzlich reißt sie der Hund aus ihren düsteren Gedanken, er ist ganz aufgeregt, scheint voller Ungeduld zu sein, will unbedingt weglaufen. Sie seufzt noch ein letztes Mal und geht hinter Léon den Weg zurück, der an der Schaukel vorbeiführt ...

Sie hat keine Uhr, spürt aber, wie schnell die Zeit vergeht. Zu schnell. Zum Schmerz, der Remi heißt, kommt noch ein anderes Übel hinzu: die panische Angst, ohne auf Wiedersehen, ohne Lebewohl zu sagen, mit dem Zug wegzufahren.

Wenn das so ist, muss sie eben sterben oder schwer krank werden, bis ihre Mutter verzweifelt nachgibt, Remi und sie von sich aus nach Italien schickt, sie auf den Knien anfleht, zur Hochzeit kommen zu dürfen, und sie um Verzeihung bittet ...

Anfangs sieht Mathilde nichts, da sie völlig damit beschäftigt ist, unter all den Krankheiten eine auszusuchen, die so schwer ist, dass Céline zu so einem glücklichen Entschluss gezwungen wird. Léons Kläffen lässt sie zusammenfahren.

Ein paar Meter vor ihr sitzt ein Junge in einer Matrosenbluse auf Mathildes Platz auf der Schaukel und sieht zu, wie sie näher kommt.

Jungen, die zusehen, wie ein Mädchen näher kommt, hat es schon gegeben, wird es immer geben, aber so einen leuchtenden Blick, der einen Lichtstrahl von ihm zu ihr sendet, der zwischen Himmel und Erde diesen goldenen Faden zieht, auf dem sie verzückt Luftsprünge macht, den hat keiner gehabt, wird keiner haben.

Trommelwirbel.

Er streckt ihr die Hand entgegen für den letzten Meter, der sie noch trennt, seine Hand mit den kantigen Fingerspitzen, dann ist Mathilde bei ihm.

Ein Junge und ein Mädchen, die sich gegenüberstehen und stumm betrachten, nein, die hat es nicht gegeben, die wird es nicht mehr geben.

Unter dem Reisekleid schlägt das Tamtam richtig herum, aber auch verkehrt herum, ein Tam für die Freude, ein Tam für die Verzweiflung. Die Freude, Remi wieder zu sehen. Die Verzweiflung, ihn zu verlassen. Kann man einen solchen Widerspruch überleben? Die Wahl der schweren Krankheit ist getroffen: An Herzschlag könnte sie sterben, an Herzschlag wird sie sterben ...

»Das Kleid kenne ich ja gar nicht!«, sagt Remi, um etwas zu sagen.

»Das ist das Kleid für die Zugfahrt«, erwidert Mathilde so unbeschwert wie möglich.

»Ich mag das gepunktete Kleid lieber!«

»Ich auch ...«, sagt Mathilde und denkt daran, dass sie es in der letzten Nacht getragen hat. »Sag mal, bist du eigentlich in die Hütte gekommen?«, fragt sie plötzlich erregt.

»Nein, ich konnte nicht.«

»Hast du eine Ohrfeige bekommen?«

»Ja.«

»Ich auch, ich habe auch eine Ohrfeige bekommen. Das tut weh, nicht?«

»Nein, das tut nicht weh!«, erwidert der tapfere Remi, Remi ihr Wolf, so stolz, dass Mathilde sich sagt, dass er wohl schon mehr als eine Ohrfeige bekommen hat.

Es dürfte nicht viele Jungen geben, die wegen eines Mädchens eine Ohrfeige bekommen und finden, dass es nicht wehtut.

Remi und Mathilde, die starr neben der Schaukel stehen, machen Luftsprünge unter der Libanonzeder, ohne sich vom Fleck zu rühren.

»Dann fahren wir zwei beide also nicht weg«, sagt Remi lakonisch, als spräche er zu sich selbst.

»Nein, wir zwei beide nicht ...«

Mathilde hebt den Kopf. Zeigt, dass auch sie stolz sein kann. Dass auch sie tapfer sein kann:

»Ich kann meine Mama doch nicht ganz allein lassen. Ich muss mich in Paris um sie kümmern«, sagt sie ernst, denn sie sieht wieder ihre schluchzende Mutter im weißen Nachthemd vor sich und die Welt, die auf dem Kopf steht, das Unterste, das zuoberst gekehrt ist.

Remi verstummt. Er sieht aus, als bemühe er sich verzweifelt, sich an etwas oder jemanden zu erinnern. Was sie gerade gesagt hat, scheint ihn weit in die Vergangenheit zurückzuversetzen, und sein Gesicht verändert sich. Man hat den Eindruck, dass er gleich weinen wird, doch er weint nicht, jedenfalls nicht mit Tränen, aber Mathilde findet, dass das noch schlimmer ist.

Mit seltsam dünner Stimme gibt er diese nüchterne, endgültige Antwort: »Hast Recht, Thilde. Hast Recht ...«

Mathilde spürt, wie ihr die Tränen kommen. Die beiden Tams ihres Herzens schlagen mehr verkehrt als richtig herum.

Sie möchte so gern, dass Remi wieder lächelt.

»Sag mal, was magst du an mir am liebsten?«, fragt sie, um ihn davor zu retten, im Meer der Erinnerungen zu ertrinken ...

Remi kommt von seinem Ausflug in die Ferne zurück, blickt Mathilde fest in die Augen und erwidert, ohne zu zögern: »Dass du nie Angst hast, höchstens ein kleines bisschen.«

Und er lächelt mit blitzenden Zähnen minus einem. Mit dieser Antwort hatte sie nicht gerechnet. Sie glaubte, er würde sagen, »deine Haare« oder »deine Augen«.

Jetzt müssen sie sich trennen, jetzt, in diesem Augenblick. Unbedingt. Während sie sich zulächeln. Was machen Verliebte in solchen Fällen? Im Film küssen sie sich auf den Mund? Ja, aber sie?

Remi trifft mal wieder die Entscheidung, Entscheidungen sind seine Spezialität. Er sagt nichts. Geht einfach weg, wie er es immer tut, wenn sie sich trennen. Mathilde hat verstanden und zählt mit Remi: Eins. Zwei. Drei. Vier. Fünf. Sechs. Sieben! ...

Bei »sieben« dreht sich Remi um, und da blicken sie sich wieder an. Lächeln. Mathilde sieht noch einmal das kleine Loch, wo der Zahn fehlt, das Loch, in das sie ihre rosa Zungenspitze gesteckt hat.

Zirkel. Winkeldreieck. Lineal. Pauspapier. Kohlepapier. Millimeterpapier. Sie blicken sich an, als sei es das letzte Mal, nur ist es diesmal wirklich das letzte Mal.

Mathilde sitzt im Zug.

Kerzengerade. Sie horcht auf das Rattern des Zugs. Das Rattern hört sich an wie ein Trommelwirbel, aber ohne den Luftsprung.

Eins. Zwei. Drei. Vier. Fünf. Sechs. Sieben! Remi dreht sich um. Und dann setzt das Trommel-Geratter wieder ein.

Tausende, nein, Milliarden Mal zählt sie so bis sieben, damit Remi sich noch einmal umdreht und sie noch einmal das kleine Loch sieht, wo der Zahn fehlt ...

Ihr gegenüber, hinter der kleinen Tischplatte, auf die Mathilde den Koffer mit all ihren Kostbarkeiten gestellt hat, sitzt Céline und beobachtet sie heimlich. Sie beobachtet ihre Tochter, die zählt und zählt.

»Hast du keinen Hunger, mein Schatz?«

Nein, sie hat keinen Hunger.

Um bis sieben zu zählen, damit man jemanden sieht, der nicht da ist, darf man an nichts anderes denken. Darf man sich nicht von den vier Ecken eines Keks ablenken lassen. Sitzen bleiben. Kerzengerade.

Im Koffer sind keine Kleider mehr, weder weiße noch gepunktete, sondern wieder ihre

Malsachen, aber immer noch der rosa Kiesel, den Remi für sie unter Einsatz seines Lebens aus einem tiefen Wasserbecken im Fluss gefischt hat, das Foto ihrer Großmutter mit Félix in Sevilla und die Perlenkette, die Perlenkette mit der Muschel.

Wenn sie eines Tages Großmutter ist, wenn sie frei ist, kann auch Mathilde endlich wegfahren und sich auf der Terrasse eines Cafés fotografieren lassen, Hand in Hand mit Remi in Italien.

Das andere Foto, das Foto von Remi in der Matrosenbluse auf der verrosteten Öltonne inmitten der Ziegen, hat sie in die Tasche gesteckt. Auf diese Weise kann sie es so oft berühren, wie sie will, ihn berühren.

Mathilde drückt nicht die Stirn an die Scheibe. Sie haucht nicht gegen das Fenster.

Hinter der Scheibe weicht das Gelb zurück, das Grün setzt sich durch, das hatte sie sich schon gedacht, aber sie will es nicht sehen. Will nur Remi sehen, der sich umdreht und ihr neben der Schaukel unter der Zeder zulächelt.

»Ist dir nicht kalt, mein Schatz?«

Doch, ihr ist kalt. Aber leider hat sie keine Gänsehaut, denn eine Gänsehaut …

»Willst du auf meinen Schoß kommen?«

Nein, das will sie nicht.

Das Schmusen, das Schmusen gegen die Kälte, am seidenweichen, duftenden Stoff der Bluse, eignet sich schlecht dazu, bis sieben zu zählen, und außerdem, gegen solche Kälte kann keine Mutter etwas ausrichten.

Und da Mathilde ja nun ein großes Mädchen ist, spricht ihre Mutter die ganze Zeit von der Schule für die Großen, in die Mathilde bald kommt. Sie würde ihrer Mutter gern sagen, dass sie die Schule für die Großen schon kennt, dass Remi sie schon vor allen anderen dorthin mitgenommen hat, in die Schule für große Mädchen ...

Und wenn *er* seine Tochter nicht wieder erkennt, weil sie so gewachsen ist? ...

Sie muss wohl eingeschlafen sein, im Sitzen, kerzengerade, denn der Zug verlangsamt die Fahrt, und Céline verkündet, dass es nicht mehr weit ist bis Paris. Und diesmal beugt sich Mathilde zum Fenster vor, drückt die Stirn an die Scheibe. Und da sieht sie sie.

Neben den Gleisen, die am Rand der grauen Stadt entlangführen – gelber als das absolute Gelb, die lebendigen Köpfe ihr zugewandt –, starren sie unzählige Sonnenblumen an.

»Was, hier gibt es auch Sonnenblumen?«, ruft Mathilde völlig verdutzt.

»Natürlich, mein Schatz«, erwidert ihre Mutter. »Sonnenblumen gibt es überall!«

Noëlle Châtelet
Mit dem Kopf zuerst

Roman

Gebunden

Denise ist ein ungewöhnliches kleines Mädchen, hübsch und zart, aber auch wild. Sie hasst Röcke und tobt am liebsten mit den Jungs herum. Ihr Vater, der sich einen Sohn gewünscht hatte, geht spielerisch auf ihre Bedürfnisse ein, die Mutter jedoch wird zunehmend besorgter. Denn am Ende der Kindheit zeigt sich deutlich, dass im Körper von Denise zwei existieren – ein Mädchen und ein Junge. Schon immer war dieses Anderssein für sie schmerzhaft spürbar gewesen, aber nun fällt mit Hilfe der Eltern die Entscheidung. Er hat zu sich selbst gefunden. Er heißt Paul.

»Noëlle Châtelet hat einen Roman voller Einfühlungsvermögen geschrieben.« *Marie Claire*